Rosen aus Münster

Zur Autorin:
Ursula Meyer, geboren im Taunus, aufgewachsen in Köln, Studium in Köln und Wien, lebt mit ihrem Mann und ihren zwei Töchtern in Wien und Münster. Nach ihrer Dissertation über die Gefängnisschriftstellerin Albertine Sarrazin schreibt sie nun Kriminalromane. Bisher erschienen *Endstation Aasee. Ein Münsterkrimi mit Sieglinde Züricher* (ISBN 3-89325-650-4) und *Münster–Weimar und zurück. Sieglinde Zürichers zweiter Fall* (ISBN 3-89325-720-9).

Ursula Meyer

Rosen aus Münster

Sieglinde Zürichers dritter Fall

Waxmann Münster / New York
München / Berlin

Die Deutsche Bibliothek – CIP-Einheitsaufnahme

Meyer, Ursula:
Rosen aus Münster : Sieglinde Zürichers
dritter Fall / Ursula Meyer. – Münster ; New York ;
München ; Berlin : Waxmann, 2001
(Waxmann schwarze Serie)
ISBN 3-89325-920-1

ISBN 3-89325-920-1

Postfach 8603, D-48046 Münster

Katalog: http://www.waxmann.com
Bestellungen per E-mail: order@waxmann.com

Umschlaggestaltung: Pleßmann Kommunikationsdesign, Ascheberg
Titelfoto: © Ulrich Bangert, Münster

Druck: Druckwerkstatt Hafen
Gedruckt auf alterungsbeständigem Papier, DIN 6738

Meinen lieben Eltern gewidmet

Die Handlung dieses Romans ist frei erfunden. Jede Ähnlichkeit zwischen den Figuren dieses Buches und lebenden oder toten Personen ist Zufall und nicht beabsichtigt.

Erstes Kapitel

Der Glühwein wärmte von innen und außen. Ich hielt das Gesicht über den dampfenden Becher, während meine Finger das heiße Porzellan umschlossen. Das Posaunenquartett am Eingang der Lambertikirche spielte jetzt: „Tauet, Himmel, den Gerechten!“ Es war der erste Adventssamstag und schneidend kalt. Auch in diesem Jahr hatte die Stadt Münster vier Weihnachtsmärkte aufgestellt, und wir hatten gerade den letzten durchkämmt, auf der Suche nach ausgefallenem Adventsschmuck und jenen Sorten von Weihnachtsgebäck, zu deren Herstellung mir die Geduld fehlte. Es war Zeit für den Heimweg, und wir warteten nur noch auf Kerstin, die sich mit dem Durchhaltevermögen eines Eskimos durch das fast unübersehbare Angebot an Christbaumanhängern kämpfte. Allein das Sortiment aus dem Erzgebirge wirkte diesmal erdrückend.

In diesem Jahr stand uns nicht nur ein Weihnachtsfest mit Franz in Münster bevor, sondern auch ein gemeinsamer Start ins Neue Jahr. Nachdem unsere monatelange Suche nach Haus und Garten im Spätherbst am Ortsrand von Handorf erfolgreich zu Ende gegangen war, planten wir für Ende Januar den Umzug in ein altes Backsteinhaus mit tief heruntergezogenem Dach und einem malerischen Fachwerkerker. Es bot auch Platz für die Tierarztpraxis von Franz, die Anfang März geöffnet werden sollte. Und zum ersten Mal seit langem hatte Kerstins Weihnachtsüberraschung wieder vier Beine: der lang ersehnte Golden Retriever.

Meine Freundin Marion kreuzte die Arme und klopfte sich mit ihren Wildlederfäustlingen auf die Oberarme. Mit weniger edlem Material hätte sie ausgesehen wie eine kasachische Straßenarbeiterin in der Aufwärmphase, aber durchgestylt, wie sie war – mokkabrauner Wildledermantel, die Pelzmütze passend zu den Fäustlingen – wirkte es theatralisch. „Hast du dir jetzt überlegt, ob du morgen mitkommst? Ich muss uns anmelden!“

Ich hatte eine zwar nicht besonders hektische, aber unbefriedigende Woche hinter mir: Clinch mit Lückmann, der, frisch verliebt, es an Einsatzbereitschaft fehlen ließ, und Ärger mit der Umzugsfirma, die völlig unbegründet den längst ausgemachten Termin verschoben hatte. Einen unerfreulichen Wochenbeginn vor Augen, strich ich die Segel: „Ich komme mit!“

Marion lächelte. „Tante Trudchen wird sich freuen.“

„Sie kennt mich doch gar nicht!“

„Und ob sie dich kennt! So wie sie die Kommissarinnen aus den Fernsehserien kennt. Du bist eine von ihnen, wahnsinnig erfolgreich, atemberaubend schön, sagenhaft intelligent, und deshalb möchte sie dich sehen.“ Sie klapperte ironisch mit den stark getuschten Wimpern. In diesem Augenblick sah ich endlich Kerstin auftauchen, wir leerten unsere Becher und verabredeten uns für den kommenden Nachmittag um zwei Uhr.

Das Seniorenstift „Haus Nettelbeck“, in dem Marions Tante lebte, lag am stadteinwärts gelegenen Rand des Boniburgwäldchens, eines beliebten Ausflugsgebietes für Spaziergänger, Radfahrer, Frischverliebte, Jogger, Pilzesucher und Beerensammler. Genau am anderen Ende, auf der Handorfer Seite, stand, spitzgiebelig und mit stark verwildertem, direkt ans Werseufer grenzenden Garten, das Haus, das wir demnächst bewohnen würden, zusammen mit Samuel von Rollenberg, kurz Rollo genannt, und dem alten Kater Red Butler, den uns meine Vermieterin am Prinzipalmarkt vererbt hatte.

Haus Nettelbeck war ein moderner Betonkomplex inmitten eines dem Wäldchen gewaltsam abgerungenen Parks. Die Fassaden der vier Wohntrakte, die sich um das quadratische, zweistöckige Verwaltungszentrum fügten, wo auch die Kapelle, die Cafeteria, mehrere Versammlungsräume und die Küche lagen, wirkten streng in ihrer mathematischen Regelmäßigkeit. Pro Apartment ein Fenster und eine Balkontür und vor beidem ein überdachter Balkon, der wahrscheinlich im Sommer mit Markisen und Blumenkästen den eintönigen Wechsel aus Sichtbeton und Glas auflockerte. An diesem trüben Sonntagnachmittag dämmerte es schon um halb vier, und die Gebäude mit ihren hellen, über fünf Etagen reichenden Fensterreihen sahen aus wie Ozeanriesen auf einem dunklen Meer aus Büschen, Rasenflächen und Kieswegen.

Marion fuhr hinauf zu ihrer Tante, um ihr beim Anziehen zu helfen, während ich auf einem der geblümten Sofas neben der mit Strohsternen und roten Schleifen geschmückten Tanne wartete, die den

Durchgang zu Haus A schmückte. Tante Trudchen war fast neunzig und verbrachte die meiste Zeit in legerer Kleidung in ihrem Fernsehsessel. Aber bei Hausfesten bestand sie darauf, dass sie jemand „richtig" anzog, ihr ein bisschen Schmuck anlegte und die Straßenschuhe aus dem Schrank holte.

Arm in Arm kamen sie aus dem Fahrstuhl. Tante Trudchen sah mich prüfend an, aus strengen, etwas vorstehenden Augen in einem knochigen Gesicht, und für Sekunden hatte ich Albrecht Dürers Portraitzeichnung seiner Mutter vor mir. Dann reichte sie ihre Krücke an die Nichte weiter und schob eine Hand unter meinen Ellbogen. Ich war akzeptiert und zu dritt machten wir uns auf den Weg zum Saal. Wir waren spät dran, die langen Tische, die sich rechtwinklig zu einem improvisiert wirkenden Podest aneinander reihten, waren weitgehend besetzt, aber man rückte und schob bereitwillig, trug noch einen Sessel aus der Ecke heran, und so fanden wir drei Plätze nebeneinander. In regelmäßigen Abständen waren Teller mit Christstollen und Weihnachtsgebäck aufgestellt, dazwischen Thermoskannen mit Kaffee oder Tee und brennende Kerzen. Die Deckenbeleuchtung wurde gedimmt, bis die überwiegend weiß- oder grauhaarigen Köpfe und die Gesichter mit ihren zarten Spinnennetzen aus Runzeln und Fältchen im Kerzenlicht weich und alterslos erschienen. Frau Haag, die mollige Heimdirektorin, sagte ein paar Worte zur Begrüßung und dann nahm, große Schleifen im Haar und in die typischen Chorfarben Weiß und Dunkelblau gekleidet, eine Mädchengruppe neben dem betagten Stutzflügel Aufstellung. Sie bildete den Rahmen des Adventsprogramms, das von den Hausbewohnern selbst gestaltet wurde. Eine gewisse Madame Chleo mit rosagefärbtem Wattehaar und einem langstieligen Lorgnon las aus ihren „experimentellen Meditationen zum Thema: veni, veni Emmanuel", ein Hobbypoet trug ein Nikolaus-Gedicht vor, das holprig und ein bisschen zu lang war, aber dennoch wohlwollenden Beifall fand. Wieder andere kramten, mit Hilfe von Briefen oder Tagebüchern, in Vor- und Nachkriegserinnerungen, die offenbar von vielen Saalinsassen lebhaft nachempfunden wurden, noch ein selbstgemachtes Gedicht folgte, und dann war wieder der Pianist gefragt, diesmal um eine vollbusige, schwarzhaarige Frau in einem nachtblauen Plisseekleid zu begleiten, die sich dekorativ auf sein Instrument stützte. Cornelia Lattkämper, „die Callas von Münster“, wie sie in dem kleinen Programmblättchen, das unter meinem Teller eingeklemmt war, genannt wurde, hatte einst an den Städtischen Bühnen gesungen und ihren Ruf als Koloratursopranistin weit über die Grenzen des Münsterlandes hinausschallen lassen. Jetzt, im Spätherbst ihrer Karriere, erfreute sie Altenheime, Krankenhäuser, Pflegestationen mit ihrem noch immer vitalen Gesang. An diesem stimmungsvollen Nachmittag bot sie oberitalienische und sizilianische Weihnachtslieder und zwar, wie sich zeigte, ohne die geringste Nachsicht für ihre Stimmbänder. Sie wurde energisch, sie wurde schrill, um endlich in eine gutturales Knödeln zurückzufallen.

Nicht lange, und Tante Trudchen wurde es zuviel. Sie ließ ihren Christstollen im Stich, neigte sich mit strenger Miene zu ihrer Nichte und gab mit kaum gedämpfter Stimme zu verstehen, dass sie dieser sich vor ihr aufbäumenden Musikdramatik nicht länger zuzuhören wünsche. Und Marion stand geräuschlos auf, half ihr auf die Füße und brachte sie hinaus. Um größeres Aufsehen zu vermeiden, blieb ich bis zur Pause sitzen. Und während im Saal Stimmen laut wurden, die großen Doppeltüren auf- und zuklappten und immer mehr Festteilnehmer in den Foyer-Toiletten verschwanden, wanderte ich zwischen der Rezeption und dem Aufzug zu Haus A auf und ab, sah mir die Aquarelle talentierter Heimbewohner an, warf einen Blick in den tief verschneiten Atriumsgarten mit seiner Kopie des „honigschleckenden Puttos“ aus der Birnau und horchte auf den Mädchenchor, der schließlich das Ende des offiziellen Programms einläutete.

Als Marion zurückkam, setzten wir uns auf das Blumensofa neben der Weihnachtstanne und überlegten, wie wir diesen Nachmittag beenden könnten. Mit Tante Trudchens Abgang war unsere Aufgabe in Haus Nettelbeck erfüllt, Kaffee hatten wir auch schon gehabt, und bei dem Gedanken an die feucht-kalte Innenstadt hielten wir uns gar nicht erst auf.

Marion strich ihre erdfarbene Tunika glatt und erhob sich. „Hättest du nicht Lust, mal etwas völlig Unweihnachtliches zu sehen? Nach all dem Hokuspokus? Das Hallenbad wurde einer gründlichen Schönheitskur unterzogen. Das habe ich in der Hauszeitung gelesen, während ich auf Tante Trudchen wartete. Nach den Fotos zu urteilen, sieht es da unten jetzt aus wie im Dschungel.“

Sie holte sich den Schlüssel an der Rezeption, und ich folgte ihr in den Keller von Haus B. In der Restbeleuchtung der Treppenhauslampen wurden zwei Türen mit Symbolen sichtbar, die den Badbenutzern ihre Umkleidezonen zuwiesen. An einem Spätnachmittag wie diesem lag der Vorraum still und dunkel. Der Großteil der Bewohner beteiligte sich an der Adventsfeier oder hatte vorweihnachtlichen Familienbesuch. Marion suchte nach dem Lichtschalter, aber er gab kein Licht, sie schloss die Tür zum Damentrakt auf und auch der nächste Schalter streikte.

„Als hätte es einen Kurzschluss gegeben!" Ihre Stimme hallte verwundert und kühl von den gekachelten Wänden zurück. „Das sollten wir an der Rezeption melden. Für den Fall, dass noch jemand schwimmen geht."

Wir suchten uns den Weg mit Hilfe der Außenbeleuchtung, die durch die großen Fenster hereinfiel. Das Gelände war an dieser Hausseite abschüssig und der schmale plattierte Weg, der an der Außenmauer entlang führte, bildete eine Ebene mit dem Boden der Schwimmhalle. Mehrere Spindreihen wurden sichtbar und die Holzbänke davor. Auf einer von ihnen lagen ein Badelaken und aufgefaltete Kleidung, davor standen Schuhe. Allem Anschein nach hatte sich ihre Besitzerin nicht von der Panne abhalten lassen und badete im weichen Licht der Parklaternen.

Wir schlichen auf Strümpfen weiter, es roch nach Chlor und irgendeinem Desinfektionsmittel. Hinter einem der Plastikvorhänge tropfte hohl eine Brause, als hätte gerade eben noch jemand geduscht. Es war das einzige Geräusch; kein Rauschen, Plätschern oder Spritzen verriet die einsame Schwimmerin. Zwei nasse Stufen, dann lag das Wasserbecken vor uns, ein langgezogenes Rechteck mit einem verwirrenden Patchwork aus Halbschatten und Dunkelheit. Keine Welle, die die Ruhe trübte, nur eine leicht gekräuselte Wasseroberfläche, verursacht durch das gleichmäßige Rotieren der Umwälzpumpe. Noch einmal tasteten Marions Hände über die Kacheln, es gab noch immer kein Licht. Trotzdem sah man, dass die Stirnseite der Halle ganzflächig bemalt war. Über einem dunklen Untergrund standen eine Mondsichel und eine Sonne, weitere helle Punkte und Flecken leuchteten auf, wie Raubtieraugen oder exotische Blumen. Die Münsteraner Künstlerin, so hatte Marion auf dem Weg nach unten erzählt, sei sehr gefragt wegen ihrer Tropenbilder im Stil von Henri Rousseau.

In diesem Moment fiel mein Blick auf etwas Dunkles, Langgestrecktes, das im flachen Wasser vor den Eingangsstufen trieb. Mit zwei seitlich weggestreckten, astähnlichen Gebilden. Ich beugte mich vor und erkannte im schwachen Gegenlicht nasse Haut, eine ledrige Fußsohle und weiter aufwärts die Rückseite eines Oberschenkels.

„Großer Gott!", sagte Marion neben mir.

Gemeinsam versuchten wir, den reglosen Körper, der mit dem Gesicht nach unten im Wasser trieb, an den Rand zu ziehen. Wir legten die Frau bäuchlings auf die Ruhebank, um das Wasser aus den Lungen zu entfernen, aber das spärliche Rinnsal, das sie von sich gab, deutete nicht darauf hin, dass sie ertrunken war. Während ich mit Mund-zu-Mund-Beatmung und Herzmassage begann, rannte Marion hinauf zur Rezeption, um den Notarzt zu alarmieren. Nur wenig später hörte ich Schritte und aufgeregte Stimmen auf der Kellertreppe. Die Heimleiterin erschien, gefolgt von Marion und einem grauhaarigen Mann. Offenbar hatte sich unter den Gästen im Saal ein Arzt befunden. Er übernahm die Herzmassage, und für einige Minuten war in der dämmrigen, feuchten Wärme kein anderes Geräusch zu hören als der monotone Wechsel von jeweils einem Atemstoß und fünf Kompressionen, immer wieder neu. Dann sah ich, wie Frau Haag hastig zurück zur Tür des Umkleidetrakts ging, und rief ihr nach: „Nehmen Sie ein Taschentuch, wenn Sie die Sicherung einschalten!" Ihre Antwort war das harte Schnappen mehrerer Kippschalter und das Aufflackern breiter Lichtbänder über dem Becken. Sie tauchten das leblose Gesicht unter mir in eine fahlgraue Helligkeit.

Die Frau im schwarzen Badeanzug war etwa Anfang sechzig, mittelgroß und kräftig, aber nicht korpulent. Aus dem Rand ihrer weißen, stark gerüschten Tüllkappe drängten sich nasse, aschgraue Strähnen. Die braunen Augen waren offen und starrten wie in weite Ferne gerückt zur Decke. Das Gesicht mit der schmalen, sehr geraden Nase und den bräunlich geschminkten Lippen schien aufgequollen, die Haut an Händen und Füßen aufgeweicht und schrumpelig. Sie hatte mehr als eine Stunde im Wasser gelegen. Offenbar gab es keine äußeren Verletzungen. Der Arzt tastete behutsam Schläfen, Kieferknochen und den Nacken ab, dann zog er vorsichtig die Badekappe herunter und untersuchte die Schädeldecke. Er wurde in seiner Arbeit vom Notarzt und einem Sanitäter unterbrochen, die die Wiederbelebungsversuche mit einer Sauerstoffmaske fortsetzten. Aber die graue Blässe der Haut und die schwammige Schlaffheit des Körpers waren untrügliche Zeichen. Etwa eine halbe Stunde ergebnisloser Versuche war vergangen, als der Notarzt der Toten die Augen schloss. Frau Haag brachte das Badelaken aus dem Umkleideraum, und der Zivildienstleistende, der mit dem Notarzt gekommen war, holte eine Trage aus der Pflegestation. Erst jetzt sah ich die Warnung über dem Durchgang zur Dusche, dass die Hausbewohner nicht allein schwimmen gehen sollten.

„Ich kann die Todesursache nicht einwandfrei bestimmen", sagte der Notarzt. „Möglicherweise ist sie nicht ertrunken. Wohnt sie hier im Haus?"

Frau Haag nickte hastig und wortlos.

„Irgendwelche gesundheitlichen Probleme? Herz-Kreislauf, Diabetes, organische Krankheiten?"

Er musste auf seine Antwort warten. Der Heimleiterin war der Schock ins Gesicht geschrieben. Sie strich sich mit einer fahrigen Bewegung über das tizianrote Haar. „Ich weiß nicht … Frau Abraham ist noch nicht lange bei uns. Natürlich bemüht man sich, auch bei zweihundert Hausbewohnern jedes einzelne Schicksal kennen zu lernen, aber wenn jemand erst ein paar Monate hier wohnt …" Sie schluckte. „Die Akte steht im Informationsbüro. Frau Vennhusen ist heute nicht in Münster. Sie kümmert sich um die Vermietungen und führt die Bewohnerlisten. Aber ich weiß, wo der Schlüssel ist … Ja, ich werde sofort in den Unterlagen nachsehen. Wenn jemand ein chronisches Leiden hat oder eine Diät einhalten muss, dann ist das selbstverständlich vermerkt."

Der Notarzt räusperte sich. „Es tut uns leid, aber man hat sie zu spät gefunden."

„Wer hat sie eigentlich gefunden?", fragte der Sanitäter, und Frau Haag drehte sich zu uns. „Diese beiden Damen. Ich nehme an, Sie wollten sich unser neues Schwimmbad ansehen."

„Und wann haben Sie sie gefunden?"

„Gegen halb sechs," sagte Marion. „Wir waren mit meiner Tante bei der Adventsfeier … Frau Wittenmoos, Apartment A 410", das galt Frau Haag. „Aber meine Tante fühlte sich nicht wohl, deshalb habe ich sie in ihre Wohnung zurückgebracht und danach bei Frau Klostermann den Schlüssel für das Schwimmbad geholt. Ich hatte von dem neuen Wandbild gehört. Aber das Licht funktionierte nicht."

„Sie sollten die Kriminalpolizei verständigen", sagte der Notarzt zu Frau Haag.

Sie nickte. „Danke für Ihre Bemühungen."

Ich zog meinen Ausweis aus der Tasche. „Sie müssen die Polizei nicht rufen, ich bin Hauptkommissarin im Morddezernat. Ich bin privat hier."

Für Sekunden wirkte Frau Haags Blick irritiert. Die Polizei war im Haus und man wusste von nichts?

„Ich bin rein zufällig hier", sagte ich, „zusammen mit Frau Vondembusche. Wegen der Adventsfeier."

„Kommen Sie", sagte sie. „In meinem Büro können Sie telefonieren."

Ich erreichte Schüller von der Spurensicherung, der mit seiner Familie ebenfalls den ersten Advent zu feiern schien. Im Hintergrund jubelten die Stimmen des Bad Tölzer Knabenchores. Danach meldete ich den Vorfall im Institut für Gerichtsmedizin. Dr. Busse befand sich auf einer Tagung in Hannover, aber sein Stellvertreter versprach, sich gleich auf den Weg zu machen. Es verging eine Weile, bis Frau Haag zurückkam. Offenbar kostete es Zeit, jene Patienten zu beschwichtigen, die die Unruhe mitbekommen hatten. Und währenddessen drangen aus dem Saal, ungehemmt und ungedämpft, Heiterkeit und Plauderfreude. Keine andere Zeit war für die ältere Generation so abwechslungsreich und hoffnungsvoll wie die Wochen vor Weihnachten. Der Herbst mit seiner unerbittlich sterbenden Natur, seiner frühen Dämmerung und dem späten Morgengrauen hatte depressive Stunden gebracht, die schwer zu füllen waren. Jetzt, im Dezember, lockten Busfahrten zu bekannten Weihnachtsmärkten, gab es Kaffeestündchen außer der Reihe oder Verkaufsausstellungen von Boutiquen, Juweliergeschäften und Buchhandlungen. Oder die Enkel trudelten ein, um sich ihr Weihnachtsgeld aushändigen zu lassen. In den Saal war die Nachricht von Frau Abrahams Tod also noch nicht gedrungen, aber es würde nicht lange dauern, bis die ersten Gerüchte kursierten.

Diesmal wartete Marion auf dem geblümten Sofa, während Frau Haag in dem kleinen Büro ihrer Mitarbeiterin den Aktenordner über Helene Abraham heraussuchte. Es lag eine gewisse Hilflosigkeit in der Geste, mit der sie ihn zu mir hinüberschob.

„Könnten Sie sich einen Selbstmord vorstellen?“

Sie überlegte einen Augenblick. „Wie gesagt, sie war noch nicht lange bei uns … Erst seit Anfang September, allerdings …“ Sie brach ab und rückte einen Kugelschreiber auf der Schreibtischplatte zurecht. Ihre Augen blieben auf ihn gerichtet, während sie weiterredete. „Sie war ein unauffälliger Typ, in der Kleidung, im Auftreten. Wissen Sie, manche Bewohner erkennt man auf Anhieb, an der Stimme, ohne sie zu sehen, oder an dem, was sie anhaben, auch wenn sie einem den Rücken zudrehen. Andere haben so ihre Angewohnheiten, um nicht zu sagen, ihre Schrullen. Sie gehörte zu den Stillen, die ihre Probleme nicht gleich an die Öffentlichkeit tragen. Ja, ich denke, sie war eine von den Pflegeleichten, wie man sie sich öfter wünschen würde.“

„Sie war Jüdin?“, fragte ich nach kurzer Lektüre.

Sie zuckte die Schultern. „Wir haben einige jüdische Hausbewohner.“

„Betonte sie diese Herkunft?“

„Da fragen Sie mich zuviel. Wir haben hier im Haus nur katholische und evangelische Gottesdienste. Aber ich kann die Jüdische Gemeinde anrufen. Oder Sie gehen selbst mal hin? Wissen Sie, wo die Synagoge ist?“

Ich nickte und blätterte weiter in dem schütteren Inhalt des Ordners, der nicht mehr als zwei locker beschriebene Seiten bot. Aus ihnen ging hervor, dass die Tote seit dem 4. September in Nettelbeck wohnte. Ihr Geburtsdatum war der 17. September 1934, sie war in Münster zur Welt gekommen, von Beruf Apothekerin gewesen und hatte offenbar nie geheiratet. Wie sie und ihre Familie die Verfolgung durch die Nazis überstanden hatte, war nicht vermerkt.

„Gibt es Angehörige?“

„Eine Schwester“, sagte Frau Haag. „Sie lebt in Venedig.“

Sie zog den Ordner zu sich zurück und suchte kurz. „Hier, das müsste unsere Kontaktadresse sein: Cäcilie Fantin.“ Ich notierte mir die vierstellige Hausnummer im Stadtteil Cannareggio und die Telefonnummer, und sie fuhr fort: „Wir werden noch heute Abend dort anrufen."

„Bekam sie viel Besuch?"

„Das müssten Ihnen unsere Damen an der Rezeption sagen können. Oder Frau Frentzel, die Etagendame. Frau Abraham selbst ist Anfang Oktober verreist. Ich sah sie mit einem Koffer am Portal stehen. Sie wartete auf das Taxi, das sie zum Bahnhof oder zum Flughafen bringen sollte, und bei der Gelegenheit erzählte sie mir, dass sie nach Venedig führe."

„Zu ihrer Schwester?"

„Das sollte man doch annehmen", nickte sie.

„Gab es in letzter Zeit häufiger einen Kurzschluss im Schwimmbad?"

„Das müsste unser Hausmeister wissen. Ich glaube, es gab vor ein paar Wochen Probleme mit der Umwälzpumpe, da ist es tatsächlich zu Stromausfällen gekommen. Aber heute …"

„… war die Pumpe in Ordnung?"

Sie zuckte die Schultern. Ja, sollte das offenbar heißen. „Ich kann mir das Ganze überhaupt nicht erklären."

„Ist der Sicherungskasten nicht abgeschlossen?"

„Nein", sagte sie, „warum sollte er auch?"

„Hatten Sie schon früher Todesfälle im Schwimmbad?"

Sie schüttelte energisch den Kopf, und mir fiel wieder die Warnung an die Heimbewohner ein, nicht allein schwimmen zu gehen.

„Gibt es irgendeinen Anhaltspunkt, warum sich Frau Abraham gerade für Ihr Haus entschieden hat?"

Sie wollte gerade antworten, als Schüller ins Büro platzte, die Instrumententasche in der Hand. Durch die offene Tür sah ich im Flur die junge Kollegin, die seit kurzem mit ihm zusammenarbeitete, und den Fotografen des Erkennungsdienstes. Aus unerklärlichen Gründen wurde er im ganzen Präsidium nur Heinrich genannte, wobei offen blieb, ob das sein Vor- oder Nachname war.

„Irgendwelche Präferenzen?", fragte Schüller.

„Den Sicherungskasten im Vorraum, das Licht funktionierte nicht. Und dann die beiden Umkleideräume und die Duschtrakte. Wir müssen wissen, ob es zur fraglichen Zeit andere Schwimmbadbesucher gegeben hat. Das heißt Spuren an den Türen, an den Spinden und in den Duschen. Ich sehe mich inzwischen in der Wohnung um."

„Und die fragliche Zeit?"

„Etwa zwischen halb drei und halb fünf", sagte ich.

Er nickte und wir kehrten zurück in den Keller. Frau Haag und ich sahen eine Weile zu, wie Schüller und seine Kollegin, nachdem sie Latexhandschuhe übergestreift hatten, die Lichtschalter, Spindtüren und Brausearmaturen einpuderten, während der Fotograf einen halben Film verknipste. Dann fand die junge Frau etwas unter dem Spind, vor dem die Kleidung gelegen hatte: es war ein Streicholzheftchen mit dem Namen eines großen Möbelgeschäfts im südlichen Industrieviertel der Stadt. Sie nahm es auf und ließ es in einen Nylonbeutel gleiten.

„Rauchte Frau Abraham?"

Frau Haag zuckte die Schultern. „Auch das müsste Ihnen die Etagendame sagen können, die für ihr Apartment zuständig ist. Sie kommt morgen früh um neun."

„Könnte es nicht schon heute Abend jemand wissen?"

Sie zögerte. „Vielleicht ist im Saal jemand, der sie näher gekannt hat. Wahrscheinlich hat sich die Sache ohnehin längst herumgesprochen. Ein Notarztwagen, der nicht an der Pflegestation parkt, sondern vor dem Haupteingang? Das fällt auf!"

Drinnen, hinter den offenstehenden Saaltüren, wurde ein wagnerianisches Opernmotiv angestimmt – jemand hatte die Gelegenheit genutzt, auf dem alten Flügel ein wenig zu klimpern.

Wahrscheinlich würde es in dieser Atmosphäre eine Weile dauern, bis die Bewohner in der Lage wären, auf die Nachricht über den Todesfall zu reagieren und Einzelheiten, scheinbar Unwesentliches, auffällige Beobachtungen oder Bemerkungen, die uns weiterhelfen konnten, zutage zu fördern.

Frau Haag schien Ähnliches zu denken, ihr über die Festgemeinschaft wandernder Blick wirkte zunehmend skeptischer.

„Würden Sie mir bitte Frau Abrahams Apartment zeigen?"

Sie nickte. „Ich hole nur eben den Schlüssel."

Auf dem Weg zum Erdgeschoss von Haus D erfuhr ich, dass der Schlüssel für die Schwimmbadtür auch auf den Haupteingang von

Haus Nettelbeck passte. „Also hätte jeder, der den Hausschlüssel hat, heute Nachmittag Zugang zum Bad gehabt? Und natürlich nicht nur heute?"

„Ja", sagte sie.

„Und wer noch, außer den Hausbewohnern?"

Sie machte eine Handbewegung, die resigniert wirkte. „Alle, die im Haus arbeiten. Das Küchenpersonal und unsere zwei Köche, die beiden Kellnerinnen in der Cafeteria, die Betreuer der Pflegestation und die drei Zivis, die wir dort zur Zeit haben. Dann die zwanzig Etagendamen und ihre Assistentinnen, unser Physiotherapeut, unser Psychologe, unser Hausmeister, unsere Friseurin, das Ehepaar, das den Lebensmittelladen betreibt, und die Putzfrau, die unser Gästehaus betreut …"

„Und die Bewohner des Gästehauses?"

„Auch die", nickte sie. „Das wird von manchen unserer Senioren gar nicht gern gesehen. Sie fühlen sich gestört, vor allem, wenn Kinder zum Schwimmen kommen und Lärm machen. Aber wir können es nicht verhindern, eben weil Hausschlüssel und Schwimmbadschlüssel identisch sind."

Wir waren den schmalen, hotelartigen Korridor mit seinen fünf Türen zu jeder Seite hinunter gegangen, an der letzten Tür rechts blieb sie stehen. Es war das Apartment 109. Sie gab mir den Schlüssel und ich öffnete, nachdem ich Gummihandschuhe übergestreift hatte. Das in Augenhöhe auf dem Türblatt befestigte, messingfarbene Namensschild erinnerte mich wieder an meine Frage von vorhin, in die Schüller mit seinem dynamischen Auftritt geplatzt war. „Gab es einen bestimmten Grund für Frau Abraham, sich in Ihr Haus einzumieten?"

„Das weiß ich nicht", sagte Frau Haag. „Aber sie hatte einen bestimmten Grund, sich für dieses Apartment vormerken zu lassen."

„Welchen Grund?"

„Warten Sie ab."

Ich knipste die Deckenbeleuchtung des kleinen Vorraums an. Links befand sich eine schmale Küchenzeile, zur Rechten ein großer, weißer Einbauschrank und geradeaus ragte eine Zimmerlinde bis an die Decke und versperrte beinahe den Durchgang zu dem Raum dahinter.

Auf der Abtropffläche der Spüle stand kopfunter eine Mokkatasse mit schräg darüber gelegtem Unterteller. Ich warf einen Blick in den Mülleimer im Unterschrank. Aber das Einzige, das ich herausfand, war, dass Frau Abraham ihre Abfälle vorschriftsmäßig getrennt hatte. Im Biomüll lagen Bananen- und Karottenschalen, ein angefaulter Apfel, ein paar Kräuterteebeutel und ein benutzter Kaffeefilter, der Restmüll enthielt alles Mögliche, aber nichts, das Anlass zu Verdächtigungen gegeben hätte. Und bei den leeren Verpackungen lagen die Kartons von Zahnpasta und Seife und die Umhüllung einer Strumpfhose.

„Sie wollten wissen, warum es ausgerechnet dieses Apartment sein musste.“ Frau Haag zog die Gardine im Wohnzimmer zurück. „Deswegen!“

Die Deckenlampe warf ein gelbes, perspektivisch verzerrtes Karree auf die geschlossene Schneedecke draußen, die einen kleinen Garten verhüllte, etwa vier mal fünf Meter groß und begrenzt von einem niedrigen Jägerzaun. Vor Terrassentür und angrenzendem Fenster verlief ein Weg aus Steinplatten, der zu den weit vorgezogenen Wänden links und rechts führte, die in den höheren Stockwerken die Balkonseiten bildeten. Weiße Spaliere im Rautenmuster zogen sich an ihnen hoch, und aus der verschneiten Erde ragten kräftige, stark verzweigte Rosenstöcke, durch eine lockere Reisigschicht gegen die Kälte geschützt. Die kahlen Ranken schwankten im eisigen Wind.

Ich löschte das Licht, öffnete die Terrassentür und sofort kam ein Schwall kalter Luft herein. Die Schneedecke, die vor uns im Mondlicht glitzerte, sah unversehrt aus; kein Fußstapfen, der sie unterbrach, und auch keine Tritte auf den Steinplatten. Ich versuchte mich zu erinnern, wann zum letzten Mal Schnee gefallen war, und kam auf den vergangenen Donnerstag. Seitdem war also niemand mehr draußen gewesen … Dann sah ich die Zigarettenkippe. Sie lag am äußersten linken Rand der Steinplatten, ich ging hinaus und hob sie auf.

„Sie züchtete Rosen“, sagte Frau Haag, nachdem ich die Tür wieder verschlossen und Licht gemacht hatte. „Sie pfropfte selbst auf oder kreuzte. Und dafür brauchte sie den Garten. Es ist ein Unterschied, ob Sie Rosen in Kübeln halten oder im Beet.“

„Ist dies die einzige Wohnung mit Garten?“

Sie nickte. „Alle anderen haben einen Balkon, auch die zu ebener Erde. Dies hier erkämpfte sich einer unserer allerersten Hausbewohner. Er war gehbehindert und besaß einen Bobtail, der Auslauf brauchte. Da er sich von dem Tier nicht trennen wollte, zweigte man ein Stückchen Park für ihn ab, zäunte die Fläche ein und versah den Zaun mit einem Tor. Der Hund konnte das Türchen öffnen, und er war so gut erzogen, dass er auf einen kurzen Pfiff seines Herrchens sofort zurückkehrte.

„Die Wohnung ist wohl sehr begehrt?"

„Nicht so sehr, wie man glauben könnte. Vor einem Jahr hat es drüben in Mariendorf eine Einbruchswelle gegeben. Die Bande versuchte es auch bei uns, aber geglückt ist es ihr nur bei diesem Apartment. Das Gartentor, wissen Sie, und dann der Jägerzaun, hinter dem man sich verstecken kann ... Seitdem wird behauptet, die Wohnung sei nicht sicher, obwohl der Riegel an der Terrassentür erneuert wurde. Außerdem hat nicht jeder auf seine alten Tage noch Spaß an der Gartenarbeit."

Ich warf einen Blick durch das Zimmer. In einer alkovenartigen Nische stand ein Bett mit einem karierten Überwurf, darüber hing ein dünner, seidig glänzender Perserteppich, der sehr alt wirkte. Auf einer niedrigen Kommode neben dem Bett, inmitten dicht gedrängter Fotorahmen, stand eine Menora. An der Wand darüber hatte offenbar ein größeres Bild gehangen. Man sah es an dem dem kräftigen Nagel, der noch steckte. Es gab einen Schreibtisch im Biedermeierstil, auf dessen heruntergeklappter Platte eine rote Bastmatte lag. Der Armsessel davor war zur Seite gerückt, als wäre sie nur kurz aufgestanden und käme sofort wieder, aus der Kochnische oder vom Bad. Es gab ein beigefarbenes Zweiersofa, eine Stehlampe und einen Couchtisch mit Zeitschriften und dem Fernsehprogramm. Der Fernseher stand in der Zimmerecke, rechts von der Terrassentür, auf einem niedrigen, vollgestopften Bücherregal. Ich entzifferte ein Gebetbuch, eine Taschenbuchausgabe des Talmud, ein koscheres Kochbuch, ein Buch, das wie ein Fotoalbum aussah, mehrere Gartenratgeber, einen Bildband über Rosen, und eine Reihe altösterreichischer Autoren in einheitlicher Aufmachung: Roth, Kafka, Rilke, Trakl. Außerdem hatte sie offenbar Italienisch gelernt; sie besaß eine Grammatik, ein Lehrbuch, ein Wörterbuch. Die restliche Literatur bestand aus den Gesamtausgaben von

Goethe, Schiller und Shakespeare. Es gab auch eine alte Kredenz, in deren verglastem Aufsatz geblümtes Geschirr, Silbergerät und Gläser aufbewahrt wurden. Daneben hingen kleinformatige, kolorierte Kupferstiche mit Städtemotiven. Das Streichholzheftchen fiel mir wieder ein, aber ich konnte nirgends einen Aschenbecher finden.

„Sie war Apothekerin?“

„Ja“, nickte die Heimleiterin. „Die Rosenzucht war nur ihr Hobby … Oh, da fällt mir noch jemand ein, die mit dem Sie reden könnten. Herr Moor, unser Gärtner. Mit dem hat sie sich oft unterhalten. Noch vor wenigen Tagen habe ich die beiden gesehen, als er die letzten Hagebutten von den Heckenrosen schnitt.“

„Waren die Rosen der einzige Grund, diese Wohnung zu nehmen?“

„Darüber kann Frau Vennhusen Ihnen mehr sagen.“ Sie streifte die Manschette ihres Hemdblusenkleides zurück und sah auf die Uhr. „Ich weiß nicht, wie lange Sie hier noch zu tun haben, aber ich müsste dringend mit ein paar auswärtigen Gästen unserer Adventsfeier sprechen, zwei Mitgliedern unseres Aufsichtsrats. Wenn ich Ihnen noch helfen kann …? Wenn nicht, würde ich vorschlagen, dass wir uns später im Foyer treffen, damit Sie mir den Schlüssel zurückgeben.“

„Nur das Bad noch!“, sagte ich.

Es enthielt außer der üblichen Sanitärausstattung ein Wandschränkchen für Medikamente und einen Rollwagen mit Kosmetika und Badetextilien, der genau darunter stand. Zu dem Schrank fehlte der Schlüssel, und ich überlegte kurz, ob ich die Heimleiterin nicht zurück zu ihren Gästen schicken und nach ihm suchen sollte. Aber falls man sie ermordet hatte, konnte er genauso gut im Besitz des Täters sein.

Auf der weißen Porzellanablage über dem Waschbecken standen ein Zahnputzglas und eine Kukidentdose aus rosa Kunststoff, ein Zerstäuberflakon mit Chanel Nr. 19, ein Tiegel mit Hautcreme und der Lippenstift, den sie offenbar noch kurz vorm Schwimmen benutzt hatte. Auf einem Trockengestell über der Wanne hingen ein geblümter Schwimmanzug und eine schwarze Badekappe. Der weiße Treteimer neben der Personenwaage war leer.

„Gut!“, nickte ich, und während Frau Haag mit hastigem Schritt in Richtung Foyer verschwand, verstaute ich die abgespülte Tasse vorsichtig in einem sauberen Müllbeutel und klebte ein Siegel über die Tür. Dann blieb ich im Flur stehen und lauschte auf die spärlichen Geräusche aus den übrigen Apartments. Genau gegenüber, bei einem gewissen Professor Luhe-Wildenau, brabbelte ein Fernseher, in der Nachbarwohnung der Toten rauschte die Toilettenspülung, oder war das schon hinter der übernächsten Tür, wo „R. und L. Hauenstein“ wohnten?

Im Foyer brodelten und summten die Stimmen der Gäste auch jetzt, kurz vor sieben, noch wie in einem Bienenstock. Aber inzwischen hatten sich kleine Grüppchen mit aufgerüttelten Gesichtern gebildet. In mehreren Gesprächsfetzen fiel der Name der Toten, die tragische Nachricht machte ihre Runde. Ich sah, wie Frau Haag von einer Gruppe zur anderen ging, und wie man die Schultern zuckte oder den Kopf schüttelte, dann führte sie zwei Männer in ihr Büro. Aus ihrer respektvollen Haltung schloss ich, dass nun das Gespräch mit den Aufsichtsratsmitgliedern an der Reihe war.

Schüller und seine beiden Mitarbeiter tauchten auf der Kellertreppe auf. Ihre Ausbeute war spärlich, wenn nicht sogar hoffnungslos gering.

„Spurensuche in einem Schwimmbad!“, sagte Ansgar kopfschüttelnd, „das ist ja schlimmer, als wenn man Kokain in einem Karton mit Kartoffelstärke suchen müsste!“ Ich erfuhr, dass Dr. Robbing von der Pathologie eingetroffen war und die Tote für den Transport in die Gerichtsmedizin fertig machte.

Marion saß in der Bibliothek, gleich neben dem Frisiersalon mit seiner Wella-Werbung auf der Glastür. Sie hob den Kopf von ihrer Zeitungslektüre: „Und?“

Ich schloss die Tür. „Das Erste, was ich morgen klären muss, ist, ob sie Raucherin war. Das Zweite, ob sie depressiv war und das Dritte, ob sie eine chronische Krankheit hatte.“

„In dieser Reihenfolge?“

„Vielleicht auch andersherum. Das hängt davon ab, mit wem ich morgen reden kann.“

Wir schwiegen eine Weile. „Eigentlich“, sagte sie dann und faltete die Zeitungen zusammen, „wollte ich dir vorschlagen, noch für ein Stündchen mit mir zum Italiener am Alten Fischmarkt zu gehen, auf ein Tramezzino und ein Glas Prosecco, aber irgendwie …“

„Vergiss es!“, sagte ich.

Zweites Kapitel

Marita Vennhusen, die in Haus Nettelbeck für die Vermietung und die Bewohnerlisten zuständig war, schien eine sehr energische Person zu sein, trotz ihres jugendlichen Alters; ich schätzte sie auf höchstens Mitte Zwanzig. Mit ihren hellblonden, zu einem Knoten aufgesteckten Haaren, der anthrazitfarbenen Nadelstreifenhose mit passendem Gilet und der makellos gebügelten weißen Leinenbluse hätte sie auf den Cover von Harper's Bazaar gepasst. Sie strahlte jene Kombination von Selbstsicherheit und Umgänglichkeit aus, die man sich auf Business-Schools oder in Selbstfindungsseminaren aneignete, und die wahrscheinlich notwendig war, um ältere, in soliden wirtschaftlichen Verhältnissen stehende Menschen davon zu überzeugen, dass nur Haus Nettelbeck und niemand sonst ihnen den ersehnten stimmungsvollen und sorgenfreien Lebensabend zu bieten habe.

„Aber setzen Sie sich doch!", sagte sie und lächelte, als wäre ich keine Polizistin mit Fragen zu einem dubiosen Todesfall, sondern eine gute Bekannte, die nur kurz Guten Tag sagen wollte.

Doch dann wurden ihre blassblauen Augen sehr ernst. „Ich habe gehört, was passiert ist. Wissen Sie schon mehr?"

„Wir müssen den Obduktionsbericht abwarten."

„Und wie kann ich Ihnen dann helfen?"

„Hat Frau Abraham Ihnen jemals etwas von einer chronischen Krankheit erzählt? Musste sie eine Diät einhalten oder hatte sie Kreislaufprobleme?"

„Nein." Sie schüttelte energisch den Kopf. „Absolut nichts, ich habe gleich heute morgen, als ich von ihrem Tod erfuhr, in den Unterlagen nachgesehen. Natürlich fragen wir unsere Neuzugänge nach diesen Dingen, und es ist in ihrem Sinne, uns genaue Auskunft zu geben. Wenn sich jemand nicht wohl fühlt, müssen wir die möglichen Ursachen kennen. Außerdem nimmt die Vergesslichkeit zu. Es kommt vor, dass jemand, der Diabetes hat, Kuchen isst oder ein Gallenkranker zu viel Fett. Aber in ihrem Fall lag überhaupt nichts an. Sie hielt sich an ihre koscheren Essensvorschriften, daran brauchte sie niemand zu erinnern. Aber sonst? Keine chronischen Leiden, keine Diät, nichts!“

„Können Sie mir die Adresse ihres Hausarztes geben?“

„Die haben wir nicht. Und wozu auch? Viele Leute wechseln ihre Ärzte wie das tägliche Hemd, und wir kämen ja gar nicht nach mit unserer Adressenliste.“

Ich verkniff mir die Bemerkung, dass ich bei älteren Leuten eher vom Gegenteil überzeugt war; dass manche sogar den Wohnort wechseln würden, um bei ihrem vergötterten Hausarzt zu bleiben. Statt dessen sagte ich:

„Ich habe von Frau Haag eine Kontaktadresse in Venedig bekommen. Ist diese Signora Fantin eine Verwandte?“

„Ihre Schwester“, bestätigte sie. Das Telefon klingelte. Sie nahm, offensichtlich verärgert, ab und schnarrte in die Muschel: „Ich hatte doch ausdrücklich gesagt: keine Gespräche in der nächsten halben Stunde!“ Dann wandte sie sich wieder mir zu, und ihr Gesichtsausdruck hatte seine glatte Geschäftsmäßigkeit zurückgewonnen. „Ihre Schwester“, wiederholte sie.

„Was wissen Sie von ihr?“

„Nur das, was Frau Abraham mir erzählt hat, und das war nicht viel. Sie ist die Ältere von beiden und in Venedig verheiratet gewesen. Mit einem Restaurator. Es gibt eine Tochter aus seiner ersten Ehe, die in die Fußstapfen des Vaters gefolgt ist …“

„Sie sagten, sie *war* verheiratet?“

„Er ist vor etwas mehr als einem Jahr mit dem Auto verunglückt. Im Oktober, glaube ich. Sie, ich meine, Frau Abraham, hat mir erzählt, dass sie danach eine Weile überlegt hatte, ob sie nicht zu ihrer Schwester ziehen solle. Die Wahl sei ihr nicht leicht gefallen zwischen dem schönen Apartment bei uns und einem Palazzo in Venedig. Wenn ich mich nicht irre, hat sie auch versucht, die Schwester nach Münster zu holen. Aber wie Sie sehen, entschied sie sich dann doch für uns, und zwar allein.“

„Erinnern Sie sich an Ihre ersten Kontakte zu ihr?“

„Natürlich!“ Jetzt hatte sie wieder ihr werbewirksames Strahlen aufgesetzt. „Sie kam Anfang des Jahres zu uns, gleich in den ersten Januartagen. Sie hatte sich zwei Wochen vorher telefonisch bei mir angemeldet, und ich führte sie durchs Haus. Der Schnee leuchtete in der Sonne, sie bewunderte den Park und unseren kleinen Atriumhof und lachte über den Putto mit seiner weißen Schneemütze … Es war ein Tag wie heute“, sagte sie mit einem kurzen Blick zum Fenster. „Und dann kam sie ganz gezielt auf die Wohnung mit dem Garten zu sprechen. Sie wollte nur diese eine, wegen ihrer Rosen.“

„Woher wusste sie davon?“

„Vielleicht durch Bekannte im Haus? Wir vermieten hauptsächlich aufgrund von privaten Empfehlungen. Sie hatte übrigens gar nicht vor, so schnell einzuziehen. Ihr lag nur daran, sich vormerken zu lassen. Als dann Mitte Juli die bisherige Bewohnerin in die Pflegestation kam, musste sie sich entscheiden: sofort zuzugreifen oder vielleicht zehn, zwanzig Jahre zu warten. Aber wir sind kein Pflegeheim. Wenn sie sich erst wieder mit Achtzig beworben hätte und dann vielleicht auch noch bettlägerig gewesen wäre oder geistig nicht mehr präsent, hätten wir sie nicht aufnehmen müssen, verstehen Sie? Sie war erst dreiundsechzig, vielleicht zu jung für ein Seniorenheim, aber es war die einzige Möglichkeit, diese eine Wohnung zu bekommen.“

„Also griff sie zu?“

Sie nickte. „Anfang September zog sie ein, und ich hatte das Gefühl, dass sie sehr zufrieden war.“

„Ihre Rosenstöcke“, sagte ich, „sind Jahrzehnte alt. Ich verstehe ein bisschen was von Pflanzen.“

„Sie hat sie aus ihrem eigenen Garten mitgebracht. Deswegen wollte sie ja unbedingt dieses Apartment. Wertvolle, hochgezüchtete Rosen, die jahrelang im Beet gewachsen sind, kann man nicht plötzlich in einen Balkonkasten pferchen! Sie zog mit einem Container voll Pflanzenballen bei uns ein und hat unseren Herrn Moor tagelang beschäftigt, obwohl er draußen, in den Anlagen, genug zu tun gehabt hätte.“ Ihre Stimme klang amüsiert, als hätte sie plötzlich diesen Einzug in all seiner Turbulenz vor Augen, doch dann wurde sie schnell wieder ernst.

„Wo in Münster hatte sie denn ihren Garten?“

„Moment!“, sagte sie und zog einen Ordner aus ihrem kirschbaumfarbenen Büroschrank, der anders und vor allem sehr viel umfangreicher aussah als das, was Frau Haag mir vorgelegt hatte. „An der Promenade, auf der Höhe des Kanonengrabens.“

Ich ließ mir die genaue Adresse geben. Sie klappte den Ordner wieder zu, legte die flache Hand auf seinen Deckel, als wollte sie ihn gegen jede weitere Einsichtnahme schützen, und sah mir ins Gesicht. Und wieder irritierte mich diese Frau durch ihre auffallende Diskrepanz zwischen jugendlicher Erscheinung und selbstbewusster Routiniertheit, diese Mischung aus samtigem Betreuertonfall und der offensichtlichen Entschlossenheit, sich nicht allzu viel in die Karten sehen zu lassen. Wenn sich Frau Abrahams Tod als unnatürlicher Todesfall herausstellte, würde sie mir die Unterlagen übergeben müssen.

„Könnten Sie sich einen Selbstmord vorstellen?"

Diese Frage traf sie natürlich nicht unvorbereitet. „Viele Senioren ziehen bei uns ein in dem Bewusstsein, dass alles für sie geregelt wird und sie gut versorgt sind, das ist schließlich unsere Aufgabe. Wer sich nicht mehr allein zurechtfindet oder befürchtet, in seiner Etagenwohnung zu vereinsamen, der findet in Haus Nettelbeck jeden Rückhalt, den er sich wünscht. Aber dann", und jetzt klopfte sie, als würde ein ganz neues Kapitel eingeleitet, mit dem Kugelschreiber auf ihre Schreibtischunterlage, „reden sie sich plötzlich ein, dass ihnen viel zu viel vorgesetzt und dass ihr Lebensraum beschränkt wird, vor allem der Platz für Kinder und Enkelkinder. Wir haben nicht viele Zimmer für Besucher und man muss sie langfristig bestellen. Oder", jetzt beugte sie sich vor und dämpfte die Stimme, „sie begreifen, dass es Isolation natürlich auch im Seniorenheim gibt, und dass dies hier die Endstation ist. Schließlich sehen sie ja die Beerdigungswagen vor der Pflegestation! Aber gehen wir nicht alle diesen Weg? Und in Haus Nettelbeck geht man ihn wohlbehütet und in kultivierter Atmosphäre, bis zum letzten Atemzug …" Sie lehnte sich entspannt zurück. Nach dem eher überraschenden Zugeständnis an die unbestreitbaren Nachteile eines Altenheims hatte sie in ihr gewohntes Verkaufsgespräch zurückgefunden.

Noch einmal läutete das Telefon, und ich sah auf meine Armbanduhr. Die halbe Stunde, die sie mir eingeräumt hatte, war abgelaufen. Ihr Blick wanderte unschlüssig von dem melodisch trillernden Apparat zurück zu mir, dann sagte sie:

„Vielleicht besprechen Sie diesen Punkt mal mit unserem Hauspsychologen, Herrn Wienhoff. An der Rezeption können Sie sich anmelden lassen, er ist heute ab halb zehn im Haus." Damit nahm sie den Hörer ab, und ich verließ das Büro.

„Herr Wienhoff hat um zehn eine Gruppe zum Gedächtnistraining", sagte Frau Klostermann. „Gewöhnlich treffen sie sich im ‚Kabinettchen' gleich neben der Bibliothek. Wenn Sie eine Viertelstunde vorher dort auf ihn warten, hat er sicher Zeit für Sie." Sie zögerte. „Wollen Sie vielleicht heute Mittag hier essen? Ich meine, wenn Sie noch mehr Gespräche führen wollen? Sie müssten sich nur bis zehn in der Cafeteria anmelden, der Menüplan hängt draußen, gleich neben der Tür zum Speisesaal."

Ich nickte. „Das wäre vielleicht besser, als in die Stadt zu fahren." Und da mich mein Beruf schon früh gelehrt hatte, dass Freundlichkeit und Entgegenkommen ein viel zu extravagantes Gut bei Ermittlungsarbeiten waren, um nicht bis zur Grenze des Zumutbaren strapaziert zu werden, fuhr ich gleich fort: „Könnten Sie mir vielleicht eine Liste mit den regelmäßigen Veranstaltungen im Haus machen? Das gäbe mir einen Überblick, mit wem Frau Abraham Kontakt hatte."

Von Marion wusste ich, dass Tante Trudchen, als ihre Augen noch besser funktionierten, einer Handarbeitsgruppe angehört und, solange sie noch gut zu Fuß war, an Wanderungen und Ausflügen teilgenommen hatte.

Frau Klostermanns Miene signalisierte mir, dass ich von der Grenze des Zumutbaren nicht weit entfernt war:

„Erfahrungsgemäß wird es hier in der nächsten halben Stunde sehr hektisch. Wenn unsere Herrschaften gefrühstückt haben, kommen sie erst mal zu uns. Manches hätte sicher Zeit bis zum Nachmittag oder sogar bis zum nächsten Tag, aber sie müssen alles sofort loswerden. Und dann hätte ich manchmal gern drei Köpfe und acht Arme, wie eine tantristische Göttin, um alle Wünsche gleichzeitig zu erfüllen." Wie um dies zu bestätigen, trat eine Heimbewohnerin an den Tresen und legte ihr einen Zahlschein hin. Das müsse aber noch heute erledigt werden! Und während sich Frau Klostermann über das Formular beugte, langte die Frau mit knotigen Fingern nach ihrer Geldbörse. „Hier, nehmen Sie das Geld nur heraus, meine Augen sind zu schlecht."

Frau Klostermann schob mir ein Heft über den Tisch.

„Vielleicht hilft Ihnen das weiter, zumindest als erste Orientierung?“ Es war das neueste Exemplar der monatlichen Hauszeitung.

Ich nahm es mit zur Cafeteria und meldete mich für das vegetarische Mittagsmenü an: Champignoncremesuppe, Gemüsecurry mit Kartoffeln und ein Weintraubengelee. „Möchten Sie allein sitzen?“, fragte das junge Mädchen hinter der Theke und hantierte gleichzeitig an der Mikrowelle.

„Was wäre die Alternative?“

Sie sah stirnrunzelnd auf einen Plan an der Wand. „Am Tisch von Herrn Wittlich wäre noch ein Plätzchen frei, oder bei Frau Dr. Rosenzweig.“

„Ich nehme den Herrn“, entschied ich, nachdem ich kurz die Alternative überdacht hatte, meine Informationen bei einem potentiellen Verehrer von Frau Abraham einzuholen oder bei einer nicht weniger potentiellen Glaubensgenossin.

Vor dem Lebensmittelladen lehnten inzwischen mehrere Steigen mit Äpfeln, Birnen und Weintrauben. Ein ansehnlicher Stapel Weihnachtsschokolade und ein Kistchen mit Knickebein-Christbaumanhängern erinnerten daran, in welcher Zeit wir uns befanden, und das große Zeitschriftensortiment an die langen Leseabende. Die Blumensofas, auf denen Marion und ich am Vorabend allein gesessen hatten, waren jetzt dicht umlagert. Man begrüßte einander, schüttelte sich zittrig oder resolut die Hände oder klopfte seinem Gegenüber auf die Schultern, als hätte man ihn seit Wochen nicht gesehen. Eine Gestalt in weißem Mantel huschte in Richtung Pflegestation durch, und Frau Klostermann verschwand bereits hinter einem breiten Wall von Bittstellern und Ratsuchenden, die ihren Tresen umlagerten.

Ich klopfte am „Kabinettchen“ und warf einen Blick hinein.

Der junge Mann, der, mit dem Rücken zur Tür, an einem runden Tisch saß, drehte sich um.

„Herr Wienhoff?“

Er nickte.

„Hauptkommissarin Züricher. Kann ich Sie kurz sprechen?“

Er machte ein Zeichen, ich solle mich zu ihm setzen, und ich erklärte ihm, worum es ging. Natürlich wusste er von dem Todesfall.

„Wir haben den Befund der Pathologie noch nicht“, sagte ich, „aber wenn sich herausstellen sollte, dass Frau Abraham nicht auf natürliche Weise gestorben ist, müssen wir uns fragen, ob ein Selbstmord vorliegt."

Er betrachtete durch dunkel gefasste Brillengläser, hinter denen seine Augen sehr groß wirkten, erst meinen Dienstausweis und dann mich. „Und jetzt wollen Sie von mir wissen, ob ich das für glaubwürdig halte?"

„Gehörte Frau Abraham zu Ihrem Patientenkreis?"

„Wenn Sie das Gedächtnistraining meinen, muss ich Sie enttäuschen. Das hatte sie noch nicht nötig. Aber ..." Er machte eine Pause, als hätte er selbst gerade vergessen, was er sagen wollte.

„Würden Sie sie als depressiv bezeichnen?"

Er faltete die Hände und rieb unter leisem Krachen seine grob vorstehenden Fingerknöchel. „Sie hatte Probleme, keine Frage!"

„Mehr als die anderen? Ich meine, so kurz nach dem Einzug?"

„Ich würde sagen, sie hatte andere Probleme."

Als ich schwieg, fuhr er fort: „Das ... sagen wir mal ... Standardproblem hier im Haus kurz nach dem Einzug ist die radikal veränderte persönliche Situation. Man war mit sich ins Reine darüber gekommen, dass das Heim die beste Lösung sei. Und dann fühlt man sich plötzlich eingesperrt, abhängig, völlig isoliert oder, im Gegenteil, von den Nachbarn belästigt, je nachdem in welchen Verhältnissen man bis dahin gelebt hat. Ich definiere das gern so, dass man sich reduziert fühlt auf den kleinsten gemeinsamen Nenner, der für alle Hausbewohner gilt. Ich weiß nicht, ob Sie das nachvollziehen können."

„Und Helene Abraham?"

Er schüttelte den Kopf. „Sie fühlte sich nicht abhängig oder bevormundet. In ihrem Alter glaubt man noch, dass man jederzeit wieder nach Hause kann, wenn man nur will. Aber ... sie hatte ein extrem ausgeprägtes sexuelles Defizit."

„Aha!", sagte ich.

„Sie war depressiv – und damit auch suizidgefährdet –, weil sie das Objekt ihrer sexuellen Begierde nie besessen hatte."

„Und das Objekt dieser Begierde lebt hier, im Heim?"

„Nein!", sagte er fast schroff, und das Wort ‚Ignorantin!' sprach aus seinem Blick, „Bei dem Objekt handelte es sich um ihren Schwager."

Einen Augenblick lang war ich sprachlos. Woher wusste der Mann das alles? Arbeitete er etwa mit Hypnose?

„Hat sie Ihnen das erzählt, ich meine, dass sie in den Mann ihrer Schwester …?"

„Ich leite zweimal wöchentlich eine Gesprächsrunde, Gruppentherapie wäre zuviel gesagt. Es ist ein Kreis, in dem man persönliche Probleme und natürlich auch Lösungsvorschläge anbringen kann, aber oft diskutieren wir auch über Politik oder ethische Fragen. Daran hat sie ein paar Mal teilgenommen, und aus ihren Beiträgen wurde sehr schnell klar, woran diese Frau litt. Massiv litt!"

„Hat sie in diesem Zusammenhang auch mal Selbstmordabsichten angedeutet?" Und als er nicht antwortete, fuhr ich fort: „Ist es nicht so, dass jemand, der sich umbringen will, vorher darüber redet, um damit zu drohen oder sich das Einverständnis für das, was er vorhat, zu holen?"

Er nickte zögernd. „Gelegentlich kommt es zu solchen Drohungen, aber im allgemeinen sind sie nicht ernstgemeint, sondern dienen dazu, mehr geliebt oder beachtet zu werden."

„Aber dieser Signor Fantin", wandte ich ein, „ist vor über einem Jahr tödlich verunglückt."

„Ich weiß! Das war ja ihr Problem. Er starb, bevor sie ihr Defizit beseitigen konnte."

„Sie wollte nach seinem Tod mit ihrer Schwester zusammenziehen. Sie nach Münster holen."

„Eben", nickte er heftig. „Damit hätte sie zumindest die Frau ihres Objekts unter ihre Kontrolle gebracht! Ihre Schwester hatte ihn besessen, nicht sie! Und indem sie versuchte, ihre Schwester zu sich zu holen oder selbst in ihre Wohnung zu ziehen, hoffte sie, ihn nachträglich zu kriegen, indirekt, verstehen Sie?"

Ich verstand. „Und deshalb hatte sie Depressionen?"

Er nickte. „Weil sie ihre Situation nicht bewältigt hatte und auch in Zukunft keine Möglichkeit sah, sie in den Griff zu bekommen!"

„Sie meinen, weil ihre Schwester es ablehnte, mit ihr zusammenzuziehen? War das ihre persönliche Katastrophe?"

Die Tür hinter uns klappte auf, und ein kleines Gesicht mit einer spitzen Nase schob sich durch den Spalt. „Oh! Sie sind schon da!", wisperte ein zartes, aber sehr motiviertes Stimmchen. „Kann ich den anderen sagen, dass wir hereinkommen können?“

Ich setzte mich wieder ins Foyer und blätterte in den Hausmitteilungen. Erst jetzt erfuhr ich, dass Haus Nettelbeck das Produkt eines Kuratoriums war, das in den vergangenen fünfundzwanzig Jahren unter dem Slogan „Unbeschwert ins Alter!“ Nordrhein-Westfalen und Niedersachsen mit Seniorenstiften für gehobene Ansprüche überzogen hatte, weitmaschig natürlich, etwa so wie im Hochmittelalter die Deutschritter ihre Ordensburgen über Pommern, West- und Ostpreußen verteilt hatten.

Das Angebot an die Hausbewohner, sich gegen mangelnde Beschäftigung, die Einsamkeit oder das Einrosten der Knochen erfolgreich zu wehren, war beeindruckend. Mal- und Bastelkurse, Nähkränzchen, Kartenclubs, Sing- und Literaturkreise, eine Laienspielgruppe und jede Art von Körperertüchtigung, von der Gymnastik auf dem Pezzi-Ball bis hin zu karateähnlichen Übungen, die die Sprunggelenke in Takt hielten. Es würde einige Zeit kosten, um herauszufinden, an welchen dieser Aktivitäten die Verstorbene sich beteiligt hatte. Sportlich schien sie zu sein, also beschloss ich, in den Gymnastik- und Turngruppen nachzufragen. Ich versuchte auch, mich an irgend welche Handarbeiten in ihrem Apartment zu erinnern, aber ich war mir nicht sicher. Nur das vollgestopfte Bücherregal fiel mir wieder ein. Wie auf ein Stichwort streifte mein Blick den Aufruf einer gewissen Dorothea Brede, die, offenbar als Leiterin der Theatergruppe, zur nächsten Probe am Freitag Nachmittag im Saal aufrief. Zwei Rollen in der neuen Inszenierung seien noch zu vergeben.

Ein Schatten fiel auf das Blatt in meiner Hand, vor mir stand eine große, stämmige Frau mit einem angenehmen, rotwangigen Gesicht und krausen, kastanienfarbenen Haaren. Sie trug einen grauen Lodenmantel, einen dunkelgrünen, fasanfedergeschmückten Trachtenhut und in der Hand eine Einkaufstasche.

„Sind Sie die Kommissarin?“

Ich nickte. Sie setzte die Tasche ab und streckte mir die Hand entgegen. „Ich bin Hildegard Frentzel, die Etagendame von D1. Frau Haag hat mich gestern Abend noch …“ Sie sah sich um, aber es war niemand in der Nähe. „Wollen Sie vielleicht mitkommen?“

Am Fuß der Treppe, nicht weit von den beiden Lifts, die zu den höheren Stockwerken von Haus D führten, war eine Sitzecke eingerichtet: zwei Plastikstühle, ein Tischchen mit künstlichen Blumen in einem gurkenglasartigen Gefäß. Aber nicht dorthin führte mich Frau Frentzel, vielmehr schloss sie die Tür unmittelbar daneben auf, hinter der die Teeküche lag. Da der kleine Raum keine Sitzgelegenheit bot, sondern nur die übliche nüchterne Küchenmöblierung, die sich an drei Wänden entlang zog, lehnte sie sich an die Fensterbank und ich gegen die Spüle.

„Frau Haag sagte, ich könnte Ihnen vielleicht weiterhelfen, woll?" Ihrer Aussprache nach stammte sie aus dem Sauerland. Sie nestelte umständlich das große geblümte Fransentuch von ihren Schultern und brachte Mantel, Tuch und Hut in einem Schrank unter, den ich irrtümlich für eine Art Besenkammer gehalten hatte.

„Möchten Sie Kaffee?"

„Nein, danke. Ich will Sie auch gar nicht lange aufhalten, ich hätte gern mit den Wohnungsnachbarn von Frau Abraham gesprochen."

Sie nickte. „Frau Haag meinte auch schon, dass Sie das wohl tun wollten. Nur haben wir leider das Problem, dass die Herrschaften erst heute Nachmittag verfügbar sind. Professor Luhe-Wildenau trifft sich montags vormittags immer mit seiner Tochter in der Stadt. Ich weiß das, weil er nie pünktlich zurückkommt, und wir ihm deshalb das Mittagessen warm stellen müssen. Und Frau von Bach hat bis um halb zwölf ihre Friseurin da. Die ist immer montags bei ihr, weil dann ihr Laden geschlossen bleibt."

„Gut", sagte ich, „dann versuche ich es am Nachmittag."

„Aber nicht vor halb vier", warnte Frau Frentzel. „Die sind beide ganz pingelig mit ihrem Mittagsschlaf."

Der letzte Satz erinnerte mich wieder an eine meiner Kernfragen. Wenn jemand sehr pingelig war, dann regte er sich auch über unliebsame Angewohnheiten in seiner Umgebung auf. Zum Beispiel über Tabakrauch, der auf den Flur drang. „Wissen Sie, ob Frau Abraham geraucht hat?"

Die Etagendame sah mich überrascht an. „Wie bitte?"

„Ob sie geraucht hat."

„Das weiß ich nicht! Und das ist ja auch nicht mein Problem, woll?" Wahrscheinlich hätte ich sie genauso gut fragen können, ob sich Frau Abraham regelmäßig die Socken gestopft hatte. „Ich putze einmal pro Woche die Wohnungen, zusammen mit der Wiebke … Lassen Sie mich mal nachdenken. Herr Reck raucht, das sieht man an den Gardinen, die Hauensteins lassen ihre Kippen überall rumliegen, und der Professor hat eine Pfeife. Das sind unsere Raucher. Aber Frau Abraham … Nee, ich könnte Ihnen keinen einzigen Hinweis dafür nennen, dass sie geraucht hat.“

„Ist Ihnen in der letzten Zeit etwas aufgefallen, änderte sie ihre Gewohnheiten, hatte sie besondere Wünsche?“

Diesmal kam das „Nein“ spontan. „So eine war sie nicht! Eher eine, die aufräumte, bevor man zum Putzen kam. Manchmal hatte sie sogar schon Staub gewischt. Und sie ging immer weg, um uns nicht im Weg zu stehen. Sie spülte ihr Mittagsgeschirr und stellte es in die Nische, damit wir es rechtzeitig zurückbekamen. Sie war in jeder Weise angenehm, aber sie war ja auch noch nicht lange da!“ Die letzten Worte kamen nicht ohne eine gewisse Schärfe.

„Wie meinen Sie das?“

„Och!“, sagte sie leichthin und begann, leise die vorgesehenen Tassen zählend, Kaffeepulver in den Filter zu schütten, „sie war noch daran gewöhnt, für sich selbst zu sorgen. Aber das hört dann bald auf. Fragen Sie mal die Wiebke!“

„Also ist Ihnen bei Frau Abraham nichts aufgefallen?“

Ein junges, schwarzhaariges Mädchen kam zur Tür herein, sah erst mich erstaunt an und dann Frau Frentzel. „Wir sind gleich fertig!“, sagte die Etagendame. „Fang schon mal an! Heute ist der Professor dran!“

„Ich weiß!“, nickte sie und verschwand.

„War sie mal verreist?“, fragte ich.

„Einmal, Anfang Oktober. Aber sie war ja erst seit kurzem bei uns, da kann man schlecht beurteilen, ob sie eine von diesen typischen Reisetanten geworden wäre.“

„Und wer wäre das?“

Sie nickte mit dem Kinn in Richtung Tür. „Die beiden Hauensteins, zwei Schwestern. Die sind dauernd zur Kur weg. Die brauchen ihre Wohnung nur, um die Möbel unterzustellen. Wie manche das finanziell schaffen! Aber mein Problem ist es ja nicht!“

„Vielleicht haben sie mal im Lotto gewonnen!", sagte ich und löste mich von der Spüle, der Metallrand drückte schmerzhaft ins Kreuz. „Sind sie auch jetzt wieder verreist?"

„Seit Mitte Oktober."

„Hatte Frau Abraham öfter Besuch?"

„Meinen Sie längerfristig oder nur für ein paar Stunden?"

„Beides!"

„Gäste von auswärts sind nicht gekommen. Jedenfalls nicht von weither. Das wüsste ich, weil sie dann zusätzliche Mahlzeiten bestellt oder in der Cafeteria gegessen hätte. Aber Besuch kriegte sie schon. Immer am Donnerstag."

„Woher wissen Sie das?"

„Wegen der leeren Pikkolos! Am Freitag morgen standen sie regelmäßig am Müllschlucker."

„Wie viele?"

„Mal zwei, manchmal auch drei! N'bißchen viel für eine Person, oder? Ich meine, für eine so Grundsolide, wie sie es war. Also wird sie wohl Gesellschaft gehabt haben."

„Können Sie sich an die Marke erinnern?"

„Die Marken", korrigierte sie, „das wechselte nämlich. Aber es waren immer ganz obskure Namen. Schloss Rheinklippe oder Fürst Mauritius und so ähnlich ..."

„Aus dem Laden im Foyer?"

Sie dachte kurz nach. „Also, ich kaufe ja nur selten dort, und wenn, dann nicht unbedingt Sektpikkolos. Aber warum fragen Sie die Kühns nicht einfach mal?"

„Woher wissen Sie so genau, dass die Flaschen von Frau Abraham stammten?"

„Weil Sie die einzige war, die den Karton für Altglas benutzte, und sich darüber aufregte, dass alle anderen von der Etage ihre leeren Gläser und Flaschen einfach in den Müllschlucker werfen. Sie war sehr umweltbewusst, wissen Sie. Und von den anderen trinkt auch keiner Sekt, höchstens am Sylvesterabend oder bei Geburtstagen."

Und der Altglaskarton? Mit dem war einer der Zivis noch am Freitag Vormittag zum Container gegangen.

„Kam der Besuch immer zur gleichen Zeit?"

„Immer donnerstags", nickte Frau Frentzel. „Im Spätnachmittag, nehm' ich mal an. Denn bis um vier bin ich hier, und ich lasse immer die Küchentür offen, damit ich jeden sehe, der vorbeigeht. Es kommt genug Gelichter ins Haus."

Donnerstags? Da traf sich, wie aus meiner Liste hervorging, am Abend regelmäßig eine Gruppe zum Schallplattenhören. Hatte Frau Abraham teilgenommen? Vielleicht sogar mit ihrem Besuch?

„War er am vergangenen Donnerstag auch da?", fragte ich.

Sie nickte.

„Und seit wann ging das schon?"

„Genau erinnere ich mich nicht, aber schon eine ganze Weile."

„Und vorher trank sie keinen Sekt?"

„Oh doch!", nickte sie, „so dann und wann. Aber immer nur ein Fläschchen. Ich glaube, sie hatte einen niedrigen Blutdruck."

„Das wär's vorläufig", sagte ich. „Vielleicht habe ich später noch mal Fragen."

Auf dem Weg zur Rezeption traf ich Frau Haag. „Kommen Sie zurecht?" Ich fragte sie nach dem Namen von Frau Abrahams Hausarzt.

Sie schüttelte den Kopf. „Ich glaube nicht, dass das jemand weiß. Aber haben Sie denn nicht mit Herrn Wienhoff gesprochen?"

„Habe ich", bestätigte ich schnell. Genau in diesem Augenblick fiel mir ein, wer mir Auskunft geben konnte. Und wenn ich mich beeilte, schaffte ich diesen Besuch noch bis zum Mittagessen. Ich fuhr die Warendorfer Straße stadteinwärts, dann in Richtung Aasee und parkte den Wagen auf der Höhe der Annette-Schule an der Ecke zu einer Stichstraße, die kurz und bündig „Hals" hieß. Ich stieg aus und machte mich auf die Suche nach der Hausnummer, die Frau Vennhusen mir genannt hatte.

Auch die Polizei hat manchmal Glück. Frau Abraham hatte im Erdgeschoss gewohnt, mit Blick auf die Linden der Promenade und die Spaliere ihrer Rosenbeete. In der Wohnung nebenan lebte noch immer dieselbe Nachbarin und sie war gerade zu Hause; eine resolut wirkende Person, die, wie sie mir bereitwillig erzählte, vor kurzem in Rente gegangen war.

Sie schleuste mich ins Wohnzimmer und brachte mich auf ihrem Sofa unter, wo ich in einer Unmenge von Kissen mit Petit-Point-Stickerei versank.

„Vielleicht ein Eierlikörchen?“

„Ich bin im Dienst“, erinnerte ich.

„Also gut!“ Sie setzte sich selbst in einen bedeutend ergonomischer wirkenden Sessel. „Welche Fragen haben Sie?“

„Zunächst habe ich eine traurige Nachricht. Frau Abraham ist gestern Nachmittag gestorben.“

Sie stieß einen leisen Schrei aus und schlug beide Hände vor den Mund. „Was sagen Sie da?“

„Leider!“, nickte ich. „Man hat sie im Schwimmbad gefunden.“

Sie atmete schwer. „Wie ist das passiert?“

„Das wissen wir noch nicht. Wer war ihr Hausarzt?“

„Wir hatten beide dieselbe Ärztin. Der Tipp stammte von ihr. Frau Dr. Müller-Liebermann, am Michaelisplatz, gleich neben dem Juweliergeschäft. Noch Ende August ist sie bei ihr gewesen, kurz vor ihrem Umzug ins Heim ...“

Ich schrieb mir den Namen auf. „Wie lange hat Frau Abraham hier gewohnt?“

„Sie war schon da, als ich einzog. Aber wenn Sie es genau wissen müssen, kann ich Ihnen den Namen des Eigentümers geben.“

„Wahrscheinlich ist es nicht so wichtig. Wichtiger wäre die Adresse der Apotheke, in der sie gearbeitet hat.“

Sie nickte zustimmend und nannte eine Hausnummer auf der Aegidiistraße.

„Waren Sie miteinander befreundet?“

„Sie“, entgegnete sie ausweichend, „war für mich die Helene und ich war die Sophie, aber wir haben uns bis zum Schluss gesiezt.“

„Haben Sie sich nach ihrem Umzug noch mal wiedergesehen?“

„Ja“, sagte sie, „zufällig in der Stadt, vor Tchibo auf der Salzstraße, und da haben wir dann zusammen ein Tässchen Kaffee getrunken.“

„Haben Sie sie nie besucht?“

„Nein! Das war mir zu beschwerlich.“ Das klang ein bisschen verlegen.

„Hat sie mit Ihnen mal über ihren Entschluss, ins Altersheim zu gehen, geredet?“

„Na ja“, sie schob gedankenvoll ein Schälchen mit Erdnüssen zur Seite, das, verstaubt wie es war, wohl nur als Dekoration diente.

„Sie hat hin- und herüberlegt“, sagte sie, als das Schälchen mindestens dreißig Zentimeter weiter rechts stand.

„Und was war so schwierig dabei?“

„Die Schwester!“ Die Erdnüsse wanderten wieder an ihren angestammten Platz. „Eigentlich wollten die beiden ja zusammenziehen.“

„Und an wem scheiterte es? An der einen oder der anderen?“

„An der anderen.“

„Und als die Schwester absagte, beschloss Frau Abraham, ins Heim zu gehen?“

Sie nickte auf meine Frage, und ich überlegte, welchen Zeitpunkt mir Frau Vennhusen genannt hatte. Mitte Juli war das Gartenapartment frei geworden. Zu diesem Zeitpunkt war also zwischen ihr und der Schwester die Entscheidung endgültig gefallen. Gegen den Palazzo und für Haus Nettelbeck.

Für eine Weile herrschte Schweigen. Unter den wolkenartig gerafften Gardinen, die das breite Fenster bis auf halbe Höhe verdeckten, sah man die Tannenwipfel im Garten, die die Last der Schneemassen tief hinunterdrückte. Eine Dohle landete auf einem von ihnen und löste eine pudrige Lawine aus. Irgendwo im Haus läutete ein Telefon und erst jetzt wurde mir bewusst, welche Friedhofsstille herrschte. Ich fand es plötzlich kalt in der Wohnung und dachte an die quirlige Betriebsamkeit im Seniorenheim, an seine Wärme und Helligkeit, und auf einmal schien es mir gar nicht mehr so ungewöhnlich, dass jemand mit dreiundsechzig ins Haus Nettelbeck zog, um der eigenen Wohnung zu entkommen.

„Wie lebte sie denn so?“, fragte ich. „Hatte sie oft Besuch oder viele Verabredungen?“

„Was nennen Sie ‚oft‘?“

„Ein-, zweimal pro Woche.“

„Nein“, sagte sie. „So häufig war das nicht. Und sie war ja auch nicht mehr gut genug auf den Beinen, um durch die Geschäfte zu gehen. Ich habe sie oft im Garten gesehen, bei ihren Rosenbeeten, und jeden Nachmittag machte sie ihren Spaziergang durch die Promenade. Ihr ‚Quantum‘ nannte sie das. Aber sonst …!“

Sie begleitete mich zur Wohnungstür und legte dann rasselnd die Kette vor.

„Könnten Sie gegen ein Uhr bei uns sein?", fragte die Assistentin von Frau Dr. Müller-Liebermann, als ich sie vom Autotelefon aus anrief. „Die Frau Doktor hat noch eine größere Untersuchung, aber ab eins wäre sie frei." Also fuhr ich zurück zum Seniorenstift, wo sich gerade die Cafeteria mit den ersten Mittagsgästen füllte. Es war viertel vor Zwölf.

Herr Wittlich, mein Tischnachbar, schätzte, seiner äußeren Erscheinung nach, gutes Essen. Sein rundliches Gesicht unter dem dichten, schneeweißen Haarschopf war feinädrig, aber wettergegerbt, als bewegte er sich viel an der frischen Luft. Bei den beiden Personen, die unsere Runde komplett machten, handelte es sich offensichtlich um ein Ehepaar, denn sie rückte ihm, während wir auf die Suppe warteten, die Krawatte zurecht und schnippte die Schuppen, die seinen Anzugsrücken übersäten, mit jener Duldermiene weg, die die Routine der langjährigen Angetrauten verriet. Herr Wittlich, wie es sich für einen einsamen, aber neugierigen Junggesellen gehörte, widmete seine Aufmerksamkeit sofort mir. „Sie besuchen Angehörige hier im Haus, hab' ich recht?"

Ich beschränkte meine Antwort auf ein stummes Kopfnicken, wobei ich an Tante Trudchen dachte, und senkte meinen Löffel in die aromatisch duftende Champignonsuppe, aber Herr Wittlich fiel mir vertrauensvoll ins Handgelenk.

„Die Kriminalpolizei ist im Haus." Sein Blick unter den leicht hochgezogenen, weißbuschigen Brauen wirkte konspirativ.

Ich schluckte die Suppe herunter. „Ich weiß!"

Er stupste noch einmal. „Im Schwimmbad ist eine Hausbewohnerin gefunden worden."

Ich nahm einen zweiten Löffel dieser wirklich bemerkenswerten Kreation. Der Koch verdiente einen Stern. „Haben Sie sie gekannt?"

„Nicht persönlich. Aber jeder kannte sie als die Rosenzüchterin."

„Wie hat sie es geschafft, so schnell bekannt zu werden?"

„Im September standen auf einmal überall im Haus Sträuße von ihr, an der Rezeption, in der Bibliothek, sogar in der Kapelle, obwohl sie doch …"

„… obwohl sie Jüdin war."

„Woher wissen Sie das?“ Er sah mich noch aufmerksamer, fast misstrauisch an, während sich seine Nachbarin jetzt mit den Blusen- oder Pulloverfarben an den übrigen Tischen beschäftigte.

Als das Traubengelee serviert wurde, hatte er so viel Kaiserstühler zu sich genommen, dass er mir seine Wohnungsnummer „verriet“: B 305; zu weit entfernt, um nachbarliche Kontakte zu Frau Abraham zu knüpfen. Nach Frau Frentzels Aussage hatte sie ihre Mahlzeiten allein an ihrem Biedermeierschreibtisch eingenommen und meinen Tischgesellen und seine stummen Nachbarn vielleicht nie kennengelernt. Mir ging die Frage durch den Kopf, ob es Hausbewohner gab, die einander noch nie gesehen hatten. Eine eigenartige Vorstellung!

„Der Tod dieser Patientin geht mir ganz besonders nahe“, sagte Frau Dr. Müller-Liebermann, während ich auf ihrem Besuchersessel Platz nahm und sie auf die Akte wartete, die die Helferin hereinbringen sollte. „Wie, sagten Sie, ist es passiert?“

„Das steht noch nicht fest. Nur, dass sie wahrscheinlich nicht ertrunken ist. So weit ich das beurteilen konnte, war kein Wasser in den Lungen. Demnach ist es zum Atemstillstand gekommen, zum Schlaganfall oder Herzinfarkt.“

„Ende August war sie noch bei mir, um sich komplett durchchecken zu lassen. Das machte sie jedes Jahr …“ Sie nahm der Helferin den Ordner ab und begann zu blättern. „Das normale EKG … in Ordnung; das Belastungs-EKG … ebenfalls. Das Blutbild“, sie machte eine fahrige Handbewegung – „sie hatte einen leichten Eisenmangel, aber das kommt bei Vegetariern öfter vor, und er war nicht dramatisch. Der Harn …“ wieder flatterte ihre Hand, „ohne Befund … Nein, ich sehe auch jetzt absolut keinen Hinweis auf einen bedrohlichen Zustand. Ihr Blutdruck“, zählte sie weiter auf, „war eher zu niedrig, der Cholesterolspiegel normal, sie war nicht übergewichtig, hatte viel Bewegung … Keiner der Risikofaktoren traf auf sie zu.“

„Rauchte sie?“

„Nein“, sagte die Ärztin, den Blick noch auf ihren Unterlagen.

„Und ihr psychischer Zustand?“

„Auch der …“, sie schüttelte den Kopf. „Natürlich fällt der Entschluss, in ein Altenheim zu gehen, nicht leicht, vor allem, wenn man eigentlich noch zu jung ist.“

Ich schätzte, dass die Ärztin annähernd der gleiche Jahrgang wie die Tote war und sich in die Zweifel und Bedenken, die mit dem Einzug ins Altersheim verbunden waren, sicher besser hineinversetzen konnte als eine wesentlich Jüngere. Ich erzählte ihr von dem Apartment mit eigenem Garten, und sie nickte. „Dann war es also deswegen. Um ehrlich zu sein, ich habe mich gewundert, dass sie so früh ihre Unabhängigkeit aufgeben wollte."

„Hat sie mit Ihnen nie darüber geredet?"

„Sie erwähnte die Sache beiläufig, als sie im August hier war. Sie sagte, dass dieser Termin ihr letzter vor dem Umzug sei. ‚Ich hoffe, Sie gewöhnen sich schnell ein', sagte ich. Und sie sah mich an und fragte: ‚Glauben Sie, dass ich mich nicht eingewöhnen kann?'"

„Hat sie das gesagt?"

„Wortwörtlich!", gab sie zurück. „Und dann drückte sie mir die Hand und sagte: ‚Nächsten August sehen wir uns wieder. '"

„Seit wann kannten Sie Frau Abraham?"

„Seit ihrer Pensionierung. Bis dahin hatte sie in einer Apotheke gearbeitet. Mit sechzig hörte sie auf. Sie hatte Arthrose in den Fußgelenken und das dauernde Stehen fiel ihr schwer. Außerdem wollte sie wohl noch ein bisschen was vom Leben haben. Von da an kam sie einmal im Jahr zu mir."

„Hat sie mal von ihrer Schwester erzählt?"

„Nein, nie. Von ihrer Familie weiß ich nichts. Natürlich interessieren mich die Lebensumstände meiner Patienten, andererseits habe ich nicht sehr viel Zeit für persönliche Gespräche, leider nicht! Warum fragen Sie?"

Ich erzählte ihr von den ursprünglichen Plänen der Toten und der Absage der Schwester. Sie nickte: „Natürlich ist es enttäuschend, wenn die engste Verwandtschaft einen im Stich lässt. Aber wenn Sie mich nach meinem Eindruck fragen: Ich glaube, sie konnte mit ihrem Entschluss leben."

„Und warum dann diese Bemerkung?"

„Ich habe sie nicht ernstgenommen", entgegnete sie, „damals nicht!"

„Und heute? Könnten Sie sich einen Selbstmord vorstellen?"

Sie dachte kurz nach. „Wer kann sich schon in einen anderen Menschen so hineinversetzen, dass er ihn wirklich versteht? Und wer legt sein Ich so offen, dass andere ihn verstehen können? Wir haben doch alle unsere Masken und Verhaltensmuster, wir wollen ja gar nicht, dass man uns so genau kennt! Möglich, dass sie Angst vor der Zukunft hatte und ihre Befürchtungen dann bestätigt sah."

„Die Endstation", sagte ich.

Sie sah mich schweigend an, und ich fuhr fort: „Wenn jemand mit dem Gedanken gespielt hat, sich in Venedig niederzulassen, weil die Schwester dort lebt oder mit der Schwester ein gemeinsames Leben hier, in Münster, aufzubauen, dann erscheint einem das Altersheim wahrscheinlich als Endstation."

„Vielleicht", gab sie nachdenklich zurück. „Erfahre ich, wie der Befund der Pathologen lautet?"

„In Ordnung", sagte ich und drückte ihr die Hand.

Drittes Kapitel

An der Rezeption von Haus Nettelbeck hatte die Besetzung gewechselt. Die Dame, die Karin Klostermann abgelöst hatte, hieß Anita Loose und von ihr erhielt ich einen Umschlag mit den Namen all jener, die im Haus regelmäßig Kurse und Freizeitgruppen organisierten oder Vorträge hielten. Die drei Ausflüge, an denen Frau Abraham seit ihrem Einzug teilgenommen hatte, zum „Bauerndom“ nach Freckenhorst, zum Schloss Nordkirchen und nach Billerbeck, waren von den Rezeptions-Damen veranstaltet worden, die Kurse und Freizeitgruppen lagen dagegen überwiegend in den Händen von Heimbewohnern.

Inzwischen war es halb vier, eine Zeit, in der selbst pingelige Hausbewohner ihr ausgiebiges Mittagsschläfchen beendet haben konnten.

Ich begann mit Bertha Fels in A 202, die den Handarbeitskurs am Dienstag Nachmittag leitete. „Mein Gott“, sagte sie, „dass sie tot ist! Ich kann's nicht glauben! Sie wirkte noch so vital, so energisch.“ Aber auf meine Frage nach ihrer Beteiligung an irgendwelchen Nadelarbeiten winkte sie ab. Mehrfach habe sie Frau Abraham für ihr Grüppchen zu gewinnen versucht. „Wo wir doch jetzt sogar auch quilten, aber sie hat permanent abgelehnt. Zwei linke Hände, verstehen Sie?“ Ich verstand Frau Abraham, als ich durch die halboffene Tür feststellte, dass Bertha Fels dem Quilten anscheinend ihr ganzes Dasein widmete. Zwischen Küchenzeile und Zimmer prangte ein pinklastiger Wandbehand, die Tür, die bei der Verstorbenen ins Bad führte, verzierte ein auf die Spitze gestelltes, äußerst unruhiges Stoff-Quadrat und unter dem Telefonapparat lag ein Exemplar im Taschentuchformat. Ich bedankte mich und stieg zügig durch das stille Treppenhaus in den vierten Stock, wo Lea Brinckmann zu Hause war, übrigens schräg gegenüber von Trudchen Wittenmoos. Sie ließ mich freundlich herein, stellte ihren CD-Player leiser und antwortete auf meine Frage: „Oh ja! Helene Abraham war eine von uns! Nicht im Chor, aber bei den Schallplattenabenden.“

„Hatte sie besondere Vorlieben?“

„Opern! Und zwar die italienischen. Oh, ich werde sie vermissen. Natürlich war sie noch nicht lange genug bei uns, um sich mit eigenen Vorschlägen durchzusetzen. Sie kam ganz einfach dazu, hörte mit, und ich hatte den Eindruck, dass es ihr gefiel."

„Donnerstags abends?", fragte ich und erinnerte mich, dass der Spätnachmittag dieses Tages für ihren Hausbesuch reserviert gewesen war, mit dem sie Pikkolos trank. „Kam sie allein?"

„Wie sollte ich das wohl in Erfahrung bringen? Ich trete erst auf, wenn alle Teilnehmer Platz genommen haben."

„Natürlich!", nickte ich. „Aber mich würde interessieren, ob sie immer denselben Platznachbarn hatte."

„Einen Herrn?" wollte sie wissen, während der Chor auf ihrer CD den Schluss einer Bachkantate intonierte, die ich ebenfalls sehr gern hatte: „Jesu bleibet meine Freude!"

Wir lauschten eine Weile, sie lächelte und sagte: „Der Thomanerchor! Waren Sie mal in Leipzig?" Und ich lächelte zurück: „Nein! Aber mein Pflichtprogramm für die nächsten Jahre."

„Sie hatte immer andere Platznachbarn", sagte sie dann. „Und Herren sind bei meiner Veranstaltung sowieso rar, weil zur gleichen Zeit im Keller von Haus D gekegelt wird." Damit war ich wieder draußen.

Das folgende Gespräch in Haus C brachte zutage, dass Helene Abraham an dem Aerobic-Kurs von Anneliese Düring teilgenommen hatte, der immer montags vormittags im Saal stattfand.

„Haben Sie den Eindruck, dass sie sich schon mit anderen Kursteilnehmerinnen angefreundet hatte?", fragte ich.

Sie dachte kurz nach. „Gekommen ist sie immer allein, sie hatte ihren festen Platz, vorn rechts in der dritten Reihe, und viel Gelegenheit zur Unterhaltung gibt es während der Übungen nicht. Warum fragen Sie?"

„Sie bekam regelmäßig Besuch in ihrem Apartment."

„Natürlich", entgegnete sie beinahe überschwänglich. „Das ist ja gerade das Bemerkenswerte an diesem Haus, dass wir alle so kontaktfreudig sind."

Darauf gab es nicht viel zu erwidern, und so ging ich weiter zu der Leiterin der Spielschar, Frau Brede, die außerdem auch die Italienisch-Conversazione am Mittwoch Nachmittag im Kabinettchen leitete. An ihrem Apartment klebte ein Zettel: „Bin in der Bibliothek!"

Ich fand sie auf der obersten Stufe der fahrbaren Leiter, wo sie gerade einen Stapel Bücher einsortierte; eine große, sehr resolut wirkende Frau, die sofort mit eichhörnchenhafter Behändigkeit herunterkletterte, als sie feststellte, dass die Polizei Fragen an sie hatte. Ihr ovales Gesicht mit den ausgeprägten Wangenknochen und den leicht schräggestellten braunen Augen wurde von einem bleigrauen, kinnlangen Pagenkopf umrahmt, und man ahnte noch jetzt, dass sie einmal sehr hübsch gewesen war. Sie trug eine schwarze Lycrahose mit Steg und einen grobmaschigen, weißen Pullover, den eine mehrreihige Korallenkette aufputzte.

„An der Italienisch-Gruppe hat Frau Abraham teilgenommen“, bestätigte sie, nachdem sie, schon auf dem untersten Drittel der Leiter, ihre Bestürzung über diesen so unerwarteten Todesfall beteuert hatte. Sie wischte sich umständlich den Staub von den Fingern, bevor sie mir die Hand gab.

„Die Helene“, meinte sie dann, sei ja öfter nach Venedig gereist und habe wohl ihre Sprachkenntnisse auf dem Laufenden halten wollen. Nein, Mitglied der Laienspielschar sei sie nicht gewesen.

„Hatte sie keine Lust?“

„Ich glaube schon, nur waren keine Rollen mehr frei.“

„Aber in der Hausmitteilung ...“

„Das sind Männerrollen“, fiel sie mir ins Wort. „Vor spielwütigen Damen konnte ich mich kaum retten. Wir mussten sogar einige Hosenrollen einrichten.“

„Und was spielen Sie?“

„Ein Kriminalstück. Wir proben schon seit Ende August. Und ‚Neun Personen zum Dinner‘ ist nur unsere zweite Wahl. Ursprünglich wollten wir den ‚Eingebildeten Kranken‘ von Molière spielen, aber dann stürzte der Hauptdarsteller im Treppenhaus und brach sich das Schienbein. Wir mussten das Ganze abblasen, nicht nur weil niemand diese Rolle so hinreißend spielen konnte wie Herr Glaser, sondern auch, weil es unter diesen Umständen unpassend gewirkt hätte.“

„Und das Kriminalstück wirkt nicht unpassend?“

Ihre Augen zwinkerten verlegen. „Wir nehmen doch alle an, dass es Selbstmord war, oder?“

„Das ist noch nicht sicher.“

„Die Aufführung ist erst am Sonntag nach Neujahr. Bis dahin hat sich doch wohl alles geklärt, nicht wahr? Außerdem können wir nicht auf jeden Zwischenfall Rücksicht nehmen."

„Wie kommen Sie zu der Annahme, es könnte Selbstmord sein?"

„In den ersten Wochen im Altersheim werden manche Leute depressiv", entgegnete sie ausweichend.

„Neigte sie zu Depressionen?"

„Das kann ich Ihnen nicht sagen. So gut kannte ich sie nicht."

„Von wem ist das Stück, das Sie spielen wollen?"

„Von unserer Frau Epstein", das kam mit sichtlichem Stolz. „Während wir noch hin und her überlegten, was als Ersatzstoff in Frage käme, weil sich doch alle schon so aufs Spielen gefreut hatten, setzte sie sich hin und schrieb an einem Wochenende ‚Neun Personen zum Dinner'. Natürlich musste ich ihr daraufhin die Hauptrolle der Lavinia Spencer überlassen. Sie trifft sich mit acht Freunden zum Dinner in einem Restaurant, um das fünfundzwanzigjährige Bestehen ihres Vereins zugunsten notleidender Kinder zu begehen. Aber dann … Nein, ich verrate nichts …" Sie warf mir einen verschwörerischen Blick zu, „ … na ja, die festliche Tafelmusik wird plötzlich von einer geheimnisvollen Stimme unterbrochen, die verkündet, dass jeder Gast, einschließlich Lavinia, Dreck am Stecken hat. Das Essen ist vergiftet und am Schluss …", wieder legte sie eine wirkungsvolle Pause ein. „… Das Publikum rätselt natürlich, wer von den neun Personen der Urheber des Ganzen ist, denn Lavinia tut anfänglich so, als wäre auch ihr das Essen nicht bekommen, und so bleibt die Sache bis zum Ende spannend."

Die Geschichte kam mir irgendwie bekannt vor. „Hat es das nicht schon mal gegeben? Vielleicht als Roman von Agatha Christie? Eine Tonbandstimme klagt die Gäste an, und dann stirbt einer nach dem anderen?"

Sie winkte ab, mit einer großen, kräftigen Hand, deren Nägel akkurat gefeilt und farblos lackiert waren, gleichzeitig strapazierte sie die Lachfältchen an ihren Augen. „Auch Agatha Christie hat die Geschichte nicht selbst erfunden, das habe ich mal gelesen. Warum sollte man sie also nicht weiterspinnen? Und die Schicksale sind bei uns völlig anders angelegt."

„Aber es ist ein Kriminalfall!"

Sie nickte. „Und das Ende erzähle ich Ihnen wirklich nicht! Selbst wenn Sie hundertmal von der Polizei sind!" Jetzt wirkte sie kokett.

„Wie viele Rollen gibt es?"

„Elf", sagte sie, „die acht Tischgäste, das Ehepaar, das das Restaurant führt und auf Lavinias Betreiben das tödliche Menu kocht, und Lavinia selbst. Für den eingebildeten Kranken waren wir zwölf, aber Herr Glaser ist ja leider außer Gefecht gesetzt. Übrigens sind die Dialoge, die unsere Frau Epstein schreibt, ganz ausgezeichnet, knapp, präzise und gut zu behalten. Nicht jeder hier im Haus hat noch so ein gutes Gedächtnis wie Sie, zum Beispiel."

Auf dem Rückweg zu D1 beschloss ich, dass Frau Epstein sofort zu meinen Ansprechpartnern gehören würde, sobald ich „Zehn Kleine Negerlein" von Agatha Christie gelesen hätte. Eine Frau, die aus dem Stegreif Kriminalstücke lieferte, ganz gleich, aus welchen Vorlagen sie ihre Ideen bezog, ging bestimmt mit einem geschulteren Blick durchs Haus als ihre Mitbewohner.

Zu Leonore von Bach musste mich die Etagendame begleiten.

„Weil sie so schlecht aus ihrem Sessel kommt", sagte sie. „Ich habe einen Schlüssel und kann Ihnen die Tür aufmachen." Sie meldete uns von der Teeküche aus an, Frau von Bachs Apartment war das vorletzte auf der rechten Gangseite gleich neben dem von Frau Abraham.

Schon im Vorraum erkannte ich, von einer milden Stehlampe beleuchtet und in mehrere Wolldecken gehüllt, eine massige Person, die einen Ohrensessel am Fenster ausfüllte. Frau Frentzel wollte nach einer kurzen Begrüßung wieder gehen, aber Frau von Bach hielt sie zurück. „Das Mittagessen", sagte sie scharf, „war heute wieder nur lauwarm. Ich beschwer' mich ja nicht, aber es könnten Klagen von anderer Seite kommen."

Die Etagendame straffte den Oberkörper und ging zum tapferen Gegenangriff über. „Da müssen Sie sich in der Küche beschweren. Wir können das Essen nur so warm servieren, wie wir es von unten heraufgeschickt bekommen, woll?" Damit drehte sie sich um und stapfte hinaus.

„Auch noch patzig werden!", brummte Frau von Bach mit kräftiger, etwas blechern wirkender Stimme, der eine üppige Oberweite den ausreichenden Resonanzboden lieferte. Dann betrachtete sie mich aus wässrigen Augen, unter denen schwere Tränensäcke hingen. Sie warf den Kopf ein wenig in den Nacken und blinzelte. „Sie sind also mit dem Fall beauftragt? Sie kommen mir reichlich jung vor für eine Hauptkommissarin."

Da ich nicht wusste, ob das als Kompliment gemeint war oder als Kritik an meinen Vorgesetzten, überging ich die Bemerkung. Sie wies auf den Stuhl vor dem alten, wurmstichigen Sekretär.

„Nehmen Sie den da!" Ich setzte mich.

„Was wollen Sie wissen?"

Ich holte einen Notizblock aus der Tasche, weil ich meine Gesprächspartnerin inzwischen in jene Personengruppe eingestuft hatte, die sich geistig geadelt fühlt, wenn man ihre Worte zu Protokoll nimmt. Tatsächlich zog sie sich in ihrem Sessel etwas höher.

„Sind Sie gestern zu der Adventsfeier gegangen?"

„Wie sollte ich wohl?", blaffte sie und schlug auf ihre Beine. Die Goldringe an ihren wulstigen Fingern versprühten ein paar helle Blitze. Ich folgte ihrer Hand und sah kegelförmige Unterschenkel und aufgedunsene Füße, die in Hausschuhen steckten. „Ich komme ja kaum noch vor die Tür. Alltags geht mal einer der Zivis mit mir ums Haus. Aber sonntags …"

„Also waren Sie gestern Nachmittag hier?"

„Habe ich mich nicht klar genug ausgedrückt?"

Ich probierte ein Lächeln. „Haben Sie vielleicht zufällig gehört, wie Frau Abraham zum Schwimmen gegangen ist?"

„Zufällig?" Offenbar verlegte diese zur Unbeweglichkeit verurteilte Frau all ihre Energie in Arme und Hände. Sie schlug empört auf die Sessellehne, und diesmal löste ihr Schmuck ein hell klackerndes Geräusch aus. „Dieses ewige Türenschlagen ist mir schon lange auf die Nerven gegangen. Und nicht nur von ihr! Hier glaubt ja jeder, er hat das Haus für sich allein!"

„Können Sie sagen, ob sie allein schwimmen gegangen ist?"

„Habe ich Röntgenaugen?", polterte sie weiter. „Ich war seit drei Jahren nicht mehr unten. Seitdem mein Mann tot ist. Nicht im Bad, nicht im Saal, nicht in der Kapelle!"

Noch einmal zwang ich mir ein Lächeln ab. „So meinte ich das auch nicht. Haben Sie vielleicht bemerkt, ob sie in Begleitung war, als sie aus der Wohnung ging?"

„Nein“, sagte sie, ohne zu definieren, ob sie es nicht wusste oder ob Frau Abraham tatsächlich allein gewesen war. Aber dann fuhr sie fort: „Sie ging immer sonntags nachmittags weg, und wenn Sie sagen, dass sie ins Schwimmbad ging, dann werden Sie damit wohl rechthaben. Sonntags nachmittags ist es dort leer, weil viele Hausbewohner entweder Besuch haben, ihren Spaziergang machen oder vor der Flimmerkiste sitzen. Wie Sie vielleicht bemerkt haben, besitze ich so ein blödes Ding erst gar nicht! Und wenn sie sich diese Zeit ausgesucht hat, dann doch deshalb, weil sie ungestört sein wollte, und da wird sie wohl kaum jemanden um Begleitung gebeten haben.“

Oder gerade! dachte ich. „Erinnern Sie sich an die Zeit?“

„Sie ging immer zur selben Zeit. Um Punkt halb vier. Dann knallte sie die Tür zu, und ich wurde aus meinem Mittagsschlaf gerüttelt. Ich brauchte mir nicht mal einen Wecker zu stellen.“

Sie lachte böse.

„Was für ein Mensch war sie?“

„Sie war arrogant!“, gab sie grob zurück.

„Inwiefern?“

„Unser Herr Reck hier auf der Etage ist Reiseschriftsteller. Er schreibt noch immer und genauso regelmäßig hält er seinen Literaturkreis ab. Er schlägt ein Buch vor, man liest es und redet dann darüber. Freundlicherweise hatte er auch Frau Abraham eingeladen. Und wissen Sie, was diese Person ihm zur Antwort gegeben hat? Wenn sie ein Buch lese, dann tue sie das allein, ohne es unter Ignoranten zu zerfaseln. Ich frage Sie, wer ist hier der Ignorant?“ Diesmal klatschte ihre Hand auf den Oberschenkel. „Oh! Herr Reck war empört! Einen Fachmann, einen Experten für Literatur so vor den Kopf zu stoßen!“

Ich steckte meinen Notizblock ein. „Haben Sie sie draußen mal mit jemandem zusammen gesehen?“

Sie wandte den Kopf zum Fenster. Die kugelförmigen Parkleuchten warfen dottergelbe Kreise auf den Schnee, der in der Dämmerung bläulich schimmerte. „Oh ja, gelegentlich hatte sie Gesellschaft.“ Es klang nicht so, als hätte sie das gut gefunden.

„Auch männliche?“, fragte ich.

Wieder fixierten ihre Augen mich eine Weile, dann nickte sie. „Auch männliche. Er war so ein kleiner, stutzerhafter Mensch mit einem Hund.“

„Wissen Sie, wie er heißt?"

„Ich kann unmöglich alle Leute in diesem Haus kennen."

„Und was war an ihm so stutzerhaft?", fragte ich in der Hoffnung, ihr dadurch ein paar Details zu entlocken, die Frau Abrahams Begleiter näher definieren konnten.

„Phhh!", machte sie abfällig. „Die Art, wie er ging, so … eckig und mit kleinen Schritten, und dann, wie er den Schirm hielt", sie griff mit der rechten Hand unter den linken Ellbogen und zog dabei die Schultern nach vorn.

„Und ihre Art zu gehen?"

„Wie man eben so geht", gab sie zurück. „Offensichtlich trug sie bequeme Schuhe und es gab keine Rückenprobleme. Wir hatten lange Zeit eine Schuhfabrik im Ruhrgebiet. Deshalb habe ich ein geschultes Auge. Und ein Paar, selbst wenn es nur zwei befreundete Spaziergänger sind, sollte sich im Schritt anpassen. Alles andere wirkt ja lächerlich!"

„Sie hatte Arthrose und war angeblich nicht mehr gut zu Fuß."

„Mit dem richtigen Schuhwerk kommen Sie meilenweit!", dozierte sie. „Die Absatzhöhe muss stimmen, und die Zehen müssen sich ausbreiten können, sonst haben Sie bald ein Überbein. Und dann das passende Fußbett …"

„Ist Ihnen noch etwas aufgefallen?"

„Der Hund …", begann sie.

„Was ist mit ihm?"

Sie lehnte sich zurück, als müsste sie Abstand von etwas bekommen, vor dem sie sich ekelte. „Ich habe nichts gegen Hunde, aber diese Promenadenmischung, dieser widerliche Kläffer … Er ging nie an der Leine, verstehen Sie? Er machte mitten auf den Weg. Und die beiden sahen ihm dabei zu!"

„War es ihr Hund oder seiner?"

Sie geriet sichtlich in Aufruhr. „Ein Köter hier, auf der Etage? Nein, das hätte ich verhindert! Wenn sie vom Spaziergang zurückkamen, bellte er regelmäßig das ganze Treppenhaus zusammen. So etwas gehört ins Tierheim!"

Also wohnte ihr Begleiter im selben Haus. Ich fragte weiter: „Ist es den Heimbewohnern erlaubt, sich ein Tier anzuschaffen?"

„Gott bewahre, nein!“, wehrte sie ab. „Wer schon so ein Vieh hatte, kann es mitbringen. Da ist ja auch eine gewisse Lebensgemeinschaft entstanden. Aber nachträglich anzuschaffen ist verboten, und das ist auch gut so. Wo ständen wir, wenn sich jeder, dessen Kinder oder Enkel nicht mehr regelmäßig zu Besuch kommen, als Ersatz einen Hund kaufte?“

Ich stand auf. „Danke für Ihre Informationen. Hatten die beiden eine bestimmte Zeit für ihren Spaziergang?“

Sie zog einen Deckenzipfel hinauf zur Schulter. „Das weiß ich nicht.“ Ihre Stimme klang plötzlich weinerlich. „Neuerdings dämmert es ja schon um vier.“

„Gingen sie jeden Tag spazieren?“

„Ja“, nickte sie. „So wie früher ich und mein Mann, bis er starb. Und sagen Sie Frau Frentzel, dass ich mein Essen morgen warm serviert haben möchte. Wenn sie noch da ist.“ Wie ein Taschenmesser, das sich unter Daumendruck schließt, klappte sie plötzlich zur Seite und rollte sich weg; unansprechbar in tiefster Verletzung, in Schuldgefühlen oder aber in Eifersucht auf die Heimgefährtin, die einen Wanderfreund gefunden hatte. Ich klopfte an der Teeküche, aber die Tür war verschlossen.

Genau gegenüber von Frau Abraham, und, nach meiner Berechnung, mit Blick auf den Innenhof und den Haupteingang von Haus Nettelbeck, lag das Doppelapartment A 108/110 von Professor Hermann Luhe-Wildenau. Nachdem Frau Frentzel mir nicht sagen konnte, in welchem Fach er gelehrt hatte, fragte ich ihn selbst, und er antwortete mit dröhnender Stimme: „Geschichte! Mit dem Schwergewicht auf Hoch- und Spätmittelalter! Die Kreuzzüge, die Ordensritter, wenn Sie wissen, was ich meine!“

Wir standen in dem schmalen Eingangsbereich seiner Wohnung, die entsetzlich nach altem Pfeifentabak stank. Man hätte sich, wenigstens für ein paar Minuten, die kalte Frischluft herbeigewünscht, die früher durch die Ritterburgen gepfiffen hatte.

„Kommen Sie! Kommen Sie!“, sagte er und trieb mich vor sich her in einen Raum, der dank der doppelten Grundfläche, die ihm zur Verfügung stand, nicht so profanen Dingen wie dem Essen und Wohnen vorbehalten war, sondern ausschließlich der akademischen Forschung. Die gesamte rechte Zimmerwand verschwand hinter einem deckenhohen Bücherregal, Bücher stapelten sich auf dem Fußboden und auf einem ausladenden Schreibtisch, über den zusätzlich noch Papier verstreut war.

Hier blieb er stehen, groß, kahlköpfig, mit einem Gesicht, das angenehm hätte wirken können, wäre es nicht durch die atavistischen Schmucknarben einer schlagenden Verbindung verunstaltet gewesen. Verschont geblieben waren nur das Kinn und die Stirn, unter der braune, unruhige Augen hervorstachen.

Er folgte meinem Blick über den Schreibtisch. „Wie Sie sehen, schreibe ich noch immer mit der Hand, mit einer alten Mont-Blanc-Füllfeder. Ich halte nichts von diesem neumodischen Hokuspokus, PC und Laptop und Laserdrucker, oder wie das Zeug so alles heißt.“ Mit einem übertriebenen Lachen komplimentierte er mich in einen hellbraunen, weichen Ledersessel am Fenster und setzte sich auf das gleichfarbige Gegenstück. Zwischen uns standen eine Stehlampe mit sandfarbenem Wildseidenschirm und ein runder, gehämmerter Messingtisch mit dem typischen Zubehör des Pfeifenrauchers und drei aufeinander gestapelten großformatigen Bildbänden: „Romanische Kirchen in Köln“ und „Der Zwinger zu Dresden.“ Den untersten Titel konnte ich nicht entziffern, irgend etwas mit Orchideen.

Er lehnte sich zurück und wippte locker mit dem Fuß seines übergeschlagenen linken Beins, Burlington-Socken in beige-weiß und Hausschuhe aus hellbraunem Leder, Ton-in-Ton mit dem Sessel.

„Ja, ja“, nickte er, „ich habe von dem tragischen Fall gehört. Sie brauchen jetzt Anhaltspunkte, vermute ich?“

„Sie war Ihre Nachbarin.“

„Schon, aber viel Kontakt hatten wir nicht.“

„Waren Sie gestern bei der Adventsfeier?“

„Nein!“, gab er barsch zurück. „Ich kann mit diesem sentimentalen Firlefanz nicht viel anfangen. Obwohl meine Frau vermutlich hingegangen wäre, aber …“

Ich sah ihn fragend an, und er fuhr fort: „Sie liegt auf der Pflegestation.“

„Das tut mir leid!“

„Schlimmer, als wäre sie tot“, sagte er hart. „Sie erkennt keinen mehr, liegt nur da, und niemand tut etwas!“

„Und was sollte man tun, Ihrer Meinung nach?“

„Ist das mein Problem?“, schnarrte er zurück. „Bin ich Arzt? Aber nicht lebendig und nicht tot, das ist doch kein Zustand!“

Ich verkniff mir den Einwand, dass er von seiner eigenen Frau sprach, und versuchte statt dessen den Gesprächsfaden am richtigen Knoten wieder aufzunehmen. „Sie waren also gestern Nachmittag hier, in Ihrer Wohnung?“

„Ich habe an meinen Recherchen gearbeitet. Über das Leben des Winrich von Kniprode. Schon mal was gehört von dem Burschen?“ Er schmunzelte plötzlich in der Zuversicht, dass ich natürlich nichts gehört hatte und zu der großen Schar Unbedarfter zählte, über die seine wissenschaftliche Arbeit hinwegsegelte wie die Gloriole eines Missionars über die armen Heiden.

„Sehen Sie, sehen Sie!“, sagte er kopfschüttelnd und schnippte einen imaginären Fussel von seiner Hose. „Keiner kennt ihn und genau deshalb schreibe ich seine Biographie. Nicht Hermann von Salza, wie allgemein behauptet wird, war die Triebkraft des Deutschen Ritterordens, sondern er! Er war der Hochmeister, der den Deutschen Ritterorden auf den politischen und wirtschaftlichen Höhepunkt gebracht hat. Schaffenszeit: 1351 bis 1382. Und die Schlacht bei Rudau, 1370 über die Litauer, hat seinen Ruhm besiegelt.“ Sichtlich zufrieden über diese Nachhilfestunde für die deutsche Polizei griff er nach seiner Pfeife und klopfte sie über einem bräunlichen Marmoraschenbecher aus. Braun in allen Schattierungen schien seine Lieblingsfarbe zu sein. Aber er war noch nicht fertig. „Die Verbreitung des deutschnationalen Kulturerbes unter den ostelbischen Barbaren, einschließlich unserer deutschen Sprache – das ist die epochemachende Leistung der gesamten Menschheit gewesen! Nicht die …“ seine Hand ruderte ins Leere, offenbar um Verachtung auszudrücken, „Renaissance mit ihren Geldgeschäften, die hat nur die Korruption mit sich gebracht! Und auch nicht die Aufklärung, mit ihrem Hochmut gegenüber der Allmacht der Natur und der Landesfürsten, oder die …“, er dachte kurz nach, „industrielle Revolution! Das sind doch alles Kinkerlitzchen, verglichen mit dieser Heldentat! Was bedeuten schon ein paar Fabriken oder Eisenbahnschienen im Vergleich zur Urbarmachung riesiger Sümpfe und der Christianisierung, wenn nötig auch mit Gewalt! Das war die größte Eroberung, die den Deutschen je gelungen ist.“

Er brach ab und ich nutzte die Gelegenheit, das Thema zu wechseln: „Sie sind aus Münster?"

„Sind Sie es?", fragte er lauernd.

Es machte mir Spaß, seine Deutschtümelei mit bescheidener Exotik zu verwirren. „Nein, ich komme aus dem Freistaat Bayern."

„Natürlich, natürlich!", nickte er, „die Aussprache! Und dann vielleicht die Kopfform?" Er musterte mich, als wäre ich ein seltenes Insekt.

„Wo hatten Sie Ihren Lehrstuhl?"

„In Köln! Über fünfzig Publikationen, die zahlreichen Zeitschriftenbeiträge nicht eingerechnet! Und ich war dort auch politisch aktiv. Ich habe mit Fallschirmabsprüngen für die Freilassung von Rudolf Heß aus dem Spandauer Gefängnis gekämpft. Dass diese Barbaren den alten Mann nicht freigeben wollten, er hatte doch genug gebüßt! Aber dann habe ich büßen müssen, man hat mir die Autoreifen durchstochen. Diese kriminelle Juso-Bande! Diese Rotznasen im ehrwürdigen Köln!"

Ich beschloss, seinem antiquiert wirkenden Lamento ein Ende zu machen. „Ist Ihnen gestern Nachmittag gegen halb vier hier auf dem Korridor etwas aufgefallen?"

„Nein", erwiderte er ohne langes Nachdenken.

„Frau Abraham ist um diese Zeit zum Schwimmen gegangen."

Soll sie doch! schien seine Mimik auszudrücken.

„Haben Sie Stimmen im Flur gehört?"

Wieder kam seine Antwort spontan. „Nein!"

„Es war also alles völlig ruhig und … normal?" Er nickte.

„Danke", sagte ich und stand auf. „Falls Ihnen nachträglich noch etwas einfällt …" Er begleitete mich bis zur Tür.

Mein nächster Ansprechpartner, so entschied ich auf dem Korridor, würde Constantin Reck sein, den Frau Abraham, wenn man Frau von Bach glauben konnte, so brüsk vor den Kopf gestoßen hatte. Sein literarischer Zirkel tagte jeden Dienstag Nachmittag, und so hoffte ich, dass er zu Hause war, um seinem Gesprächsbeitrag zur nächsten Buchdiskussion den letzten Schliff zu geben. Sein Apartment lag auf der Gartenseite des Korridors, neben der Doppelwohnung der Hauenstein-Schwestern, es war gleich das erste hinter der Brandschutztür, die zum Treppenhaus, zum Lift und zur Teeküche führte. Ich läutete und er erschien sofort im Türspalt: ein kleiner, rundbäuchiger Herr mit gepunkteter Fliege über einem gestreiften Hemd. Oh ja! Er hatte von Frau Abrahams überraschendem Tod gehört.

„Wie gern hätten wir sie in unserem Kreis begrüßt!“, klagte er, „aber sie sagte, sie hätte dienstags nachmittags keine Zeit. Ich habe ihr das natürlich nicht übel genommen. Bei einem Literaturkreis muss man mit Freude dabei sein und nicht gehetzt oder unwillig. Aber wer weiß, vielleicht hätte sie sich später eines anderen besonnen?“

„Wo halten Sie Ihren Literaturkreis ab?“

„Wir treffen uns in der Cafeteria. Ein guter Kaffee oder ein Gläschen Wein, das beflügelt die Geister.“

„Ihre Wohnung geht ebenfalls auf den Park hinaus. Ist Ihnen gestern etwas Ungewöhnliches aufgefallen?“

Er streckte den Kopf auf den Korridor, aber niemand war zu sehen. „Kommen Sie rein!“

Die Tür schnappte hinter mir zu. Herr Reck, obwohl ebenfalls einer schreibenden Tätigkeit verpflichtet, verfügte nicht über die räumlichen Ressourcen des Professors. Auf dem einzigen Tisch, den er besaß, vereinigten sich die Reste eines Marmeladenbrotes mit einem großen Schreibblock und einem Transistorradio. Aber anders als Luhe-Wildenau vertraute er der modernen Technik so weit, dass er eine elektrische Schreibmaschine benutzte. Sein gesamter Stauraum gehörte der Vielfalt jener Länder, die er bereist, beschrieben oder sich ganz einfach erträumt hatte. Dafür quollen seine Garderobenhaken über von allen möglichen Oberbekleidungsstücken, während Wäsche und Socken ihren Platz in einem wackeligen Rattanregal, ebenfalls im Vorraum, gefunden hatten. Er schien nicht auf Besuch eingerichtet zu sein, denn er schob mir den einzigen Stuhl hin und nahm selbst auf dem Bett Platz. Von dort aus betrachtete er mich mit auf den Knien verschränkten Händen.

„Frau Abraham ist gestern gegen halb vier zum Schwimmen gegangen“, begann ich. „Zwei Stunden später hat man sie tot im Becken gefunden.“

„Ich weiß“, nickte er.

„Waren Sie zu Hause?“

„Ich habe gearbeitet.“

„Ist Ihnen irgend etwas aufgefallen?“

„Ich weiß nicht, ob es von Bedeutung ist. Es ging um ein Medikament."

Da ich keine Gegenfrage stellte, redete er weiter, und es klang wie eine Entschuldigung, als wäre die räumliche Nähe zu einer mysteriös Verstorbenen schon ein Verdachtsmoment. „Ich habe nur schnell die Zeitung rübergebracht", wisperte er.

„Wohin?"

„Zu der Frau Horn, gegenüber, in 106. Sie ist fast blind. Und ich lege ihr regelmäßig die Wochenendausgabe der WN ins Fach. Sonntags hat sie ihre Nichte da. Die liest ihr vor, und manchmal lösen sie auch das Kreuzworträtsel."

„Gut!", nickte ich.

„Die Tür zu Frau Abrahams Apartment war offen, sie stand im Türrahmen und draußen stand einer von den Zivis."

„Haben Sie gehört, worum es ging?"

„Nicht genau. Man ist ja nicht neugierig! Alles, was ich mitbekommen habe, war, dass der junge Mann für sie in einer Apotheke etwas besorgen sollte, aber er …"

„Er weigerte sich?"

„Ich glaube eher, dass er Bedenken hatte."

„Was hat er gesagt?"

Sein rotbackiges Gesicht wurde noch eine Spur röter, als schämte er sich seiner Mitwisserschaft. „Ich habe so getan, als müsste ich in der Zeitung noch etwas nachsehen, bevor ich sie in die Nische von Frau Horn legte. Es geht einen ja im Grunde auch nichts an, nicht wahr?"

Ich musste ihm recht geben. Und doch, wenn der Kriminalpolizei, was selten genug vorkam, die Arbeit einmal erleichtert wurde, dann war das häufig auf die Neugier in der Umgebung des Mordopfers zurückzuführen. „Hat er seine Bedenken definiert?"

„Erstens", sagte Reck, „hat er darauf hingewiesen, dass es Sonntag sei und nur bestimmte Apotheken geöffnet hätten. Darauf sagte sie, ihr ehemaliger Chef wohne oberhalb seiner Apotheke, im ersten Stock und sei mit Sicherheit zu Hause. Und dann …" Er zog plötzlich die Stirn in Falten, als sei ihm etwas Wichtiges entfallen.

„Vielleicht gab es das Medikament nur auf Rezept?", versuchte ich ihm auf die Sprünge zu helfen, und sein Gesicht hellte sich auf. „Ja, genau das war's! Ein Rezept! Und da sagte sie: ‚Das ist doch kein Problem! Ich habe aufgeschrieben, warum ich es so dringend brauche, und das Rezept schickt meine Ärztin nach, gleich morgen früh telefoniere ich mit ihr. '"

„Wissen Sie, wie die Apotheke hieß?"

Reck schüttelte bedauernd den Kopf.

„Und wie heißt der junge Mann?"

Noch eine Fehlanzeige. „Die wechseln so häufig!", klagte er. „Wie soll man sich da die Namen merken? Außerdem habe ich mit der Pflege nichts zu tun, Gott sei Dank noch nicht! Relativ klein war er, hellblond, mit ziemlich abstehenden Ohren." Folglich handelte es sich nicht um denjenigen, der die Bahre für Frau Abraham besorgt hatte.

„Und wie endete die Sache?"

Er seufzte. „Ich hatte die Zeitung schon dreimal aus dem Fach herausgenommen und wieder reingelegt, als ich endlich hörte, wie der junge Mann sagte. ‚Okay, ich versuch's mal!' Damit ging er weg."

„Erinnern Sie sich an die Uhrzeit?"

„Warten Sie mal! Das muss kurz vor elf gewesen sein. Um elf kommt Frau Horns Nichte, und vorher lege ich die Zeitung nicht in ihr Fach, weil sie sonst ein anderer nimmt."

„Sie haben eine Schriftstellerkollegin hier im Haus", sagte ich, schon im Türrahmen. „Werden Sie das Manuskript von ‚Neun Personen zum Dinner' demnächst zur Diskussion stellen?"

‚Eine Krähe hackt der anderen kein Auge aus!' heißt ein altes Bonmot über die Loyalität unter Kollegen – und zumindest im Münchner Sittendezernat hielt man sich daran. Ähnliches schien auch die Miene von Herrn Reck auszudrücken. Er nickte ernst und sagte: „Das Manuskript bleibt wahrscheinlich unter Verschluss bis zur Aufführung."

„Und danach?"

„Danach", entgegnete er noch immer ernsthaft, „werden wir uns mit dem Stoff auseinandersetzen, sofern die Zuschauerreaktionen lebhaft genug waren, andernfalls …"

„Andernfalls?"

„Gibt es genügend Stoff, mit dem wir uns beschäftigen können." Er machte eine ausholende Armbewegung, als läge dieser Stoff über seine Wohnung verstreut.

„Woher nehmen Sie die Texte für Ihre literarische Runde? Aus der Bücherei?“

„Ich kann hier, aus meiner Privatbibliothek, genügend Texte zur Verfügung stellen. Wir fotokopieren sie.“

„Und Frau Epsteins Stück kennen Sie wirklich nicht?“

„Um ehrlich zu sein, ich lese niemals Detektivromane, und ein Kriminalstück …“ Er machte eine vielsagende Pause, aus der ich schloss, dass er auch Agatha Christies Romanvorlage nicht kannte.

Frau Horn hatte am Sonntag bis um halb vier Besuch von ihrer Nichte gehabt und ab halb drei mit ihr einen Spaziergang ums Haus gemacht, etwa zwanzig Minuten lang, wie sie schätzte. Ihre Nichte pflegte die ihr bekannten Hausbewohner mit Namen zu grüßen, aber an diesem Nachmittag, erinnerte sich Frau Horn, sei ihnen kein einziger begegnet. Nachdem ich bei Herrn Schwitters und Frau Karlus, die die Nachbarschaft der Toten komplett machten, vergeblich geläutet hatte, fasste ich auf einem der geblümten Sofas, die schon beinahe mein Zuhause im Nettelbeckschen Foyer waren, meine Ergebnisse zusammen. Ich war nicht allein. Auf den Nachbarsofas hatten sich Hausbewohner niedergelassen, zum ungestörten Dämmern oder um die Szenerie zu beobachten, aber jeder für sich. Die Honneurs wurden offenbar nur in der kurzen Spanne zwischen dem Frühstück der Spätaufsteher und dem früh ausgetragenen Mittagessen gemacht.

Im Grunde liefen meine Resultate auf die Frage hinaus, warum jemand, der für seine „Pflegeleichtigkeit“ bekannt war, einen Helfer von der Krankenstation abkommandierte, um sich eine Medizin besorgen zu lassen, für die kein Rezept vorhanden war. Und das an einem Sonntag, wo die Station dünn besetzt und die Apotheke geschlossen war. Meine einzige Erklärung war, dass sich Frau Abraham vielleicht zu schlecht gefühlt hatte, um die Besorgung selbst zu machen. Aber diese Frage konnten nur das so dringend benötigte Medikament beantworten und der Brief, den sie dem Zivildienstleistenden mitgegeben hatte. Dass sie nachmittags schwimmen gegangen war, machte die Sache auch nicht einfacher.

Mein nächster Weg führte mich in die Pflegestation, die das gesamte Erdgeschoss von Haus B einnahm.

„Wer von Ihren Zivis hatte gestern Dienst?“

Die Krankenschwester sah mich erstaunt an. „Warum?“

„Ich hätte eine Frage an ihn. Angeblich ist er hellblond und nicht besonders groß.“ Die abstehenden Ohren ließ ich weg.

Sie sah auf den Plan gleich links neben der Stationstür. „Sie meinen offenbar den Carsten. Er hat heute frei, aber schellen Sie mal am Gästehaus. Vielleicht ist er da.“

Ich drückte auf dem Klingelbrett den Knopf, der mit „Carsten“ beschriftet war, und sofort schnappte die stabile Drahtglas-Tür auf. „Conny???“, rief eine schrille Mädchenstimme vom obersten Stockwerk herunter. Ich antwortete nicht, und auch oben blieb alles still, zumindest solange, bis ich den Weg in die vierte Etage zurückgelegt hatte. Hinter Carstens Wohnungstür hörte ich Hip-Hop, ich klopfte, aber nichts rührte sich. Ich klopfte ein bisschen resoluter, da verstummte die Musik und in dem schmalen Türspalt erschien ein junges, blondhaariges Etwas in einem fusseligen Pullover. Als sie sich hilfesuchend umsah, wurde der Türspalt größer. Der junge Mann dahinter passte genau zu der Beschreibung, die mir Constantin Reck geliefert hatte. Ich zeigte ihm meinen Ausweis.

„Kann ich Sie mal sprechen?“

„Oh Mann!“ Er kratzte sich am Kopf, und nach den vielen Schmierenkomödianten, die ich in meiner Laufbahn schon erlebt hatte, wirkte seine Verzweiflung ziemlich echt. „Das kommt aber total ungelegen. Wir haben nämlich hier eine Fete.“

„Ich mache es kurz“, versprach ich. „Allerdings würde ich schon ganz gern reinkommen.“

Das Mädchen hatte sich unterdessen auf den abgewetzten Sitzelementen verschanzt, die mageren, in engen Jeans steckenden Beine bis zum Kinn hochgezogen, die Turnschuhe aufgespreizt. Sie betrachtete mit demonstrativer Langeweile die Bierkisten, die offenbar als Ablage und Getränkequelle für die erwarteten Gäste bereitstanden. Im übrigen war in der Bude von einer Party nicht viel zu sehen.

„Es geht um ein Gespräch unter vier Augen“, sagte ich, ohne das Mädchen anzusehen. Aber sie kapierte schnell, schnappte sich die Zigarettenschachtel von der Fensterbank und ratschte die Balkontür auf. „Ich geh’ inzwischen eine rauchen.“

Ich wartete, bis die Balkontür wieder dicht war. „Sie bekamen gestern einen eher ungewöhnlichen Auftrag, Herr …?“

„Wolters“, gab er hilfsbereit zur Antwort. „Frau Abraham in D 109 wollte von Ihnen einen speziellen Botendienst?“

Er nickte. „Zu einer Apotheke die am Sonntag geschlossen hatte, und wegen eines Medikaments, für das sie kein Rezept besaß.“

„Um was handelte es sich?“

„Das stand in dem Brief.“

„Sie hatte ihn zugeklebt?“

Er nickte noch einmal.

„Aber der Apotheker hat ihn doch gelesen, oder?“

„Ja!“, entgegnete er knapp.

„Hat er Ihnen das Medikament mitgegeben?“

„Konnte er nicht. Weil er es nicht vorrätig hatte.“

Viertes Kapitel

Die Aegidii-Apotheke war schon zu, und im ersten Stock, wo Frau Abrahams ehemaliger Chef wohnte, rührte sich nichts. So machte ich am nächsten Morgen auf dem Weg ins Büro noch einmal den kurzen Abstecher. Beim Betreten des Verkaufsraums setzte ich ein melodisches Glockenspiel in Betrieb. Da die Theke in ihrer gesamten Breite von Kunden belagert wurde, beschäftigte ich mich mit den ausgelegten Gesundheitsratgebern, bis sich der Laden geleert hatte. Dann zog ich meinen Dienstausweis aus der Tasche und fragte Herrn Wetter, den Inhaber, ob er sich an den jungen Mann von Haus Nettelbeck erinnere, der ihn am Sonntagvormittag aufgesucht habe. Über seiner Nasenwurzel bildete sich eine steile Falte.

„Natürlich erinnere ich mich. Aber ich gebe grundsätzlich keine Medikamente heraus, wenn das Rezept fehlt."

„Frau Abraham war Ihre ehemalige Mitarbeiterin! Sie hätte in ihrer Dienstzeit Zugang zu jedem beliebigen Mittel gehabt."

„Egal", sagte er, „außerdem arbeitet sie seit drei Jahren nicht mehr bei mir."

„Was wollte sie von Ihnen haben?"

„Warum müssen Sie das wissen?", fragte er misstrauisch zurück. „Wieso erscheint die Polizei bei mir?"

Ein junges Mädchen kam zur Tür herein, zusammen mit einem empfindlich kalten Luftzug. Herr Wetter gab seiner Mitarbeiterin einen Wink und zog mich ins Hinterzimmer.

„Ich verstehe Ihre Empörung", beschwichtigte ich ihn, „aber Frau Abraham ist vorgestern Nachmittag gestorben, man hat sie im Schwimmbad gefunden."

„Sie ist tot?" Seine ablehnende Haltung schlug in Bestürzung um. „Aber ich durfte ihr das Medikament nicht aushändigen, ich hätte mich …"

„Sie hätten sich strafbar gemacht", bestätigte ich. „Sie sind völlig im Recht. Nur ist die Todesursache alles andere als klar, und ich müsste dringend wissen, ob sie gesundheitliche Probleme hatte. Haben Sie ihren Brief noch?"

„Der sollte eigentlich …“, er schloss einen Rolladenschrank auf und begann aufgeregt zwischen allen möglichen Papieren zu suchen, zog ein paar Bestell-Formulare heraus und wurde schließlich fündig. Es war eine weiße Briefkarte mit merkwürdig unruhigen, krakeligen Buchstaben. Sie schrieb, sie habe schon seit einiger Zeit starke Herzrhythmusstörungen, verbunden mit faszikulären Muskelzuckungen, aber so schlecht wie in dieser Nacht habe sie sich noch nie gefühlt. Sie könne ihre Ärztin nicht erreichen und sei zu schwach, um ins Krankenhaus zu fahren. „Und was wollte sie von Ihnen haben?“

„Ein atropinhaltiges Beruhigungsmittel“, entgegnete er, „ich hielt das für bedenklich. Vor allem, da ich die Anamnese nicht kannte und außerdem nicht wusste, welche anderen Mittel sie nimmt. Das hätte zu bösen Wechselwirkungen führen können!“

„Auch bei einer erfahrenen Apothekerin?“

„Sie ist seit drei Jahren nicht mehr auf dem Laufenden“, gab er zu bedenken. „Warum hat sie sich nicht auf der Pflegestation behandeln lassen?“ Das war allerdings ein berechtigter Einwand. „Und dann ist sie auch noch schwimmen gegangen? Mit Herzrhythmusstörungen?“ Er schien so aufgebracht, dass ich mich verpflichtet fühlte, die Verstorbene zu verteidigen.

„Vielleicht hat sie gedacht, es wirke beruhigend auf sie.“

„Es war im höchsten Grade riskant!“ Sein Oberlippenbärtchen zitterte. „Wahrscheinlich hat sie einen Herzinfarkt gehabt.“

Ich steckte den Brief der Toten ein, als hilfreiche Information für die Pathologie.

Auf meinem Schreibtisch lag eine Nachricht von Hilly: „Lückmann meldet einen dringenden Zahnarzttermin für halb neun. Aber er beeilt sich!“ Ich rief die Heimleiterin an.

„Haben Sie schon mit Frau Abrahams Schwester gesprochen?“

„Habe ich!“, entgegnete sie überraschend aufgekratzt. „Sie ist seit gestern Abend in Münster und kann sich einen Selbstmord absolut nicht vorstellen. Frau Abraham ist noch Anfang Oktober bei ihr gewesen, hat geradezu überschwänglich von unserem Haus geschwärmt und noch so viele Zukunftspläne gehabt! So jemand bringt sich doch nicht um!“

„Wusste sie Genaueres über diese Pläne?“

„Ja. Unter anderem, dass sie im März eine Rundreise durch Oberitalien vorhatte …“

„Wie war das Verhältnis zwischen den beiden Schwestern?“

„Bestens!“, sagte sie. „Und begreiflicherweise ist Frau Fantin fassungslos über den Tod ihrer Schwester. Aber sie meinte gleich, uns träfe ja keine Schuld.“

„Hat sie das genauer erklärt?“

„Allerdings“, jetzt klang sie etwas spitz. „In einem Haus mit vorbildlicher Führung, erstklassiger Verpflegung und einem hohen Sicherheitsstandard ist weder ein Selbstmord vorstellbar noch ein Unfall mit Todesfolgen. Wir haben alles getan, um unseren Senioren Komfort und Wohlergehen zu garantieren, und wir werden auch in Zukunft alles tun.“

Und ein Mord? war ich zu fragen versucht, aber Frau Haag redete schon weiter: „Gleich heute morgen war sie hier. Sie wollte das Testament haben, um den letzten Willen ihrer Schwester, was die Beerdigung angeht, erfüllen zu können. Aber die Wohnung ist ja noch immer versiegelt.“

„Wo kann ich Frau Fantin erreichen?“, fragte ich.

Sie nannte ein kleines Hotel in der Königspassage. Frau Fantin sagte, sie habe für den Spätnachmittag einen Termin mit der Kultusgemeinde vereinbart, um die Beerdigung zu regeln, und es bliebe ihr nur sehr wenig Zeit, weil bis dahin noch so viel zu erledigen sei. Aber sie versprach, in der nächsten halben Stunde auf mich zu warten.

Sie saß in dem kleinen Aufenthaltsraum, wo offensichtlich auch das Frühstück serviert wurde, und sah dem jungen Mädchen zu, das den Teppichboden saugte. Sie hatte Ähnlichkeit mit ihrer Schwester, auch wenn sie kleiner und viel zierlicher war. Aus Gründen, die ich selbst nicht erklären konnte, erinnerte sie mich an eine Spinne. Sie schien um Jahre älter als die Tote, obwohl sie, im Gegensatz zu jener, ihr Haar gefärbt hatte; in einem sehr dunklen Brünett. Sie trug ein sehr gut geschnittenes schwarzes Kostüm mit Silberfuchskragen, und auch die Handschuhe und die Tasche, die neben ihr auf dem kleinen Glastisch lagen, waren nicht billig gewesen. Um ungestört reden zu können, lud ich sie in ein benachbartes Café ein.

„Wann haben Sie zum letzten Mal mit Ihrer Schwester gesprochen?“

„Am Freitag Abend.“ Das kam ohne langes Überlegen. „Wir telefonierten immer freitags miteinander, mal war sie an der Reihe, mal ich.“

„Wo waren Sie?“

„In Venedig.“

„Und wer war an der Reihe?“

„Ich“, entgegnete sie. „Wenn ich gewusst hätte, dass sie …“ Sie verstummte, weil die Kellnerin zum Tisch kam.

„Wir haben Aussagen darüber, dass es Ihrer Schwester in der Nacht zum Sonntag nicht sehr gut ging. Ist Ihnen vielleicht bei Ihrem Gespräch am Freitag etwas aufgefallen?“

„Es dauerte ziemlich lange, bis sie abnahm“, sagte sie nach kurzer Überlegung, „das hat mich sehr gewundert, weil wir immer zur selben Zeit telefonieren, immer gegen neun, wenn sie vom Sabbatgebet zurück war. Aber dann …, nein, ich habe nichts bemerkt. Sie hörte sich ganz normal an. Was hatte sie?“

Ich beschrieb ihr Frau Abrahams Beschwerden. „Erinnern Sie sich noch, worüber Sie gesprochen haben?“

Auch jetzt musste sie nicht lange nachdenken. „Natürlich. Wir hatten im November in Venedig ein katastrophales Hochwasser, völlig unüblich für die Jahreszeit. Ich habe ihr von den Schäden am Haus erzählt, und was das alles kostet und wie schwer es ist, passable Handwerker zu bekommen. Mein Gott, und sie hat sich vielleicht schon schlecht gefühlt und musste sich das alles anhören!“

„Haben Sie jemals den Eindruck gehabt, dass Ihre Schwester depressiv war?“

„Nein!“, entgegnete sie fest, „nicht mal im Klimakterium, sie war immer die Optimistischere und Lebenstüchtigere von uns beiden. Als mein Mann verunglückte, kam sie gleich am übernächsten Tag und blieb einen Monat bei mir, bis das Schlimmste vorüber war. Ich weiß nicht, was ich ohne sie gemacht hätte. Sie konnte einen ablenken, ohne deshalb oberflächlich zu sein, verstehen Sie? Wir haben über Luigi geredet, alte Anekdoten ausgekramt und irgendwann sogar wieder gelacht. Sein Tod traf sie doch auch, aber sie sagte mir: ‚Es macht ihn nicht wieder lebendig, wenn du dich in deiner Trauer vergräbst. Schau dir deine Stieftochter an, sie hat sein Gesicht, und so hast du ihn immer vor dir.‘ Sie munterte Tiziana auf, in ihr Atelier zu fahren und weiterzuarbeiten, was tatsächlich das Beste für sie war. Und nach der Beerdigung fuhr sie jeden Tag mit mir nach San Michele, wo die Fantins ihre Familiengruft haben. Jeden Tag, bei Wind und Regen. Gut, bis zu den Fondamente Nuove ist es nicht weit, aber die Überfahrt und der Weg über den ungeschützten Friedhof waren unangenehm. Trotzdem besuchten wir sein Grab jeden Nachmittag."

Der Hinweis auf Tizianas Ähnlichkeit mit ihrem Vater erinnerte mich an mein Gespräch mit Herrn Wienhoff. „Sie sagten, sein Tod traf sie doch auch. Wie war denn das Verhältnis zwischen Ihrem Mann und Ihrer Schwester?"

„Gut!", gab sie zurück, mehr nicht. Es klang belanglos.

Natürlich lag mir die Frage auf der Zunge, ob ihre Schwester ihm vielleicht mehr entgegengebracht hatte als schwägerliche Sympathie, aber nach dieser Reaktion war ich mir sicher, dass ihre Antwort negativ ausgefallen wäre, auch gegen besseres Wissen.

„Hat Ihre Schwester von Bekannten in Haus Nettelbeck erzählt?"

„Gelegentlich, aber es waren, wie Sie es richtig ausdrücken, nur Bekannte, keine Freunde?"

„Woher wissen Sie das?"

„Aus der Art, wie sie mit diesen Leuten umging. Man verabredete sich zum Spazierengehen, traf sich zum Kaffee oder machte einen Ausflug zusammen, mehr nicht. Sie erzählte auch von verschiedenen Angeboten, Kurse oder Vorträge wahrzunehmen."

„Hat sie Namen genannt?"

„Nein."

„Hatte sie Kontakte innerhalb der Kultusgemeinde?"

„Das weiß ich nicht. Über Religion haben wir kaum gesprochen. Im Gegensatz zu Helene bin ich nie sehr religiös gewesen, und dass ich mit einem Katholiken zusammenlebte, war weder für ihn noch für mich ein Problem. Wenn Helene in Venedig war, ging sie allein zum Sabbatgebet, die Synagoge ist nicht weit von uns."

„Wie lange waren Sie verheiratet?"

„Fast zwanzig Jahre. Tiziana war erst fünf, als ich Luigi kennen lernte."

„Haben Sie sich in Venedig kennen gelernt?"

„In Santa Maria dei Miracoli. Sie war wegen Renovierung geschlossen, aber ich überredete den Küster, sie aufzuschließen. Es war mein letzter Tag und ich wollte die Kirche unbedingt noch sehen. Luigi war drinnen und schimpfte mit den Bauarbeitern, ich dachte zuerst, er wollte mich rausschmeißen, so wütend fuhr er herum, als wir zur Tür hereinkamen. Aber dann brach er seine Standpauke ab, schickte die Handwerker in die Mittagspause, machte mir eine ganz wunderbare Führung und lud mich anschließend zum Kaffee ein. Er war ein Choleriker, aber ein faszinierender. Ich war vom ersten Augenblick an hoffnungslos verliebt in ihn. Ein halbes Jahr später heirateten wir."

„War es Ihre erste Ehe?"

„Nein, ich habe sehr jung einen Studienfreund geheiratet, 1950, als ich noch mitten in der Ausbildung war. Aber unsere Ehe ging kaputt, weil wir uns zu wenig gekannt hatten. Im Grunde hatten wir beide nur Nestwärme gesucht nach diesem schrecklichen Krieg, aber wir konnten sie einander nicht geben, weil wir sie selbst nirgendwo erfahren hatten."

„Was haben Sie beruflich gemacht?"

„Ich war Bibliothekarin in der Münsterschen Universitätsbibliothek, bis ich Luigi heiratete."

„Ihre Schwester ist ihr Leben lang unverheiratet geblieben, wie hat sie auf diese zweite Heirat reagiert?"

„Sie war Trauzeugin, zusammen mit einem Freund von Luigi."

„War es nicht schwer für sie, Sie so glücklich zu sehen?"

„Nein, Eifersucht oder Neid lagen ihr völlig fern, seit unserer Kinderzeit. Wie ich schon sagte, sie besaß die Fähigkeit, Probleme wegzustecken, Enttäuschungen oder Verluste. Sie war immer die Starke, die sich allein durchschlug, während ich Freunde brauchte, Verwandte … Obwohl ich sechs Jahre älter als Helene bin. Aber das gibt es häufig bei Zweitgeborenen. Sie hatte eine Bärenhaut und …", sie schabte in einer plötzlichen Bewegung mit dem Löffel den Espresso-Schaum vom inneren Tassenrand, „einen unerschütterlichen Glauben. Im Gegensatz zu mir! Sie hat viel Trost aus der Religion geschöpft."

„Also brauchte sie Trost", wandte ich ein. „Gäbe es einen Grund, weshalb sie Selbstmord verübt haben könnte?"

Aus dem Blick, mit dem sie mir antwortete, sprach Ratlosigkeit, aber auch ein Vorwurf. „Woran ist sie gestorben? Frau Haag sagte, das könne die Polizei mir besser erklären."

„Wir haben das Ergebnis der Obduktion noch nicht. Alles, was wir haben, ist die Aussage ihrer Hausärztin, dass sie im August noch rundherum gesund war."

„Woher wissen Sie, dass sie sich schlecht gefühlt hat?"

Ich erzählte ihr von Carsten und seinem vergeblichen Botengang zu Herrn Wetter. Darauf schwieg sie.

„Gab es nicht Pläne, dass Sie und Ihre Schwester zusammenziehen wollten?"

„Wer behauptet das?"

„Spielt das eine Rolle? Haben Sie darüber geredet oder nicht?"

„Ja, das stand eine Weile zur Debatte. Aber wir konnten uns nicht einigen. Ich bin in Venedig heimisch geworden, außerdem lebt Tiziana dort. Sie dagegen mochte den Touristenrummel nicht und drängte nach Münster. Aber ich lebe in einem Palazzo aus dem achtzehnten Jahrhundert, eine Erinnerung an meinen Mann und eine Verpflichtung, ihn zu erhalten. Sie bot mir ihre Zweizimmerwohnung an der Promenade an, damit konnte ich mich wiederum nicht anfreunden. Ich brauche viel Platz."

„Und deshalb der Einzug ins Altersheim?"

Sie hob die Schultern. „Das war ihre Entscheidung. Wir wären in Venedig gut zurechtgekommen, Tiziana hat ihre eigene Wohnung. Aber Helene wollte nicht. Man kann niemanden zu seinem Glück zwingen."

„Wann kam es zu der Entscheidung, dass Sie nicht zusammenwohnen würden?"

Wieder musste sie nicht lange nachdenken. „Das war kurz nach Weihnachten. Aber es begann eigentlich schon damit, dass sie nicht zu Luigis Sechswochenseelenamt Mitte November kommen wollte. Ich bettelte und bat, weil mir ihre Gesellschaft gut tat, aber sie sagte: ‚Bei diesem feuchten Wetter komme ich nicht! Da holt man sich ja den Tod in Venedig!' Es stimmt natürlich, dass der Spätherbst bei uns häufig nebelig und nass ist, aber sie hatte nie Probleme mit den Bronchien gehabt. Für jemanden, der mit dem Gedanken gespielt hatte, für den Rest seines Lebens nach Venedig zu ziehen, kam das jedenfalls überraschend, und ich war sehr enttäuscht über ihre Absage. Tiziana und ich fuhren allein zum Friedhof. Am Beginn von Chanukka, als wir endlich wieder telefonierten, sagte sie mir dann, sie wolle sich für ein Altersheim vormerken lassen. Danach war vom Zusammenziehen keine Rede mehr."

„Und als sie jetzt im Oktober bei Ihnen war?"

„Sie schien zufrieden", sagte sie.

„Und woran erkannten Sie das?"

Sie dachte kurz nach. „Sie war kein Mensch, der jammerte oder nörgelte, sie versuchte, aus allem das Beste zu machen. Es war einfach ihr Gesichtsausdruck, der mich überzeugte, und das Wenige, das sie vom Heim erzählte."

„Wissen Sie etwas von gesundheitlichen Problemen?"

„Sie hatte schon als Kind einen empfindlichen Magen, sie litt häufig unter Sodbrennen. Ich koche gern mit Olivenöl, oder sagen wir mal, ich habe mich daran gewöhnt, weil mein Mann es gern hatte. Aber wenn sie kam, habe ich das Öl in die hinterste Ecke gestellt. Sie erwartete auch wie selbstverständlich, dass ich für sie koscher kochte. Dabei gibt es in Venedig sehr gute jüdische Restaurants."

„Und Herzbeschwerden oder Muskelkrämpfe?"

„Nein, nicht dass ich wüsste."

„Hat sie Ihnen erzählt, warum sie das Apartment so schnell nehmen musste?"

„Sie wollte nur dieses eine", nickte sie. „Und sie meinte, der Umzug würde ihr mit zunehmendem Alter bestimmt nicht leichter fallen. Also griff sie zu."

Die Kellnerin kam an unseren Tisch und fragte, ob sie uns noch etwas bringen könne, wir saßen schon seit längerem vor leeren Tassen.

„Eine Frage noch", sagte ich zu Frau Fantin, nachdem ich bezahlt hatte. „Sie sprachen vorhin von fehlender Nestwärme. Wo haben Sie und Ihre Schwester während des Dritten Reiches gelebt?"

Sie strich nachdenklich über die weichen, pelzgefütterten Handschuhe, die neben ihrer Kaffeetasse lagen. „Meine Eltern und eine Tante meiner Mutter, die bei uns wohnte, seitdem ihr Mann im Ersten Weltkrieg gefallen war, hatten schon zu Beginn des Jahres 36 überlegt, ob sie nicht mit uns Kindern in die Schweiz auswandern sollten, nach Basel, wo meine Tante eine Freundin hatte. Helene war erst anderthalb, deshalb zögerten sie wohl. Aber als unser Vermieter uns zu schikanieren begann, wurden ihre Pläne immer konkreter. Mein Vater war Pianist, er spielte im Lortzing-Theater und bei Kurkonzerten im Schlossgarten. Er war bekannt in Münster, aber eben Jude, auch wenn er 1936 noch auftreten durfte. Der Hauseigentümer warf ihm immer häufiger vor, gegen die öffentliche Ordnung zu verstoßen, indem er nach zweiundzwanzig Uhr noch übe. Dabei gab es keinen korrekteren und rücksichtsvolleren Menschen als unseren Vater. Er hatte sich immer an die Hausordnung gehalten."

Sie schwieg eine Weile. „Schließlich zeigte der Eigentümer ihn an – er hatte sich die Unterschrift zweier Nachbarn besorgt – und drohte gleichzeitig mit der Kündigung. Er ging sehr geschickt vor, indem er ruhestörenden Lärm als Grund angab, deshalb wirkte es nicht unbedingt antisemitisch. Sie müssen nämlich wissen, dass in Münster die Nazis nicht so leicht Fuß fassen konnten wie anderswo. Es gab stramme Parteimitglieder wie unseren Hausbesitzer oder – später dann – seinen Sohn, aber es gab auch viele Gegner, wie zum Beispiel seine Frau. Sie konnte die Anzeige nicht verhindern, sie hätte sich selbst in Schwierigkeiten gebracht, aber es gelang ihr, meine Eltern rechtzeitig zu warnen. Wir mussten bei Nacht und Nebel verschwinden und erfuhren später von Nachbarn, dass schon kurz danach die Gestapo angerückt sei. Hätte es diese Frau nicht gegeben, wären wir wahrscheinlich im KZ gelandet. Unsere Wohnung wurde von Ariern übernommen und alles, was wir zurücklassen mussten, beschlagnahmt. Aber wir waren in Sicherheit, mein Vater hielt uns finanziell mit Klavierstunden über Wasser, und es wurde eigentlich auch nie geklagt, vor allem dann nicht, wenn meine Eltern Briefe bekamen, in denen über das Schicksal anderer deutscher Juden berichtet wurde, es waren ja meist nur Vermutungen, aber sie machten einem Angst … Als dann die Synagogen brannten und alle Juden in Deutschland einen gelben Stern tragen mussten, wussten wir, dass wir nicht nach Münster zurückgehen konnten, solange Hitler an der Macht blieb. Zehn Jahre haben wir in der Schweiz gelebt, es war Helenes Kindheit und auch meine. Und was meinen ersten Mann betrifft, auch er war Jude und hatte den Krieg in einem Versteck irgendwo im Elsaß verbracht, während seine Eltern in Auschwitz verhungerten. Dann kamen wir zurück in das, wie wir Juden so gern sagen, ‚Land unserer Väter' und waren nicht mehr zuhause. Die einen warfen uns vor, wir hätten wie die Fettaugen auf der Suppe überlebt, während Millionen in den

KZs gestorben wären, die anderen bestritten, dass es diese KZs jemals gegeben habe.“ Bei den letzten Worten streifte sie sich die Handschuhe über und rückte an ihrem Hut.

„Wie hießen die Hausbesitzer?“

„Luhe-Wildenau“, sagte sie. „Den Namen werde ich nie vergessen!“

„Und der Vorname des Sohnes?“

„Hermann.“

„Wie alt war er 1936?“

„Er war etwa zehn Jahre älter als ich. Also siebzehn oder achtzehn.“

„Haben Sie nach Kriegsende etwas von ihm gehört?“

„Nein“, gab sie gleichmütig zurück. „Als wir im Sommer 1946 nach Münster zurückkamen, fanden wir an unserer Adresse eine ausgebrannte Ruine. Von denselben Nachbarn, die uns von unserer geplanten Verhaftung geschrieben hatten, erfuhren wir, dass Frau Luhe-Wildenau den Bombenangriff überlebt hatte und aufs Land gezogen war.“

„Und was wurde aus dem Sohn?“

„Alles, was die Nachbarn wussten, war, dass er ein Jahr nach unserer Flucht der Partei beigetreten und aus Münster weggegangen war. Angeblich nach Berlin. Da war der alte Luhe-Wildenau schon tot, er hatte getrunken bis zur Leberzirrhose, und auch daran waren natürlich wir Juden schuld. Bevor er ging, sorgte der Sohn noch dafür, dass das Haus seines Vaters „judenfrei“ wurde. Er denunzierte noch andere Familien, Freunde unserer Eltern, Spielkameraden von mir, denen es nicht mehr gelang, ins Ausland zu kommen, weil sie keine Pässe mehr hatten. Wir haben nie wieder von ihnen gehört.“

Ich wartete, bis wir das Café verlassen hatten und durch die Königspassage zurück zu ihrem Hotel gingen. „Einer der Nachbarn Ihrer Schwester in Haus Nettelbeck heißt Hermann Luhe-Wildenau; ein Geschichtsprofessor aus Köln.“

Sie blieb stehen. „Sind Sie sicher?“

„Waren Sie noch nicht auf der Etage Ihrer Schwester? Er wohnt genau gegenüber.“

„Die Wohnung ist ja noch immer versiegelt“, sagte sie vorwurfsvoll.

„Hat Ihre Schwester Ihnen nie von ihm erzählt? Sie muss Luhe-Wildenau doch gekannt haben."

„Haben Sie mit ihm gesprochen?"

„Natürlich! Er behauptet, keinen Kontakt mit ihr gehabt zu haben."

„Möglich, dass er sich an unseren Namen nicht mehr erinnert, nach all der Zeit. Oder er verschließt beim Hören jüdischer Namen die Ohren." Sie schüttelte den Kopf. „Dann hat sie die Wohnung gar nicht wegen der Rosen genommen, ich habe mich schon gewundert, dass sie wieder einen Garten haben wollte."

„Aber sie züchtete doch Rosen."

„Schon, aber der Mehltau im vorletzten Sommer hatte ihr viel kaputtgemacht. Wenn Sie mich fragen, wollte sie mit der Rosenzucht Schluss machen. Vielleicht hat sie das Telefonverzeichnis von Haus Nettelbeck in die Hand bekommen, bevor sie sich dort anmeldete? Und dann wusste sie, dass Luhe-Wildenau dort wohnt, genau gegenüber von der Wohnung mit dem Garten."

„Offenbar hat sie durch Insidertipps von dem Gartenapartment erfahren", sagte ich. „Schließlich ließ sie sich ganz gezielt dafür vormerken."

„Dann war es gar nicht wegen der Rosen", gab sie zurück. „Sie wollte Luhe-Wildenau mit ihrer ständigen Präsenz in Verlegenheit bringen, er sollte nicht mehr loskommen von seiner braunen Vergangenheit. Die Frage ist nur, ob dieser Mensch sich tatsächlich einschüchtern ließ. Halten Sie ihn für verdächtig?"

„Wenn sich herausstellt, dass Ihre Schwester ermordet wurde, ist jeder verdächtig, der sie kannte."

„Wo war er, als sie starb?"

„In seiner Wohnung, er hat gearbeitet."

„Gibt es dafür Zeugen?"

„Nein, seine Frau liegt auf der Pflegestation, er lebt allein."

„Es ist im Schwimmbad passiert, sagte mir Frau Haag. War er einer, der das Bad regelmäßig benutzte?"

„Es muss nicht im Schwimmbad passiert sein."

„Sondern?"

„Hat sie Ihnen von Bekannten erzählt, die regelmäßig zu Besuch kamen?"

„Bekannte aus dem Haus?"

„Aus dem Haus oder von außerhalb.“

„Sie hatte jemanden, mit dem sie regelmäßig spazieren ging. Einen Hundebesitzer. Und eine Dame, die sie zur Sabbatfeier begleitete. Mehr weiß ich nicht.“ Wir hatten das Hotel erreicht.

„Können wir uns in der Wohnung meiner Schwester treffen?“, fragte sie. „Ich brauche das Testament.“

„Sobald das Siegel entfernt ist, können Sie kommen und gehen, wann Sie wollen. Haben Sie vor, mit Luhe-Wildenau zu reden?“

Ihr Gesicht verriet Unentschlossenheit. „Die Sache mit der Denunziation ist ja wohl verjährt. Eine Anzeige von 1936, der Alte ist längst tot, und der Junge war damals erst achtzehn. Auch wenn wir fast alles verloren haben, so etwas rührt heute keinen mehr zu Tränen, dafür sind zu viele umgekommen.“

Sie stand schon in der offenen Hoteltür und kam noch einmal zurück. „Aber ich möchte wissen, ob Helene dieses Apartment wegen ihm genommen hat, verstehen Sie? Schließlich gibt es andere Wohnungen in Nettelbeck und andere Altersheime.“ Und als ich schwieg, fuhr sie fort: „Unsere Generation, die die Schoah noch persönlich miterlebt hat, stirbt aus. Helene war erst eineinhalb, als wir in die Schweiz flohen, und heute ist sie tot! Wer soll denn noch dafür sorgen, dass diese Verbrechen nicht in Vergessen geraten, wenn wir einmal nicht mehr sind?“ Ohne meine Antwort abzuwarten, verschwand sie hinter der Glastür.

Am Mittwoch, um kurz vor neun, legte Hilly den vorläufigen Bericht von Dr. Robbing auf meinen Schreibtisch und stellte Max, der eine schmerzhafte Wurzelbehandlung hinter sich hatte, eine Tasse Salbeitee hin. Der Ärmste sah aus wie ein Hamster, was ihn aber nicht davon abhielt, mir aufmerksam bei der Lektüre der Akte zuzuhören. Wie wir vermutet hatten, war Frau Abraham nicht ertrunken, die Lungen waren wasserfrei gewesen. Auch eine äußere Verletzung konnte zweifelsfrei ausgeschlossen werden. Das Ergebnis der Blut- und Gewebeproben stand noch aus, aber alle Organe waren gesund, Herz und Aorta ausgesprochen kräftig und die Lungen überdurchschnittlich entwickelt, was für eine leistungsfähige Schwimmerin sprach. Wenn sich Blut und Gewebe, Magen- und Darminhalt als unauffällig herausstellten, würden sich die nachfolgenden Untersuchungen sehr langwierig gestalten. Ich schloss den Ordner. Und falls sich, so dachte ich, giftige Substanzen fanden, dann hatten wir noch immer das Rätsel zu lösen, ob Frau Abraham sich umgebracht hatte oder ein Fremder dahinter steckte. Bei der Planung eines Selbstmords konnte sie jedenfalls auf die Erfahrungen zurückgreifen, die sie, als Hobbybotanikerin und Apothekerin, gleich in zweifacher Weise gewonnen hatte.

Noch am Abend bekamen wir endgültig Gewissheit. Vor unseren Fenstern taumelten kleine Schneeflocken, die liegen zu bleiben versprachen, als uns ein Anruf aus dem Gerichtsmedizinischen Institut erreichte. Der Bericht sei endgültig fertig und liege nicht nur zum Abholen bereit, sondern auch zu einer eingehenden Besprechung mit Dr. Busse. Demnach gab es ein konkretes Ergebnis.

Von oben wirkte die Straßen glitschig, der orientierungslose Tanz der Flocken ließ darauf schließen, dass es sehr stürmisch geworden war, und so plädierte Lückmann für das Auto. Aber wahrscheinlich wären wir zu Fuß schneller gewesen. Der Schnee klebte auf der Windschutzscheibe wie Zuckerguss, die quietschenden Scheibenwischer gaben nur ruckhaft die Sicht frei und die Reifen schlingerten auf den nassen Pflastersteinen. Als sich dicht vor uns ein Taxi querstellte, verloren wir noch mal zehn Minuten.

Aber Dr. Busse erwartete uns mit einem verständnisvollen Lächeln, seine Morgenmaschine aus Hannover hatte in Bremen landen müssen, und er war mit dem Nachmittags-Intercity nach Münster zurückgekehrt. Sein Gesicht wurde ernst, als er eine der großen Laden aus dem wandhohen Kühlschrank zog, sie rollte mit metallischem Schnurren auf Stahlschienen heraus und brachte einen weiblichen Körper unter einem Laken zum Vorschein. Dr. Busse lüftete ihn bis zum Brustansatz, und sie lag vor uns, entstellt durch die groben Nähte der Sektion. Ihre Nase mitten in dem wächsernen Gesicht stach scharf und schmal in die Luft wie ein Vogelschnabel.

„Hielt die Tote Topfpflanzen in ihrer Wohnung?"

„Sie besitzt eine Zimmerlinde", sagte Lückmann, „außerdem beschäftigte sie sich mit der Rosenzucht, als Hobby."

„Wir haben Spuren aus der Stoffklasse der Carboxime gefunden, wie sie in chemischen Insektiziden verwendet werden, speziell in der

Bekämpfung von Blattläusen. Wissen Sie schon, ob die Tote solche Kontaktgifte benutzte?"

„Es würde mich wundern, wenn es in einem Haus wie Nettelbeck keine Insektizide gäbe", wandte ich ein. Ich dachte an die zweihundert Balkons und an Herrn Moor und daran, dass ein Gespräch mit ihm weiterführend sein konnte. Aber auch die Person, die Frau Abraham regelmäßig besucht hatte, fiel mir wieder ein. Wie schmeckte ein Glas Sekt mit einer Prise Insektengift?

„Die Art der Aufnahme", fuhr ich fort …

„ … spielt absolut keine Rolle", unterbrach mich Dr. Busse, „Sie können Ihr Opfer damit einreiben, ihm das Zeug ins Gesicht sprühen, in die Vene spritzen oder als Pulver unter das Essen mischen, es wirkt garantiert. Allerdings liegt bei der Toten eine deutliche Verätzung der Atemwege und der Magenschleimhaut vor. Das spricht für eine orale beziehungsweise respiratorische Aufnahme." Er bedeckte ihren Kopf wieder mit dem Tuch und ließ die Lade zurück in den Schrank gleiten. „Die Wirkung des Carboxims", fuhr er fort, während er sich die Gummihandschuhe abstreifte und zum Waschbecken ging, „beruht, abgesehen von der starken Reizung, darin, dass die Aktivität der Cholinesterase beeinträchtigt oder sogar ausgeschaltet wird. Das bedeutet, dass die Nervenfasern, über die eine Erregungsübertragung erfolgt, empfindlich gestört, wenn nicht gar blockiert werden. Dadurch kommt es im schwersten Fall zu Krämpfen, Herzrhythmusstörungen und Lähmungserscheinungen. Zum Beispiel zur Atemlähmung."

„Und die Todeszeit?"

„Zwischen vier und fünf."

Wir schwiegen alle drei, das Plätschern des Wassers war das einzige Geräusch in dem großen Raum, dann sagte Max: „Herzrhythmusstörungen und Krämpfe waren der Grund, weshalb Frau Abraham am Sonntag Vormittag versucht hat, ein rezeptpflichtiges Medikament ohne Verschreibung zu bekommen."

„Und hat sie es bekommen?"

„Nein. Der Apotheker hat sich geweigert."

Dr. Busse nickte, als wollte er sagen: Der Mann hat recht!

„Wenn sie", fuhr Lückmann fort, „diese Symptome schon hatte, bevor sie ins Schwimmbad ging, dann hat sich dort wahrscheinlich gar nichts abgespielt, außer der bedauerlichen Tatsache, dass sie an der Ursache ihrer Beschwerden gestorben ist. Das heißt aber auch, dass sie vorher in Kontakt mit dem Gift gekommen sein muss."

„Wo haben Sie die Rückstände gefunden?", fragte ich. „Im Gewebe?"

„In der Blutbahn und im Stammhirn", verbesserte er. „Die Blutcholinesterase war auf unter fünfzehn Prozent herabgesetzt, so dass ein Irrtum unsererseits ausgeschlossen ist." Er warf einen prüfenden Blick in den Spiegel und fuhr sich mit der nassen Hand über seine spärlichen, aber ziemlich wirren Haare, um sie zu bändigen. Ich hatte das Gefühl, dass er gern Feierabend gemacht hätte. Dann zog er einen Schnellhefter unter seiner prallgefüllten Aktentasche hervor. „Das ist unsere Auswertung der Proben. Wenn diese Frau, wie Sie sagten, schon früher Beschwerden hatte, können wir jetzt von einer subchronischen bis chronischen Intoxikation ausgehen."

Ich steckte den Befund ein. „Laut Aussage der Schwester litt sie häufig unter Sodbrennen. Deshalb ist ihr die ätzende Wirkung des Insektizids möglicherweise gar nicht aufgefallen. Käme übrigens auch eine intravenöse Aufnahme in Frage?"

„Die Haut war stark aufgeschwemmt, eine Einstichstelle musste nicht unbedingt sichtbar bleiben." Jetzt wischte sich Dr. Busse mit dem Taschentuch über die Halbglatze. Die Erschöpfung von Konferenz und Reise war ihm ins Gesicht geschrieben. „Wann, sagten Sie, ist die Frau zum Schwimmen gegangen?"

„Angeblich gegen halb vier."

„Sehen Sie", gab er zurück, „und erst nach zwei Stunden, nicht wahr, hat man sie gefunden. Zwei Stunden im Wasser, da verändert sich die Haut." Wir verabschiedeten uns.

„Jetzt können wir uns mit sämtlichen drei Möglichkeiten herumschlagen", knurrte Lückmann, als wir uns auf den Rückweg machten. Das Schneetreiben hatte aufgehört, die Straßen waren nass, aber gut befahrbar, so dass wir uns, anstatt der miserablen Verkehrslage, dem Fall Abraham widmen konnten.

„Es könnte ein Unfall gewesen sein", spann Max seinen Gedanken fort, „wenn sie beim Einsprühen ihrer Rosenlieblinge nicht aufgepasst hat …"

„Momentan gibt es in der freien Natur keine Blattläuse“, wandte ich ein. „Warum hätte sie Gift sprühen sollen? Außerdem kann ich mir nicht vorstellen, dass jemand, der beruflich und privat jahrelang mit chemischen Substanzen umgegangen ist, sich kontinuierlich mit seinem eigenen Insektenspray vergiftet.“

„Ich habe mal von einem Fall gehört, wo jemand ein Silberputzmittel in einer Milchflasche aufbewahrte, irgendwann hat er es dann getrunken – aus Versehen, natürlich.“

Eine Weile sagten wir nichts.

„Und Selbstmord?“ fragte Lückmann und ließ den Wagen hinter einer Fahrzeugschlange ausrollen, die sich an einer Ampel staute. Um diese Tageszeit, zwischen Büro- und Ladenschluss, kam es im sonst so beschaulichen Münster immer häufiger zu Verkehrsstaus.

„Ihre Hausärztin“, sagte ich, während die Ampel auf Grün schaltete und wir im Schritttempo einen knappen Meter Asphalt gewannen, „hält das für unwahrscheinlich. Nach Aussage des Heimpsychologen allerdings hatte sie massive Probleme. Angeblich war sie hinter dem Mann ihrer Schwester her.“

„Soll öfter vorkommen“, nickte Max. „Auch im reifen Alter.“

„Das Dilemma ist nur, dass der Mann schon im vorletzten Herbst mit dem Auto verunglückt ist.“

„Wir sollten der Schwester mal unauffällig auf den Zahn fühlen. Du hast in dem Apartment nicht zufällig einen Abschiedsbrief gefunden?“

„Wo würdest du deinen Abschiedsbrief hinterlegen?“

„Wem sollte ich wohl einen Abschiedsbrief schreiben?“, knurrte er zurück, und ich befürchtete schon einen seelischen Kassensturz, dergestalt, dass seine neue Freundschaft mit der Kosmetikerin zu Bruch gegangen sei, aber er hatte schon wieder ins rein Dienstliche zurückgefunden.

„Wenn beides ausscheidet, der Unfall wie der Freitod, dann haben wir einen neuen Fall.“ Er ließ den Wagen wieder ein Stückchen vorwärts rollen, noch zwei Ampelphasen, und wir hatten es geschafft.

„Ich hoffe, dass Schüller morgen früh mit seinen Auswertungen fertig ist“, sagte ich. „Wenn keine brauchbaren Spuren sichergestellt wurden, können wir das ganze Altersheim auf den Kopf stellen! Mal angenommen, sie hat das Gift nicht bei sich zu Hause abgekriegt, sondern in der Wohnung des Täters …“

„Vielleicht bei einem Kaffeekränzchen. Meine Großmutter hielt so etwas regelmäßig.“

Ich nickte. „Die Idee ist gar nicht so schlecht. Die Generation, zu der sie gehörte, macht so etwas noch und zwar so selbstverständlich, dass es als gesellschaftliches Ereignis gar nicht zur Kenntnis genommen wird.“ Mir fiel ein, dass ich Max noch nichts von dem Donnerstags-Besuch erzählt hatte, dem sie Pikkolos offerierte.

„Ein Mann?“

„Die Etagendame hat nur die Flaschen am Müllschlucker gesehen, immer am Freitag morgen.“

„Der berühmte ominöse Gast!“, murmelte er. „Wie hat das Heim eigentlich auf dich gewirkt? Durchtränkt von Gift und Galle?“

„Absolut nicht! Also gut, die Presse-Lady scheint mir ein bisschen zu durchgestylt, aber das Haus ist Teil eines länderübergreifenden Kuratoriums, und die stellen heutzutage Business-School-Absolventen ein, um mehr Kunden zu gewinnen. Die Verwaltung und das Personal sind hilfreicher, als man sich wünschen kann, das Essen ist exzellent, und die Bewohner, na ja, die bewegen sich zwischen den Extremen: äußerst kurios und extrem vital.“

Wir näherten uns der Kurve Bült/Alter Fischmarkt.

„Ich bin“, sagte Max in der für ihn typischen manierierten Sprechweise, „bei der Gestaltung deines und meines Heimwegs davon ausgegangen, dass du nicht mehr zurück ins Büro wolltest? Liege ich damit richtig?“

„Du liegst! Aber vielleicht könntest du mich bis zum Rosenplatz mitnehmen? Die Freundin, die ihre Spuren auf der Schwimmbadtür hinterlassen hat, betreibt dort eine Galerie. Ich lasse mir ihre Fingerabdrücke geben, damit Schüller sie mit seinen Proben vergleichen kann. Und wenn du nichts dagegen hast, nehme ich den Autopsiebefund mit nach Hause, als Abendlektüre.“

„Bei knisterndem Kaminfeuer“, gluckste er, in Kenntnis meiner lächerlich kleinen Wohnung.

„Eher bei Fettspritzern aus der Küche. Kerstin hat versprochen, für das Abendessen zu sorgen. Wahrscheinlich Reibeplätzchen! Jedenfalls hat sie durchblicken lassen, ich solle nicht zu früh nach Hause kommen.“

In Marions Galerie war es schon dunkel, und so ging ich vom Rosenplatz zu Fuß nach Hause, vorbei an den weihnachtlich dekorierten Auslagen der Bogenstraße und des Prinzipalmarkts. Die Tatsache, dass ich noch immer kein Geschenk für Franz hatte, wuchs sich langsam zum Problem aus. Das ganze Jahr lang mokierte man sich über Konsumterror und alberne Modetrends, aber je näher die Feiertage rückten, desto unbarmherziger wurde man in den Sog der Kaufwütigen hineingezogen, die wie die Lemminge die Geschäfte überrannten. Da genügte als Antrieb schon Hillys seliges Lächeln über einen gelungenen Fund für ihre Schwägerin, die ihr, was Insidertips und Schnäppchen anging, immer um eine Nasenlänge voraus war. Oder die geheimnisvolle Miene, mit der Kerstin Schubladen oder Schranktüren zuschob, sobald man ins Zimmer kam. Irgendeine Überraschung muss sich doch finden lassen! dachte ich und blieb vor einem Herrenausstatter stehen, der erst kürzlich eröffnet hatte. An einer der kahlköpfigen Schaufensterpuppen baumelte eine hinreißende Krawatte in den Lieblingsfarben von Franz. Und der Preis? Akzeptabel. Erst als ich genauer hinsah, entdeckte ich, dass er in Euro ausgestellt war, und Ernüchterung machte sich breit.

Aber wie war es denn mit einer Reisetasche von Harenberg? Oder einem dieser wie handgestrickt wirkenden Pullover, die mir in der Herrenboutique neben dem Rathaus ins Auge gefallen war? Allerdings hätte ich dazu die Konfektionsgröße von Franz kennen müssen, dabei wusste ich nicht einmal, ob er im letzten Vierteljahr zu- oder abgenommen hatte. Es wurde höchste Zeit, dass wir wieder zusammenzogen, nicht nur wegen der Kleidergröße. Ich seufzte stumm und hätte gern gewusst, ob alle Männer so schwierig zu beschenken waren wie die wenigen, die ich kannte. Mein Vater hatte Geschenke grundsätzlich umgetauscht, während mein jüngerer Bruder mir mit extravaganten Amphibien-Wünschen für sein Terrarium auf die Nerven gegangen war, vor allem, da ich die Kreaturen bis Heiligabend in meinem Zimmer verstecken musste. Meine eitle Tanzstundenliebe Ekkehart – „mit zwei K“ – hatte mich mit seiner Sammelleidenschaft für Designermanschettenknöpfe ruiniert und der Studienfreund und Repetitorenkumpel Philip, ein linksorientierter Grünalternativer, der materielle Dinge verachtete, hatte sich selbstgeschriebene Liebeslyrik gewünscht. Über den mickrigen Versen, mit denen ich seinem Verlangen nachkam, ging unsere Freundschaft in die Brüche. Er hatte Zweifel an der Aufrichtigkeit meiner Gefühle bekommen. Kollege Lückmann schwor angeblich auf Geschenkgutscheine. Und Franz? In unseren ersten mageren Ehejahren hatten wir jeden nur denkbaren Bescherungsanlass für Haus und Hof genutzt. Als unsere Einrichtung halbwegs komplett war, hatten wir uns getrennt und die Vorlieben und Gewohnheiten des Partners allmählich vergessen.

Aber hatten wir nicht wieder Haus und Hof? Gab es keine gemeinsamen Wünsche, die wir uns zu Weihnachten erfüllen konnten? Und wenn es die antike chinesische Reisschale war, die seit sechs Wochen bei Kösters im Fenster stand, zum halben Preis und mit zauberhafter, resedagrüner Bemalung. Oder fehlte uns vielleicht noch ein Kaminbesteck aus Messing mit passendem Behälter fürs Brennholz? Ein schmiedeeisernes Funkengitter? Dinge, die einem die Wohn- und Einrichtungszeitschriften als unverzichtbar suggerierten. Womit ich wieder bei Modetrends und Konsumterror angelangt war. Ich schloss die Wohnungstür auf und merkte erst jetzt, wie hungrig ich war. Aber es roch nicht nach Reibekuchen, es roch nach überhaupt nichts, und wie alle Leute, deren Magen nur noch ein gereizt knurrender Hohlraum ist, fühlte ich mich plötzlich sehr schlecht gelaunt. Das wurde auch nicht besser, als ich den Anrufbeantworter blinken sah.

„Warum bist du nicht ans Telefon gegangen?", rief ich ins Wohnzimmer, wo der Fernseher brabbelte. „Du warst doch zu Hause!"

„Weil es für dich war!" Die ‚schwarze Köchin'- wie oft hatten wir diesen Kinderjux gespielt – erhob sich vom Sofa, die Fernbedienung in der Hand. Immerhin war sie sensibel genug, um den Aus-Knopf zu klicken. „Da hab' ich die Marion halt aufs Band schwätzen lassen!"

„Was ist denn das für eine Antwort!" An ihrer und meiner Reaktion erkannte ich, dass dies kein guter Tag gewesen war, ob nun der Befund schuld war, der uns langwierige Recherchen bescherte, oder die unergiebige Befragung in Haus Nettelbeck. Aber auch bei Kerstin schien irgendetwas aus dem Ruder geraten.

Ungeduldig ließ ich das Telefonband zurücklaufen und hörte Marions aufgekratzte Stimme: „Ich weiß, Engelchen, du bist immer kaputt und alle, wenn du nach Hause kommst, aber gerade heute Abend würde ich gern den Italiener heimsuchen. Ich lade dich und die Kleine ein. Sagen wir gegen halb acht?“ Das war in knapp zwanzig Minuten.

„Die Kleine?“ Kerstin fauchte wie ein Puma, „soll das etwa ich sein?“

„Wer hat behauptet, dass ich dich mitnehme?“

Sie antwortete mit einem heftigen Türenknallen und warf sich im Nebenzimmer auf ihr quietschendes Bett. Ich versuchte, ihren theaterreifen Abgang zu ignorieren und sah statt dessen an meiner eigenen Kostümierung herunter. Die graue Flanellhose und der weiße Angorapulli, die mich den ganzen Tag begleitet hatten, waren sicher nicht das passende Outfit, um mit jemandem essen zu gehen, der sich bei Schnitzler einkleidete. Zögernd öffnete ich die Tür: „Und was ziehen wir an?“

Kerstins Antwort war ein langgezogenes Schniefen. „Ich gehe sowieso nicht mit!“

„Würdest du mir endlich mal erklären, was dir über die Leber gekrochen ist?“

So erfuhr ich, während sie sich unter Zuhilfenahme des Handrückens mehrmals die Nase wischte, dass an diesem Vormittag in der Schule endlich die Rollen für die Weihnachtsfeier vergeben worden waren. „Und ich soll den Josef spielen!“, heulte sie hemmungslos, „weil nur so wenig Buben mitmachen. Und bloß weil ich diese blöden schwarzen Locken habe. Aber ich spiele keinen Buben!“

„Gut, dann lässt du es eben!“, sagte ich.

„Es ist auch wegen dem Kostüm“, maulte sie, „dieser alberne blaue Mantel …“

„Der gehört doch Maria“, wandte ich ein, „auf allen Bildern, die ich kenne, ist sie in Blau zu sehen.“

„Und der Josef?“

„Der trägt Rot“, entschied ich, weil das ihre Lieblingsfarbe war. „Bestell’ deiner Lehrerin mal einen schönen Gruß, aber einen Josef in Blau habe ich noch nie gesehen.“ In diesem Augenblick schellte Marion.

Den legendären Italiener gab es schon seit anderthalb Jahren, aber wie es manchmal im Leben geht, waren Kerstin und ich noch nie dort gewesen. Wir bekamen einen Tisch am Fenster, so dass wir den belebten Alten Fischmarkt mit seiner Weihnachtsbeleuchtung vor uns hatten. Kerstin entfaltete mit sichtlicher Andacht die große Stoffserviette, während sie gleichzeitig mit einem Lächeln, das wie vor dem Spiegel eintrainiert wirkte, dem jungen Kellner dankte, der ihr die schwere, ledergebundene Speisekarte reichte und dann die rote Kerze in der Tischmitte anzündete.

„Deine Einladung hat mich ziemlich überrumpelt“, sagte ich. „Ich hatte nicht mal Zeit, mich umzuziehen. Gibt es einen Anlass?“

Marion nickte überraschend ernst. „Heute vor fünf Jahren ist Friedrich beerdigt worden. Und ihr seid die einzigen, mit denen ich diesen Abend verbringen möchte.“

Jeder andere hätte mich mit dieser Antwort verlegen gemacht. Ein Festessen zu Ehren eines an Krebs verstorbenen Ehepartners?

Aber bei Marion fand ich es ganz natürlich. Allein zu Hause hätte sie es nur schwer ausgehalten und plötzlich wusste ich auch, wie meine Weihnachtsüberraschung für Franz aussehen würde: eins der neuen winzigen Aquarelle aus ihrer Galerie. Landschaftsbilder hatte er gern.

Auf Marions Drängen hin bestellte ich mit ihr zusammen die große Frutti-del-Mare-Platte; Tintenfisch, Krabben und Muscheln auf einem sahnegetränkten Spaghettibett. Und schob den Gedanken an all die luftigen vegetarischen Nudelgerichte beiseite, die ebenfalls auf der Karte standen, die raffinierten Salatkreationen, Risotti und Gnocchi, während sich Kerstin für ein kunterbuntes Antipastitellerchen entscheiden durfte: winzige Bocconcini, Sherrytomaten und Basilikum, ein pralles Artischockenherz unter dünn gehobeltem Parmesan und einigen Scheiben San Daniele, ein paar Würfelchen Pecorino und frisch duftendes Focacciabrot.

„Nepp!“, entschied Marion nach einem kurzen Seitenblick.

„Aber bitte, wenn's dem Kind schmeckt!“ Und: „Iss, iss!“, forderte sie immer wieder mich auf. „Ich freu' mich ja so, dass ich mir dieses Ungetüm endlich mal bestellen kann! Allein würde ich es nie schaffen!“ Wir schafften es auch zu zweit nicht. Und obwohl Friedrich Vondembusche schon seit mehreren Jahren seine ewige Ruhe hatte, musste ich an die bizarren Geschichten denken, die Lückmann, der in Greven wohnte und rundherum viel ländliche Verwandtschaft besaß, über münsterländische Beerdigungen erzählt hatte. Wie man die Leiche mit viel Schnaps „begoss“ und, mit geöffnetem Hosengürtel über dem prallen Bauch, bei fett geschmierten Käse- und Schinkenbrötchen, Streusel- oder Butterkuchen schon über Erbschaft, Schulden und uneheliche Kinder zu reden begann. In diese Nachbarschaft fühlte ich mich angesichts der Spaghettischüssel versetzt, während wir doch den Begräbnistag eines sensiblen Bildhauers begingen, dessen Arbeiten im Landesmuseum und im Innenhof des Rathauses ausgestellt gewesen waren.

„Und er hat immer gut verkauft“, beteuerte Marion, während sie ihr Glas zu einem letzten Schluck Orvieto hob. „Sonst hätte ich mir meine Galerie gar nicht leisten können. Er hatte einiges zurückgelegt.“

„Wie alt wäre Friedrich?“

„Vierundsiebzig. Und quirlig wie ein junger Spund, das kannst du mir glauben! Wenn ihn nicht dieser gemeine Krebs erwischt hätte! Er hatte noch so viele Pläne …!“ Sie brach ab und sah schnell hinaus auf die festliche Straßenkulisse. In ihren Augen glitzerte es verdächtig. Als Kerstin kurz darauf in Richtung Waschraum verschwand, fuhr sie in demselben zittrigen Tonfall, der mehr über ihren Zustand aussagte als alle Worte, fort: „Ich habe nie begreifen können, dass du dich freiwillig von deinem Mann getrennt hast. Fünf Jahre lang! Was weißt du denn, wie lange ihr einander noch habt.“

Das war weiß Gott kein überraschendes Thema, wir redeten nicht zum ersten Mal darüber. Marion hatte keine Kinder, ihr Mann war tot und sie war immer brav in Münster geblieben. Welcher von diesen Fakten ihr am meisten zu schaffen machte, wusste ich nicht. Tatsache war, dass ich Mann und Kind hatte und dennoch „herumgetingelt“ war.

„Wenn du deine Galerie nur in Hamburg oder Düsseldorf hättest aufziehen können, dein Mann sich aber geweigert hätte, aus Münster wegzugehen, wie hättest du dich entschieden?“

„Für ihn natürlich!“

„Das sagt sich leicht“, gab ich gereizt zurück. „Vergiss bitte nicht, dass Franz mit der Trennung einverstanden war! Er hatte selbst eingesehen, dass es die beste Lösung war – vorübergehend.“

„Natürlich“ spottete sie. „Weil er keine quengelige Frau zuhause sitzen haben wollte!“

Heute Abend steckte sie es mir aber wirklich!

„Ja, glaubst du denn, ich hätte ihn nicht vermisst? Aber die einzige freie Stelle im höheren Dienst war ein Posten bei der Sitte in München. Das bedeutete nächtliche Razzien und Dienst auch am Wochenende. Hätte ich vielleicht ständig hin- und herfahren sollen?“

„Eben!“, unterbrach sie mich störrisch. „Du hättest in Altötting bleiben können, wo dein Zuhause war! Versteh’ mich recht, ich mache dir keinen Vorwurf!“ Das sagte sie immer, wenn sie mir Vorwürfe machte. Ich begriff, dass dieser Gedenktag sie traurig und aggressiv gemacht hatte. Aber in diesem Augenblick erinnerte sie mich nur noch an meine Eltern. An ähnliche Gespräche, die es mit ihnen gegeben hatte, als sie erfuhren, ich zöge nach München. „Du lässt deinen Mann im Stich? Und wie willst du allein zurechtkommen? Mit einem kleinen Kind? Und diesem familienunfreundlichen Dienst? Warum bist du nicht in die Justiz gegangen, Anwältin geworden oder Richterin?“ …

„Jawohl!“, konterte ich. „Und in Altötting wäre ich noch immer! Weißt du überhaupt, was man heutzutage den jungen Ehefrauen an Flexiblität abverlangt, wenn sie berufstätig bleiben wollen? Getrennte Haushalte sind doch keine Seltenheit! Und wenn ich sowieso jede Nacht allein verbringen musste, weil Franz Kühe entbinden oder Schweine impfen musste, war mir die kleine Stadtwohnung lieber als unsere ‚Villa Größenwahn‘ mit ihren vielen Zimmern und dem Riesengarten. Trotzdem bin ich, wenn es eben ging, an den Wochenenden zurückgekehrt. Aber irgendwann war es nicht mehr unser Bauernhaus, das wir, jung verliebt und in mühevoller Kleinarbeit, renoviert hatten. Die eine Hälfte war vermietet, der Garten zweigeteilt …“ Ich sah mich um, Kerstin war weit und breit nicht zu sehen. „Marion! Ich habe gern in München gelebt! Die schönen Geschäfte, die Kinos und Theater! Franz konnte dagegen die Großstadt nie ausstehen. Den Lärm, die schlechte Luft, die, wie er behauptete, neurotischen Menschen! Selbst Münster war für ihn kein Thema, solange wir am Prinzipalmarkt wohnten.“

„Hast du nie Angst gehabt, er könnte sich eine Andere suchen? Männer sind nicht gern allein!“

„Frauen auch nicht!“, gab ich zurück und verdrängte die Erinnerung an seine Kollegin in Altötting, auf die er große Stücke hielt. Irgendwann hatte sie geheiratet und im Februar würde sie seine Praxis übernehmen. Von dem Weg, auf dem dieses Arrangement zu Stande gekommen war, hatte ich keine Ahnung.

„Müsste Franz diese Angst nicht auch haben?“, fragte ich. „Wer kein Vertrauen zu seinem Partner hat, sollte gar nicht erst heiraten.“

‚Soufragette!‘ schien ihr Blick zu erwidern. Ich ignorierte ihn, aber Kerstin, die vom Klo zurückkam, spürte offenbar die Spannung zwischen uns. „Is’ was?“

„Ich beschreibe Marion gerade, mit wie vielen Engelszungen wir deinen Vater nach Münster gelockt haben.“

„Oh Mann!“, kicherte sie. „Das war echt ätzend. Er hat uns nicht geglaubt, dass es hinter all den Häusern auch noch was Grünes gibt.“

„Na dann!“ Marion drehte die Weinflasche auf den Kopf und stellte sie mit bedauernder Geste zurück. Sie hatte offenbar mit Essen und Wein jene Schwerelosigkeit gewonnen, die ihr über das Nachhausekommen und die einsame Nacht hinweghelfen würde, während mir mein drückender Magen meldete, dass ich die gleiche Zeit am Fensterbrett verbringen würde, um über alle möglichen Gründe für Frau Abrahams Tod nachzudenken. Daran änderte auch der Grappa nichts, den Marion statt eines Desserts bestellte. Kerstin verdrückte unterdessen eine Riesenportion Tiramisu.

Draußen, vor dem Lokal, wehte unser Atem in der kalten Luft.

„Wann wird diese Frau beerdigt?“, fragte Marion.

„Das muss ihre Schwester regeln. Ende der Woche, denke ich.“

„Gehst du hin?“

Ich nickte. „Auch wenn ich diesmal fast sicher bin, dass ich dem Täter dort nicht begegnen werde.“

„Und woher diese Sicherheit?“

„Wegen der geringen Beteiligung.“

„Glaubst du, dass es jemand von Nettelbeck war?“

„Sie hatte nicht nur Freunde dort“, sagte ich, „so viel steht fest.“

Wir waren den Prinzipalmarkt hinuntergegangen und vor der Auslage von Juwelier Grotherjan stehen geblieben. Im Erdgeschoss lag sein Geschäft, im ersten Stock seine Werkstatt und in der obersten Etage unsere bescheidene Bleibe – bis Mitte Januar. Dann würde ein Bautrupp ins Dachgeschoss einziehen, Wände einreißen, die Sanitär- und Kücheneinrichtung auswechseln und eine Luxuswohnung installieren. Je mehr ich darüber nachdachte, desto unbeschwerter freute ich mich aufs Land, auch wenn die Nachbarschaft zum Boniburgwäldchen gemischte Gefühle weckte. Mit Sicherheit würde man dort demnächst Heimbewohnern begegnen. Aber bis dahin wäre der Fall Abraham längst geklärt, wir mussten ihn klären … Ich tastete nach dem Wohnungsschlüssel, aber Marion hatte es mit dem Abschied nicht eilig. Sie sah sich die Auslage an, für die sich Frau Grotherjan, wie immer, eine zur Saison passende, extravagante Dekoration hatte einfallen lassen; kleine, aus grünem Blumendraht gebogene Schlitten, die in bunt gemusterten Brokat gewickelte, sehr wertvoll aussehende Päckchen transportierten. Der Inhalt, den die Juweliersleute ihren Kunden empfahlen, lag griffbereit drum herum. „Die Nachtauslage", wie Marion geringschätzig bemerkte. Ich fand die Nachtauslage äußerst sehenswert und stimmte darin offenbar mit den beiden pausbäckigen Engeln überein, die als Tapezierung der Rückwand dienten. Auf pralle Ellbogen aufgestützt, blinzelten sie zu ihrer himmlischen Heimat hinauf, als wäre ihnen von dort ein Wunsch aus Grotherjans Schaufenster freigestellt.

Fünftes Kapitel

Kriminalrat Dr. Gross, der sich in der ersten Wochenhälfte mit einer alten Jugendfreundin beim Skiwandern am Kahlen Asten erholt hatte, verbrachte den Donnerstag Vormittag in der wöchentlichen Dezernatsleiterbesprechung, die regelmäßig mit einem zwanglosen Essen beendet wurden. Daher führte mich mein erster Weg nicht ins Chefbüro, sondern zu Schüller. Als er mich sah, griff er nach dem Schnellhefter, der auf dem zweiten Drehstuhl lag. „Ich habe dich schon erwartet."

Ich setzte mich auf den freigewordenen Platz und gab ihm eine kurze Zusammenfassung der Autopsieergebnisse. „Eine chronische bis subchronische Intoxikation. Und ihr, habt ihr etwas gefunden?"

Er nickte. „Auf dem Knauf der Außentür zur Männerabteilung waren mehrere frische Fingerabdrücke."

„Wie frisch?"

„Vom selben Tag."

„Das sagt überhaupt nichts!"

„Okay", nickte er. „Ich gebe zu, dass wir uns ein bisschen von dem Leistungsdruck haben hinreißen lassen, in diesem Aquarium überhaupt etwas zu finden."

„An einem Tag, wo das Altersheim voll von Besuchern war, hat sich außer uns vielleicht noch jemand das Schwimmbad angesehen. Der Bericht über die Wandmalerei füllte eine ganze Seite der Hausmitteilungen. Der Fingerabdruck war auf der Männerseite, sagst du? Und was war bei den Frauen?"

„Da haben wir auch einen gefunden, mit Sicherheit nicht von der Toten."

„Nur einen? Und was ist mit den Spuren von Marions Händen?"

„Wer ist Marion?"

„Meine Freundin. Sie hat mich zu dieser Adventsfeier mitgenommen. Und sie hatte auch die Idee, sich das Schwimmbad anzusehen." Ich zog den Briefumschlag mit dem Karton hervor, auf dem Marion noch am vergangenen Abend ihre Fingerabdrücke hinterlassen hatte. Sie komme sich vor wie ein Bankräuber, hatte sie geknurrt. Und ob die Polizei sie vielleicht noch in einem Phantombild verunstalten wolle?

„Und wenn dein Abdruck der einzige auf dem Türknauf ist?“

„Was dann?“

„Dann haben wir den Beweis dafür, dass irgend jemand Frau Abrahams Spuren weggewischt hat und seine eigenen auch, falls er keine Handschuhe trug.“ Das hatte sie überzeugt, auch wenn sie sich anschließend mit demonstrativem Missfallen die Finger säuberte.

„Es war nur ein Abdruck da!“, sagte Ansgar störrisch.

„Jetzt überleg’ mal! Frau Abraham schließt die Tür auf und hinterlässt ihre Spuren, zwei Stunden später tut Marion das Gleiche. Wenn du ganz sicher bist, dass es nur einen Abdruck gab …“

„Es gab nur einen!“

Also nicht nur eine chronische Vergiftung, sondern zusätzlich ein Mordanschlag im Schwimmbad? An ein- und derselben Person? Darauf fiel mir nur ein bayrischer Kraftausdruck ein, den Franz gern verwendete, wenn ihm der Arbeitstag völlig aus dem Ruder geraten war.

„Dann ist nach Frau Abraham jemand an der Tür gewesen und hat die Abdrücke vom Knauf gewischt. Ob Mann oder Frau.“

„An die Außentüren kann jeder“, ergänzte Schüller und stand auf, um seine eigenen Fingerproben zu holen. Er legte die Karten nebeneinander, Marions und seine waren identisch.

„Habt ihr nichts am Sicherungskasten gefunden?“

„Nichts!“, bestätigte er.

„Merkwürdig! Und in der Wohnung?“

„Die Lippenstiftreste auf der Kaffeetasse könnten der Farbe entsprechen, die die Tote aufgetragen hatte, nicht nur vom Ton, sondern auch von der Konsistenz her. Aber hundertprozentig weiß ich das nicht, schließlich ist die Tasse abgespült worden. Vom Tasseninhalt war nichts mehr zu erkennen. Dafür ist der Lippenstiftrest auf dem Zigarettenstummel eindeutig pinkfarben. Nicht weit vom Gartenzaun verläuft ein öffentlicher Fußweg. Die Kippe könnte also von einer Spaziergängerin stammen oder von einer Bewohnerin der oberen Etagen. Was ist euer nächster Schritt?“

„Das Übliche“, entgegnete ich, „noch gezieltere Gespräche mit den Heimbewohnern und mit der Schwester.“ Dabei fiel mir wieder die

Person ein, der die Tote Pikkolos vorgesetzt hatte. Von der Wohnungsdurchsuchung am Nachmittag würde ich Ansgar die Sektgläser mitbringen; wenigstens jene, die ganz vorn im Schrank standen.

Frau Frentzel, in Hut und Mantel, in ihrer linken Hand die große Einkaufstasche, schloss gerade die Teeküche auf. Ich fragte sie, ob ihr am Sonntag Mittag bei der Essensausgabe aufgefallen sei, dass sich Frau Abraham nicht gut fühlte.

„Sie hat sehr wenig gegessen", sagte sie. „Nicht dass sie sonst ein starker Esser gewesen wäre, sie nahm ja auch immer das vegetarische Menu, aber diesmal ließ sie fast alles zurückgehen."

„Haben Sie mit ihr gesprochen?"

„Nur kurz. Die Essensausgabe ist ein ziemlicher Stress für die Wiebke und mich, und wenn dann noch Klagen kommen, das Essen sei nicht warm genug …! Man kommt mit dem Tablett rein, stellt es ab und wünscht guten Appetit, so ist das in jeder Wohnung. Und nachher holen wir die Sachen wieder ab." Sie überlegte kurz.

„Ach, da fällt mir ein, dass sie ihr Geschirr nicht gespült hat, obwohl sie das sonst immer machte, aber der Teller war ja noch voll, und sogar den Pudding hatte sie stehen lassen! Ich hätte sie bestimmt am nächsten Tag darauf angesprochen, aber da war sie ja schon …" Sie brach ab und sah an mir vorbei auf einen undefinierbaren Punkt an der Wand.

„Und an den Tagen davor?"

„Da ist mir nichts aufgefallen, aber am Sonntag, das war schon merkwürdig. Dass jemand fast keinen Bissen anrührt …"

„Kommt das nicht öfter vor?"

„Schon", gab sie zu, „aber dann geht man der Sache auf den Grund und fragt, ob der Betreffende krank ist. Das ist doch unsere Aufgabe, die alten Herrschaften zu betreuen."

Gegen halb drei erschien Frau Fantin an der Wohnungstür ihrer Schwester. Sie nahm das Testament entgegen und versprach, nach ihrem Termin bei der Kultusgemeinde im Hotel auf mich zu warten. Bis Ende des Monats, so hatte Frau Haag sie wissen lassen, müsse die Wohnung geräumt werden. Sie seufzte, während ihr Blick über das Inventar wanderte. „Manches wird man vielleicht verschenken können, aber einiges werde ich doch mitnehmen. Vielleicht kann ich Tiziana überreden, dass sie und ihr Freund mir bei der Räumung helfen.

„Vielleicht löst das Testament das eine oder andere Problem, wenn sie Freunde bedacht hat oder ihre Glaubensgemeinde?"

„Ja, natürlich!", entgegnete sie schnell, während ihre Augen noch einmal über den Glasschrank wanderten.

„Haben Sie bei der Durchsuchung keinen Schmuck gefunden?"

„Bisher nicht", sagte ich, „aber wir fangen gerade erst an."

„Es müsste etwas da sein", ihre Stimme klang besorgt. „Ich weiß, dass sie sich ein paar Sachen gekauft hat. Meine Mutter hatte sehr schöne Stücke, ein Granatcollier aus Böhmen mit passenden Ohrringen, mehrere Armbänder und zwei Ringe, aber als es uns in der Schweiz einmal besonders schlecht ging, musste sie einen Teil davon verkaufen. Nur die Ringe blieben ihr, Helene und ich haben sie geerbt." Sie streckte mir die linke Hand entgegen, an der ein mit Brillanten eingefasster runder Saphir steckte. „Helene besitzt das Gegenstück, einen ovalen Rubin. Merkwürdig, in Venedig hatte sie ihn doch noch …" Wieder glitt ihr ruheloser Blick durch das Zimmer.

„Die Wohnung ist seit ihrem Tod versiegelt gewesen", sagte ich, um sie zu beruhigen, „außer der Polizei konnte niemand hinein."

Als sie aus der Tür war, nahm ich als erstes die beiden schön ziselierten Sektkelche, die gleich vorn in der Vitrine standen, heraus zur Mitnahme ins Labor. Für Sekt gab es nur diese beiden Gläser, und aus der Tatsache, dass sie so griffbereit abgestellt waren, schloss ich, dass die Tote sie regelmäßig benutzt hatte.

Ihre Fotofamilie rekrutierte sich, wie die Beschriftung einiger Rahmenrückseiten verriet, aus ihren Eltern, aus mehreren annähernd gleichaltrigen Personen überwiegend weiblichen Geschlechts, vor allem aber aus der Schwester. Mit ihr war sie auf den meisten Bildern zu sehen, vom Krabbelalter, mit Cäcilie hinter dem hochrädrigen Kinderwagen, über die in der Schweiz verbrachten Schuljahre bis hin zu Szenen im zerbombten Münster und sehr viel später zu gemeinsamen Tagen in Venedig, fast immer Arm in Arm und mit großer Ähnlichkeit. Das jüngste Foto stammte wohl von ihrem Besuch im Oktober und zeigte die beiden an der Riva degli Schiavoni, mit der Seufzerbrücke im Hintergrund. Sie sahen einander an und lächelten. In einem Zwillingsrahmen daneben lächelte die Schwester an der Seite einer rotblonden jungen Frau, in der ich die Tochter aus Fantins erster Ehe vermutete. Ich stellte das Foto wieder zu den anderen und begann, die drei Schubladen der Kommode neben dem Bett zu untersuchen: Unterwäsche in der obersten, Nachthemden in der mittleren … Widerstrebend fuhren meine Finger über Seide, Nylon und Spitze, und wie jedes Mal bei einer Wohnungsdurchsuchung fühlte ich mich unbehaglich, nicht nur wegen der absoluten Privatsphäre, in die wir uns drängten, sondern auch, weil ich mir unwillkürlich vorstellte, die Tote habe diese Stücke erst vor wenigen Tagen aufgefaltet, nicht ahnend, dass sich die Polizei, auf der Suche nach ihrem Mörder, schon bald dafür interessieren würde.

Ich zog die unterste Lade auf, in der sich Schreibzeug, eine Briefmappe und verschiedene Papiere befanden, und nahm ein Bündel Briefe heraus. Ein Großteil stammte von Frau Fantin, und da sie eine sehr eigenwillige Schrift hatte – große, fast senkrechte Buchstaben – und ein hauchdünnes zartlilafarbenes Briefpapier, gelang es mir schnell, ihre Post aus der kunterbunt gewürfelten übrigen Literatur auszusortieren. Aber für einen Außenstehenden, der nach Indizien suchte, gab sie nicht viel her. Sie berichtete von Tiziana und ihren ersten Fortschritten bei einer Freskenrestaurierung, einer Sonderausstellung im Guggenheim-Museum und einer neue Boutique in der Calle Larga XXII Marzo – „carìssima!“ Dann war von teuren Reparaturen an ihrem alten Haus die Rede, von Ärger mit den Künstlern, an die sie offenbar das Erdgeschoss vermietet hatte, und immer wieder von Tiziana, auf die sie stolz zu sein schien wie auf eine eigene Tochter. Ihr von Italienischbrocken durchsetzter Stil war launig, manchmal ironisch, aber seltsam unpersönlich dafür, dass sie der eigenen Schwester schrieb. Eher hätte man an Tagebuchnotizen gedacht; sorgfältig und genau, was Daten und Details betraf, aber telegrammhaft knapp.

Ich ging auch die anderen Briefe flüchtig durch, die sämtlich aus der Zeit lange vor Frau Abrahams Einzug ins Heim stammten, legte sie zurück und kontrollierte die restlichen Papiere: jede Menge Kontoauszüge, alte Rechnungen und ein großer Umschlag, in dem sich längst abgelaufene Garantieurkunden für verschiedene Elektro- und Küchengeräte befanden. Danach nahm ich mir den Sekretär vor. Er enthielt einen Stapel Briefbögen und Kuverts mit der alten Adresse an der Schützenstraße, Notizblöcke, verschiedene Stadtpläne und ein paar Fotoalben, offenbar mit Urlaubsbildern. Als ich sie heraushob, fand sich darunter ein kleines, in schwarzes Leder gebundenes Adressbuch und eine mit rotem Samt bezogene Schatulle, auf der ein Schlüssel steckte. Drinnen lagen zwei Perlenketten, ein massiver goldener Armreif und ein paar kleinere Schmuckstücke, hauptsächlich Broschen und Ringe, darunter auch den Rubinring, den Frau Fantin vermisste. Das Adressbuch war dicht beschrieben. Ich stellte die Schmuckkassette zurück und steckte das Buch ein.

Schüller und Heinrich kehrten von der Terrasse zurück. „Nichts!" sagte Ansgar, womit er sowohl die Sprühflaschen oder -dosen gegen Blattläuse meinte, als auch den Schlüssel zum Badezimmerschränkchen.

„Draußen friert es!", wandte ich ein. „Das würde den Spraydosen nicht gut bekommen. Entweder hat sie bis zum Winteranfang alles verbraucht oder sie bewahrte das Zeug woanders auf."

Während Heinrich den Film wechselte, suchten Ansgar und ich auf dem Bord über der Kochnische und in dem großen Einbauschrank im Flur. In einem Pappkarton auf dem Boden entdeckten wir schließlich derbe Jutehandschuhe, eine Gartenschere, eine Rolle Blumendraht und jene Mixturen, mit denen die Rosenfreundin ihre ungebetenen Gäste ausgetilgt hatte: verschiedene biologische Substanzen, darunter einen Spray namens „Biokiller", synthetische Pyrethroide also, kein Kontaktgift! Eine kleine Schachtel enthielt getrocknete Zitronenviertel und ein Glas mit Gewürznelken; bewährte Hausmittel gegen die Ameisenplage, die ebenfalls bewiesen, dass die Tote auf Chemikalien verzichtet hatte. Den Schlüssel fanden wir auch hier nicht.

Wir beendeten unsere Suche mit einem Blick über die restlichen Schrankböden, wo die Sommergarderobe untergebracht war, und in zwei Koffer. Da auch sie weder das Gesuchte noch irgend etwas Verdächtiges preisgaben, stemmte Ansgar das Medikamenten-Schränkchen kurzerhand auf. Es quoll über von Salbentuben und Tablettenschachteln, Nasensprays, Ohrentropfen und Mullbinden und mitten dazwischen stand eine Flasche, etwa 20 Zentimeter hoch und mit einem orangefarbenen Andreaskreuz auf dem weißen Etikett; das handelsübliche Emblem für stark reizende Substanzen. Diese hier hieß Systemschutz-D-Hydro. Ansgar hielt sie gegen das Licht. Von den 500 ml war etwa ein Drittel verbraucht. Keiner von uns sagte etwas, als Schüller die Flasche in einem Plastikbeutel verstaute.

Im Foyer trafen wir Frau Haag. „Frau Klostermann“, sagte sie und drückte mir eine mehrseitige Liste in die Hand, „hat ein Namensverzeichnis aller Personen zusammengestellt, die sich für die Adventsfeier angemeldet hatten, auch von den auswärtigen Gästen.“

Ich steckte die Liste ein und fragte, seit wann Professor Luhe-Wildenau schon im Haus wohne.

Sie runzelte die Stirn. „Das müsste ich im Büro von Frau Vennhusen nachsehen. Brauchen Sie das Datum sofort?“

„Nein, es hat Zeit“, sagte ich, während ich an Frieder Lenz dachte, meinen Vorgänger im Morddezernat, der seit drei Jahren als Erster Hauptkommissar im Kölner Polizeipräsidium arbeitete. Über einen Professor mit zweifelhafter Vergangenheit, der in den unruhigen Jahren um 1968 für Aufsehen, wenn nicht gar für Skandale gesorgt hatte, wussten die lokalen Medien meist auch nach dreißig Jahren noch Bescheid.

Als könnte Frau Haag Gedanken lesen und witterte Unerfreuliches für ihre umhegten Hausbewohner, sagte sie: „Aber gehen wir doch gleich nachschauen!“

Wieder zog sie einen jener schmalen Ordner ans Licht, in denen offenbar nur die Eckdaten der Bewohner bereitgehalten wurden. Sie blätterte: „Seit September 1984! Einer unserer ersten Mieter! Sind Sie damit zufriedengestellt?“

„Sie zogen zu zweit ein, nicht wahr?“

Sie klappte den Ordner zu und schob ihn zurück zu seinen mageren Verwandten.

„Seine Frau ist Anfang des Jahres auf die Pflegestation gekommen, seitdem ist er allein, der arme Mann. Männer, vor allem wenn sie so wissenschaftlich orientiert sind wie unser Professor, tun sich im praktischen Leben ja bekanntlich schwer. Aber unsere Frau Frentzel sorgt rührend für ihn.“

Ich bedankte mich ein weiteres Mal und wartete, während Lückmann, Heinrich und ich den kurzen Weg zum Besucherparkplatz hinter uns brachten, auf den Protest von Max. Er kam, gerade als wir am Bürofenster vorbeigingen, hinter dessen Gardine sich jetzt Frau

Haags Kopf dunkel abzeichnete. Sie beugte sich über irgend etwas, das auf dem Tisch lag.

„Welchen Beweis bringt diese Teilnehmerliste?", maulte er prompt, „wenn jeder den Saal ungehindert verlassen konnte und Haus- und Schwimmbadschlüssel identisch sind?"

Anstatt zu antworten, rief ich mir die Adventsfeier ins Gedächtnis zurück. Als Marion Tante Trudchen auf ihr Zimmer brachte, hatte ich auf die Uhr gesehen – viertel nach vier. In den schätzungsweise fünfzehn Minuten bis zur Pause war ein kurzes Gedicht vorgetragen und ein Weihnachtslied gesungen worden, und niemand hatte den Saal verlassen. In der Pause war ich durch das Foyer gewandert und hatte den Abgang zum Keller von Haus B im Blick gehabt, nicht kontinuierlich, aber doch in regelmäßigen Abständen. Wenn jemand hinunter gegangen wäre, hätte ich es registriert, unabsichtlich zwar, weil ich noch nicht wissen konnte, dass dort unten eine tote Frau lag, aber es wäre mir aufgefallen. Falls Frau Abraham ihrem Mörder im Bad begegnet war, dann hatte er entweder dort auf sie gewartet oder war ihr gefolgt, bevor die Pause begann, dann gehörte er nicht zu den Gästen im Saal. Das schloss natürlich nicht aus, dass er sich für die Feier angemeldet hatte, um ein Alibi zu haben. Ich dachte wieder an den vollbesetzten, überheizten Saal, in dem wir nur mit Mühe Platz gefunden hatten, und sog die frische, kalte Winterluft ein, die über den Parkplatz wehte. Wie in den meisten Altersheimen war es auch in Haus Nettelbeck viel zu warm.

Schüller schloss den Wagen auf und öffnete die Beifahrertür, damit Heinrich seine sperrige Fotoausrüstung auf der Rückbank unterbringen konnte.

„Fährst du auch ins Büro?", fragte er durch die heruntergedrehte Scheibe und ich antwortete in einem plötzlichen Entschluss: „Ich komme später nach. Ich brauche noch eine Auskunft von Frau Klostermann."

Sie frankierte gerade einen Stapel Briefe, Marke um Marke wanderte von dem angefeuchteten Gummikissen auf die Umschläge.

Ich bedankte mich für das Namensverzeichnis und dann fragte ich, ob es eine Möglichkeit gebe nachzuprüfen, ob jeder, der sich für die Feier angemeldet hatte, auch tatsächlich erschienen sei. „Es sind mehr gekommen, als angemeldet waren“, gab sie mit sichtlicher Genugtuung zurück. „Wir mussten Stühle aus der Cafeteria holen.“

„Und wenn jemand, der auf der Liste steht, nicht kommt …“

„… sind wir über jeden freien Platz froh. Unsere Adventsfeier ist sehr beliebt, aber Stehplätze können wir niemandem zumuten.“

Das war keine sehr befriedigende Auskunft, also versuchte ich es anders. „Ist Ihnen am Sonntag Nachmittag gegen halb vier jemand aufgefallen, der vom Foyer zum Schwimmbad gegangen ist?“

„Meinen Sie jemanden von den Gästen oder unsere Bewohner?“

„Das kann ich noch nicht sagen.“

„Von den auswärtigen Gästen kann niemand ins Schwimmbad, wenn er sich nicht bei uns den Schlüssel holt. Und da waren Sie die einzigen. Unsere Bewohner fahren in der Regel von ihrer Wohnung direkt mit dem Lift hinunter. Es gibt von allen Häusern einen Durchgang auf der Kellerebene. Der einzige, der durchs Foyer geht, ist unser Physiotherapeut, Herr Michel. Und der war gestern nicht im Haus.“ Das war natürlich eine noch schlechtere Nachricht. Ein Mörder, der im Bademantel mit dem Lift in den Keller fuhr? Ich hoffte, dass ich mit meiner dritten Frage mehr Glück hätte.

„Haben Sie Kontakt zu einer Großgärtnerei? Wegen der Balkonbepflanzung?“

„Nein.“ Der letzte Umschlag war frankiert, sie stieß den Stapel mit beiden Händen auf dem Tresen zu einem bündigen Rechteck. „Für die Anlagen rund ums Haus sind wir zuständig, aber den Balkonschmuck besorgt jeder Bewohner auf eigene Faust.“

„Einschließlich der Schädlingsbekämpfung?“

Aus ihrem arglosen Gesicht schloss ich, dass sie in die Ursache von Frau Abrahams Tod nicht eingeweiht war. „Ich denk’ mal, dass das jeder mit seiner Gärtnerei abspricht, ich meine, was jetzt ganz konkret geliefert wird.“

„Und diese Lieferung wird in das jeweilige Apartment gebracht. Die kontrollieren Sie nicht?“

„Nein, warum sollten wir?“

„Und welche Rolle spielt dabei Herr Moor?“

„Herr Moor ist unser Hausgärtner, er betreut den Park. Natürlich berät er auch unsere Bewohner, wenn sie Fragen haben. Er ist Rosenspezialist.“

„Ich würde gern mit ihm sprechen.“

Sie nickte bereitwillig. „Er hat ein Handy, Moment!“ Sie wählte, es gab einen kurzen Wortwechsel, dann schickte sie mich zur linken Hausseite von Trakt B. Vor der langen, deckenhohen Fensterreihe der Schwimmhalle harkte der Gärtner das Laub zusammen. Die warmen Lüftungsschächte hatten diese schmale Zone schneefrei gehalten, dafür waren offenbar die Blätter der ganzen Anlage hierher gewirbelt worden. Der Laubberg auf seiner Schubkarre türmte sich bereits hoch auf. Als er mich sah, wischte er die Finger an der Sitzfläche seiner blauen Drillichhose ab und begrüßte mich mit Handschlag; ein kleiner, untersetzter Typ mit Stoppelbart und knapp sitzender, schwarzer Wollmütze. Die Kälte hatte seine Augen gerötet und die Nase zum Tröpfeln gebracht.

Natürlich wusste er von dem Todesfall. Wie oft hatte sie ihn angesprochen, wenn er in den Anlagen zu tun gehabt hatte! „Auf ein Schwätzchen oder einen Ratschlag! Aber sie war ja selbst sehr kompetent!“

„Haben Sie mal über Insektenschutz gesprochen?“

„Sie zog erst Anfang September ein“, gab er zu bedenken. „Ich habe ihr noch beim Einsetzen der Pflanzenballen geholfen und etwas später beim ersten Rückschnitt. Aber Spritzen oder Sprühen wollte sie erst wieder im Mai.“

„Ihre Rosen hatten unter Mehltau gelitten, das behauptet zumindest ihre Schwester.“

„So? Davon hat sie mir nichts gesagt. Und die Pflanzen wirkten eigentlich ganz gesund. Merkwürdig! Das hätte ich doch gesehen!“

„Hat sie Sie um Rat gefragt wegen eines Insektenmittels?“

„Nein. Jemand, der seit Jahren züchtet, wird ja wohl seine Sachen zur Hand haben, oder?“

„Und was hätten Sie ihr empfohlen?“ Auf sein erstauntes Gesicht hin fügte ich hinzu: „Es interessiert mich privat, ob es neue chemische Mittel auf dem Markt gibt. Ich habe ab Januar wieder einen Garten, nach über fünf Jahren.“

Er nannte ein paar Präparate, die ich nicht kannte. „Und biologische Mittel?“, fragte ich weiter. „Dieser Bio-Killer, zum Beispiel?“

„Das ist eine Weltanschauung! Aber wenn Sie mich fragen, schlagen die meisten Biomittel nicht richtig durch, dafür sind die Viecher mittlerweile viel zu resistent. Ein Kontaktgift, richtig angewandt und, vor allem, sparsam dosiert, hilft allemal besser als dieses Pseudozeug, das dann in Unmengen verbreitet werden darf, weil es als unbedenklich gilt. Aber wissen Sie", er kam einen Schritt näher und stützte sich auf den Griff seines Rechens, „wenn sie über Mehltau geklagt hat, dann hätte nur das Spritzen mit Schwefel geholfen. Aber, wie gesagt, davon weiß ich nichts!"

„Kommen auch andere Hausbewohner zu Ihnen, um sich Rat zu holen oder vielleicht sogar etwas bei Ihnen zu kaufen?"

„Nee, verkaufen tu ich nichts!", sagte er. „Aber Ratschläge gebe ich schon, obwohl die meisten nur wissen wollen, wie man Schnittrosen richtig kürzt, damit sie lange halten. In der Regel werden die Stiele viel zu schräg geschnitten."

Ich bedankte mich und er machte sich wieder an die Arbeit. Das gleichmäßige Kratzen und Rascheln seiner Forke folgte mir bis an die Hausecke.

Im Westen färbte sich die Wintersonne blutrot, und da es ein klarer Tag gewesen war, fiel die Dämmerung erst spät über den Boniburgwald. Nach dem wenig ergiebigen Gespräch mit Herrn Moor beschloss ich, mich noch einmal in Frau Abrahams Wohnung umzusehen, vor allem im Badezimmer. Das überquellende Medikamentenschränkchen hatte mich auf die Idee gebracht, dass beim letzten Öffnen etwas herausgefallen sein könnte. Ein ordentlicher Mensch wie Frau Abraham hätte es an seinen Platz zurückgestellt, es sei denn, die Sache war Sonntagnacht passiert, als es ihr sehr schlecht ging. Aber ein Unbefugter, der ein Verbrechen plante, der nervös und in Eile war, würde den Gegenstand liegen lassen.

Die obere Ablage beherbergte eine Kleenexschachtel, einen Flakon mit rosafarbenen Badeperlen, eine Shampooflasche, eine Pappdose mit Wattestäbchen und zwei Hautcremetiegel, ich schob die Sachen zur Seite – nichts. Danach hob ich die Handtücher hoch, die auf der unteren Ablage gestapelt waren, und faltete jedes einzeln auseinander. Als ich das letzte Handtuch aufnahm, fiel etwas zu Boden und kollerte hinter den kleinen Treteimer in der Ecke. Es war eine kleine, rote Plastikdose mit Nebacetinpuder – nicht unbedingt das geeignete Mittel, wenn jemand Herzrhythmusstörungen und Muskelkrämpfe hatte.

Währenddessen war die Dunkelheit endgültig über Terrasse und Garten gefallen, ich löschte das Licht und wandte mich zum Gehen, als mein Blick noch einmal die Terrasse streifte. Durch die Gardine zeichnete sich ein runder, dunkler Fleck ab, der nur ein menschlicher Kopf sein konnte, ich erkannte die Schultern und den Oberkörper, dann war die Person verschwunden. Jemand hatte mich bei meiner Arbeit beobachtet. Mit einem Satz war ich an der Tür und lief quer über die Schneedecke zum Gartentor. Die Gestalt, die dort stand, war klein und schmal, ein älterer Mann in einem langen, dunklen Mantel. Er zitterte. „Wer sind Sie?“

„Ich bin von der Polizei. Und wer sind Sie?“

Er gab keine Antwort.

„Kannten Sie Frau Abraham?“

„Ob ich sie kannte?“ Seine Stimme schwankte. „Jeden Tag sind wir spazieren gegangen, zusammen mit dem Hund. Sie war ein fabelhafter Mensch, so lustig und lebensfroh … und jetzt ist sie tot! Ich kann es nicht begreifen!“ Er wischte sich mit der Hand über die Augen.

„Kommen Sie herein!“, sagte ich. Er setzte sich auf das Sofa, knöpfte umständlich seinen grau-schwarzen Fischgrätmantel auf und lockerte den Wollschal. Ich zog den Sessel vom Sekretär heran.

„Als ich das Licht in ihrer Wohnung sah, dachte ich, sie wäre wieder da! Ich alter Esel! Aber wie schön wäre es gewesen, wenn die Ärzte sich getäuscht hätten!“

„Wann haben Sie sie zum letzten Mal gesehen? Herr …?“

„Ich heiße Ludwig Rieder“, sagte er leise. „Am Samstag haben wir noch unsere Tour gemacht, aber nicht die ganze Runde. Es war zu kalt.“

„Und am Sonntag?“

Er räusperte sich, als wollte er sich seine Worte genau überlegen. „Mein Sohn hatte sich überraschend angemeldet, mit der ganzen Familie. Für halb vier. Und als ich ihr das am Samstag sagte, beschloss sie schwimmen zu gehen.“

„Also war es ein überraschender Entschluss?“

„Nein“, gab er zurück. „Eigentlich ging sie immer um diese Zeit, jeden Tag, das heißt, samstags eigentlich nie, oder besser gesagt, wenn wir gemeinsame Pläne hatten, nahm sie darauf Rücksicht." Er machte einen ziemlich verwirrten Eindruck.

„Sie hat Ihnen also am Samstag gesagt, dass sie sonntags um halb vier ins Schwimmbad gehen würde? Wo und wann war das?"

Er überlegte kurz. „Also, wenn wir die große Runde machten, waren wir meist um drei zurück, bei der kleinen schon um viertel vor."

„Wo waren Sie, als Sie darüber sprachen?"

„Ist das wichtig?"

„Wäre es möglich, dass jemand das Gespräch mitgehört hat?"

Er schüttelte den Kopf. „Nein, wir haben in der Bibliothek Zeitung gelesen, wir waren allein."

„Und Sonntag Vormittag haben Sie sie nicht gesehen?"

„Nein. Ich bin in die Stadt gefahren und habe bei Bücker am Bahnhof Kuchen besorgt. Sie haben eine Schokoladentorte, die meine Schwiegertochter besonders gern mag. Und wenn sie schon mal zu Besuch kommt …"

„Wie lange war Ihr Sohn bei Ihnen?"

Wieder zögerte er. „Wir hatten eine kleine Meinungsverschiedenheit. Sein Besuch zog sich in die Länge, und danach wollte ich Helene nicht mehr stören. Sie war eine Frühaufsteherin, immer schon um fünf Uhr auf den Beinen, deshalb ging sie zeitig schlafen."

„Und donnerstags nachmittags?"

„Was soll donnerstags gewesen sein?"

„Die Etagendame von D1 hat mit erzählt, dass Frau Abraham jeden Donnerstag Nachmittag Besuch bekam."

„Warum nicht? Ich hatte sie ja nicht für mich gepachtet. Unser täglicher Spaziergang war Ehrensache, der fand statt bei Wind und Wetter, Schnupfen und Kopfweh. Aber warum soll sie nicht noch andere Kontakte gehabt haben?"

„Hat sie nie über diese Besuche geredet?"

„Nein. Und da ich nichts davon wusste, habe ich auch nicht gefragt. Nebenbei gehe ich donnerstags nachmittags kegeln. Von halb fünf bis halb acht. Das interessierte sie wiederum nicht."

„War mal von Depressionen die Rede?"

„Aber warum denn?" Plötzlich schien er nicht mehr niedergeschlagen, sondern entrüstet. „Sie hatte doch mich! Und so viele Zukunftspläne!"

„Gemeinsame?“

Sein Gesicht entspannte sich zu der Andeutung eines Lächelns. „Wir wollten nach Oberitalien. Allerdings erst im Frühling. Es sollte unsere Hochzeitsreise werden, … das heißt, falls sie zustimmte.“

„Sie wollten heiraten?“

Er sah verlegen auf seine Hände herab. Am rechten Ringfinger steckte ein doppelter Trauring.

„Sie reagieren genauso wie mein Sohn und meine Schwiegertochter!“, sagte er überraschend heftig. „Ausgelacht haben mich die beiden! Als hätten wir alten Leute kein Recht mehr auf Gefühle. Meine Frau ist seit fast fünfzehn Jahren tot. Zuerst konnte ich die Trennung gar nicht verwinden, sie starb so plötzlich. Dann habe ich mir dieses Heim ausgesucht, finanziell kann ich es mir leisten und ich wollte keine Last für meine Kinder werden. Aber wenn man dann wieder Anschluss findet, tun sie gerade so, als wäre man ein Tattergreis. Dabei ist das doch ganz normal, oder?“ Er sah mich zweifelnd an.

„War das Ihre Meinungsverschiedenheit am Sonntag?“

Er nickte, und wir schwiegen eine Weile.

„Ich war übrigens einer der ersten Bewohner hier“, begann er wieder.

„Dann kennen Sie all die Hausgeschichten? Wie das Gärtchen entstand und wie in die Wohnung eingebrochen wurde?“

„Das weiß ich alles!“

„Wussten Sie auch, dass Frau Abraham nur wegen dieser einen Wohnung so früh eingezogen ist?“

Nein, das wusste er nicht, dieses Apartment hatte ihn nie interessiert. Sein Hund brauchte keinen Auslauf im Garten. „Die Töle ist alt, ich bin alt, und wenn Helene nicht mehr da ist, werden wir beide es wohl auch nicht mehr lange machen.“ Er stand auf und ich folgte ihm.

„Hatte sie Neider oder Feinde?“

„Wegen dieser Wohnung bestimmt nicht!“, entschied er schnell. „Die Verwaltung hatte eher Probleme, sie loszuwerden.“

„Also haben Sie sich doch dafür interessiert.“

„Man hört so dies und das“, sagte er ausweichend.

„Kannten Sie die Vormieterin?“

„Nein. Alles, was ich weiß ist, dass sie den Garten nie genutzt hat. Da war nur ein Stück Gras, das von Herrn Moor regelmäßig geschnitten wurde, aber die Beete blieben kahl. Und nach dem Einbruch vor einem Jahr hat sie dann völlig durchgedreht."

„Was ist passiert?"

„Ich weiß nicht viel über die Sache, nur das, was im Haus kursierte. Dass sie jede Nacht Gesichter am Fenster sähe und das Gartentor quietschen hörte."

„Wie lange hatte sie die Wohnung?"

„Das kann ich Ihnen nicht sagen. Weil das Apartment erst ins Gerede kam, nachdem der Einbruch passiert war."

„Sie war ein prächtiger Mensch, so verträglich und feinfühlig ...", begann er nach einer Weile wieder und schüttelte dann langsam den Kopf, als müsse er sich den Verlust seiner Freundin immer wieder neu vor Augen führen. „Bevor sie einzog, lebte ich sehr zurückgezogen, die Juppi war mein einziger Ansprechpartner. Wo wollen Sie in einer so großen Anlage Gespräche anknüpfen? Auf den Bänken im Eingangsbereich? Da döst jeder vor sich hin, und wenn jemand ansprechbar ist, dann geht es nicht über die Großwetterlage hinaus oder über das angeblich so schlechte Essen, obwohl es mir immer schmeckt. In der Cafeteria? ... Und dann war auf einmal Helene da, brachte mich wieder zum Lachen. Und ich hatte meinen täglichen Wanderfreund. Es geht sich so einsam, wenn man auf einen alten Dackel angewiesen ist."

„Wie haben Sie sie kennen gelernt?"

„Bei einem Ausflug nach Freckenhorst. Sie wohnte gerade drei Wochen im Haus. Wir saßen zufällig nebeneinander im Bus, und sie hatte ein paar von diesen Freizeitriegeln mitgenommen, dieses Müslizeug. Sie bot mir einen an, aber ich kann die Dinger nicht ausstehen. Taubenfutter ist das! Aber sie war überhaupt nicht beleidigt, sondern hielt mir einen langen Vortrag über Vollwerternährung und andere Tricks für eine hohe Lebenserwartung. Ich guckte sie mir an, sie war ja noch so jung, und dann sagte ich: ‚Als Witwer wollte ich eigentlich gar nicht mehr viel älter werden. Wozu auch? Die Kinder warten sowieso nur auf die Erbschaft! Aber wenn ich Sie mir so ansehe, dann hätte ich vielleicht doch Lust. Wir blieben den ganzen Ausflug über zusammen, und auf der Rückfahrt verabredeten wir uns für den nächsten Tag, zum Spazierengehen."

„Sie hatte Arthrose in den Fußgelenken ..."

„Das stimmt! Aber es war hauptsächlich der Asphalt, der ihr zu schaffen machte. Durch die Innenstadt laufen, das tat sie nicht mehr gern. Sie sagte immer, die Waldwege hier ums Haus seien direkt erholsam verglichen mit den Straßen. Wir sind ja auch nie sehr schnell gegangen, schon wegen dem Hund nicht. Und im November, als wir noch ein paar schöne Tage hatten, haben wir uns auf jede Bank gesetzt, an der wir vorbeikamen … Ach, ja! Dass das alles jetzt vorbei ist …“

„Wussten Sie, dass sie Tür an Tür mit einem alten Bekannten lebte?“

Er sah mich überrascht an. „Wen meinen Sie?“

„Professor Luhe-Wildenau. Seine und ihre Familie wohnten in den Dreißiger Jahren in demselben Haus. Hat sie nie davon erzählt?“

„Nein, ich war auch nie auf ihrer Etage. Ich wohne in D5, und wir haben uns immer an der Blautanne getroffen, draußen am Besucherparkplatz.“

„Sie hat Sie nie zu sich eingeladen?“

Er kam noch einen Schritt näher. „Wissen Sie, wenn sich im Heimbereich Paare regelmäßig treffen und bei jeder Gelegenheit zusammenhocken, dann gibt es bald Gerede, und das wollten wir nicht. Wenn wir erst mal verheiratet gewesen wären, hätten die anderen sich noch genug das Maul zerrissen.“

„Kennen Sie den Professor?“

„Sie meinen, persönlich? Nein, er ist sehr bekannt im Haus, weil er Vorträge hält. Aber da gehe ich nicht hin. Er redet nur über Geschichte, über die Völkerwanderung, über die Hunnen und die Kreuzzüge. Aber das interessiert mich nicht.“

„Und Frau Abraham?“

„Das kann ich Ihnen nicht sagen. Wir hatten unser feste Verabredung fürs Spazierengehen, was sie im übrigen machte, war mir egal.“

Für ein angehendes Ehepaar fand ich diese rigorose Trennung von gemeinsam und separat verbrachter Zeit ungewöhnlich, aber ich sagte nichts. Schließlich hatte sie seinen Antrag gar nicht mehr bekommen.

„Sind die Vorträge gut besucht?“

„Das kann ich Ihnen nicht sagen, aber er kriegt regelmäßig den Saal für seine Abende.“

Ich wartete, bis er am Ende des Korridors verschwunden war, dann schellte ich bei Herrn Schwitters. Der Zettel mit der Ankündigung meines Besuchs lag noch in seinem Fach, er öffnete auch diesmal nicht, und so ging ich durch das leere Foyer und über den hell beleuchteten Eingangsbereich zu meinem Wagen.

Frau Fantin wartete im Hotel. „Haben Sie etwas gefunden?"

Ich setzte mich. „Sie benutzte einen biologischen Insektenkiller, daran ist sie nicht gestorben. Trotzdem muss sie seit längerem in Berührung mit einem chemischen Insektizid gekommen sein. Die Symptome, die sie hatte, werden auch von Kontaktgiften ausgelöst, mit denen man Blattläuse bekämpft. Ist Ihnen noch etwas über ihre Bekannten in Haus Nettelbeck eingefallen?"

„Ich erinnere mich nur an die beiden, die ich Ihnen genannt habe. Mehr weiß ich nicht."

„Können Sie sich daran erinnern, dass sie Ärger hatte? Hat sie sich beschwert, oder beschwerte sich jemand über sie? Sie wohnte ja noch nicht lange in Haus Nettelbeck. Gerade zu Beginn gibt es oft Reibungsflächen, die sich später abschleifen."

„Jetzt, wo Sie fragen, fällt mir ein, dass sie bei ihrem Besuch im Oktober erzählt hat, sie hätte eine Feindin." Es war ihr anzumerken, wie kindisch und empörend sie diese Gegnerschaft fand.

„Auf ihrer Etage?"

Sie nickte. „Jemand, der sich mehrmals über sie beschwert hat."

„Bei wem?"

„Bei ihr selbst. Angeblich redete sie immer so laut, wenn sie Gäste auf dem Korridor begrüßte oder verabschiedete."

„Und wer waren diese Gäste?"

„Das hat sie nicht gesagt. Das wechselte wohl auch."

„Ist mal der Name ‚von Bach' gefallen?"

„Wie der Musiker?", fragte sie zerstreut. „Nein!"

Ich stand auf. „Wie der Musiker. Falls Ihnen noch Personen einfallen, über die sie geredet hat, rufen Sie mich bitte an."

„Kommen Sie morgen zur Beerdigung, Frau Kommissarin?"

Als ich nickte, fuhr sie fort: „Der Termin mag Ihnen früh erscheinen, aber im Judentum gibt es keine feierliche Bestattung mit Kränzen und Reden, wie bei den Christen. Der Verstorbene wird so schnell wie möglich zu Grabe getragen, normalerweise noch am Sterbetag. Aber da wir Ihre Ermittlungen abwarten mussten … Die Beerdigung ist um zwölf auf Lauheide, wir treffen uns eine Viertelstunde vorher am Haupteingang. Frau Haag hat auch versprochen, dass sie kommt. Von den Hausbewohnern wird sich ja wohl kaum einer die Mühe machen, bei diesem Wetter!“ Sogar in dem kleinen Raum wirkte sie auf einmal sehr verloren.

Im Büro des „Pinguins“ brannte noch Licht. Hilly klackerte emsig auf ihrer Computertastatur, die Verbindungstür stand offen und ließ kräftigen Zigarrengeruch ins Vorzimmer. Als Dr. Gross meine Stimme hörte, rief er mich gleich weiter.

„Ich habe das eine oder andere schon von Lückmann gehört“, sagte er zwischen zwei tiefen Zügen. „Herrgott! Nicht mal zum Skilaufen gehen kann man in letzter Zeit, ohne dass es einen neuen Fall gibt!“

Die Flasche aus dem Medikamentenschränkchen stand hinter ihm auf der Fensterbank.

„Bringen Sie sie zu den Pathologen“, sagte Dr. Gross, ohne von seinen Akten hochzusehen, „gleich morgen früh! Wenn diese Frau mit dem Zeug da umgebracht worden ist …?“

„Gibt es Fingerabdrücke?“

„Nein“, sagte er, „nichts.“

„Auch nicht von der Toten?“

„Hier stelle ich die Fragen“, gab er äußerst knapp zurück. „Was haben Sie zu berichten?“

Er hörte mir mit jenem verschleierten Blick zu, den ich lange Zeit als Symptom für Desinteresse fehlinterpretiert hatte, und der genau das Gegenteil signalisierte, nämlich höchste Anspannung und Konzentration.

„Die Symptome“, sagte er, während er den Stummel in den Ascher legte, „waren offenbar nicht stark genug, um ihren Tod herbeizuführen. Deshalb musste der Täter gezielter vorgehen, und das machte er dann im Schwimmbad.“

Dafür dass er von dem Mordfall gerade erst erfahren hatte, war das eine ziemlich waghalsige Behauptung. Ich dachte an die weggewischten Spuren auf dem Türknauf und nickte zögernd. „Heißt das, dass Sie einen Selbstmord völlig ausklammern?“ Wenn man Hilly glauben konnte, bildeten seine Freizeitgefährtinnen derzeit eine Quadriga leicht verblühter, handverlesener Jugendlieben, Wanderfreundinnen und Kurschatten, und so konnte er sich in die Mentalität älterer Damen vielleicht besser hineinversetzen als ich.

Er schüttelte energisch den Kopf. „Keineswegs. Aber wenn Fremdverschulden vorliegt, dann müsste es so gewesen sein. Tod auf Raten …"

„Allem Anschein nach war Frau Abraham eine sehr vitale Persönlichkeit", sagte ich, „die ganz konkrete Pläne für die nächste Zeit hatte. Sie hat nie von Selbstmord geredet und auch keinen Abschiedsbrief geschrieben."

„Klären Sie das möglichst schnell, ich meine, ob die Frau suizidgefährdet war. Falls nicht, müssen wir jeden auf Herz und Nieren prüfen, mit dem sie Umgang hatte. Ob in diesem Seniorenheim oder sonst wo. Hat sich die Verwandtschaft schon blicken lassen?"

„Ihre einzige Schwester, sie lebt in Venedig", sagte ich. „Auch da scheint mir einiges ungeklärt. Ich meine, was das Verhältnis zwischen den beiden betrifft."

Er nickte, als hätte er es nicht anders erwartet. „Lassen Sie sie nicht zu schnell wieder abreisen. Einen schönen Abend noch!" Das klang wider Erwarten freundlich und ich überlegte, ob ich die herausgefallene Puderdose ins Spiel bringen sollte, aber dann klingelte das Telefon und Dr. Gross nahm den Hörer ab.

Draußen stand Hilly und knöpfte sich ihren braunen Webpelz zu. „Einen schönen Abend noch!"

Sechstes Kapitel

Sie ging jeden Tag schwimmen“, sagte Ellen Karlus. Herr Schwitters, so hatte ich im Vorübergehen an der Rezeption erfahren, war schon vor Tagen von Verwandten abgeholt worden und würde nicht vor Anfang Januar zurückkehren. Ich ließ mir die Adresse geben.

„Manchmal haben wir uns im Bad getroffen“, fuhr Frau Karlus fort. „Sie war eine nette Person! Als sie einzog, habe ich noch zu Frau Frentzel – das ist unsere Etagendame – gesagt: endlich mal wieder junge Leute im Haus! Das möbelt uns Alte doch wieder auf. Mein Gott, dass sie tot ist!“ Sie starrte auf einen Winkel ihres chinesischen Teppichs, schwarzer Grund mit sandfarbenem Muster, dann sah sie wieder mich an; eine kleine, zarte Frau mit einem vollen schwarzen Haarknoten und einem Gesicht, das in seiner markanten Hässlichkeit nicht verzerrt wirkte, sondern konsequent.

„Ging sie immer zur gleichen Zeit?“

„Das weiß ich nicht! Weil ich nicht täglich schwimme, das ist mir zu anstrengend. Aber wenn ich gehen wollte, dann haben wir uns meist verabredet. Weil man das Bad ja nicht allein benutzen soll. Schließlich werde ich zweiundachtzig!“

„Donnerstags nachmittags bekam sie regelmäßig Besuch. Gegen halb fünf oder fünf.“

„So?“ Sie wirkte erstaunt, aber dann hellte sich ihre Miene auf. „Ja, jetzt, wo Sie es sagen, erinnere ich mich, dass ich regelmäßig Stimmen gehört habe. Das war immer donnerstags, um halb fünf.“

„Männer- oder Frauenstimmen?“

„Frauenstimmen. Ihre eigene und die ihrer Besucherin.“

„Aber Sie wissen nicht, wer es war?“

Sie schüttelte den Kopf. „Bei den vielen Hausbewohnern! Und man ist ja nicht neugierig.“

„Haben Sie vielleicht trotzdem etwas von der Unterhaltung mitbekommen? Einen Namen?“

„Ich bin ein bisschen schwerhörig“, sagte sie. „Es gab, wenn ich mich recht erinnere, immer eine lebhafte Begrüßung und Verabschiedung im Korridor und dazwischen eine angeregte Unterhaltung hinter der Wohnungstür."

„Konnten Sie das bis hierher hören?"

„Nein!" Sie wirkte plötzlich verlegen. „Aber ich muss mich nachmittags ein bisschen bewegen, sonst schlafe ich die ganze Nacht nicht. Und wenn schlechtes Wetter ist, dann absolviere ich meinen Spaziergang hier, im Korridor. Was bleibt einem schon anderes übrig, wenn man keine Kinder hat?"

„Und Sie haben die Besucherin nie gesehen?"

„Nein", sagte sie, und jetzt wirkte ihr Blick plötzlich streng, „um halb fünf beginnt der Tierfilm, den ich nie verpasse. Welche Unterhaltung haben wir Alten denn noch außer dem Fernsehen? Für den Abendkrimi bin ich meist zu müde, und dann ist es oft auch schon so kalt in der Wohnung, aber dieser Nachmittagsfilm …"

„Wie lange ist der Besuch geblieben?"

„Auch das kann ich Ihnen sagen. Bis exakt um halb sieben. Um sechs ist der Film vorbei, und dann mache ich mir mein Abendessen."

„Und Frau Abraham?"

„Sie begleitete die Dame bis zum Ende des Korridors. Sie gingen an meiner Tür vorbei, und ich konnte hören, wie sie sagte: ‚Ich freue mich schon aufs nächste Mal!'"

„Wer sagte das?"

„Die Besucherin."

„Wissen Sie, ob sie den Lift geholt haben?"

Sie sah mich nachdenklich an. „Sie meinen, ob diese Dame aus einem der oberen Stockwerke kam? Das kann ich Ihnen nicht sagen." Sie überlegte. „Aber der Lift, wissen Sie, der wird gar nicht so oft benutzt, man soll ja möglichst viel zu Fuß gehen, nicht wahr?"

„Könnten Sie von der Stimme auf das Alter der Besucherin schließen?"

„Ach, das ist schwer! Manche älteren Leute klingen erstaunlich jung. Die Frau Steinlein, hier im Haus, zum Beispiel … eine Stimme wie eine Achtzehnjährige, ja, und dann natürlich unsere Sängerin. Auf der Adventsfeier hat sie ja wieder so hinreißend gesungen. Frau Brinckmann und ich, wir waren ganz begeistert."

„Gehen Sie zu den Schallplattenabenden?"

„Natürlich, ja, und sehen Sie, auch da war Frau Abraham dabei."

„Und die Besucherin?“

„Wer?“ Offenbar hatte sie plötzlich den Faden verloren.

„Die Frau, die donnerstags zu ihr kam. Könnte es sein, dass sie auch an diesen Abenden teilgenommen hat. Haben Sie die Stimme dort wiedererkannt?“

„Nein!“ Ihre welke, blaugeäderte Hand flatterte vor meinem Gesicht. „Die ging doch nach Hause. Sonst hätten sie ja bis zum Beginn des Plattenabends zusammenbleiben können, nicht wahr?“

Das leuchtete mir ein. Also, eine Frau hatte regelmäßig besucht! Merkwürdigerweise dachte ich in diesem Augenblick nicht an eine Hausbewohnerin, sondern an jemanden, der Hausbesuche machte, eine Kosmetikerin oder eine Friseurin. Aber kamen sie jede Woche?

„Meine Großmutter“, sagte ich, „hatte regelmäßig ihr Damenkränzchen. Gibt es das bei Ihnen auch noch?“

„Natürlich!“, strahlte sie. „Gleich ein Stockwerk höher, in D2, bin ich jeden ersten Mittwoch im Monat eingeladen.“

„Und Frau Abraham?“

„Sie wollen wissen, ob sie so etwas machte? Das weiß ich nicht. Aufgefallen ist mir jedenfalls nichts. Aber was sollte einem da auch auffallen? In einem Haus wie diesem hält man sich dezent zurück. Und wenn man eine größere Einladung hat, zwei oder sogar drei Gäste, dann lässt man die Tür offen stehen, und sie spazieren einfach herein. Es sind ja keine Fremden im Haus!“

Vielleicht doch! dachte ich.

„Über Frau Abraham hat es angeblich Klagen gegeben, weil ihre Wohnungstür so viel Krach machte. Und sie selbst war offenbar auch nicht gerade leise.“

„Das war nicht sie!“ Wieder ruderte das Händchen vor meinem Gesicht. „Wenn es Beschwerden gegeben hat, dann über die Nichte von Frau Horn! Diese impertinente Person! Kann man sich nicht ein bisschen mehr Zeit für eine blinde Tante nehmen, wenn man schon extra aus Dülmen herkommt? Aber nein, sie kam immer nur sonntags um elf, und um Punkt halb vier ging sie schon wieder, weil dann ihr Lebensgefährte auf sie wartete, unten auf dem Parkplatz. Ich sag’ Ihnen was! Die Frau Horn wird ausgenutzt! Nur damit sie ihre Nichte im Testament berücksichtigt, andere Angehörige hat sie ja nicht mehr!“

„Also sonntags, um halb vier?"

Sie sah mich nachdenklich an. „Habe ich Sonntag gesagt? Es könnte auch der Donnerstag gewesen sein. Aber die Zeit halb vier, die sagt mir etwas. Ach, du liebe Güte, ich werde so vergesslich!"

Ich beschloss trotzdem, mir an der Rezeption auch den Namen dieser Nichte geben zu lassen. Womöglich war sie die letzte, die Frau Abraham lebend gesehen hatte.

„Kontrollieren Sie die Fremden, die ins Haus kommen?", fragte ich Frau Klostermann.

„Natürlich!" Sie klang beinahe entrüstet. „Allerdings gibt es mehrere Kategorien von Fremden. Die Angehörigen unserer Bewohner, die wir meistens kennen, aber als ‚fremd' im Sinne von nicht zum Haus gehörig bezeichnen. Dann alle Außenstehenden, die regelmäßig kommen, wie der Briefträger, der Paketbote, der Hausarzt oder die Masseurin. Und die wirklich Fremden."

„Angenommen, jemand besucht einen Hausbewohner zum ersten Mal? Eine ehemalige Nachbarin oder eine entfernte Verwandte?"

„Dann muss diese Person sich bei uns anmelden. Wir rufen den Hausbewohner an und fragen, ob das in Ordnung ist."

„Können Sie sich an jemanden erinnern, der donnerstags nachmittags Frau Abraham besuchen wollte? Eine Frau, die immer gegen halb fünf kam?"

Sie dachte kurz nach und schüttelte den Kopf. „Also ich wüsste nicht, wer das sein sollte."

„Letzten Donnerstag, zum Beispiel?"

„Da hatte Frau Schneidewind Dienst."

„Haben Sie hier im Haus öfter Besuch von Vertretern?", fragte ich, während ich die Adresse von Frau Horns Nichte verstaute.

„Offiziell nicht", gab sie zurück. „Aber wenn sich jemand privat eine Person ins Haus bestellt, können wir ihn nicht daran hindern. Wie gesagt, unter den üblichen Sicherheitsmaßnahmen."

„Gibt es Verkaufsausstellungen, durch die private Kontakte entstehen könnten?"

Sie zögerte. „Jetzt, in der Weihnachtszeit, organisieren wir so einiges. Manche unserer Senioren können kaum mehr vor die Tür und wollen trotzdem Geschenke kaufen. Deshalb vereinbaren wir Termine mit Buchhandlungen, Parfümerien, Boutiquen. Sogar ein Pelzgeschäft war kürzlich vertreten, da gab es dann eine Demonstration von Tierschützern vor dem Haupteingang. Ich nehme an, dass unsere Zivis dahinter steckten."

„Und außerhalb der Weihnachtszeit?"

„Selten. Darf ich fragen, warum Sie das interessiert?"

„Es geht um die regelmäßige Besucherin von Frau Abraham. Es wäre gut zu wissen, um wen es sich handelt."

„Ich verstehe. Aber das dürfte sehr schwierig sein."

„Jetzt glaube ich endgültig nicht mehr an Selbstmord!"

Lückmann antwortete nicht, sondern raschelte mit der Zeitung, als wollte er damit seinen Anspruch auf die letzten fünf Minuten Frühstückspause unterstreichen.

Ich räumte meine Einkäufe in den kleinen Kühlschrank, den wir seit zwei Wochen im Büro stehen hatten: extra alten Gouda und Brennesselbrie, gekochtes Mett im Einweckglas und hauchdünn geschnittenen Knochenschinken, Pumpernickel und Roggenbrot mit Rosinen, dazu winzige Cornichons und ein Gläschen Kapern. Insider meines Familienlebens hätten an diesem Sortiment zweifelsfrei erkannt, dass ein Wochenende mit Franz bevorstand.

Der Einfachheit halber und damit ich beim Heimgehen nichts vergaß, stellte ich auch jene Einkäufe kalt, die eigentlich ohne Kühlung auskamen: einen Schokoladennikolaus, Lebkuchen und Pfeffernüsse, einen Feigenring, bunte Marzipanfrüchte und ein Sortiment aus gefüllten Christbaumanhängern; Dinge, die am Samstag Abend in Kerstins Stiefeln verschwinden würden, sobald sie sie, wie jedes Jahr, vor die Wohnungstür ins Treppenhaus gestellt hatte. Meine aufgeklärte Tochter, die seit neuestem ihre Nase in Frauenzeitschriften steckte, sich in ihr Zimmer einschloss, um Popgruppen auf sich einhämmern zu lassen, und mich belehrt hatte, dass „Oilili" kein Salatdressing, sondern eine Modefirma sei, hatte mit der gleichen lockeren Selbstverständlichkeit ihren alljährlichen schokoladenbestückten Adventskalender in Empfang genommen und ihre Stiefel auf Hochglanz poliert.

Lückmann sah auf die Uhr und faltete die MZ zusammen. „Was sagtest du gerade?"

„Dass ich nicht mehr an Selbstmord glaube."

Er schob die Zeitung in seine Aktentasche. „Rein intuitiv? Oder hast du Beweise?"

Ich setzte mich, stellte den Computer an, und während der gewohnte Vorspann über den Monitor lief, berichtete ich Max von Frau Abrahams Freund.

„Sie hatten für März eine Busreise durch Oberitalien gebucht, und zumindest er betrachtete das als Gelegenheit für einen Heiratsantrag. Warum hätte sie sich bei diesen Zukunftsperspektiven umbringen sollen?"

„Vielleicht wollte sie ihn nicht heiraten, hatte aber Hemmungen, es ihm zu sagen? Und aus diesem Dilemma heraus ..."

„Ach, Max!" Auf solche Ideen konnte wirklich nur ein eiserner Junggeselle verfallen. Obwohl die Sache mit seiner neuen „Flamme" noch immer unter Feuer zu stehen schien. Noch telefonierte er regelmäßig, statt mit seiner Mutter, mit der Innenstadt-Parfümerie, in der Sabine arbeitete. Noch fragte er sich bei mir und Hilly nach sehenswerten Filmen klug, gerade so, als gingen wir zweimal pro Woche ins Kino, und die Reiseprospekte, die er schnell in die Schreibtischlade stopfte, sobald „unbefugte Personen" unseren Raum betraten, sprachen auch für sich.

Ich versuchte, ihn mit den Augen einer verliebten jungen Frau zu betrachten. Kein Zweifel, sein Gesicht verriet Gutmütigkeit, und Geiz konnte man ihm auch nicht vorwerfen, allenfalls ein ausgeprägtes Preis-Leistungs-Bewusstsein. Die Mönchstonsur auf seinem Schädel sprach für sittliche Reife und seine Kleidung war seit neuestem nicht nur untadelig, sondern sogar ganz aktuell; vielleicht schon ein Einfluss der „Flamme"? Kurz und gut, er war ein Mann, mit dem es sich auskommen ließ, vorausgesetzt, man erwartete keine Schießtrophäen vom Send oder Karten für Rockkonzerte in der Halle Münsterland, Dinge also, an denen er keinen Genuss fand. Zurück zur Sache! dachte ich und hatte wieder meinen schwerfälligen, nickeligen, aber auch unendlich hilfsbereiten und verständnisvollen Kollegen vor Augen. Mir fiel ein, dass auch Frau Abraham eiserne Junggesellin gewesen war.

„Nach allem, was ich bisher über sie erfahren habe, war sie ziemlich resolut und wohl selbstbewusst genug, um einen Heiratsantrag abzulehnen, ohne in Verlegenheit zu geraten. Schließlich hätte sie mit

Herrn Rieder trotzdem gut befreundet bleiben können. Nein, die hat sich nicht umgebracht."

Er griff nach einem seiner Bleistifte, die akkurat vor ihm lagen, und begann ihn anzuspitzen. Ich hatte jedes Mal den Eindruck, als wolle er auf diese Weise seine Gedanken schärfen. „Also Fremdverschulden?"

„Davon gehe ich aus. Und noch eins ist mir aufgefallen. Ich war gestern Nachmittag noch einmal in ihrem Badezimmer. Auf dem Rollwagen unter dem Arzneischränkchen lag eine Dose mit einem antibiotikumhaltigen Puder. Mitten in den Handtüchern. Also, danach hat sie Sonntag Nacht bestimmt nicht gesucht."

„Es ist herausgefallen", stellte er fest.

„Eben!", nickte ich. „Aber ein ordentlicher Mensch wie sie setzt es an seinen Platz zurück. Ein Fremder, der sich in ihrem Bad nicht auskennt und vielleicht auch noch ziemlich nervös ist, lässt es liegen."

Wir schwiegen eine Weile. „Ich könnte Frau Frentzel fragen", begann ich dann wieder. „Sie putzt einmal wöchentlich, und vielleicht erinnert sie sich." Ich griff zum Hörer und ließ mir die Etagendame von D1 geben. Sie berichtete mir, Frau Abrahams Apartment sei immer donnerstags an der Reihe, und beim letzten Mal habe der Schlüssel noch gesteckt.

„Sind Sie sicher?"

„Absolut! Ich erzählte ihr nämlich von meinen andauernden Schmerzen im rechten Handgelenk, und da schloss sie ihren Apothekenschrank auf, holte eine Salbentube heraus und sagte ‚Probieren Sie die mal!' Und dann schloss sie den Schrank wieder ab."

„Das war am vergangenen Donnerstag. Gab es irgendein Anzeichen dafür, dass sie nachmittags Besuch bekam?"

Sie überlegte. „Beim Putzen habe ich nichts bemerkt, und später, als ich das Mittagessen brachte … Ich habe das Tablett wie immer auf ihre Schreibtischplatte gestellt, sie hatte die Waschmaschine laufen, daran erinnere ich mich auch noch, aber sonst? Nein, mir ist nichts aufgefallen."

„Bis wann muss ihre Wohnung geräumt werden?"

„Die Miete wird wohl für den Dezember bezahlt sein, aber wenn es Interessenten gibt, wird die Verwaltung darauf drängen, dass sie früher frei wird."

„Gibt es denn neue Mieter?“

„Das weiß ich nicht“, entgegnete sie, „aber ich gebe Ihnen mal die Durchwahl von Frau Vennhusen.

Nein, so erfuhr ich von Frau Vennhusen, die Wohnung war noch nicht vermietet und es gab auch keine Vormerkung. Sie seufzte. Nach diesem mysteriösen Todesfall war das Gartenapartment wohl noch schwerer an den Mann oder an die Frau zu bringen als bisher. Als läge ein Fluch darüber.

Um neun ging ich zur „Lagebesprechung“ mit Dr. Gross und berichtete ihm von Herrn Rieders Heiratsplänen. „Halten Sie jemanden für suizidgefährdet, der nur drei Wochen nach seinem Einzug ins Altenheim einen guten Freund gefunden hat, Reisepläne macht und regelmäßig Besuch bekommt? Sie lebte nicht isoliert, sie hatte offenbar keine finanziellen Schwierigkeiten, war einigermaßen gesund. Selbst wenn sie zu dem Ergebnis gekommen wäre, dass sie zu früh ins Altersheim gegangen war, konnte sie offensichtlich damit leben.“

„Hm!“, sagte er nachdenklich. „Aber sagten Sie nicht, mit der Schwester wäre nicht alles im Reinen gewesen?“

„Das sind Vermutungen“, gab ich zu. „Der Heimpsychologe deutete an, Frau Abraham habe dem Mann ihrer Schwester mehr Gefühle entgegen gebracht als bei einer Schwägerin üblich und sei mit diesem Problem nicht fertig geworden. Deshalb hielt er sie für depressiv. Aber der Schwager ist seit über einem Jahr tot, und deshalb halte ich eher den Psychologen für überspannt als Frau Abraham für depressiv.“

Daraufhin schnitt er sich eine neue Zigarre an.

„Was wir dagegen stärker einkalkulieren müssen“, fuhr ich fort, „ist jener andere Punkt, den Sie genannt haben. Ein Selbstmord auf Raten, der dem Betreffenden tage-, vielleicht wochenlang Beschwerden macht, wenn er es genauso gut schnell hinter sich bringen könnte, gäbe keinen Sinn. Aber Dr. Busse hat von einer subchronischen bis chronischen Intoxikation gesprochen, demnach …“ Er ratschte ein Streichholz an und entzündete umständlich seine Zigarre. Ich wartete geduldig, bis er die ersten genussvollen Züge gemacht hatte, und dachte dabei, wie zeitaufwendig unsere Gespräche erst wären, wenn er für japanische Teezeremonien schwärmte!

„... demnach ist Frau Abraham kontinuierlich vergiftet worden, tage-, vielleicht sogar wochenlang“, fuhr ich dann fort und versuchte dem Rauch auszuweichen, ohne dass es unhöflich wirkte.

„Wann ist die Beerdigung?“

„Heute. Um zwölf auf Lauheide.“

„Gehen Sie hin?“

„Wenn Sie mich hier nicht brauchen?“

„Trink noch schnell ein Tässchen Brennesseltee, bevor du gehst“, sagte Hilly und fischte mit spitzen Fingern das Teeei aus der Kanne. „Er ist ganz frisch und schön heiß!“

„Danke, Hilly! Aber ich bin spät dran. Vielleicht nach der Mittagspause.“

„Aber die Beerdigung ist doch erst um zwölf.“ Offenbar hatte sie die Gegensprechanlage eingeschaltet gelassen und unser Gespräch mitgehört.

„Ich fahre vorher noch zur Synagoge“, sagte ich.

Ich läutete an der jüdischen Kultusgemeinde, schräg gegenüber der Raphaelsklinik. Durch das Türglas sah man einen gepflasterten Innenhof, um den sich das niedrige Gebäude rechteckig schloss. Der Schnee war sorgfältig zusammengekehrt, sogar am Rand des gefliesten Wasserbeckens, den ein imposanter Rhododendron dekorierte. Und auch die Kübel mit winterharten Nadelhölzern, die die Hofecken ausfüllten, hatte man von der kalten, weißen Last befreit. Die Tür schnappte auf, und ich betrat den Hof.

„Sicher kannte ich Frau Abraham“, sagte die Frau, der ich wenig später gegenübersaß. „Sie kam jeden Freitag Abend zum Gebet. Haben Sie einen Hinweis darauf, wie es passiert sein könnte?“

„Hat sie mal angedeutet, dass sie bedroht würde oder vielleicht erpresst? Hatte sie mit jemandem Streit?“

„Hier, bei uns? Ich wüsste nicht, mit wem! In unserer Gemeinde kennt man sich seit Jahrzehnten. Wir sind ja nicht mehr viele, da muss man gut zusammenhalten. Zum Gebet kam sie immer mit Frau Dr. Rosenzweig. Sie war früher Ärztin, drüben, an der Raphaelsklinik.“

„Haben Sie jemals den Namen Luhe-Wildenau gehört?“

„Ein Bekannter von Frau Abraham?“

„Aus ihrer Kindheit“, nickte ich.

„Der Name sagt mir nichts."

„Wird in Ihrer Gemeinde öfter über den Holocaust gesprochen?"

„Oh ja!", meinte sie. „In der älteren Generation leidet der eine oder andere noch erheblich an seinen Erlebnissen oder an dem Verlust seiner Angehörigen. Aber bei Frau Abraham habe ich dergleichen nie bemerkt. Allerdings würde ich sie eher zu jenen rechnen, die zuhören anstatt zu reden."

Sie bemerkte, dass ich mir den silbernen Leuchter auf ihrem Schreibtisch ansah, mit neun flachen Halterungen für Kerzen und einer hohen, reichziselierten Rückwand. „Für unser Chanukkafest", sagte sie. „Darauf hatte sie sich schon gefreut. Wissen Sie, was es bedeutet?"

„Ich habe davon gehört, aber es wäre nett, wenn Sie es mir erklärten."

„Wir erinnern uns an die Wiedereröffnung des Tempels in Jerusalem nach der hellenistischen Fremdherrschaft. Es ist ein Freudenfest, jeden Abend wird eine Kerze entzündet, bis alle brennen, acht sind es insgesamt, die mittlere Kerze dient zum Anzünden der anderen. Man singt dabei und betet." Sie lächelte wehmütig. „Wir werden an Helene denken, wenn es so weit ist."

„War sie am letzten Freitag Abend noch hier?"

Sie dachte kurz nach. „Nein, jetzt, wo Sie mich fragen, fällt mir ein, dass ich sie nicht gesehen habe, Frau Dr. Rosenzweig war allein."

„Es hatte am Donnerstag stark geschneit."

Sie machte eine abwehrende Bewegung. „Ach, das wäre doch kein Grund gewesen. Die beiden kamen bei Wind und Wetter!"

„Worin besteht Ihre Arbeit hier? Sind Sie nur für Glaubensfragen zuständig oder auch für weltliche Probleme?"

Jetzt erschien auf ihrem Gesicht ein offenes, aufmunterndes Lächeln. „Natürlich sind wir nicht nur für religiöse Fragen da. Wenn jemand einen Rat braucht, eine Entscheidungshilfe, oder Kontakte knüpfen möchte, helfen wir auch. Es kann passieren, dass mich jemand fragt, ob ich nicht einen vertrauenswürdigen Babysitter kenne oder eine tüchtige Putzfrau."

„Hat Frau Abraham Sie jemals um Hilfe gebeten?"

„Sie meinen, weil sie sich vielleicht bedroht fühlte? Nein! Allerdings weiß ich auch nicht, ob sie uns das gesagt hätte. Sie redete nicht viel." Sie machte eine kurze Pause. „War es das, was Sie von mir wissen wollten?"

„Könnten Sie sich einen Selbstmord vorstellen?"

„Nein!", sagte sie, „das halte ich für völlig absurd. Das müsste eine Kurzschlusshandlung gewesen sein, wie sie niemand bei ihr voraussehen konnte."

Ich stand auf. „Ich danke Ihnen."

Über dem Waldfriedhof lag die stumpfe, wattige Stille einer Schneelandschaft. Mehrere hungrige Krähen in einer der Baumkronen machten mit heiserem Krächzen auf ihre akute Notlage aufmerksam, eine scharfe Böe brauste durch die hohen Kiefern, die unseren stillen Weg säumten, und der Schnee, der auf ihren Ästen lag, puderte die Luft, dann war alles wieder ruhig. Nur unsere Schritte knirschten hart und gleichmäßig auf dem festgefrorenen Untergrund. Es war nur eine kleine Schar, die dem Sarg folgte; die beiden Totengräber neben dem Beerdigungswagen, der sich im Schritttempo vorwärtsbewegte, dahinter Frau Fantin und Frau Haag, in der zweiten Reihe Frau Klostermann und Frau Loose und auf meiner Höhe eine große, hagere Erscheinung unter einem altmodisch wirkenden schwarzen Hut mit Schleier, in der ich Elsa Rosenzweig vermutete. Herr Rieder war nicht gekommen, was mich etwas verwunderte, und Frau Frentzel musste ihre Arbeit tun. Ich sah auf die Uhr – es war viertel nach zwölf, folglich trugen sie und Wiebke gerade das Essen aus.

Es gab keine jüdische Abteilung in Lauheide, und so lag die Gruft der Familie Abraham inmitten christlicher Gräber, nur gekennzeichnet durch die Gravur in dem verwitterten Granitstein; ein siebenarmiger Leuchter und eine kurze Inschrift in Hebräisch. Der Wagen hielt auf dem Weg vor dem offenen Grabhügel und der Sarg wurde aus dem Heck gezogen. Wer an das Ritual christlicher Bestattungen gewöhnt war, wurde von der Kargheit der anschließenden Prozedur überrascht.

„Denn du bist Erde und sollst zu Erde werden", wiederholte die kleine Trauergruppe unter Frau Rosenzweigs Anleitung. Es gab keinen Nachruf, keine Blumen, nur das kurze Gebet. Wir blieben noch eine Weile vor dem heruntergelassenen Sarg stehen, dann drehte sich Frau Abrahams Schwester sehr abrupt um und machte sich auf den

Rückweg. Es lag etwas Feindseliges in diesem überstürzten Abgang. Misstrauen, Verzweiflung, Ratlosigkeit. Aber war diese Haltung nicht berechtigt? Frau Abraham war auf gewaltsame Weise gestorben und wir hatten keinen Hinweis auf den Mörder.

Kurz vor dem Ausgang erreichten wir sie wieder, gemeinsam passierten wir das Tor, als zwei Männer aus ihren geparkten Autos sprangen und Kameras zückten. Blitzlichter flammten auf, das Ganze dauerte den Bruchteil einer Sekunde. Frau Fantin war stehen geblieben, dann beschleunigte sie wieder ihren Schritt und bedeckte die den Reportern zugewandte Gesichtshälfte mit ihrem schwarzen Handschuh.

„Ich will das nicht!“, stieß sie hervor. „Sagen Sie denen, sie sollen aufhören ...“

Ich nahm sie beim Arm. „Dagegen können Sie nichts machen! Natürlich geht ein Todesfall wie der Ihrer Schwester durch die Medien. Und dazu gehören auch Fotos.“ Um sie zu beschwichtigen, führte ich sie zu meinem Dienstwagen und öffnete ihr die Beifahrertür. Aber sie ließ sich nicht beruhigen.

„Das ist geschmacklos und empörend! Aus jedem Ereignis müssen sie ein Geschäft machen! Dass sie dabei die Gefühle anderer Menschen verletzen, ist ihnen ganz egal!“

„So sind die Medien nun einmal!“, erwiderte ich und ließ den Motor an. „Andererseits können Pressefotos auch sehr hilfreich sein. Ich könnte Ihnen Fälle nennen, die nur deshalb gelöst wurden, weil es Zeitungsberichte darüber gab.“ Sie antwortete nicht.

In Haus Nettelbeck stand ein Imbiss für die durchfrorenen Heimkehrer bereit. Eine heiße Hühnersuppe, ein Teller mit belegten Brötchen und eine Thermoskanne mit Kaffee. Auch Herr Rieder fand sich jetzt ein und noch etwas später Frau Frentzel, nachdem sie ihre Teeküche aufgeräumt hatte. Und überhaupt füllte sich das Kabinettchen zusehends mit Personen, die Frau Fantin kondolieren wollten. Nach der unterkühlten Zweckmäßigkeit, von der die Zeremonie auf dem Friedhof beherrscht gewesen war, kam jetzt eine spontane Herzlichkeit auf. Erinnerungen wurden laut, kleine Anekdoten aus der kurzen Zeitspanne, in der man die Tote gekannt hatte. Ich nutzte eine Pause, um von Frau Rosenzweig zu erfahren, dass sich „die Helene“ schon am Freitag Abend nicht wohl gefühlt und daher auf das Sabbatgebet verzichtet habe.

„Hat sie ihre Beschwerden näher beschrieben?“

„Kreislaufprobleme“, gab sie knapp zurück.

„Hatte sie die schon länger?“

„Gelegentlich. Aber so akut war es früher nie.“

„Seit wann kennen Sie Frau Abraham?“

„Seitdem sie hier im Haus wohnte. Wir haben uns immer am Sabbatabend zusammengetan, damit wir im Dunkeln gemeinsam fahren konnten, und bei sehr schlechtem Wetter haben wir uns die Kosten für ein Taxi geteilt. Stimmt es, dass Sie von der Polizei sind?“

Ich nickte und fragte, ob sie eine Ahnung habe, von welcher weiblichen Person Frau Abraham regelmäßig donnerstags nachmittags besucht worden sei.

Über ihrer Nasenwurzel erschien sekundenlang eine steile Falte. „Ich jedenfalls“, sagte sie dann, „habe immer donnerstags nachmittags eine Lesegruppe. Im Augenblick beschäftigen wir uns mit dem „Hiob“ von Joseph Roth.“

„Ist Herr Reck auch dabei?“

„Der Reiseschriftsteller?“, fragte sie zurück. „Nein, der organisiert eine andere Runde. Wir lesen jüdische Autoren.“

Ich wollte wissen, ob sie Luhe-Wildenau kenne, und sie entgegnete ziemlich kühl, dass es im ganzen Haus wohl niemanden gebe, der ihn nicht kenne, wenigstens dem Namen nach.

„Beteiligte sich Frau Abraham an Ihrer Lesegruppe?“

„Nein, die hatte doch ihren Donnerstags-Gast.“ Es lag etwas Lakonisches in ihrer Stimme, vielleicht sogar Ironie, jedenfalls ließ sie keinen Zweifel daran, dass sie und Helene Abraham keine engen Freundinnen gewesen waren, sondern eine Interessensgemeinschaft, die sich den Weg zum obligaten Synagogenbesuch teilte. Und mir ging unwillkürlich der Gedanke durch den Kopf, wie schwierig es für einen betagten Menschen sein mochte, Freundschaft mit einem Altersgefährten zu knüpfen, der all seine Schrullen und Launen mitbrachte. Dass Frau Dr. Rosenzweig dennoch den beschwerlichen Weg zur Beerdigung auf sich genommen hatte, überraschte mich, aber ich führte es auf ein Gefühl religiöser Verbundenheit zurück. „Wir sind ja nicht mehr viele“, hatte die Frau im Gemeindebüro melancholisch gesagt, und so mochte es auch Elsa Rosenzweig empfunden haben.

Ich ließ die Kaffeerunde allein, um mich nach Frau Brede umzusehen. Für den Nachmittag war wieder eine Theaterprobe angesetzt.

Ich fand sie im Saal, wo sie mit einem Mann verhandelte, in dem ich den Hausmeister vermutete. Zumindest ging das aus ihrem Gespräch hervor.

„Nur einen langen Tisch! Länger als dieser hier!", sagte sie. „Und neun Stühle. Nein, die Kulissen, die ursprünglich geplant waren, sind jetzt überflüssig, die brauchen wir nicht mehr."

„Und die Beleuchtung?", fragte der Mann.

Sie machte eine großzügige Handbewegung. „Wir nehmen das, was wir haben. Die normalen Deckenlampen ... Und am Ende dimmen wir ... Und", sie überlegte, „ja, wenn man dann vielleicht noch eine Stehlampe parat hätte, da hinten, in der Ecke?"

Der Mann nickte. „Das lässt sich machen. Melden Sie sich nächste Woche noch mal, bevor Sie wieder proben wollen."

Sie warf einen prüfenden Blick durch den Raum und dabei sah sie mich. „Kann ich etwas für Sie tun?" Es klang nicht sehr erfreut.

Ich kam näher. „Hätten Sie etwas dagegen, wenn ich beim Proben zusehe?"

Im ersten Augenblick schien sie verblüfft, dann eher geschmeichelt. Erst jetzt erkannte sie mich. „Na ja, Frau Epstein ist heute nicht da. Sie ist bei einer Cousine, deren Mann vor kurzem gestorben ist. Ihr wäre es sicher nicht recht, weil", sie schmunzelte plötzlich, „die Lösung natürlich nicht verraten werden darf. Wer geht schon in ein Kriminalstück, wenn er das Ende kennt? Aber wenn Sie nichts weitersagen, und wenn es nur dieses eine Mal ist ...? Allerdings", ihr bewegliches Mienenspiel verriet auf einmal wieder Sorge, „wie stelle ich Sie unserer Spielschar vor? Die wollen doch wissen, warum wir plötzlich einen Zuschauer haben?"

„Ich habe einen Bekannten, der früher Zeitungsredakteur war", sagte ich und dachte dabei an Lückmanns Cousin Holger.

Frau Brede strahlte. „Das ist ja wunderbar! Warum haben Sie das nicht gleich gesagt! Könnte Ihr Bekannter nicht über uns schreiben? Die Aufführung ist am Sonntag nach Neujahr."

„Ich weiß", nickte ich, „und wenn Ihr Stück gut ist, gibt es vielleicht eine Wiederholung auf einer der Privatbühnen?"

„Oder im Stadttheater! Oh, bitte, bleiben Sie. Warten Sie, bis meine Truppe zusammen ist. Das ist ja fantastisch!“

Aber ihre Truppe war offenbar noch mit Schminken beschäftigt oder mit der richtigen Garderobenauswahl, ihre Ankunft verzögerte sich und die Spielleiterin wurde zappelig. Ich profitierte von ihrer Ungeduld, indem ich eine Frage stellte, die mich interessierte, seitdem ich von der Laienspielschar wusste.

„Wie ist das eigentlich passiert mit Herrn Glaser?“ Ich hoffte, dass es so klänge, als wollte ich die Wartezeit mit etwas Unterhaltung überbrücken, und sie antwortete arglos.

„Er ist im Treppenhaus gestürzt.“

„Passiert das öfter? Ich meine, gibt es öfter Unfälle im Treppenhaus?“

„Nein“, sagte sie, „es war Pech, ganz einfach Pech.“

„Aber er war außer Gefecht gesetzt, und Sie brauchten ein neues Stück?“

Sie sah mich argwöhnisch an, und ich fürchtete schon, sie würde mir die Teilnahme an der Probe verweigern, weil sie mir misstraute. Aber dann sagte sie: „Es ist nicht so, wie Sie glauben. Frau Epstein war tief betroffen, dass Herr Glaser als Mitspieler ausfiel. Tagelang haben wir beraten, wie es weitergehen könnte. Und dass sie selbst ein Stück schrieb, war ein großes Kompliment für unsere Theaterarbeit. Denn in dem ‚Molière‘ hatte die Margret, ich meine Frau Epstein, nur eine ganz kleine Rolle übernommen. Weil sie ja nie Zeit hat. Und eigentlich wollte sie an dem Wochenende, wo sie das Stück geschrieben hat, zu ihrer Cousine fahren. Aber dann hat sie doch …“

Sie brach ab, weil die Saaltür aufgegangen war und drei ältere Frauen hereinkamen, die ich nicht kannte. Ich zog mir einen der Stapelsessel herunter, die in der Ecke aufgetürmt waren, und schlug das Textheft auf. Frau Brede war so unvorsichtig gewesen, ihr Exemplar auf dem Tisch liegen zu lassen.

„Wir fangen mit der ersten Szene an“, bestimmte sie und verteilte fotokopierte Blätter aus ihrer Umhängetasche. „Hat sich jeder seinen Text angesehen?“

Die drei Frauen umstanden den Tisch. „Was ist eigentlich mit unseren Kostümen?“, fragte eine von ihnen.

„Kostüme?“ Dorothea Brede ließ die Blätter sinken. „Wir haben doch gesagt, es gibt keine Kostüme. Jeder spielt in normaler Kleidung.“

„Was?“ Die drei fuhren herum. „Keine Kostüme? Ein Theaterstück ohne Kostüme? Das ist doch kein Theaterstück! Ich spiele doch nicht in Rock und Pullover!“ Das kam wie aus einem Mund.

„Meine Lieben!“ Die Brede schien sich mit ihren Textblättern Luft zuzufächeln. „Wir haben immer gesagt, die Kostüme sind das große Problem in unserem Stück! Weil wir nicht wissen, ob sie pünktlich fertig werden und wie wir sie bezahlen. Wenn es in Münster einen Kostümverleih gäbe, wäre es einfach, aber es gibt keinen Kostümverleih. Jetzt haben wir ein Stück, für das wir keine Kostüme brauchen, und ihr seid wieder nicht zufrieden. Wir spielen in Rock und Pullover und fertig, aus!“

Betretenes Schweigen. „Fangen wir jetzt an?“

Die drei betrachteten den leeren Tisch. „Also, wer spielt Mrs. Fishbone?“

Die mittlere trat vor. „Gut, Wilma, du weißt, du bist die erste unter den geladenen Gästen. Also!“

Und Wilma machte gehorsam ein paar Schritte zu einer imaginären Tür, öffnete sie mit übertriebener Pantomime und blieb dann stumm stehen.

„Also“, drängte die Brede weiter, und als nichts kam, half sie nach. „Bin ich hier richtig? Ach, das muss der Tisch sein, der für uns reserviert wurde.“

Wilma wiederholte den Satz, und ich bekam eine vage Vorstellung von der Mühsal einer Laienspielgruppe, die nicht nur unter mangelnder Übung litt, sondern auch unter Gedächtnisschwund.

Wilma musste den Satz noch zweimal aufsagen, aber dann schlug sie plötzlich mit der flachen Hand auf die Tischplatte und sagte, ohne Kostüm mache ihr das Ganze einfach keinen Spaß. Mit denselben Siebensachen auf der Bühne zu stehen, in denen sie auch im „Lädchen“ einkaufen ginge oder beim Friseur säße, „Nee!“ Ihre Mitspielerinnen nickten eifrig.

Ich nutzte die Turbulenzen und sagte zu Frau Brede: „Ich gehe nur schnell und mache eine Kopie.“ Möglich, dass sie meine Stimme gehört hatte, verstanden hatte sie mich in dem Durcheinander offenbar nicht. Ich legte das etwa vierzig Seiten starke Textheft vor Frau Klostermann auf den Tresen und bat sie es abzulichten. „Wenn es vielleicht sofort ginge? Die Damen wollen weiterproben!"

Sie nickte und verschwand in der gläsernen Kanzel, die an die Rezeption anschloss und neben Computer, Drucker und Faxgerät auch den Kopierer beherbergte. Ich steckte die Kopie in meine Tasche und brachte das Original zurück in den Saal.

Frau Brede war allein. „Sind Sie schon fertig mit der Probe?", wunderte ich mich.

Sie fledderte gedankenverloren ihren Text. „Ach, die Herrschaften müssen das erst einmal verdauen. Dabei kommen wir mit „Neun Personen zum Dinner" viel besser zurecht. Wissen Sie, dieser Molière war einfach eine Nummer zu groß, die anspruchsvollen Rollen, der schwierige Text und dann die Ausstattung ... Der einzige, der dem Unternehmen gewachsen gewesen wäre, war Herr Glaser; kein Wunder, als Berufsschauspieler! Aber die anderen? Wir sollten uns auf kurze, moderne Stücke verlegen oder sogar auf Sketche."

In der offenen Saaltür blieb ich noch einmal stehen. „Spielen Sie regelmäßig, oder gibt es für diese Aufführung einen besonderen Anlass?"

Sie steckte das Textheft mit einer resignierenden Bewegung in ihre Tasche. Für heute gab es nichts mehr zu tun, und das, obwohl die Zeit drängte. In knapp fünf Wochen sollte die Aufführung sein. „Unsere Gruppe existiert seit drei Jahren, sie wurde von mir ins Leben gerufen. Aber bisher haben wir nur ein paar Stegreifstücke aufgeführt. Die Idee, den Molière zu spielen, kam von Herrn Glaser. Wie gesagt, er ist ein alter Hase."

„Und wohnt schon länger im Haus?"

„Seit dem letzten Frühjahr. Er war froh, dem Berufstrubel entronnen zu sein. Sie wissen schon!" Sie lächelte ein bisschen verkrampft. „Diese Tourneen, dieses Leben aus dem Koffer, tagsüber im Reisebus, abends in billigen Hotels und dann diese ewigen Proben, das wird man mit zunehmendem Alter leid. Behauptet er zumindest!" Wieder ein mühsames Lächeln. „Ich für meinen Teil hätte mir einen Bühnenauftritt schon immer mal gewünscht. Er hat gut reden! Wenn dies' künstlerische Fernweh erst mal von einem Menschen Besitz ergriffen hat!"

„Haben Sie beruflich nicht mit dem Theater zu tun gehabt? Ich hätte wetten können …“

Mein Erstaunen schmeichelte ihr offensichtlich. „Ach, nein! Wer hat schon solche Chancen? Obwohl …“, jetzt lächelte sie verschmitzt, „nein, ich war Reiseleiterin.“

„Also daher Ihre Italienisch-Kenntnisse?“

Ihr Oberkörper straffte sich. „Jawohl, meine Spezialität waren Kurzreisen nach Rimini und Bibione. Vor allem in der Badesaison war so etwas sehr beliebt.“

„Sind Sie für eine Münstersche Gesellschaft gefahren?“

„Nein, für eine in Hamburg, aber das ist schon lange her.“

„Ja, die Adria ist sehr reizvoll“, gab ich zu. „Aber hätten Sie denn keiner Laiengruppe beitreten können, wenn Sie so gerne Theater spielen?“

„Für so etwas habe ich früher nie Zeit gehabt. Und ich war ja schon mit etwas Regiearbeit zufrieden. Aber dann kam Herr Glaser, stellte immer höhere Ansprüche, bestimmte bei Ausstattung und Besetzung mit … also dafür, dass er nur in Boulevardkomödien gespielt hat, machte er sich ganz schön wichtig! Nein, irgendwie harmonierte das Ganze nicht mehr.“

„Und dann stürzte er auf der Treppe.“

„Ich war nicht dabei!“, gab sie scharf zurück.

„Aber Frau Epstein war da.“

„Da müssen Sie sie schon selber fragen.“

Ich musste mich mit der Lektüre von „Neun Personen zum Dinner“ bis zum Montag gedulden, denn den Samstag Vormittag verbrachten Franz, Kerstin und ich traditionsgemäß auf dem Wochenmarkt, den Nachmittag mit Weihnachtseinkäufen und den Sonntag mit einem ausgedehnten Spaziergang durch das Boniburgwäldchen, zu dem natürlich auch ein längerer Aufenthalt in unserem neuen Zuhause gehörte. Die Malerarbeiten waren fast abgeschlossen oder zumindest fanden wir, dass die engsprossigen Fenster unmöglich noch mehr weiße Farbspritzer vertrugen, man sah schon jetzt nichts mehr. Und der schöne, alte Holzboden verlangte geradezu nach einer energischen Reinigung mit Terpentin.

„Diese Idioten!“, explodierte Franz, „können die nicht sauberer arbeiten? Müssen die einem alles verhunzen?“

„Jedenfalls hätten sie die Dielen mit Folie abdecken können“, pflichtete ich ihm bei und versprach, gleich am Montag Vormittag mit Herrn Pfahlkötter zu reden, der die Bauaufsicht hatte.

Dann entdeckten wir, dass das Herdfeuer im Wohnzimmer fertig war; der Ofensetzer hatte zügig gearbeitet, und ein halb verglühtes Häufchen Reisig auf dem Rost verriet uns, dass er es bereits probehalber in Betrieb genommen hatte. Ich strich über die schön gemaserten, rotbraunen Ziegel, die die Feuerstelle einrahmten und stellte mir vor, wie viele behagliche Stunden sie uns im Spätwinter noch bereiten würde.

Am Montag morgen, während sich Franz wieder auf dem langen Heimweg nach Altötting befand und Kerstin über dem ersten Englisch-Test ihres Lebens schmorte, schob ich den Aktenstapel auf meinem Schreibtisch zur Seite, packte, weil ich in der allgemeinen Aufbruchshektik keine Zeit zum Frühstücken gefunden hatte, eine dampfende Pizzaschnitte und einen Tetrapack mit Kakao aus und warf einen Blick in die Lokalzeitungen. Beide brachten einen knappen Artikel über Helene Abrahams Beerdigung. Im Grunde war es nicht viel mehr als der Untertitel zu einem Foto, das Frau Haag und Frau Fantin zeigte, letztere, noch bevor sie ihr Gesicht verdecken konnte. Natürlich fehlte der Hinweis nicht, dass die Kriminalpolizei Münster noch immer keinen Anhaltspunkt habe. Ich schob die Zeitungen hinüber zu Lückmanns Schreibtisch und schlug „Neun Personen zum Dinner“ auf, wobei ich mir zuerst das Rollenverzeichnis ansah. Nachdem ich am Sonntag Abend im Eilverfahren Agatha Christies „Zehn Kleine Negerlein“ durchgeblättert hatte, kam mir einiges sehr bekannt vor. Eine bunte Gästerunde traf sich zum gemeinsamen Abendessen und wurde per Tonbandstimme der verschiedensten schweren Vergehen beschuldigt, der Tarnung halber natürlich auch die Gastgeberin, die sich als Richterin – bei der Christie war es ein Mann gewesen – angeblich ein Menschenleben aufs Gewissen geladen hatte. Damit entsprach Lavinia Spencer der literarischen Vorlage ebenso wie das ehemalige Kindermädchen Nelly Fishbone, dessen Schützling im Meer ertrunken war, und das Haushälterehepaar Wells, das seiner bettlägerigen Herrin einst die lebensnotwendige Hilfe verweigert hatte und nun das Restaurant betrieb, in dem das Stück spielte.

Aber dann stellte sich heraus, dass Frau Epstein, wohl um nicht in den Ruf des geistigen Diebstahls zu kommen und weil nicht alle Punkte des literarischen Musters in einer Aufführung im Altersheim gut aufgehoben wären, auch neue Ideen beigesteuert hatte, sie driftete ab in einen eigenen Stoff, und dort wurde die Sache interessant. Es gab – Fall vier – eine Orchideenzüchterin, die ihrer Freundin ein besonders seltenes Exemplar geschenkt hatte, worauf diese am Stich eines Skorpions starb, der als pikante Beigabe in der Pflanze versteckt gewesen war. Und es gab – nicht weniger brisant – eine Apothekerin, die ihre Kaffeerunde mit in Pralinen verborgenen Pestiziden unter die Erde brachte. Es gab eine Lehrerin, die ihre Schwester von einem Aussichtsturm gestoßen hatte, weil sie ihr die Erbschaft nicht gönnte, und einen Schriftsteller, der seinen Konkurrenten um einen hochdotierten Lyrikpreis mit getrocknetem Knollenblätterpilz kontaminierte Gedichtausgaben ins Haus geschickt hatte. Die Runde wurde komplettiert durch einen vitalen Ehemann, der seiner alternden, bettlägerigen Frau die Infusionsschläuche herausgezogen hatte, und einen Fotografen, der seine Kundschaft vor eine rote Leinwand platziert und dann durch einen unsichtbaren Schlitz mit einer Wäscheleine erdrosselt hatte. Jetzt saßen die Übeltäter von einst um einen großen Tisch und sahen ihrer gerechten Bestrafung entgegen, ohne zu wissen, wer von ihnen die Urteile fällte und in welchem Bestandteil des exquisiten Menus die ihm persönlich zugedachte, tödliche Dosis enthalten war. Der Aperitif hatte es ebenso in sich wie die Suppe, die Vorspeise oder der Fischgang, und nicht nur das Hauptgericht war vergiftet, sondern auch der Nachtisch und der Kaffee samt begleitendem Brandy. An ein Entkommen war nicht zu denken, die Restaurantbesitzer hatten Türen und Fenster verriegelt und mussten am Schluss selbst dran glauben, und hier traf sich Frau Epstein wieder mit Agatha Christie. Nur die Geschichte mit der Flaschenpost, die im Roman des Rätsels Lösung brachte, ließ sich schlecht auf der Bühne verwirklichen. In Frau Epsteins Adaption entpuppte sich vielmehr Lavinia als nur scheinbar tot, während das Haushälterpaar auf zwei der längst frei gewordenen Stühlen sein Leben ausröchelte.

Ich trat ans Fenster. Der Tag sah nach Dauerregen aus. Der schiefergraue Himmel drückte schwer auf die Hausdächer, der Schnee hatte längst braune, krustige Ränder bekommen und war von einer pflaumenweichen Kinderüberraschung, die zum Rodeln an der Hörster Promenade einlud, zum Ärgernis geworden, das einem die Schuhe verdreckte und die Laune verdarb.

Doch selbst vor dieser morosen Kulisse musste ich zugeben, dass mich Frau Epsteins Manuskript positiv überraschte. Ich hatte etwas im Stil von „Reim dich, oder ich fress dich!" erwartet, wie es bei Hobbydichtern gelegentlich vorkommt, aber ihre Dialoge waren gut, kurz und prägnant, wie Frau Brede bereits angedeutet hatte, und nicht ohne schwarzen Humor. Ich ging die Rollen noch einmal unter dem Gesichtspunkt durch, dass eine Bewohnerin von Haus Nettelbeck sie erdacht hatte. Gab es Parallelen zu anderen Bewohnern? Und wenn ja, ergab sich vielleicht ein Zusammenhang mit Frau Abrahams Tod? Aber um diese Frage zu beantworten, fehlten mir wichtige Informationen. Ab wann war die Tote mit Insektiziden vergiftet worden? Wann genau war Herr Glaser gestürzt? Zu welchem Zeitpunkt hatte Frau Epstein ihr Theaterstück in Angriff genommen und wann hatte sie es beendet?

Und wen unter den Heimbewohnern kannte sie so genau, dass sie auch über seine Vergangenheit informiert war? Über die von Professor Luhe-Wildenau, zum Beispiel, den angeblich jeder im Heim kannte? War er mit dem vitalen Ehemann gemeint? Ich wusste es nicht, ich wusste nicht einmal, in welchem der vier Häuser von Nettelbeck Frau Epstein wohnte. Aber der Gedanke, dass es ihr möglicherweise um die Vergangenheit und eine Abrechnung mit ihr gegangen war, ließ mich nicht los.

Die ersten vier Rollen – Kindermädchen, Haushälterehepaar, Richterin – ließ ich beiseite, dafür war die Nähe zu Agatha Christies Vorlage zu offensichtlich. Aber dann? Konnte die Rolle der Orchideenliebhaberin nicht als Anspielung auf die Rosenzüchterin gemeint sein? Und warum war die Kränzchentante ausgerechnet eine ehemalige Apothekerin?

Noch war der „berühmte ominöse Gast", wie Lückmann ihn nannte, nicht identifiziert … Ich sah auf die Uhr, wo steckte Max überhaupt? In letzter Zeit kam er morgens häufig sehr spät, weil er seiner

„Flamme“ in ihrer Parfümerie noch Guten Morgen sagen musste und darüber die Zeit vergaß.

Endlich schneite er zur Tür herein und schüttelte seinen triefend nassen Parka in bedenklicher Nähe zum Schreibtisch aus.

„Is' was?“

Ich wischte die Regentropfen von Frau Epsteins Textheft. „Jetzt, wo du da bist, könnte ich ins Haus Nettelbeck fahren. Es sind noch einige Fragen offen.“ Im Türrahmen blieb ich stehen. „Lies dir mal das Theaterstück durch, das auf meinem Schreibtisch liegt. Es soll demnächst im Altersheim aufgeführt werden.“

Seine Antwort war ein vorwurfsvoller Blick. „Na, du hast vielleicht Humor! In der Unterführung zum Bahnhof ist heute morgen ein Obdachloser gefunden worden, und du liest Theaterstücke? Sah übrigens ganz nach einer Überdosis aus, dabei wirkte er nicht wie ein typischer Heroinkonsument. Mach' dich auf einen zweiten Fall gefasst.“

„Wann hast du es erfahren?“

„Unterwegs im Auto. Schenk von der Zentrale hatte mich angerufen. Da bin ich dann gleich zum Bahnhof gefahren und habe auf Dr. Robbing gewartet. Deshalb komme ich so spät.“

„Schon gut! Wissen die Techniker Bescheid?“

Er nickte. „Sie sind noch vor Ort, aber Spuren kannst du getrost vergessen, über die paar Fußabdrücke hatten die Typen längst drübergepinkelt.“

Ich stand schon im Türrahmen, als das Telefon schellte. Am anderen Ende der Leitung war Hölters, einer der uniformierten Kollegen.

„Können Sie zum Altersheim Nettelbeck kommen? Dyckburgstraße 124! Wir haben einen ungeklärten Todesfall.“

„Ich bin in einer Viertelstunde da.“

Siebtes Kapitel

Vor dem Haupteingang parkte ein Streifenwagen. Hölters saß auf dem Beifahrersitz und telefonierte. Im Foyer herrschte ungewohnte Hektik. Die Rezeption lag verwaist, aber hinter Frau Vennhusens Bürotür redeten aufgeregte Stimmen. Ich beschloss zu warten, bis Frau Klostermann oder Frau Loose auf ihren Posten zurückkehrte. Dabei teilte ich meinen Platz, wie es für diese Zeit offenbar normal war, mit einem Pulk älterer Damen, aber es war nicht der übliche harmlose Vormittagstratsch, der sie zusammengeführt hatte. Man überbot einander in Spekulationen.

„Jemand ist gestern Abend noch bei ihr gewesen, jemand mit festem Schuhwerk. Frau Stich hat die Schritte gehört, vom Eingang bis zu dem Zimmer und dann wieder zurück, sie liegt ja genau gegenüber. Keine fünf Minuten hat es gedauert, sagt Frau Stich. Sie schläft so schlecht, wissen Sie. Sie kriegt alles mit, was auf der Pflegestation passiert."

„Vielleicht war es ihr Mann?"

„Der kam doch schon lange nicht mehr. Seitdem sie den zweiten Schlaganfall hatte, nicht mehr! Der saß doch lieber über seinen Vorträgen."

„War denn die Schwester nicht da?"

„Angeblich hat sie sich in der Teeküche Kaffee gemacht, nur zehn Minuten war sie weg."

„Und wann hat sie es gemerkt?"

„Bei ihrem nächsten Rundgang. Sie ist zuerst noch bei anderen Patienten gewesen und erst viel später bei ihr. Und dann gab es plötzlich Gerenne auf dem Flur. Eine Aufregung war das! sagt Frau Stich. Sie haben noch den Hausarzt geholt. Da konnte Frau Stich natürlich erst recht nicht schlafen!" Ein argwöhnischer Blick streifte mich, den Eindringling. Der Rest der Unterhaltung ging in Getuschel unter. Aber ich ahnte auch so, von wem sie redeten. Frau Luhe-Wildenau also.

Frau Loose kehrte zur Rezeption zurück.

„Sie haben einen Todesfall?", fragte ich.

Sie nickte. „Wir haben schon versucht, Sie zu erreichen! Frau Haag muss Sie dringend sprechen. Sie telefoniert noch mit dem Hausarzt."

„Die Nachtschwester", begann die Heimleiterin, als wir uns an ihrem Schreibtisch gegenüber saßen, „hat die Schuld auf sich genommen. Aber …"

Als ich keine Fragen stellte, fuhr sie fort: „Frau Luhe-Wildenaus Zustand war in den letzten Wochen sehr instabil geworden. Sie bekam Infusionen, mehr konnten wir nicht tun."

„Was ist passiert?"

„Die Kanüle ist herausgerutscht."

„Eine Fahrlässigkeit der Schwester?"

„Das glaube ich nicht! Frau Krause ist eine sehr zuverlässige und erfahrene Kraft. Außerdem kann das nicht die Todesursache gewesen sein."

„Was bekam sie mit der Infusion?"

„Zucker- und Elektrolytlösungen." Sie zögerte einen Augenblick. „Die Schwester sagt, es könnte jemand bei ihr gewesen sein, während sie sich schnell einen Kaffee gemacht hat. Sie hat es erst nach einer Stunde gemerkt, ich meine, dass die Patientin …" Sie brauchte den Satz nicht zu beenden. „Der Hausarzt", fuhr sie dann fort, „hat sich geweigert, einen natürlichen Tod zu bescheinigen."

„Wo ist die Schwester jetzt?"

„Zu Hause. Ihr Freund hat sie abgeholt. Sie war völlig fertig!"

„Haben Sie einen Verdacht?"

Sie verschränkte die Hände auf der grünen Schreibunterlage. „Als Frau Abraham starb, bin ich auf diesen Gedanken noch nicht gekommen, jetzt allerdings … Ich glaube, dass hinter beiden Todesfällen jemand steckt, der unserem Haus schaden will."

„Und welchen Grund hätte dieser jemand?"

„Wir haben vor einem halben Jahr einen Pfleger fristlos entlassen. Er war in finanzielle Schwierigkeiten geraten, weil er drogenabhängig war, und hatte mehrere Hausbewohner überredet, ihm Geld anzuvertrauen. Allerdings zahlte er es nicht auf Sparbücher ein, wie er versprochen hatte, sondern finanzierte damit seine Sucht."

„Sie glauben an einen Racheakt? Wie heißt der Mann?"

„Gottfried Leisch. Er wohnte früher drüben, in Handorf, aber angeblich hat es eine Zwangsvollstreckung gegeben; das Finanzamt war hinter ihm her. Und wo er jetzt wohnt und arbeitet, war nicht in Erfahrung zu bringen. Offenbar wechselt er ständig die Adresse. Vielleicht weiß man in Ihrer Behörde mehr?“ Sie sah mich erwartungsvoll an. „Wenn man herausfände, wo sich dieser Mann letzte Nacht aufgehalten hat …“

„Wir werden das nachprüfen“, sagte ich. „Hat er Ihnen gedroht, dass er sich rächen würde?“

„Nein, aber über einen rätselhaften Todesfall macht sich nicht nur die Polizei Gedanken. Natürlich haben wir, als er gehen musste, sämtliche Schlüssel zurückverlangt, aber wer garantiert uns, dass er keine Kopien besitzt?“

„Haben Sie ein Foto von ihm?“

Sie nickte. „In einem alten Exemplar unserer Hausmitteilungen. Ich habe das Heft nach langem Suchen wiedergefunden.“ Sie zog es aus der Schublade und legte es aufgeblättert vor mich hin. Das Foto war unterbelichtet und ziemlich unscharf und der Mann, den sie meinte, halb verdeckt durch andere Personen. Er schien kräftig zu sein, Mitte bis Ende Dreißig und dunkelhaarig, ohne Bart oder Brille; kein sehr einprägsamer Typ.

Ich stand auf. „Halten Sie das Zimmer von Frau Luhe-Wildenau verschlossen, wir schicken jemanden von der Spurensicherung und sagen im Institut für Rechtsmedizin Bescheid.“

Sie lächelte bitter. „Unser Haus kommt nicht zur Ruhe. Aber wahrscheinlich ist es genau das, was dieser Mensch will!“

Der Professor, das erfuhr ich von Frau Frentzel, hatte sich in seiner Wohnung verbarrikadiert. „Er lässt niemanden rein“, klagte sie.

Ich läutete. Luhe-Wildenau war im Schlafrock, sein Gesicht wirkte fahl, während seine Augen fiebrig glänzten. „Was wollen Sie?“

„Kann ich Sie kurz sprechen?“

„Kommen Sie rein.“

„Mein Beileid zum Tod Ihrer Frau“, sagte ich, anstelle einer Antwort entschuldigte er sich für die Unordnung. Mehrere Türen in seiner Schrankwand standen offen, und auf dem Boden schienen noch mehr Bücher zu liegen als beim letzten Mal. Offenbar hatte er die ganze Nacht am Schreibtisch verbracht und das benutzte Geschirr durch immer neues ersetzt. Drei Kaffeetassen türmten sich ineinander, daneben standen ein Glas mit angetrocknetem Bierschaum, ein halb geleerter Cognacschwenker und aufeinander gestapelte Teller mit zerbröseltem Keks. Mitten drin lag die Pfeife in einem Papp aus verklebten Tabakkrümeln.

Er schlappte vor mir her zu den beiden Sesseln am Fenster. Am letzten Montag hatten wir auf den beleuchteten Vorplatz des Altenheims geblickt, jetzt, bei Tageslicht, waren die dichten, bräunlichen Vorhänge zugezogen. Eine Glocke aus verbrauchter Luft hing in der Wohnung. Mein Blick fiel auf die große Messingplatte, die als Couchtisch diente. Die schweren Bildbände von Köln und Dresden lagen noch da, aber sie waren unter einem Regen aus Fotografien verschwunden: seine Frau, in allen Lebenslagen, Jahreszeiten, Posen.

„Hatten Sie und Ihre Frau Feinde in diesem Haus?"

Vergeblich rief ich mir den vehementen, wortgewaltigen Deutschtümler ins Gedächtnis, als er heiser antwortete. „Nein, ausgeschlossen, wir hatten nur Freunde."

„Wann haben Sie Ihre Frau zum letzten Mal besucht?"

„Warum müssen Sie das wissen?" Jetzt bekam seine Stimme wieder ihre bellende Aggressivität, aber wenigstens war er ehrlich.

„Waren Sie gestern Abend noch bei ihr?"

„Ich war hier, ich habe gearbeitet."

„Gibt es dafür Zeugen?"

Zu meiner Überraschung nickte er. „Gegen zehn, sagte mir Frau Haag, hat sich die Schwester für längere Zeit in der Teeküche aufgehalten, was einer Verletzung ihrer Dienstpflichten entspricht. Ich hatte zwischen zehn und halb elf ein längeres Telefongespräch mit einem ehemaligen Kollegen, das können Sie nachprüfen. Er wird sich daran erinnern, dass im Hintergrund die Talkshow der ARD lief, was beweist, dass ich ihn aus meiner Wohnung angerufen habe."

Das bewies überhaupt nichts, aber ich schrieb mir den Namen des Gesprächspartners auf.

„Wann hat man Sie von der Pflegestation aus verständigt?"

Er wandte den Kopf zum Fenster. „Das war gegen halb eins."

„Sind Sie sofort zu ihr gegangen?"

„Natürlich", gab er zurück, „und die Schwester ..."

„Was ist mit der Schwester?“

„Sie hat meine Frau auf dem Gewissen.“

„Lassen wir die Schwester mal aus dem Spiel. Wir gehen davon aus, dass Ihre Frau durch Fremdverschulden ums Leben gekommen ist. Könnten Sie sich vorstellen, dass jemand Sie im Visier hatte?“

Er fuhr auf. „Wie kommen Sie darauf?“

„Warum machen wir uns etwas vor? Sie haben Ihre Frau nicht oft besucht. Sogar mir gegenüber haben Sie zugegeben, dass Sie ihren Zustand als unerträglich empfanden. Zitiere ich Sie da richtig?“

Er machte eine schlaffe Handbewegung.

„Gut“, sagte ich. „Diese Einstellung ist Ihr persönliches Problem. Aber es könnte Personen geben, die das genutzt haben, um Sie unter Mordverdacht zu bringen. Personen hier im Haus oder aus Ihrer Vergangenheit in Köln. Haben Sie dazu etwas zu sagen?“

„Nein“, gab er störrisch zurück. „Man mag mich hier. Meine Vorträge sind gut besucht. Ihre Verdächtigungen sind absurd.“

Ich stand auf. „Dann reden wir ein anderes Mal weiter. Es dürfte Ihnen bekannt sein, dass Sie als Ehepartner sich der Polizei zur Verfügung halten müssen.“

Damit ging ich zur Tür, aber er hielt mich derb am Jackenärmel zurück. „Diese Weiber auf der Pflegestation! Sie haben meine Frau systematisch vernachlässigt, sie haben sie auf dem Gewissen!“ Er hatte eine feuchte Aussprache, und ich löste mich schnell aus seiner Klammer. „Wenn Ihnen noch etwas Wichtiges einfällt, melden Sie sich bitte!“

In der offenen Tür drehte ich mich noch einmal um. „Darf ich einen Blick in Ihr Schuhfach werfen?“

Er schloss den Einbauschrank auf, der wohl zur Standardeinrichtung der Wohnungen gehörte. In der Innentür steckten, auf speziellen Halterungen, sieben Paar Schuhe; unterschiedlich in Material und Farbe, aber sämtlich im gleichen eleganten Stil, fein gegerbtes Leder, dünne Sohlen. Die Frauen im Foyer hatten von „festem Schuhwerk“ gesprochen.

Frau Frentzel wartete draußen. „Wie sieht es bei ihm aus?“

„Es müsste mal jemand lüften“, sagte ich.

Schäffer stand am Eingang zur Pflegestation.

„Wann sind Sie benachrichtigt worden?“, fragte ich.

„Gegen drei Uhr kriegten wir Bescheid von der Einsatzleitstelle. Der Notarzt hatte einen „ungeklärten" Todesfall gemeldet."

Und warum habt ihr mich dann nicht schon früher informiert? dachte ich verärgert. Da hatte ich in aller Ruhe im Büro gesessen und ein Theaterstück gelesen, während womöglich wichtige Beweismittel abhanden kamen.

„Das Zimmer der Frau ist sofort versiegelt worden", fuhr er fort, als könnte er Gedanken lesen. „Und Schüller ist auch schon seit einer Stunde da."

Ansgar stand in der offenen Tür zu Frau Luhe-Wildenaus Zimmer, es war das vorletzte auf der linken Reihe, stand Schüller und puderte die Klinke ein. „Jede Menge Abdrücke!", sagte er knapp. Die Infusionsflasche hing noch an ihrem Ständer neben dem Bett, und auf dem schmalen Nachtschränkchen reihten sich eine Flasche Eau de Cologne, eine Schnabeltasse und ein Wecker. Das Bettzeug hatte man schon abgezogen, die Matratze schräggestellt und das Kopfkissen über dem Fußende des Bettgestells flachgeklopft. Aber die Jalousie vor dem Fenster war heruntergelassen wie in allen übrigen belegten Zimmern, und vielleicht war das der Grund, warum die Luft so stickig war. Eine junge Schwester erschien im Türrahmen. „Brauchen Sie mich?"

„Nee!", knurrte Schüller abweisend.

Ich bezog seine Antwort auch auf mich und folgte ihr in den Flur.

„Haben Sie sie auch betreut?"

„Natürlich! Sie lag fast elf Monate bei uns, aber ich mache keinen Nachtdienst."

„Bekam sie oft Besuch?"

„Von ihrer Tochter", gab sie zurück. „Sie ist Psychotherapeutin. Aber sie hat es auch nie lange bei ihr ausgehalten."

„Wie meinen Sie das?"

„Sie war ziemlich anstrengend. Mal war ihr das Zimmer zu hell und mal zu dunkel, dann klagte sie über Lärm auf dem Flur, dann wieder war es ihr zu einsam. Also, verglichen mit anderen schweren Fällen hatten wir viel Arbeit mit ihr!"

„Bekam sie Besuch von Hausbewohnern?"

„Ich wüsste nicht, von wem“, sagte sie. Bevor ich zu Schüller zurückkehrte, warf ich einen Blick auf ihre Füße, sie trug leichte, weiße Sandalen mit dünnen Riemchen und leisen Sohlen.

Ich kam gerade recht. Ansgar hatte das Nachtschränkchen auf Fingerabdrücke untersucht und anschließend geöffnet. Jetzt zeigte er mir den Inhalt. Über dem Nachttopf war ein großes, weiß bezogenes Kopfkissen eingeklemmt gewesen. „Holst du mal die Schwester?“

Wieder kam sie geräuschlos zur Tür herein. Ich beschloss, mir das zu merken, für das Gespräch mit der Patientin, die die Schritte gehört hatte.

„Ist das ein Kissen aus Ihrem Sortiment?“, fragte Schüller.

Sie kam näher, befühlte das Inlett. „Nein, das habe ich noch nie gesehen.“

„Was benutzen Sie?“

„Feste, flache Kissen. Und Federfüllungen schon gar nicht. Wir haben mehrere Allergiker, das könnte zu Erstickungen führen.“ Sie sah von Ansgar zu mir. „Glauben Sie denn …?“

„Glauben tu ich gar nichts!“, sagte Schüller. „Könnte es von der Patientin stammen?“

Sie schüttelte den Kopf. „Das ist nicht üblich. Der eine oder andere hat seine eigene Wolldecke, aber das Bettzeug kommt von uns.“ Schüller verstaute das Kissen wortlos in einem Plastiksack.

Die Frau, die uns auf dem Flur entgegenkam, stellte sich als die Leiterin des Pflegedienstes vor. Sie berichtete auf unsere Fragen, dass Frau Luhe-Wildenaus Zimmer noch in der Nacht verschlossen worden sei, nachdem der Arzt ihren Tod festgestellt hatte. „Wenn jemand Spuren hätte verwischen wollen …“

„Hätte er eine Stunde Gelegenheit dazu gehabt“, ergänzte Ansgar.

Sie zog die Augenbrauen hoch. „Wir können unmöglich überall zur gleichen Zeit sein. Die Patientin war mit allem versorgt, was sie brauchte. Gegen einen heimtückischen Mordanschlag sind auch wir machtlos.“

Die Pizzaschnitte war offenbar aus zweifelhaftem Hause, sie drückte im Magen, als wäre sie aus Beton. Noch nach Stunden daran erinnert zu werden, was ich gegessen hatte, war mir schon immer zuwider gewesen.

„Ich überschlage heute die Mittagspause“, sagte ich zu Max. „Wenn du etwas in der Stadt zu erledigen hast und länger wegbleiben möchtest, mache ich in der Zeit meinen vorläufigen Bericht. In Nettelbeck ist heute Nacht jemand auf der Pflegestation gestorben.“

„Ein neuer Fall?“

„Ich fürchte, ja! Wenn du dann vom Essen zurück bist, fahre ich zu der Nachtschwester. Sie wohnt am Nordplatz, also fast um die Ecke. Und noch etwas. Die Frau, die in dem Zimmer gegenüber liegt, behauptet, sie hätte Schritte gehört, vom Eingang zu Frau Luhe-Wildenaus Zimmer und wieder zurück. Und die Schuhe haben offenbar anders geklungen als die Gesundheitslatschen der Schwestern.“

„Gibt es Verwandte?“

„Ihren Mann und eine Tochter, er wohnt im Heim, sie in Hiltrup.“

Er zog sich seinen Parka an. „Also, wenn du über Mittag hier bleibst, könnte ich bei Sabine vorbeischauen. Heute morgen war keine Zeit dazu. Übrigens, Wagner hätte gern einen von uns gesprochen. Aber erst kurz nach zwei.“

„Geht es um den Obdachlosen? Haben sie ihn identifiziert?“

„Das habe ich schon gemacht“, sagte er pikiert. „Der Mann hatte seine Papiere bei sich. Ich habe sogar schon mal über ihn in der Zeitung gelesen. Normalerweise wohnte er in der Promenade. Aber als die große Kälte hereinbrach, hat er offenbar am Bahnhof Unterschlupf gesucht und dort wollte man ihn nicht. Ich sage dir, die haben da eine Hackordnung, schlimmer als im Rotlichtmilieu. Wer nicht seit Jahren etabliert ist, wird rausgepuscht.“

„Mit teuren Drogen?“, wunderte ich mich.

Er schüttelte den Kopf. „Ich glaube, das ist es, was Wagner dir berichten will. Sie haben eine Spritze mit Resten von Strohrum gefunden. Also, wenn sie das dem armen Teufel in die Vene gejagt haben, dann wundert mich gar nichts.“

„Und wer sind ‚sie‘?“

„Von den Tätern fehlt jede Spur. Heute morgen lag er jedenfalls ganz allein da. Nur die Jugendlichen waren zur Stelle, die ihn gefunden hatten.“ Er sah ungeduldig auf die Uhr.

„Meinst du es wirklich ernst mit deiner Mittagspause?“

„Geh nur, Max. Über das Theaterstück reden wir, wenn du wieder da bist.“

„Mir hat das Stück gefallen“, sagte er, als wir uns gegen zwei Uhr wieder an unseren Schreibtischen gegenüber saßen. Hilly hatte mir ein Glas Brennesseltee gebracht, seitdem kam mein Magen langsam zur Ruhe, obwohl Wagner nur schlechte Nachrichten für uns hatte. Die beiden Sektgläser aus dem Glasschrank der Verstorbenen waren nicht einmal mit dem Anflug einer Spur behaftet gewesen. „Mit Ultra-Palmolive gespült!“, wie Wagner sarkastisch anmerkte. Hatte das vielleicht die Besucherin besorgt? … „Nein, lass nur, Helene! Ich mach’ das schon!“ … Oder war vielleicht überhaupt nichts dran, an diesem Donnerstags-Besuch?

Max scheuchte mich aus meiner Grübelei auf. „Wenn man bedenkt, dass das eine Hobbyautorin verfasst hat, in ganzen zwei Tagen?“ Er ließ die Seiten durch die Hand schnellen. „Die Geschichte ist spannend, die Typen sind gut gezeichnet und die einzelnen Fälle … Wann, sagtest du, ist die Aufführung?“

„Angeblich am Sonntag nach Neujahr. Ich habe der Regisseurin versprochen, dass ich die lokalen Medien darauf aufmerksam mache. Aber nach der einen Probe zu urteilen, die ich gesehen habe, scheitert das Projekt schon an den Kostümen. Wenn ich ehrlich bin, interessiert mich die Geschichte auch nur als Hintergrund für unseren Fall. Ich halte es für ziemlich abgeschmackt, eine Kriminalkomödie in einem Heim zu spielen, nachdem dort ein Mord verübt wurde. Vielleicht sogar zwei.“

Er legte die Blätter zurück auf den Schreibtisch. „Erstens weißt du nicht, wie lange das Stück schon existiert, und zweitens gehe ich davon aus, dass wir den Fall bis Neujahr gelöst haben. Aber was meinst du mit dem Hintergrund?“

„Das kann ich dir nicht erklären. Bisher ist es nur ein Gefühl. Und jetzt sag’ mir nicht, dass Gefühle im Morddezernat nichts zu suchen haben.“

„Habe ich das je behauptet?“

Statt einer Antwort erzählte ich ihm die diffuse Geschichte von Herrn Glasers Sturz, demzufolge man alle Theaterpläne geändert und Frau Epsteins Stück einstudiert hatte. Und während der Widerstand der Spieler wuchs, wurden die Übereinstimmungen mit der Realität immer frappierender.

„Erinnerst du dich an den vitalen Ehemann?“

„Der seiner Frau die Kanülen rausgezogen hat, also das …"

„ … ist letzte Nacht vielleicht in Nettelbeck passiert, allerdings wurde im Nachtschränkchen der Toten auch ein Kissen gefunden. Der Ehemann behauptet, er hätte zwischen zehn und halb elf in seiner Wohnung telefoniert, aber bevor wir das nicht nachgeprüft haben, glaube ich alles Mögliche."

„Tz!", machte er kopfschüttelnd, „vielleicht hat diese Frau Epstein das Zweite Gesicht?"

„Oder jemand, der das Textbuch kennt, hat sich ihre Ideen zunutze gemacht."

„Dann ist die ganze Theatergruppe verdächtig", sagte er. „Meinst du mit ‚Übereinstimmungen' auch Parallelen zum Fall Abraham?"

„Ich weiß es nicht", gab ich zu, „die einzige Ähnlichkeit scheint mir vorerst in der Rolle der Apothekerin mit ihren vergifteten Pralinen zu liegen. Und ein Kaffeekränzchen passt ja auch ins Bild. Andererseits, diese Orchideenliebhaberin, und dann diese Erbstreitigkeiten!" Ich hatte plötzlich wieder Frau Fantin vor Augen, den Blick, mit dem sie das Inventar ihrer Schwester registriert hatte. Aber ich verscheuchte den Gedanken schnell. Hatte dort, wo ich Raffgier zu sehen glaubte, nicht ganz einfach der Schock über einen brutalen Mord gewirkt, noch verstärkt durch die Verlegenheit, völlig überraschend und innerhalb weniger Tage eine Wohnung räumen zu müssen, Nutzloses von Brauchbarem zu trennen, Überflüssiges von Wertvollem?

„Wir sollten uns nicht zu sehr in diesen Text verrennen und darüber die brauchbaren Hinweise aus den Augen verlieren."

„Ja", nickte Max. „Die Gefahr ist groß. Wie bist du überhaupt auf die Idee gekommen, dass es Übereinstimmungen geben könnte?"

„Es gibt sie! Beim Vergleich mit Agatha Christies Roman ist mir aufgefallen, wie alt die Personen bei der Epstein sind. Das kann nicht nur damit zusammenhängen, dass die Aufführung in einem Seniorenheim stattfindet und die Schauspieler älter als sechzig sind. Es steckt Absicht dahinter." Ich ging in Gedanken die Fälle noch einmal durch, die sie selbst erfunden hatte, und beschloss, den Hausgärtner zu fragen, ob es unter den Heimbewohnern einen Orchideenspezialisten gab. Wenn ja, hatte er oder sie sich vielleicht Ratschläge bei ihm geholt.

„Hast du Frau Epstein mal kennen gelernt?", fragte Max.

„Bisher war sie kaum im Haus. Sie wohnt bei einer Cousine, deren Mann vor kurzem gestorben ist.“ Während ich das sagte, fuhr mir noch eine Parallele durch den Kopf. Helene Abraham war nach dem Tod ihres Schwagers zu ihrer Schwester gefahren, Margret Epstein hielt sich aus dem gleichen Grund bei ihrer Cousine auf.

Die Nachtschwester hieß Verena Krause. Offenbar war es ihr Freund, der meinen Anruf entgegennahm.

„Momentan schläft sie“, sagte er, „wenn Sie so gegen halb drei vorbeikommen könnten? Ich soll sie zum Mittagessen wecken.“

Sie wohnte in einem der pastellfarbenen Jugendstilhäuser, die ich gelegentlich vom Fahrrad aus bewunderte. Sie lag auf dem Sofa im Wohnzimmer, unter einer Kamelhaardecke, und vor ihr auf dem Tisch stand ein Teller mit Spuren von Tomatensoße, der Essensgeruch hing noch in dem kleinen Raum. Ich zog mir einen Stuhl vom Esstisch herüber und setzte mich.

Der junge Mann, der mir die Tür geöffnet hatte, fragte, ob ich vielleicht Tee wolle. Die Raviolidüfte hatten mir meine schwerverdauliche Pizza wieder ins Gedächtnis gebracht, daher nahm ich sein Angebot an. Ohne Zitrone, dafür mit Milch und Zucker. Er verschwand.

„Können Sie über die Sache reden?“, fragte ich.

Verena Krause nickte.

„Erzählen Sie einfach, an was Sie sich erinnern.“

Sie verschränkte einen Arm unter ihrem Kopf, um mich besser sehen zu können. „Ich hatte meinen ersten Rundgang gemacht, im Augenblick haben wir bloß neun Leute, aber alles schwierige Fälle, nicht nur physisch. Ich war so müde, und ich dachte, ich hole mir schnell eine Tasse Kaffee, aber die Maschine war leer, und bis der frische Kaffee fertig war, dauerte es ein paar Minuten. Als ich dann aus der Küche kam, merkte ich, dass etwas nicht stimmte.“

„Und woran haben Sie das gemerkt?“

Sie zuckte die Schultern. „Das weiß ich nicht mehr. Nach dem, was passiert ist, ist so vieles weg! Verschüttet! Vielleicht habe ich es mir auch nur eingebildet.“

„Erinnern Sie sich an die Uhrzeit?“

„Zehn nach zehn. Ich habe in der Küche die Nachrichten gehört, einschließlich der Sportmeldungen dauern sie bis zehn nach.“

„Und bis zehn Uhr war bei Frau Luhe-Wildenau noch alles in Ordnung?“

„Das Klebeband über der Kanüle hatte sich gelöst, das hatte ich gemerkt. Als wäre ihre Haut fettig, merkwürdig war das!“

„Haben Sie dagegen etwas getan?“

„Ich habe ihren Handrücken mit Alkohol trocken gerieben und ein neues Pflaster genommen, aber auch das klebte nicht besser. Und als ich dann später wieder in ihr Zimmer kam …“

Es dauerte eine Weile, ehe sie weiterredete. „Sie hatte ganz blaue Lippen …“

„Was haben Sie gemacht?“

„Ich habe sie geschüttelt, aber sie machte die Augen nicht auf. Dann sah ich, dass die Kanüle herausgerutscht war.“

„Aber daran ist sie doch nicht gestorben!“

„Nein“, sagte sie, „trotzdem mache ich mir Vorwürfe, dass ich nach meiner Kaffeepause nicht sofort nach ihr gesehen habe. Ich wurde zu einem anderen Zimmer gerufen.“

„Weshalb?“

Sie zog die Decke ein bisschen höher, als fröre sie. „Eine Lappalie! Die Patientin beschwerte sich, weil ihre Tür nicht richtig geschlossen war. Ihr Zimmer liegt genau gegenüber dem Eingang. Aber ich gebe auch zu, dass keiner von uns gern mit Frau Luhe-Wildenau zu tun hatte. Sie war so unruhig und ungeduldig, und man verstand sie so schlecht wegen ihrer Gesichtslähmung … Wenn man sich selbst nicht gut fühlt, dann braucht man viel Kraft, um jemanden wie sie rund um die Nacht zu versorgen, deshalb …“ Sie zog den Arm unter ihrem Kopf weg und sah an die Zimmerdecke. „Ich wusste doch, dass die Kanüle nicht richtig saß.“

„Und diese Probleme mit dem Klebestreifen hatte es an anderen Tagen nicht gegeben?“

Sie schüttelte den Kopf, den Blick weiter auf der Decke.

Wenn jemand Mordabsichten hatte, dachte ich, würde er wohl kaum das Personal auf sein Opfer aufmerksam machen und dafür sorgen, dass es besonders streng überwacht wurde.

„Eine Ihrer Patientinnen hat Schritte auf dem Flur gehört …“ Frau Krause wandte mir den Kopf wieder zu. „Wer?“

„Sie heißt Stich.“

„Ach, die!“ Ihr Kopf sackte auf das Sofakissen zurück. „Die hört doch die Flöhe husten. Man soll nichts Böses über alte Leute sagen, vor allem nicht, wenn sie krank sind. Aber die? Die wird doch dauernd bestohlen und betrogen! Und ständig hört sie Schritte auf dem Flur, immer nachts, und immer sind sie unterwegs zu ihr! Nein, jede andere Aussage würde mir helfen, aber nicht von Frau Stich! Die kann gar nichts gehört haben.“

„Bleibt die Pflegestation nachts offen?“

„Natürlich!“, nickte sie. „Die Hausbewohner müssen uns jederzeit erreichen können, es kommt oft vor, dass jemand eine Tablette braucht oder einen Verband. Außerdem ist es für uns praktischer. Wenn wir immer mit Schlüsseln hantieren müssten …“ Ihr Blick wurde schläfrig, offenbar stand sie unter der Wirkung von Beruhigungsmitteln.

Der junge Mann brachte mich zur Tür. „Ist es üblich, dass nur eine Schwester die Nachtwache macht?“, fragte ich.

Er verschränkte die Arme vor dem Oberkörper. „Nein, aber Verenas Kollegin hat mal wieder in den Sack gehauen. Sie ist schwanger, und wenn sie keine Lust hat zu arbeiten, dann meldet sie sich krank. Ihr Hausarzt schreibt ihr so viele Atteste wie sie haben will. Vielleicht sollte man das bei der Kripo mal wissen.“

Er schloss die Wohnungstür hinter mir mit hartem Griff.

Man hatte Frau Stich ein festes Kissen in den Rücken gestopft, sie saß fast aufrecht im Bett und sah mir erwartungsvoll entgegen. „Endlich kommt die Polizei!“

Ich zog Block und Kugelschreiber aus der Tasche und setzte mich auf den Stuhl, den die Schwester mir hinschob. Sie verließ das Zimmer, ließ die Tür aber angelehnt.

„Frau Stich“, begann ich, „erinnern Sie sich noch an die letzte Nacht? Was haben Sie gehört?“

Ihre hellen, wässrigen Augen richteten sich auf mich, während sie angestrengt durch konkav geformte Nasenflügel atmete und die stark gekrümmten Hände über der Magengegend faltete. Das weiße Nachthemd spannte sich über ihren mageren Schulterblättern. „Da waren Schritte“, sagte sie mit überraschend fester Stimme.

„Eher von einem Mann oder von einer Frau?“

Sie zögerte. Offenbar hatte sie sich diese Frage noch nicht gestellt. „Es waren sehr leise Schritte“, sagte sie dann, „aber hart und kurz. Wissen Sie, als wenn jemand auf Zehenspitzen ginge, aber mit sehr solidem Schuhwerk.“

„Erinnern Sie sich noch, um wieviel Uhr das war?“

„Um zehn. Da ist meine letzte Tablette fällig, und ich hatte sie gerade mit einem Schluck Wasser genommen.“

„Und Sie haben diese Schritte noch nie vorher gehört?“

„Diese nicht! Und sie stammten auch nicht von der Schwester, da bin ich mir ganz sicher!“

„Warum haben Sie die Schwester nicht gerufen?“

„Das weiß ich nicht“, murmelte sie.

„Ist die Person stehen geblieben?“

Sie nickte. „Vor meinem Zimmer. Sie hat an der Tür gehorcht, vielleicht auch durchs Schlüsselloch geguckt, aber sie konnte nichts sehen, weil ich die Nachttischlampe gerade ausgeknipst hatte.“ Ein schadenfrohes Lächeln zitterte um ihre dünnen Lippen. „Als die Person nicht hereinkam, wie ich befürchtet hatte, nahm ich an, dass sie zu Frau Luhe-Wildenau wollte. Und so war es ja dann wohl.“ Auch dieser letzte Satz kam nicht ohne eine gewisse Genugtuung.

„Warum ausgerechnet zu ihr?“

„Weil ich nur noch zwei Schritte gehört habe, zu der Tür gegenüber.“

„Und wann haben Sie dann wieder Schritte gehört?“

„Nach fünf Minuten. Da hat diese Person die Pflegestation wieder verlassen.“

„Warum befürchteten Sie, diese Person könne zu Ihnen kommen? Es hätte doch jemand aus dem Haus sein können, der Sie besuchen wollte?“

„Um zehn Uhr abends?“, fragte sie fast höhnisch, „da ist doch nur noch Gelichter unterwegs.“

Die Schwester kehrte zurück, eine Schnabeltasse in der Hand. „So, Frau Stich, Zeit für Ihren Abführtee! Und morgen klappt es dann ganz bestimmt!“ Ich verabschiedete mich.

Lückmann saß noch im Büro. Ich erfuhr, dass Sabine Geburtstag hatte und ein Tisch im „Mövenpick“ bestellt war, allerdings erst für halb acht. Also blieb uns noch etwas Zeit.

„Glaubst du an einen Zusammenhang zwischen den beiden Fällen?“ Er machte sich mit der üblichen Akkuratesse daran, seinen Schreibtisch aufzuräumen, schloss die Schublade ab und ordnete sein reichhaltiges Bleistiftsortiment auf der Schreibtischplatte. Danach ging er mehrfach zwischen Herrentoilette und Büro hin und her, leerte die Kaffeemaschine aus, spülte seinen Becher und holte frisches Wasser für die Topfpflanzen. Schließlich setzte er sich ein letztes Mal hin. Dankbar registrierte ich seine Gesprächsbereitschaft.

„Eine vergleichsweise vitale Frau wird ermordet“, überlegte ich, „und kurz darauf eine todkranke, die am Tropf hängt. In beiden Fällen muss der Täter sein Opfer genau gekannt haben. Er wusste, dass Frau Abraham Rosen züchtete und man daher auch einen Unfall durch Insektizide annehmen konnte, und ihm war bekannt, in welchem Zimmer Frau Luhe-Wildenau lag.“

„Zum Beispiel dieser Professor?“

„Möglich“, sagte ich.

„Und was wäre sein Motiv?“

„Als Frau Fantin erfuhr, dass Luhe-Wildenau auf demselben Flur wie ihre Schwester wohnt, meinte sie, sie habe das Gartenapartment gar nicht wegen ihrer Rosenzucht gemietet, sondern wegen ihm. Anzeigen konnte sie ihn nicht mehr, dafür lag die Sache zu lange zurück. Aber sie wollte ihn für das, was er ihrer Familie angetan hatte, strafen, indem sie ständig präsent war. Der personifizierte Gewissensbiss.“

„Und deshalb hat er sie umgebracht?“ In Lückmanns Stimme klang die gleiche gehörige Portion Zweifel mit, die auch an mir nagte. Dann zuckte er die Schultern. „Vielleicht hatte sie ihm ja gedroht, seine Nazivergangenheit im Haus an die große Glocke zu hängen.“

„Die dürfte bekannt sein“, gab ich trocken zurück, „zumindest bei denen, die seine Vorträge hören.“

Der Regen klatschte in unregelmäßigen Abständen gegen die Fensterscheiben, es war sehr stürmisch geworden, und ich dachte fröstelnd an den Heimweg auf dem Fahrrad.

„Frau Haag glaubt an einen männlichen Täter“, sagte ich und berichtete von der Entlassung des drogenabhängigen Pflegers.

Lückmann versprach, am folgenden Morgen im Finanzgericht zu fragen, ob es Neuigkeiten über den Mann gab, eine Adresse oder einen Arbeitgeber.

„Falls Luhe-Wildenau und dieser Pfleger ein Alibi haben", fuhr ich fort, „sehe ich allerdings weit und breit kein Motiv für einen Doppelmord. Dann ist es wohl besser, wir suchen nach dem Motiv zweier Einzeltäter. Außerdem ändert ein Serienmörder nur selten seine Taktik."

„Das Motiv könnte Geld sein", sagte Max.

„Gäbe es da nicht lukrativere Morde? Nach allem, was ich im Foyer von Haus Nettelbeck an Schmuck und Pelzen gesehen habe?"

„Wie wäre es mit Rache?"

„Das ist Frau Haags Theorie. Aber warum dann gerade diese beiden? Gut, die eine war allein im Schwimmbad, die andere allein in ihrem Krankenzimmer. Aber um durch einen Racheakt zu sterben, muss man Feinde haben. Und um Feinde zu haben, war Frau Abraham noch nicht lange genug im Haus. Viele Bewohner kannten sie nicht einmal persönlich. Auf ihre Wohnung war niemand scharf, Lärm scheinen sie auf ihrer Etage alle zu machen, und der Pfleger wurde schon vor einem halben Jahr entlassen."

„Es könnte eine Abrechnung aus alten Zeiten sein", gab er zu bedenken. „Münster ist ein Dorf! Da gibt es manch unverhofftes Wiedersehen."

„Eine Abrechnung mit Luhe-Wildenau hätte ich mir vorstellen können, aber der lebt noch. Ein alter Nazi, der Tür an Tür mit einer gläubigen Jüdin wohnt, die er vor sechzig Jahren aus ihrer Wohnung vertrieben hat! Der Schönheitsfehler bei der Sache ist, dass seine Frau und die Jüdin ums Leben kamen. Nein, Max, da passt überhaupt nichts zusammen."

Er versuchte es ein drittes Mal. „Und Liebe? Eine richtig schöne Beziehungskiste im Altersheim? Mit Neid und Eifersucht?"

„Luhe-Wildenau liebte seine Frau nicht, und er hat mir gegenüber nicht die geringste Anstrengung unternommen, das zu verbergen. Wenn es nach ihm gegangen wäre, hätte man die Infusionen schon längst abgestellt. Also hatte er vielleicht eine andere? Aber wen? Frau Abraham bestimmt nicht, die war mit Herrn Rieder befreundet. Aber vielleicht hatte eine der Damen ebenfalls ein Auge auf Herrn Rieder geworfen und war deshalb böse auf Frau Abraham?"

„Herr Rieder wollte Frau Abraham heiraten", nickte er. „Hat er vielleicht Kinder, die damit nicht einverstanden waren?"

„Mindestens einen Sohn und eine Schwiegertochter. Mit ihnen gab es am vergangenen Sonntag Streit wegen der Heiratspläne."

„Wegen des Testaments!", korrigierte er. „Die neue Ehefrau wäre vielleicht zur Alleinerbin eingesetzt worden, und wenn sie wesentlich jünger war als ihr Mann, hätte sie noch lange was von seinem Geld gehabt. Und die Kinder hätten in die Röhre geguckt."

„Frau Abraham war dreiundsechzig, Herr Rieder dürfte Mitte Siebzig sein. Das kommt hin!"

„Haben wir die Adresse der Kinder?"

„Die lasse ich mir morgen geben", sagte ich. „Frau Haag hat, wie es scheint, zu jedem Hausbewohner eine Kontaktadresse seiner Familie."

Er sah auf die Uhr. „Dann lösen wir dieses fundamentale Problem heute Abend nicht mehr."

Ich hatte plötzlich ebenfalls große Lust, nach Hause zu fahren, trotz oder gerade wegen des Regens. Gedämpftes Kerzenlicht statt kalter Neonbeleuchtung, Kerstins Geschnatter statt der Friedhofsstille einer leeren Büroetage und zum Abendessen ein Glas gut temperierten Rotweins statt kalt gewordenem Brennesseltee. Ich beschloss, meinen Feierabend mit zwei letzten Telefonaten einzuläuten; das eine mit Professor Luhe-Wildenaus Gesprächspartner vom Sonntag A-bend, das andere mit Frieder Lenz in Köln. Diesen Anruf hatte ich mir schon vorgenommen, seitdem ich Luhe-Wildenau kannte, und die Unterhaltung mit Lückmann hatte mich wieder daran erinnert.

Wilbert von Bothmann war als Professor emeritus im Telefonbuch aufgeführt. Er wohnte an der Gasselstiege und hatte gleich drei Telefonanschlüsse, was für eine kinderreiche Familie sprach. Er ließ sich umständlich an den Apparat rufen, legte dann aber eine lebhafte Gesprächsbereitschaft an den Tag. „Länger als eine halbe Stunde haben wir miteinander geredet", protestierte er sofort. „Bis beinahe elf Uhr."

„Wann hat er Sie angerufen?"

„Um Punkt zehn. Bis dahin dauert meine Musik-Sendung, ich nehme sie auf Band auf, und dabei darf mich niemand stören."

„Telefonieren Sie regelmäßig miteinander?"

„Jeden Sonntag Abend“, parierte er. „Alte Kameraden lassen einander nicht im Stich.“ Auch nicht, wenn es um ein Alibi geht? war ich zu fragen versucht. Statt dessen fragte ich ihn, ob er von Frau Luhe-Wildenaus Tod wisse. Nein, das wusste er nicht, aber ich hatte auch nicht den Eindruck, als würde ihn diese Nachricht sonderlich überraschen.

Danach versuchte ich es bei Lenz und erreichte ihn auf Anhieb, was eine ausgesprochene Seltenheit war. Normalerweise waren mehrere Versuche nötig, Bitten um Rückrufe an seine Sekretärin oder Botschaften auf seinen Anrufbeantworter, bevor man den Ersten Hauptkommissar im Kölner Morddezernat in der Leitung hatte.

„Professor Luhe-Wildenau?“, wiederholte er. „Der Name sagt mir absolut nichts.“

„Er ist seit Jahren emeritiert. Aber solange er in Köln lehrte, hat er für erheblichen Wirbel gesorgt.“ Ich erzählte Lenz von seinen politischen Aktionen, und er versprach, in den Archiven des „Kölner Stadtanzeigers“ und der „Kölnischen Rundschau“ nach Artikeln aus alter Zeit suchen zu lassen.

Schon auf halber Höhe des Prinzipalmarkts sah ich unsere beiden dezent erleuchteten Fenster, von deren Scheiben sich die Buchsbaumkränzchen abhoben, die Kerstin im Kunstunterricht gebastelt hatte. Drinnen roch es nach Tannengrün und nicht ganz saisongemäß, aber sehr appetitanregend, nach Reibeplätzchen. Kerstin stand mit erhitztem Gesicht am Herd und leerte gerade den Pfanneninhalt auf eine vorgewärmte Platte aus.

„Ich hatte es dir schon letzte Woche versprochen“, sagte sie, „und dann kam uns die Marion zuvor.“

Ich setzte mich an den gedeckten Tisch, und ein angenehmes Gefühl durchströmte mich; das warme, trockene Zimmer, das gedämpfte Licht, die große, nach Orange riechende Duftkerze, die sich erfolgreich gegen das Bratfett durchzusetzen begann – konnten sich Lückmann und seine Sabine im „Mövenpick“ besser fühlen?

„Wie war dein Englisch-Test?“

„Babyhaft!“, winkte Kerstin ab. „Wir durften uns gegenseitig korrigieren, und ich war viel besser als die Silke neben mir!“

„Und was wurde aus dem Krippenspiel?“

„Ich kriege die Rolle vom Balthasar. Das ist der mit der Schuhwichse im Gesicht.“

Sie lächelte mich verschmitzt über ihren dampfenden Reibeplätzchen an, wir prosteten uns mit Wein und Mineralwasser zu, und dann lächelte sie noch verschmitzter, als sie ihren großen Schokoladennikolaus aus dem Stiefel holte, vom Stanniol befreite und ihm den Kopf abbiss.

Als ich am nächsten Morgen gegen zehn Uhr ins Haus Nettelbeck kam, erfuhr ich, dass Frau Epstein für die kommenden vier Tage zum Mittagessen angemeldet war. „Ich dachte, ich gebe Ihnen Bescheid, weil Sie sie doch sprechen wollten“, sagte Frau Haag.

„Haben Sie ihr gesagt, dass ich sie sprechen will?“

„Nein. Ich habe die Etagendame gefragt, wann sie wieder im Haus ist, das war alles.“

Aber zuerst einmal ging ich in die vierte Etage von Haus C, zu Frau Brede. Ihre Tür war angelehnt. „Nur hereinspaziert!“, sagte sie, als ich klopfte. Sie trug eine Art Kimono und Hausschuhe. „Ich wollte gerade schwimmen gehen. Was kann ich für Sie tun?“

„Hätten Sie etwas dagegen, wenn ich Sie begleite?“

„Zum Schwimmen?“ Sie wirkte amüsiert. „Haben Sie denn Badesachen dabei?“

„Nein. Aber ich könnte bis zum Keller mitfahren und mich mit Ihnen unterhalten.“

Wir nahmen den Lift. „Wie lange ist das her mit Herrn Glasers Unfall?“

Ihre Antwort kam schnell. „Am Freitag waren es drei Wochen. Der Ärmste liegt ja noch immer im Krankenhaus. Schienbeinbruch, damit ist nicht zu spaßen.“

Ich rechnete das Datum nach und kam auf Freitag, den 13. November.

„Wie ist es passiert?“

„Er hat eine Treppenstufe übersehen. Das behauptet zumindest Frau Epstein. Es war niemand dabei.“

„Und woher weiß es dann Frau Epstein?“

„Sie hat ihn gefunden. Er konnte sich ja nicht rühren.“

„Wohnt er in Ihrem Haus?“

„In A“, verbesserte sie. „Ganz oben, auf Etage 5.“

„Also genau über Frau Epstein?“

„Richtig“, nickte sie. „Und auf der Treppe vom vierten in den dritten Stock hat sie ihn gefunden.“

Wir waren im Keller angekommen, sie stieß die Lifttür auf und kam mir dabei ziemlich nahe. Ich roch ein sehr süßes Parfum, fast zu schwer für eine Frau ihres Alters. Bisher hatte ich mir aus diesen manchmal sündhaft teuren Designerkreationen wenig gemacht, erst die Probefläschchen von Lückmanns Freundin hatten meinen Spürsinn geweckt. Sie erinnerten mich an einen Spionageroman, in dem sich ein Doppelagent durch sein auffälliges Rasierwasser verraten hatte. Vor uns lag ein langer, dämmriger Gang, an dessen Ende, hinter einer Glastür, der Vorraum zum Schwimmbad erkennbar wurde. Die Luft war feucht, warm und chlorhaltig. Ähnliche Gänge musste es auch in den Häusern A und D geben, und durch den von Haus D war Frau Abraham am 29. November nachmittags gegen halb vier gekommen, nicht im Kimono, wie jetzt Frau Brede, sondern in normaler Straßenkleidung, allerdings mit Badezeug und Handtuch.

„Gibt es einen Ausgang nach draußen?“

Sie nickte. „Ich glaube schon. Da drüben, die Tür neben den Fahrrädern.“

„Würden Sie mal versuchen, ob der Schwimmbadschlüssel passt?“ Er passte. Ich öffnete die massive Stahltür, draußen führte eine schmale Betontreppe hinauf zum Park. Ich versuchte mich zu orientieren. Wenn man an der Hausecke nach rechts ging, kam man meiner Berechnung nach direkt zum Haupteingang. Eine bequeme Lösung für jeden vom Personal, der mit dem Fahrrad kam und es gern trocken unterstellte.

Ich schloss die Tür wieder ab, und wir folgten dem Gang.

„Wann hat Frau Epstein begonnen, ihr Theaterstück zu schreiben?“

„Wann sie begonnen hat, weiß ich nicht.“ Frau Bredes Stimme hallte unangenehm in dem langgestreckten, schlauchartigen Raum.

Über uns, an der Decke, gluckerten Abwasserrohre. „Fertig war sie jedenfalls am Dienstag nach Herrn Glasers Unfall. Angeblich hat sie nur zwei Tage gebraucht. Sie hat ja nie viel Zeit.“

„Wissen Sie, ob sie heute im Haus ist?“

„Sie wird noch bei ihrer Cousine sein. Die Ärmste ist seit sechs Wochen Witwe, begreiflicherweise hat sie Angst allein in ihrem großen Haus. Deshalb fährt Margret, ich meine Frau Epstein, zu ihr, wann immer es geht." Aus ihrer Antwort schloss ich, dass die beiden Frauen nicht in so engem Kontakt zueinander standen, wie ich geglaubt hatte. Weil Frau Brede sonst gewusst hätte, dass Frau Epstein die nächsten vier Mittage im Heim verbringen würde. Sie griff ungeduldig nach dem flauschigen weißen Badelaken unter ihrem Arm.

„Haben Sie keine Angst, allein schwimmen zu gehen, nach dem, was passiert ist?"

„Allein?" Sie schloss die Tür zum Damentrakt auf. „Sehen Sie mal!" In fünf offenstehenden Spinden hingen Kleidungsstücke, davor standen Hausschuhe, lagen Handtücher. Und aus der Schwimmhalle drangen Stimmen und lebhaftes Planschen. Ich hatte Frau Brede noch fragen wollen, ob sie an der Adventsfeier teilgenommen hatte, aber sie hatte die Tür schon hinter sich zugeschlagen. Und mir fiel ein, dass ich die Gästeliste besaß. Auch Frau Epsteins Anwesenheit würde sich nachprüfen lassen.

Im Foyer traf ich Frau Frentzel. „Im Präsidium sagte man mir, Sie kämen heute ins Haus", begrüßte sie mich. „Wir haben den Schlüssel zu Frau Abrahams Medikamentenschrank gefunden."

„Und wo haben Sie ihn gefunden?

„Ja … das ist eine merkwürdige Geschichte." Sie sah sich vorsichtig um, aber es war niemand in der Nähe.

„Als ich vorhin auf dem Weg zu D1 war, sprach mich die Dame an, die die Wohnung gleich hier vorne am Gang hat. Der Briefkasten von Frau Abraham quelle über, sagte sie, und ob man das nicht endlich mal räumen könne. Das Werbematerial war wohl ab und zu rausgenommen worden, doch die eigentliche Post … Wo sie jetzt schon eine Woche tot ist, hatte sich doch einiges angesammelt. Als wir die Post aus Frau Abrahams Fach herausholten, fiel uns der Schlüssel entgegen."

„Sind Sie sicher, dass es der richtige ist?"

„Ich habe ihn wiedererkannt. Wenn Sie wollen, können Sie ihn mit ins Präsidium nehmen. Er hängt in der Teeküche. Kommen Sie mit nach oben? Frau Abrahams Schwester ist seit fast einer Stunden in der Wohnung, aber das wird ja wohl seine Richtigkeit haben."

Ich schluckte meinen Ärger hinunter. Natürlich hatte nicht nur Frau Frentzel, sondern wahrscheinlich auch Frau Schneidewind, vielleicht sogar Frau Haag, anstatt sofort die Polizei zu verständigen, an dem Schlüssel herumgefingert und wertvolle Spuren verwischt. Aber das waren nun einmal die Pannen, mit denen wir beinahe täglich zu tun bekamen.

Frau Abrahams Wohnungstür war unverschlossen, in dem schmalen Flur stand Frau Fantin vor offenen Schranktüren und herausgezogenen Schubladen. Sie hatte einen großen Wäschekorb vor sich, der halb gefüllt war mit Fotoalben, Büchern und allem möglichen Papierkram. Sie schien nicht sonderlich erstaunt über unser Erscheinen, vielleicht erwartete sie auch, dass die Etagendame ihr beim Ausräumen helfen würde.

„Ach, wenn Sie wüssten, wie schwer mir das alles fällt!", seufzte sie. Seit dem vergangenen Freitag war das Siegel von der Wohnung entfernt, und sie hatte offenbar schon das Wochenende damit verbracht, die Habe ihrer Schwester zu sichten.

„Ende der Woche kommt Tiziana mit ihrem Freund", sagte sie, wieder über den Korb gebeugt. „Sie wollen einen Transporter mieten, für die Möbel und das Geschirr. Die Kleidung werde ich wohl verschenken." Es klang, als spräche sie mit sich selbst.

Ich warf einen Blick ins Zimmer. Die Vitrine war leer. Porzellan, Gläser und mehrere Blumenvasen reihten sich auf der Fensterbank. Daneben lagen in Küchenhandtücher eingewickelte, mumienähnliche Gebilde, in denen ich Besteck vermutete, das Schlusslicht bildete die Schmuckkassette. Auch der Orientteppich hatte seinen angestammten Platz verlassen. Eingerollt und sorgfältig mit Paketkordel verschnürt, wartete er am Fußende des Bettes auf Abtransport. Alle Wertobjekte waren demnach sichergestellt, jetzt ging es um Dokumente, Kleidung und Familienfotos. Frau Fantin beachtete uns nicht weiter, sie verschwand förmlich in dem Kleiderschrank der Verstorbenen und zerrte neue Wäschestücke heraus, als würde sie zur Eile angetrieben.

Frau Epstein entpuppte sich als kleine, mollige Person mit einem runden, vollwangigen Gesicht, das sie wahrscheinlich jünger machte als sie war. Sie hatte hellblaue Augen, eine sehr kurze, etwas aufgestülpte Nase und weiß-blondes Haar in der Form eines Pagenkopfes, der knapp die Ohrläppchen bedeckte. Sie benutzte einen orangeroten Lippenstift und ein ziemliches herbes, sehr sportlich wirkendes Parfum, eigentlich etwas für Männer. Auch ihre Hände waren klein und mollig, die kurzen Nägel im gleichen Farbton gehalten wie der Mund. Gleich zu Beginn unseres Gesprächs setzte sie die randlose Brille auf, die an einer dünnen Kette vor ihrem jabotähnlichen Blusenkragen gebaumelt hatte. Und auch die Ärmel zierten Rüschen in barocker Üppigkeit.

„Meine Etagendame hat mir schon Bescheid gesagt, dass Sie Fragen an mich hätten. Was kann ich für Sie tun?"

Bevor ich antworten konnte, wies sie mich zu einem sehr behaglich aussehenden Korbsessel vor dem Fenster und setzte sich in das Gegenstück. Nur die Kissen hatten verschiedene Muster; Blumenmotive im Kreuzstich, die in einer der Handarbeitsrunden von Haus Nettelbeck entstanden sein mochten.

„Ich muss zuerst einmal eine Indiskretion gestehen", begann ich, „an der Frau Brede nicht schuld ist. Als ich von der geplanten Theateraufführung hörte, habe ich mir das Manuskript ausgeliehen, ohne sie zu fragen."

Eine resolute Handbewegung versicherte mir, dass sie diese Eigenmächtigkeit keineswegs übel nahm. „Ihr Stück", fuhr ich daher fort, „hat nicht nur mir sehr gut gefallen, sondern auch meinem Kollegen im Präsidium."

„Ach, wirklich?" Sie schlug die Hände vor ihrem Gesicht zusammen wie ein Kind an seinem Gabentisch. „Stimmt es, dass Sie Kontakte zur Lokalpresse haben? Frau Brede hat mir so etwas angedeutet …"

Also hatten die beiden schon darüber geredet. „Ich werde sehen, was ich machen kann."

„Kommen Sie zur Aufführung?"

„Wenn es sich eben einrichten lässt! Allerdings ziehe ich Ende Januar um."

Sie wurde ernst: „Und was möchten Sie jetzt von mir wissen?"

„Dieses Theaterstück", sagte ich, „ist eine geniale Adaption von ‚Zehn kleine Negerlein' …" Sie versuchte einen Einwand zu machen, aber ich ließ sie nicht. „Zumindest“, fuhr ich fort, „in den ersten drei Fällen. Woher haben Sie die restlichen? Frei erfunden?“

„Nein“, erwiderte sie streng, „das sind authentische Geschichten. Sie müssen nämlich wissen, dass ich seit Jahrzehnten Kriminalfälle sammle. Ich besitze ein ganzes Archiv. Nicht nur aus der Zeitung, ich gehe auch in Gerichtsverhandlungen.“

„Wann haben Sie angefangen zu schreiben?“

„Ach, schon vor langer Zeit! Allerdings immer nur Prosa, und ich habe nie davon erzählt. Wahrscheinlich hat Frau Brede behauptet, ich hätte nur zwei Tage gebraucht. In Wirklichkeit fehlte nur noch der Schluss.“

„Und wann hatten Sie den fertig?

„Am Dienstag nach Herrn Glasers Sturz.“ In diesem Punkt hat Frau Brede also recht.

„Kannten Sie Frau Abraham?“ Sie musste von dem Mord gehört haben, als kriminalistische Spürnase!

„Ein bedauerlicher Fall“, sagte sie. „Haben Sie schon einen Hinweis auf den Täter?“

„Wir haben einige Hinweise. Kannten Sie sie?“

„Sie war noch nicht lange bei uns“, entgegnete sie ausweichend. „Und wie es scheint, lebte sie sehr zurückgezogen, eigenbrötlerisch, könnte man sagen …“ Sie schien immer noch zu überlegen, ob sie die Tote nun gekannt hatte oder nicht. „Nein“, fuhr sie dann fort, „persönlich war sie mir nicht bekannt. Sie war die Rosenzüchterin – für viele hier im Haus. Ihre Sträuße standen ja überall.“

„Die Theatergruppe hatte ursprünglich etwas anderes geplant. Und dann …“

Sie nickte noch während ich redete. Sie war vorbereitet auf meine Fragen, „ … stürzte Herr Glaser“, ergänzte sie.

„Sie haben ihn gefunden?“

„Ich wäre fast über ihn gefallen! Ich wollte ihm auf die Beine helfen, aber er konnte nicht stehen.“

„Wissen Sie, wie es passiert ist?“

„Er hatte seine Brille in der Bibliothek liegen lassen. Jeden Morgen liest er da die Zeitungen. Und als er wieder oben in seiner Wohnung war, fiel ihm ein, dass er die Brille vergessen hatte. Er wollte nur schnell runter und sie holen, und dabei hat er eine Stufe übersehen. So ein Pech!"

„Und weiter?"

„Was weiter?" Sie wurde ungeduldig. „Er kam ins Krankenhaus, wir haben ihm einen großen Blumenstrauß geschickt und überlegt, wie wir weitermachen oder ob überhaupt."

Offenbar hatte sie begriffen, dass sie auf jener unangenehmen Gratwanderung zwischen Vertraulichkeit und Misstrauen zu balancieren begann, auf die über kurz oder lang die meisten gerieten, wenn sie mit der Kriminalpolizei zu tun hatten. Die Beamten interessierten sich für ihre Person, ihre Arbeit, ihren Bekanntenkreis. Das schmeichelte so lange, bis man sich bewusst wurde, dass man längst dabei war, Fragen zu beantworteten, die man im Bekanntenkreis weit von sich gewiesen hätte. In diesem Augenblick kamen mir die Kissen, die unsere Sessel ausstopften, zur Hilfe.

„Machen Sie viel Handarbeit?"

„Meinen Sie, wegen der Kissen?", gab sie zurück. „Die hat mir eine Nichte geschenkt. Ich habe für so etwas keine Zeit."

„Andere Hobbykurse?"

„Nein", sie wirkte noch immer kurz angebunden.

„Der Spielkreis trifft sich immer am Donnerstag, stimmt's?", fragte ich in der Hoffnung, Auskunft über ihren Zeitvertreib an diesem Tag zu erhalten.

„Nein, am Freitag. Aber ich bin an beiden Nachmittagen sehr beschäftigt. Deshalb habe ich ja auch nur eine kleine Rolle übernommen. Mein Part in „Neun Personen zum Dinner" besteht darin, dass ich hauptsächlich die anderen reden lasse. Ich habe keine Zeit, einen Text zu lernen, weil ich immer ab Freitag Mittag das Wochenende bei meiner Cousine verbringe."

„Und wer spricht den Text auf dem Tonband?"

„Das hat die Dorothea besorgt." Sie warf mir einen geringschätzigen Blick zu. „Wenn das meine Stimme wäre, wüsste man ja sofort, dass die Richterin Lavinia Spencer auch die Richterin über ihre kriminellen Gäste ist."

„Und was machen Sie donnerstags?"

„Ich habe mich mit ein paar ehemaligen Schulfreundinnen zusammengetan. Wir lesen in einer Privatklinik kranken Kindern vor."

Der Verein zugunsten notleidender Kinder! dachte ich. Sie hatte ihr Theaterstück wirklich aus dem vollen Leben geschöpft; eine Entdeckung, die mich nur misstrauischer machte.

„Immer donnerstags?"

„Immer Donnerstag", wiederholte sie. „Es war der einzige Nachmittag, der allen passte, und er ist eine feste Institution."

„Haben Sie beruflich mit dem Schreiben zu tun gehabt?"

„Nein, absolut nicht!" Sie folgte meinem Blick durch ihr Apartment. „Noch immer kein Tässchen Kaffee?"

Ich stand auf. „Nein, vielen Dank!", sagte ich und stand auf.

Auf dem Rückweg ins Büro fuhr ich am Rechtsmedizinischen Institut vorbei, um die Flasche aus dem Medikamentenschrank wieder abzuholen, deren Inhalt man mit den bei Frau Abraham gefundenen Insektizidrückständen verglichen hatte. Dr. Robbing hatte im Institut für Pflanzenschutz in Nevinghoff nachgefragt, wie hoch die letale Dosis liege. Ein halbes Milligramm pro Kilogramm Körpergewicht genügte.

„Keine Fingerabdrücke auf der Flasche?", fragte er, es klang bedauernd. „Nichts!", bestätigte ich.

Max telefonierte mit Sabine, aber als ich zur Tür hereinkam, legte er sofort auf. Ich berichtete ihm.

„Wenn das Gift tatsächlich aus Frau Abrahams Badezimmer stammt", sagte er, „dann hat der Täter sie mehrmals besucht, um sie mit kleineren Dosen zu traktieren. Er könnte zum Beispiel in einer Einwegspritze, wie man sie für Insulin benutzt, eine Prise aufgezogen und sie in einem unbewachten Augenblick unter ein Getränk gemischt haben; Kaffee, Tee, Sekt, was immer sie ihm aufgetischt hat. Kurz vor ihrem Tod zweigte er dann eine größere Menge ab, mit der er sie am Sonntag Nachmittag umbrachte. Wenn er Spritzen besaß, konnte er ihr das Zeug injizieren."

Ich nickte. Das Beste war, sich von Frau Vennhusen eine Liste aller insulinabhängiger Diabetiker in Nettelbeck aufstellen zu lassen, von sämtlichen Nachbarn und Bekannten.

„Wenn unsere Theorie stimmt", sagte ich, „dann ist diese Person bei jedem Besuch ins Badezimmer gegangen. Das spricht eher für einen Täter, der von draußen kam. Wenn jemand einen längeren Weg hinter sich hat, womöglich noch mit öffentlichen Verkehrsmitteln, dann wundert sich niemand, wenn er erst mal zur Toilette muss, vor allem, wenn es sich um eine Frau handelt, zum Beispiel den Donnerstags-Gast. Sie kommt zur Tür rein, die beiden begrüßen sich, Frau Abraham hat noch in der Kochnische zu tun und die andere verschwindet im Bad. Dort zieht sie das Gift auf und versteckt die Spritze in ihrer Handtasche. Unter irgendeinem Vorwand schickt sie Frau Abraham noch einmal weg und spritzt ihr das Zeug ins Glas oder in die Tasse. Wenn ich mir den Geschmack von Sekt vorstelle, finde ich allerdings, dass eine Prise Gift dort weniger auffällt als in Kaffee oder Tee."

„Ganz abgesehen von der entspannenden Wirkung dieses Getränks", nickte Max. „Obwohl Lenz immer behauptete, der ideale Drink für Giftmörder sei schottischer Whisky."

„Und wenn wir die extremste Alternative dagegenhalten?", spann ich meinen Gedanken weiter, „der Mörder ist ein Mann und wohnt im Haus."

Max überlegte. „Er würde sich verdächtig machen, wenn er jedes Mal ihr Bad benutzen wollte, es sei denn, er hat eine schwache Blase. Also müsste er andere Möglichkeiten suchen. Aber eine Frau? Selbst wenn sie im Haus wohnte, hätte sie irgendwas im Bad zu erledigen; den Lippenstift nachziehen, die Hände waschen, sich mit Parfum einsprühen. Oder den Clip am BH wieder festmachen ..." Ich lachte. „Du hast eine stressige Freundin!"

Achtes Kapitel

Es vergingen zwei Tage, in denen es uns gelang, den Mord in der Bahnhofsunterführung aufzuklären. Die Spuren hatten sehr bald zu einem „Kumpel" geführt, der die Tat nach zweitägigem Verhör zugab. Dabei versuchte er es zunächst mit der Ausrede, er habe in Notwehr gehandelt, sein Gegner sei mit der Bierflasche auf ihn losgegangen. Am Donnerstag Abend brachte ihn Max durch ausgeklügeltes Fragen endlich zu der Aussage, dass er bei dem Mann eine größere Geldsumme vermutet, allerdings nur zwanzig Mark gefunden hätte, aber da war Rudi Kless schon tot. Die Spritze hatte der Täter kurz vorher im Gebüsch hinter dem Hauptbahnhof gefunden und den Strohrum in einem Supermarkt auf der Windhorststraße gestohlen.

Inzwischen war es Freitag, gegen elf, und Lückmann saß wieder im Vernehmungszimmer, um das Protokoll abzuschließen, als der Befund im Fall Abraham gebracht wurde. Die Substanz in der Plastikflasche enthielt Butocarboxim, das identisch mit den Spuren war, die man in Blut und Stammhirn der Toten gefunden hatte. Es sei daher, schrieb Dr. Robbing, nicht völlig auszuschließen, dass der Täter diese Flasche benutzt habe. Es war allerdings auch nicht zweifelsfrei nachzuweisen, da Schüllers Spurensuche ergebnislos verlaufen war. Ich erinnerte mich an meinen ersten Mordfall in Münster, bei dem uns der Fingerabdruck auf dem Boden einer Flasche der Lösung nähergebracht hatte. Der Benutzer des Insektenkillers hatte sehr viel umsichtiger gearbeitet. Und nicht nur er; auch die Spuren in Frau Luhe-Wildenaus Zimmer waren spärlich. Weder Fußabdrücke in der Umgebung des Bettes, noch Fingerspuren auf der Tür des Nachtschränkchens und dazu ein Mordinstrument, an dem lediglich eine geplatzte Naht auffiel. An dieser Tatsache änderte auch das Obduktionsergebnis nichts, das seit dem vergangenen Abend auf meinem Schreibtisch lag. Der Tod war durch Ersticken eingetreten, das hatte der Kohlendioxyd-Anstieg im Blut bei gleichzeitigem Sauerstoffmangel klar erkennen lassen. Würgemale fehlten, dafür gab es Prellungen an Nasen- und Jochbein und Gewebspartikel auf Wangen und Schläfen, im Haar sogar mehrere Stückchen Hühnerfeder.

So war der Mangel an brauchbaren Indizien die einzige Gemeinsamkeit, die Lückmann und ich bisher bei den beiden Morden herausgefunden hatten. Keine Neuigkeiten über Gottfried Leisch, kein Hinweis auf Besucher, weder auf der Etage D1 noch auf der Pflegestation. Wie es schien, hatte sich der eine Täter die lebhaften Aktivitäten tagsüber im Haus zunutze gemacht, um unbemerkt zu Frau Abrahams Apartment und ins Schwimmbad zu kommen, der andere dagegen die abendliche Stille und Dunkelheit, um die Pflegestation heimzusuchen.

Ich legte die beiden Autopsiebefunde nebeneinander, eine Synopse des Verbrechens gewissermaßen, und nahm mir gerade die Mageninhalte vor – Reste von Gemüse und Banane bei Frau Abraham, ein stark mit Magensäure durchsetzter Kräutertee bei der Professorenfrau –, als das Telefon auf Lückmanns Schreibtisch läutete. Die Frau am anderen Ende der Leitung machte einen aufgeregten Eindruck.

„Ich rufe an wegen des Fotos in der Zeitung“, sagte sie.

„Welches Foto meinen Sie?“ Mir war an diesem Morgen nichts Wichtiges oder Verräterisches aufgefallen.

„Es war am Montag drin“, sagte sie. „In den WN. Es stammt von der Beerdigung dieser ermordeten Frau, Sie wissen schon, die aus dem Schwimmbad im Altersheim …“

Ich zog mir einen Schreibblock näher. „Und, was ist mit dem Foto?“

„Diese eine Frau“, gab sie zurück, „die kleine mit dem schwarzen Kostüm, die war vor drei Wochen bei uns.“

Offensichtlich war von Frau Fantin die Rede. „Bei Ihnen?“, fragte ich deshalb ungläubig.“

„Ja!“

„Sagen Sie mir bitte Ihren Namen?“

„Sperl“, sagte sie. „Ich habe eine Frühstückspension auf halber Strecke zwischen Handorf und Sudmühle, nicht weit vom Kleintier-Friedhof. Wissen Sie, wo der liegt?“

„Nein“, gab ich zurück. Ich hatte bis dahin nicht einmal gewusst, dass es in Handorf so etwas gab. „Und woher kennen Sie die Frau?“

„Sie hat bei uns gewohnt. Eine Woche lang.“

„Unter welchem Namen?“

„Cäcilie Fantin. Aus Venedig.“

„Warum rufen Sie uns erst heute an?“ Schließlich hatten wir bereits Anfang der Woche die Bevölkerung um Hinweise gebeten.

„Weil ich nicht jeden Morgen Zeitung lesen kann“, gab sie etwas patzig zurück. „Wenn sämtliche Zimmer belegt sind, habe ich alle Hände voll zu tun. Und das war diese Woche der Fall.“ Als ich darauf nichts erwiderte, fuhr sie fort: „Ein Gast hatte die Montagsausgabe auf seinem Nachttisch liegen lassen. Beim Durchblättern sah ich dann das Foto …“

„Und Sie sind sicher, dass diese Frau bei Ihnen gewohnt hat?“

„Absolut“, sagte sie.

„Sagen Sie mir bitte das Datum von An- und Abreise.“

Offenbar musste sie nicht lange suchen. „Angereist ist sie am Samstag, dem 21. November, und abgefahren eine Woche später, am Morgen des 28.“

„Ist Ihnen irgend etwas aufgefallen? Hat sie morgens mal erzählt, wohin sie geht, oder vielleicht nach einem Weg gefragt, einer Busverbindung?“

„Nein“, entgegnete sie. „Ich hatte den Eindruck, dass sie sich in der Gegend auskannte. Aber am ersten Morgen fragte sie beim Frühstück, ob wir Marmelade mit Fruchtzucker hätten. Und am Tag darauf brachte sie ihr eigenes Glas mit.“

„War sie tagsüber weg?“

„So weit ich das nachprüfen konnte, ja! Sie kam erst abends zurück und ging dann sofort auf ihr Zimmer. Wir haben kein Restaurant im Haus, nur eine Bar am Herdfeuer.“

„Kam sie immer um dieselbe Zeit?“

„Ja. Und zwar spät. Ich habe mich gewundert, dass sie keine Angst hatte, so allein im Dunkeln. Unsere Gegend ist ja nicht gerade dicht bewohnt …“

„Was nennen Sie spät?“

„Zehn Uhr war es bestimmt.“

Ich ließ mir die Adresse geben, legte auf und suchte nach den Montagszeitungen. Sie lagen noch auf dem Rolladenschrank zwischen den beiden Fenstern.

Lückmann kam zurück und wischte sich mit einem zerknitterten Taschentuch den Schweiß von Stirn und Schläfen. „Scheißkerl!“, murmelte er. „Wegen zwanzig Mark!“

„Wäre er kein Scheißkerl, wenn er es wegen mehr gemacht hätte?“

„Bei dem Kless war doch nichts zu holen.“ Er setzte sich.

„Hast du ein schriftliches Geständnis?“

Er nickte. „Seit wann liest du vier Tage alte Zeitungen? Wo liegt der sittliche Nährwert?“

Ich berichtete ihm von dem Anruf. Er pfiff durch die Zähne.

„Frau Fantin?“

„Nach Aussage dieser Frau Sperl war sie bis zum 27. November in Münster. Einen Tag nach dem Tod ihrer Schwester kam sie aus Venedig zurück und bezog ein Hotel in der Innenstadt. Aber vielleicht musste sie ja gar nicht zurückkommen?“

Ich nahm den Telefonhörer ab und ließ mir Frau Haag geben. „Mit wem haben Sie gesprochen, als Sie Frau Fantin vom Tod ihrer Schwester benachrichtigten?“

Sie schien verwundert. „Mit ihr selbst.“

„Könnte es nicht auch die Stieftochter gewesen sein?“

„Ich habe ihre Stimme wiedererkannt, als sie hier war. Stimmt etwas nicht?“

„Wäre es möglich, dass Sie Frau Fantin schon vorher in Haus Nettelbeck gesehen haben?“

Sie zögerte. „Wann sollte das gewesen sein?“

„In der Woche vor Frau Abrahams Tod.“

„Ich erinnere mich nicht.“

„Dann sind Sie ihr am Montag, dem 30. November, zum ersten Mal begegnet? Ist es so?“

„Ja“, sagte sie fest.

Ich legte auf und dachte über die Möglichkeit nach, dass Frau Fantin in der letzten Novemberwoche in Münster gar nicht ihre Schwester, sondern Freunde oder andere Verwandte besucht hatte. Aber warum hatte sie das Hotel gewechselt? Die Idee, dass sie sich eine Woche lang regelmäßig in Haus Nettelbeck aufgehalten hatte, ließ mich nicht los. Wenn sie das Gebäude durch den Nebeneingang betreten und verlassen hatte, möglicherweise mit einer Schlüsselkopie, die schon in Venedig angefertigt worden war, wenn sie mit Hilfe ihrer Schwester das Heim erst abends nach neunzehn Uhr betreten hatte, sobald die Rezeption nicht mehr besetzt und die Foyergäste dünn gesät waren, dann war es vorstellbar, dass niemand sie gesehen hatte.

Und die unbekannte Donnerstags-Besucherin hatte gar nichts mit dem Mord zu tun!

Lückmann hatte das Telefongespräch mitgehört. „Dann haben wir ab sofort ein neues Strickmuster?“

„Zumindest eine neue Variante, wie es passiert sein könnte.“ Ich erzählte Max von ihrem Extrawunsch nach Fruchtzuckermarmelade, und er nickte. „Das könnte ein Hinweis auf Diabetes sein, meine Mutter darf auch nur dieses Zeug aus dem Reformhaus essen. Leider ist sie nicht ganz so konsequent, wenn es um Kuchen geht. Und dann jammert sie, weil sie abends Insulin spritzen muss.“ Er grinste verlegen.

Ich sah Frau Fantin wieder vor mir, ihre Eile und den unruhigen Blick, der Porzellan, Silber und Möbel registrierte. Als hätte sie Angst, dass die Sachen unter die Räuber kamen! Erst jetzt fiel mir ein, dass sie für diesen Freitag ihre Stieftochter und deren Freund mit einem Transporter angekündigt hatte. Ich griff noch einmal zum Telefonhörer und rief die Rezeption von Haus Nettelbeck an. Räumte Tiziana nun die Wohnung ihrer Tante oder nicht?

„Bei uns hat sich niemand gemeldet“, sagte Frau Klostermann, „wegen einer Wohnungsräumung schon gar nicht. Wir wären nämlich froh, wenn jemand käme. Weil es einen Interessenten gibt.“

Ich bat sie, uns zu benachrichtigen, sobald Frau Fantins Stieftochter auftauchte.

An diesem Nachmittag war es Frieder Lenz, der sich darüber wunderte, dass er mich sofort am Schreibtisch erreichte. „Sie sind ja dauernd unterwegs!“

„Wir haben gleich drei Mordfälle, einer ist inzwischen geklärt, aber die anderen geben uns Rätsel auf. Außerdem ist Max verliebt und nur begrenzt einsetzbar. Haben Sie über Luhe-Wildenau etwas herausbekommen?“

„Ich bin sogar extra nach Bayenthal zu dem alten Redakteur gefahren, der damals die Artikel verfasst hatte. Luhe-Wildenau scheint ein kleines Licht gewesen zu sein. Keine nennenswerten Publikationen und mäßigen Zulauf seitens der Studenten. Er galt als altertümlicher Betonkopf. Sie wissen ja, der Muff unter den Talaren, oder wie es damals so schön hieß! Umso mehr Schaum hat er politisch geschlagen. Im Mai 1968, also in der heißesten Phase der revolutionären

Teach-ins und Sit-ins, hat ihm ein Fachkollege sogar eine Anzeige an den Hals gehängt. Wegen Gefährdung des demokratischen Rechtsstaats. Sie ist abgewiesen worden, aber Luhe-Wildenau kam sie nur recht. Von da an führte er sich als Opfer politischer Verfolgung auf, schrieb verrückte Pamphlete und die Spirale drehte sich weiter. Er galt als ideologischer Spinner, zwar behielt er seinen Lehrstuhl, aber gesellschaftlich war er isoliert, vor allem, als dann auch noch der Skandal um seine Frau aufflog."

„Was hatte sie angestellt?"

„Prüfungsfragen weitergegeben", entgegnete er. „Allerdings nur an schöne Jünglinge, gegen entsprechende Leistungen, versteht sich."

„Wie alt war sie damals?"

„Moment", er raschelte mit Papier. „Hier steht, seine einundvierzigjährige Frau Margot hat gestanden, dass sie, na ja, das geht dann ziemlich ins Detail ... Demnach war sie zehn Jahre jünger als er."

„Hat er von der Sache nichts gewusst?"

„Vielleicht war es ihm egal", konterte er. „Ihre Aktivitäten garantierten ihm exzellente Examensergebnisse und folglich einen Zuwachs an Kandidaten, auf die er in seiner prekären Situation ganz besonders angewiesen war, nicht nur was sein Image anging, sondern auch seine Finanzen. Das zählte offenbar mehr als die Treue seiner Frau."

Jetzt hatte ich also eine Erklärung für seine Gefühlskälte, allerdings auch einen dringenden Verdacht gegen ihn, vorausgesetzt, wir konnten seinem Freund Bothmann nachweisen, dass er die Unwahrheit gesagt hatte. Ein lang ausgeheckctes Komplott zwischen alten Kameraden? Aber zuerst mussten wir Frau Fantins Alibi überprüfen, und die Dienstreise nach Venedig wirkte gar nicht mehr so utopisch. Wenn der „Pinguin" in Wochenendstimmung war, ließ sich mit ihm bedeutend besser reden als am Montag Morgen.

„Wann hat Luhe-Wildenau in Köln aufgehört?"

„1984", sagte Lenz. „Seitdem ist es still geworden um ihn."

„Seit September '84 lebt er in einem Seniorenstift und hält Vorträge über das deutsche Mittelalter."

„Gibt es einen aktuellen Anlass für Ihre Fragen?"

„Allerdings. Seine Frau ist unter dubiosen Umständen auf der Pflegestation gestorben. Unser dritter Fall, wenn wir den Mord an dem Obdachlosen nicht gerade geklärt hätten. Übrigens Lückmanns Verdienst."

„Schönes Wochenende", sagte er.

Ich fütterte gerade den Computer mit den Neuigkeiten aus Köln, als das Telefon läutete. Frau Fantin!

„Es gibt etwas, das ich dringend mit Ihnen besprechen müsste."

„Und zwar?"

„Ich habe in den Dokumenten meiner Schwester ein Papier gefunden, das Ihnen vielleicht weiterhelfen könnte." Sie dämpfte die Stimme, als wären Personen in der Nähe, die unser Gespräch nicht hören durften.

„Können Sie das genauer erklären?"

„Wäre es nicht möglich, dass Sie in den nächsten Tagen herkämen? Ich habe das Gefühl, dass ich überwacht werde. Mehr sage ich nicht!"

„Worin besteht Ihre Entdeckung?"

„Das kann ich am Telefon unmöglich sagen", wiederholte sie.

Offensichtlich hatte sie Angst und ihre Stieftochter schien nicht imstande zu sein, sie zu beruhigen. Der Räumungstermin für Frau Abrahams Wohnung fiel mir wieder ein. „Wollte an diesem Wochenende nicht jemand kommen und die Möbel Ihrer Schwester abholen?"

„Ja", entgegnete sie zögernd. „Auch deshalb rufe ich an. Tiziana ist überfallen worden."

„Wo ist das passiert?"

Wieder zögerte sie, ziemlich lange, wie ich fand. „In meinem Haus", sagte sie endlich. Sie sprach hastig und leise. „Ich war nicht da. Oben, unter dem Dach, hatte sich mein Mann ein Atelier eingerichtet, und nach seinem Tod hat Tiziana ab und zu dort gearbeitet."

„Und?"

„Verstehen Sie doch, Frau Kommissarin. Ich kann nicht reden! Ließe es sich denn nicht einrichten, dass Sie zu mir kommen?" An ihrer Stimme hörte ich, dass das, was sie sagte, das Äußerste war, was sie riskieren konnte, aus welchem Grund auch immer.

„Ich versuche, übermorgen da zu sein!", gab ich zur Antwort. „Wenn Sie wollen, gleich am Vormittag!"

„Ich danke Ihnen. Fragen Sie, um mein Haus zu finden, ganz einfach nach der Kirche dei Gesuiti. Gesuiti", wiederholte sie, „bloß nicht Gesuati, die liegt am anderen Ende der Stadt. Und, bitte, sagen Sie niemandem, dass Sie zu mir wollen! Nennen Sie keine Adresse!"

Bis zu den beiden Anrufen hatte ich fest daran geglaubt, dass Kerstin und ich den Samstag damit verbringen würden, Vorhangstoffe für unser Haus auszusuchen, und den Sonntag mit einem Ausflug zur Baustelle und unserem Lieblingsspiel: Möbelrücken auf Millimeterpapier. Kerstin änderte beinahe täglich ihre Einrichtungswünsche, aber aus all ihren Worten sprach ein ungeheurer Stolz auf die eigene „Bude". Die Anstreicher waren fertig, die Küche war geliefert worden, und auch der Umzugstermin stand endgültig fest. Die Altöttinger Praxis von Franz würde samt Inventar von seiner Kollegin übernommen, seine neue im Februar in unserem Erdgeschoss eingerichtet werden. Mit dem Gedanken an kläffende Hunde und jaulende Katzen beim Nachhausekommen hatte ich mich längst abgefunden.

„Eine Dienstreise nach Venedig?" Der „Pinguin" suchte vergeblich nach seinen Streichhölzern. Ich zog sie hinter der mächtigen Anthurie hervor, die seit neuestem seinen Schreibtisch schmückte. Für irgendein Dienstjubiläum, von dem wir nichts gewusst hatten, nicht einmal Hilly! Die Pflanze stammte angeblich vom Polizeipräsidenten.

„Es gibt einen dringenden Tatverdacht", sagte ich und dachte an die beiden Schwestern in Frau Epsteins Theaterstück, die einander die Erbschaft nicht gönnten.

„Ich höre!" Dr. Gross zog an seiner Zigarre, und ich berichtete ihm von dem Anruf aus der Pension „Sperl". Auch das Hotel in der Königspassage hatte Frau Fantins Termine noch einmal bestätigt. „Wo diese Frau in der Zwischenzeit gewesen ist, kann nur sie selbst uns beantworten", sagte ich. „Oder ihre Stieftochter."

„Und die anderen Tatverdächtigen?"

„Von dem entlassenen Pfleger keine Spur! Und Professor Luhe-Wildenau, der Nachbar von Frau Abraham und Ehemann des zweiten Mordopfers, hat zwar ein Motiv, will aber zur Tatzeit mit einem Freund telefoniert haben. Natürlich bleiben wir auch diesen beiden auf den Fersen. Und wir suchen auch weiter nach der unbekannten Besucherin von Frau Abraham."

„Aha!" Er ließ sich das eine Weile durch den Kopf gehen und schien auf mehr Details zu warten. Also redete ich weiter, während er die Asche an seiner Zigarre betrachtete.

„Niemand scheint die Frau zu kennen, die immer donnerstags zu Frau Abraham kam. Sie haben zusammen Sekt getrunken, im Badezimmerschrank der Toten stand das gleiche Kontaktgift, an dem sie gestorben ist, und da liegt natürlich die Vermutung nahe, dass die Besucherin es ihr unter das Getränk gemischt hat. Aber jetzt haben Lückmann und ich noch eine weitere Theorie. Ihre Schwester war eine Woche lang bei ihr und hat sie vergiftet."

„Aber nicht im Schwimmbad?" Er legte die Streichhölzer an dieselbe Stelle hinter der Topfpflanze, wo ich sie gefunden hatte.

„Es kann auch im Schwimmbad gewesen sein. Um das zu klären, müsste ich Frau Fantins Alibi für den Todestag ihrer Schwester kennen. Wenn sie eins hat, das glaubwürdig und nachprüfbar ist, können wir sie aus der Liste streichen und uns den drei anderen umso intensiver widmen."

Er blies gedankenvoll Rauch ins Zimmer. „Und das Motiv dieser Frau Fantin?"

„Der Heimpsychologe behauptet, Frau Abraham habe sich ungebührlich für ihren Schwager interessiert."

„Ich denke, der ist schon über ein Jahr tot."

„Vielleicht hat Frau Fantin erst später Briefe entdeckt oder andere Beweise."

„Hm", sagte er nachdenklich. „Sagten Sie nicht neulich, dieser Psychologe sei ein bißchen ...?" Er drehte den Zeigefinger schraubenartig an der linken Schläfe.

„Das stimmt! Aber da wusste ich noch nicht, daß Frau Fantin möglicherweise zum Zeitpunkt des Mordes in Münster war."

„Gut!" Zum ersten Mal, seitdem ich mit ihm über Termine außerhalb der Stadt redete, wirkte seine Miene aufgeräumt. „Reden Sie mal mit Frau Türmer über preiswerte Pensionen. Sie kennt sich da aus und sie besorgt Ihnen auch das Zugticket. Liegewagen! Das spart Zeit und Geld!"

„Pensione Goldoni", sagte Hilly, „da war ich mal mit dem Kegelclub untergebracht." Sie schob mir einen Prospekt zu, den sie wie ein Magier aus der untersten Schreibtischlade gezogen hatte. „Die Zimmer sind klein, aber sauber, das Frühstück kannst du vergessen, aber die Lage ist traumhaft! Nur drei Brücken hinter dem Markusdom, mitten in den Mercerie. Und vor allem, die Wirtin spricht Deutsch. Wann willst du fahren?“

„Am Sonntag. Vorausgesetzt, ich kann Kerstin bei meiner Freundin unterbringen.“

„Lass dir ein Zimmer zum Innenhof geben. Zum Kanal raus ist es höllisch laut. Genau in der Kurve fangen die Gondolieri an zu singen.“

„Auch im Dezember?“, wunderte ich mich.

Sie tippte sich an die Stirn. „Nein, natürlich nicht! Also lass dir ein Zimmer zum Kanal geben.“

Ich erreichte Marion in ihrer Galerie. Sie besaß gleich zwei Gästebetten, eins im „Bügelzimmer“, eins im „Atelier“ ihres Mannes, und hatte gern Gesellschaft. Sie sagte zu unter der Voraussetzung, dass ich bei Venini am Markusplatz vorbeiginge und in ihrem Auftrag eine Vase abholte, die eine ihrer besten Kundinnen bestellt hatte. „Aber bloß diese eine Vase und nur bei Venini!“, sagte sie. „In welchem Stadtviertel liegt dein Hotel?“

„In San Marco“, sagte ich, „Ponte dell'Angelo!“

„Dann ist es nicht weit“, entschied sie, „du kannst zu Fuß gehen. Und sie müssen kein Paket schicken, das wäre ja bis Ostern unterwegs!“

Am Samstag Vormittag legte mir Hilly die Fahrkarten und ein Liegewagenticket für den Zug München-Verona auf den Tisch. Sie war extra ins Büro gekommen. „Ankunft 7.09 in Venedig! Ich beneide dich!“

„Ich fahre in Ermittlungen zu einem Mordfall.“

„Nach Venedig!“, insistierte sie. „Venedig im Dezember! Das ist doch zauberhaft!“

„Venedig kann sehr kalt sein!“, sagte ich und steckte die Tickets ein.

„Ist das nicht auch von Agatha Christie?“

„Von Patricia Highsmith. Ich werde es im Liegewagen lesen, falls ich nicht schlafen kann.“

Neuntes Kapitel

Der Zug fädelte sich auf den Ponte della Ferrovia ein, als die ersten Tropfen gegen die Fenster schlugen. Die berühmte Silhouette der Lagunenstadt versank in einem Schleier aus Nebel und Regen.

Die Anlegestelle der Vaporetto-Linie Eins lag schräg rechts vor dem Bahnhofsausgang. Ich gesellte mich zu der Schar Wartender auf dem Ponton, der jedes Mal in quietschendes Schwanken geriet, sobald sich ein Boot näherte. Aus den durch Zahlenschlösser gesicherten Handkoffern meiner Nachbarn schloss ich, dass sie keine Touristen waren, sondern Geschäftsleute vom Festland. Auch ihre Blicke, nachdenklich oder gleichgültig auf das trübe Wasser des Canal Grande gerichtet, sprachen dafür. Ich dagegen benahm mich wie ein Tourist und betrachtete eingehend die Kirchenfassade auf der gegenüberliegenden Seite; die grüne, auffallend steile Kuppel mit ihrem hoch aufragenden Fahnenträger und das von korinthischen Säulen gestützte Portal mit dem dreieckigen Tympanon. Eine Frau verließ die Eingangstür, lief die steilen Treppen herab zum Quai und wandte sich dann nach rechts. Sie trug nur eine Strickjacke über ihrem hellblauen Kleid und fröstelte. Sie lief auf die Brücke zu, und kurz darauf erschienen Kopf und Oberkörper über dem weißen Geländer. Ihre Haltung war unverändert, ihr Tempo möglicherweise noch schneller. Auf der dem Bahnhof zugewandten Seite verlor ich sie dann aus den Augen. Ich dachte wieder an Tiziana, die im eigenen Haus überfallen worden war.

Endlich steuerte ein Vaporetto der Linie Eins den Ponton an, und ich schob mich mit dem Großteil der übrigen Wartenden in das etwas wärmere Schiffsinnere. An der Station San Marco stieg ich aus, überquerte den Platz, von dem gerade mit peitschendem Flügelschlag eine Taubenschar aufstieg, und tauchte, nach einem kurzen Blick in die fein dekorierten Schaufenster von Venini, in das Mercerieviertel. Die Pension lag am Ende des Ponte dell'Angelo, am Zusammenfluss zweier Kanäle. Ich drückte die Klinke herunter und betrat einen niedrigen Raum unter dunklen, rissigen Deckenbalken. Gleich neben der

Tür döste an einem schmalen Schreibtisch eine Frau über ihrer reich bebilderten Zeitschrift.

Der Raum diente auch als Frühstückszimmer. Sechs Tische, drei an jeder Längsseite, zitronengelbe Tischdecken und benutztes Geschirr, das nach und nach von einer alten, schwarz gekleideten Frau in die angrenzende kleine Küche getragen wurde. Ein bitterer Kaffeegeruch hing in der Luft.

Ich legte meinen Pass auf den Schreibtisch. Die Frau klappte ihre Zeitschrift, die „Gente“ hieß, zu, und schob mir ein Anmeldeformular hin. Ein paar Minuten später fand ich mich in einem freundlichen, trotz des Regens hell wirkenden Zimmer wieder, wo ich meine Sachen auspackte und in dem winzigen Marmorbad eine heiße Dusche nahm. Gefrühstückt hatte ich schon in Verona, während ich auf den Anschlusszug wartete. Danach telefonierte ich an der Rezeption mit Frau Fantin und legte der Pensionswirtin meinen Stadtplan hin, damit sie mir den Weg zu der Kirche dei Gesuiti beschrieb.

Sie betrachtete beinahe feindselig das unentwirrbare Geflecht von Straßen, Brücken und Kanälen und sagte dann: „Orientieren Sie sich einfach an den Pfeilen nach Rialto, die an den markanteren Häuserecken aufgemalt sind. Gehen Sie aber nicht bis zur Brücke, sondern überqueren Sie die Piazza San Bartolomeo und fragen Sie dort noch einmal.“ Ich machte mich auf den Weg.

Natürlich verlief ich mich. Die längste Zeit verlor ich, als ich einem Mann in eine dämmrige Gasse folgte, an deren Ende sich einer der unzähligen bleigrauen Kanäle abzeichnete. Aus der Unbeirrtheit, mit der der Mann sie eingeschlagen hatte, schloss ich, dass es Weg am Quai entlang geben müsste, bis zur nächsten Brücke. Aber er stieg, am Ende angekommen, mit unverminderter Zielstrebigkeit in ein Privatboot, und ich musste wieder umkehren. Als ich den Palazzo Fantin endlich fand, war ich eine halbe Stunde unterwegs gewesen. Ich drückte den Klingelknopf und hörte nach kurzer Zeit eine Stimme in der Gegensprechanlage.

„Pronto?“

Sie wies mich an, in den ersten Stock zu kommen, die Tür sprang auf, und ich trat in eine Halle mit feucht glänzendem Kopfsteinpflaster. Zu meiner Rechten lag, in einer größeren Wasserlache und kieloben, ein Ruderboot. Und ich erinnerte mich an das spektakuläre Hochwasser im November, von dem Frau Fantin berichtet hatte.

Auf der gegenüberliegenden Seite befand sich eine Art Pförtnerloge. Ich sah einen Tisch, auf dem ein alter, aus seiner Gehrung gelöster Bilderrahmen, verschiedenes Werkzeug und ein Päckchen Zigaretten lagen. Über einer Stuhllehne hingen schmutzige Lappen, und das Ungetüm an der Rückwand sah aus wie eine Hobelbank.

Frau Fantins Wohnungstür hatte keine Klingel, daher klopfte ich. Wieder fragte sie, wer da sei, dann hörte ich eine Kette rasseln und sie öffnete die Tür einen Spaltbreit. Sie ließ mich herein und verriegelte sofort wieder.

Auf ihren fast überschwänglichen Dank antwortete ich nicht, was hätte ich sagen sollen? Unser Weg führte durch einen langen, schmalen Flur, unter dessen dämmriger Decke ich gleich mehrere dieser kitschigen, typisch venezianischen Luster entdeckte, die das Licht in winzigen, meist pastellfarbenen Glasanhängern reflektierten. Ein ähnliches Modell, nur zwei Nummern größer, hing in der Mitte ihres riesigen Wohnraums. Von außen hatte der Palazzo den üblichen vernachlässigten Eindruck venezianischer Gebäude gemacht, bröckelnder Putz, abblätternde Fensterläden, ein blind gewordener Türknauf. Aber im dauerfeuchten Venedig war es wahrscheinlich unmöglich, Materialien wie Ziegel, Holz oder Messing in einem halbwegs ansehnlichen Zustand zu halten. Das hätte ein Vermögen gekostet, und so wie es aussah, hatten die Fantins das ihrige lieber in die Einrichtung investiert.

Sie wies mir eins der beiden mit vanillefarbenem Brokat bezogenen Sofas zu, verschwand dann, irgend etwas von einer „Erfrischung" murmelnd, und gab mir so Gelegenheit, meine Umgebung zu betrachten; goldgerahmte Portraits an den Wänden, eine bauchige Kristallvase auf dem Flügel, mit einem riesigen Blumenstrauß, den schweren Glastisch mit seinen in barocker Wucht gedrechselten Holzfüßen, die seidenen Tischlämpchen, die flauschigen Teppiche und all die auf Kommoden und Truhen ausgestellten Dinge in ihrer heiteren Gratwanderung zwischen Kitsch und Nutzlosigkeit.

Frau Fantin kam mit einem Tablett zurück, auf dem zwei schlanke, hohe Gläser mit einer schaumigen, hellroten Flüssigkeit standen. Sie stellte das eine mir hin, das andere auf den Platz gegenüber und setzte sich.

„Das ist meine Spezialität", sagte sie, „frisch gepresster Papayasaft, ein rohes Eigelb und eine Prise Fruchtzucker, genau das Richtige gegen dieses schreckliche Wetter."

Ich saugte gehorsam einen Schluck durch den Strohhalm, obwohl mir vor dem rohen Eigelb grauste, aber es schmeckte überraschend gut.

„Die Mutter meines Kollegen muss Fruchtzucker verwenden, weil sie Diabetes hat. Sind Sie auch zuckerkrank?"

„Nein!" Frau Fantin wirkte erstaunt, und ich beschloss, die Frage, ob sie rauchte, vorläufig zurückzustellen. Es hätte zu sehr nach einem Verhör ausgesehen und sie misstrauisch gemacht. Zwischen all dem Nippes, der ihr Wohnzimmer bevölkerte, konnte ich jedenfalls keinen Aschenbecher entdecken.

„Wie geht es Ihrer Stieftochter?"

Sie stellte das Glas mit einem harten Ruck zurück.

„Sonntag Nachmittag ist es passiert. Ich bin zum Friedhof gefahren, und Tiziana war allein oben. Sie hatte sich eine Arbeit mitgebracht, einen privaten Auftrag."

„Was ist passiert?"

„Sie hörte ein Geräusch und glaubte, ich sei zurückgekommen, weil ich etwas vergessen hätte. Die Wohnungstür war angelehnt, und das überzeugte sie noch mehr, dass ich da wäre. Im Eingangsflur schlug ihr jemand über den Kopf. Sie wurde ohnmächtig."

„Ein Einbrecher?"

„Es fehlte nichts! Sie haben auch nichts kaputtgemacht. Mir ist die Sache ein Rätsel."

„Haben die Kollegen Spuren gefunden?"

„Nichts, was sich hätte auswerten lassen."

„War die Wohnungstür aufgebrochen?"

„Nein", sagte sie, „das ist es ja, was mir Angst macht. Sie sind ohne Gewaltanwendung hereingekommen, als hätten sie einen Schlüssel."

„Woher wissen Sie, dass es mehrere waren?"

„Man hat Fußabdrücke auf der Treppe entdeckt. Der Hauseingang ist noch immer feucht vom Hochwasser, und ihre Sohlen waren nass."

„Hat Ihre Putzhilfe einen Schlüssel?“

„Nein. Ich wollte ihr einen geben, aber sie hat abgelehnt aus Angst, ihn zu verlieren.“

„Und wie sind diese Leute zur Haustür hereingekommen?“

„Sehen Sie“, sie nahm wieder einen Schluck, „auch das ist ein Problem. Die Studenten, denen ich die Werkstatt im Erdgeschoß vermietet habe, halten sich nicht an meine Vorschriften. Sie verlassen das Haus ohne abzuschließen. Wenn ich ihnen deswegen Vorwürfe mache, sagen sie mir, sie hätten nur Zigaretten geholt oder einen Kaffee in der Nachbarschaft getrunken. Auf der anderen Seite der Brücke ist eine Bar. Aber während sie weg sind, kommt Gesindel herein. Wer garantiert mir, dass man nicht längst mein Telefon angezapft hat? Die Leitung liegt im Hauseingang. Am liebsten würde ich meine Gespräche nur noch in öffentlichen Zellen führen, aber ich traue mich ja kaum vor die Tür.“

„Wer sind diese Studenten?“

„Vier Amerikaner, die ein Stipendium für Venedig bekamen. Sie suchten einen Arbeitsraum, ich wollte ihnen helfen, und so zahlen sie es mir heim!“

„Welchen Beweis haben Sie dafür, dass Sie überwacht werden?“

„Ich habe keine Beweise“, murmelte sie, „aber da ist dieses Boot. Jeden Abend liegt es vor dem Haus, drinnen brennt Licht, aber noch nie ist jemand ausgestiegen. Es liegt nur einfach da, und ich bin sicher, dass man mich von dort aus beobachtet.“

„Seit wann liegt es da?“

Sie antwortete mit einer vagen Handbewegung. „Aufgefallen ist es mir nach dem Hochwasser. Ich hatte jemanden bestellt, der den Eingang trockenlegen sollte. Und abends, als er weg war, entdeckte ich das Boot.“

„Hatte Ihr Mann Feinde in der Stadt? Konkurrenten, die ihm Schwierigkeiten machten?“ War er vielleicht selbst schwierig? dachte ich bei mir.

„Natürlich gab es Konkurrenz. Und natürlich war er, genau wie seine Kollegen, davon überzeugt, der Beste seines Fachs zu sein. Soviel Selbstbewusstsein braucht man, wenn man erfolgreich sein will.“

„Ich denke eher an konkrete Auseinandersetzungen. War er in einen Prozess verwickelt?“

„Nicht, dass ich wüsste.“

„Wer hätte dann ein Interesse daran, Sie zu überwachen?“

Sie antwortete nicht.

„Als Sie am Sonntag Nachmittag zum Friedhof fuhren, haben Sie doch sicher die Haustür abgeschlossen.“

„Natürlich“, nickte sie, „aber Marc war in der Werkstatt, und als ich zwei Stunden später zurückkam, stand das Portal weit offen. Der Junge war verschwunden, und Tiziana lag hier oben, bewusstlos, mit einer Platzwunde am Kopf.“

„Wo ist sie jetzt?“

„Im Ospedale Civile, ein paar Schritte von hier.“ Als ich dazu keine Fragen stellte, fuhr sie fort: „Sie hat eine Gehirnerschütterung, aber es hätte auch schlimmer kommen können.“

„Haben Sie eine Erklärung dafür?“

„Ja. Der Anschlag galt mir!“

„Wenn man das Haus beobachtet, wie Sie sagen, müsste man doch gesehen haben, dass Sie weggingen?“

„Ich werde nur abends überwacht“, gab sie fast störrisch zurück. „Und wahrscheinlich über das Telefon.“

„Warum sind Sie deswegen nicht zur Polizei gegangen?“

„Das habe ich getan. Ich bin extra rausgefahren, zur Questura nach Mestre. Man hat mir Hilfe versprochen, aber ...“, sie machte eine fahrige Handbewegung, bei der sie fast das Glas umgestoßen hätte, „bis die mal aktiv werden! Sie haben selbst zugegeben, dass sie völlig unterbesetzt sind. Bitte, Frau Kommissarin, helfen Sie mir! Ich bin deutsche Staatsbürgerin! Und meine Schwester wurde ermordet, brutal ermordet!“

„Ich kann mich nicht in die Angelegenheiten der venezianischen Kollegen einmischen, vorläufig jedenfalls nicht! Und wenn man Ihnen Hilfe versprochen hat, werden Sie sie auch bekommen. Aber ...“, ich überlegte. Die eine oder andere Strategie konnte ich ihr vorschlagen, vorausgesetzt, diese Frau spielte mit offenen Karten. Also ging ich zur Gegenattacke über, dem eigentlichen Grund meiner Reise.

„Sie waren in der Woche, bevor Ihre Schwester starb, in Münster. Hatten Sie dafür einen Grund?“

Die Verstörung, die ich erwartet hatte, die Verlegenheit trat prompt ein. Sie schluckte, blickte auf das Glas vor sich auf dem Tisch, als käme von dort eine Erklärung, und sagte dann, während sie vom Sofa aufstand: „Kommen Sie mit!“

Wieder führte sie mich einen langen Gang hinunter, vorbei an einer Flucht von Einbauschränken, und ich kam zu dem Ergebnis, dass diese Wohnung zweihundert, wenn nicht noch mehr Quadratmeter haben musste.

Offensichtlich war es ihr Schlafzimmer. Nachtblaue Tapeten mit Blumenmustern in Goldgelb, ein großer Spiegel mit Facettenschliff, ein breites Bett unter einem kardinalroten Baldachin mit mächtigen Troddeln, das in einen „Historienschinken“ aus Hollywood oder der Cine Città gepasst hätte, dazu gleichfarbene Portieren vor den hohen, schmalen Fenstern und ein Schminktisch.

Rechts vom Spiegel, im Taubengrau des regennassen Vormittags, der durch die halbgeschlossenen Blendläden drang, hing ein Aquarell, vielleicht einen Meter hoch, einen halben Meter breit, dessen Motiv mir sehr bekannt vorkam; das Westwerk des Münsterschen Doms vom Hörster Berg aus gesehen.

„Dies ist ein Erbstück unserer Familie“, sagte Frau Fantin.

„Die zeitgenössische Kopie eines Originals von Schouten vom Anfang des Neunzehnten Jahrhunderts. Die alte Frau Luhe-Wildenau hatte es heimlich in Verwahrung genommen, als wir aus unserer Wohnung vertrieben wurden. Erst in den fünfziger Jahren und nach langem Suchen haben wir es zurückbekommen. Da meine Eltern inzwischen gestorben waren, gehörte es Helene und mir, und als Luigi und ich heirateten, überließ ich es Helene. Aber dann zog sie ins Altersheim, ausgerechnet in dieses Gartenapartment, und das schien mir nicht der richtige Aufbewahrungsort zu sein. Sie wissen, was dort passiert ist?“

„Der Einbruch bei ihrer Vorgängerin.“

„Genau“, sagte sie, „hier bei mir ist es sicherer. Das behaupte ich sogar jetzt noch, nach dem Überfall auf Tiziana. Sie haben nichts mitgenommen, auch das Bild hängt noch da!“

„Und warum haben Sie uns belogen?“

Ihr Blick flackerte unter diesem Wort, aber mir fiel kein passenderes ein.

„Verstehen Sie doch, Frau Kommissarin, das Bild gehörte Helene, daran war nichts zu rütteln und zu ändern. Ich hatte es ihr überlassen.

Und wenn Sie erfahren hätten, dass ich es von ihr zurückverlangt habe, hätten Sie mich womöglich verdächtigt, sie …" Sie brach ab. „Ich könnte doch niemanden umbringen, selbst wenn …" Sie suchte offenbar nach einem Grund, der einen Mord wenigstens halbwegs plausibel hätte erscheinen lassen. Begreiflicherweise fiel ihr nichts ein.

„Wenn Ihre Schwester Ihnen das Bild überlassen hat, hatten Sie doch gar kein Motiv!", sagte ich. Darauf antwortete sie nicht. Erst nach einer Weile sah sie mich von der Seite an. „Wie haben Sie es herausgefunden?"

Natürlich hatte ich wieder die Szene am Friedhofstor vor mir, Frau Fantins Protest beim Anblick der Reporter, die Antwort, die ich ihr darauf gegeben hatte, dass schon so manches Pressefoto einen wichtigen Hinweis aus der Bevölkerung gebracht hätte. Aber ich sagte nur: „Wir haben unsere zuverlässigen Quellen." Auch darauf erwiderte sie nichts.

„Waren Sie jeden Tag bei Ihrer Schwester?"

Sie nickte.

„Auch am Donnerstag?"

„Ich brauchte fast eine Woche, um sie zu überzeugen. Helene wollte das Bild unbedingt behalten. Ich hätte genug von meinem Mann geerbt, sagte sie!"

„Ist Ihnen mal aufgefallen, dass sie Besuch gehabt hatte?"

„Sie meinen, ob vielleicht ein Blumenstrauß auf ihrem Tisch stand oder benutztes Geschirr?" Sie überlegte kurz und schüttelte dann den Kopf. „Nein, ich erinnere mich nicht."

„Hatte mal jemand bei ihr geraucht?"

Wieder Kopfschütteln. Von der Besucherin wusste sie offenbar nichts, doch über ihr Verhältnis zur Schwester konnte sie mir noch einiges erzählen. „Haben Sie über das Bild gestritten?"

„Gestritten nicht gerade, aber ich musste schon sehr energisch werden, um mich durchzusetzen. Erst als ich sie darauf aufmerksam machte, dass das Glas gründlich gereinigt und der Rahmen restauriert werden müsste, gab sie nach. Offenbar scheute sie die Kosten."

„Wie kommt es, dass niemand in Haus Nettelbeck Sie gesehen hat?"

„Ich bin immer erst abends gekommen. Tagsüber hatte ich andere Dinge zu erledigen."

„Hatten Sie einen Schlüssel zum Heim?"

„Nein! Draußen, am Eingang, ist ein Telefon, von dort aus habe ich Helene angerufen, und sie hat mich hereingebracht."

„Ihrer Schwester ging es nicht sehr gut", erinnerte ich, „sie klagte über Herzbeschwerden und Krämpfe. Hat sie Ihnen das gesagt?"

„Sie redete von einer Grippe, die im Haus grassierte. Ich riet ihr, zum Arzt zu gehen, und sie versprach es. Aber sagten Sie nicht, sie sei mit Gift in Berührung gekommen?" Sie legte die Hand auf den Knauf des Bettpfostens, der in der Form eines Pinienzapfens gedrechselt war, und ließ nervös die Finger darüber wandern.

Ich überging ihre Frage. „Wissen Sie, wann diese Beschwerden begonnen haben?"

„Nein. Ich sagte Ihnen ja schon, sie erzählte wenig von sich, schon gar nicht, wenn es ihr nicht gut ging. Sie war sehr resolut."

Im Klartext hieß das, dass ihr der Zustand ihrer Schwester wenig Kopfzerbrechen bereitet hatte. Und erst recht hatte er sie nicht davon abgehalten, ihr das Bild abzuschwatzen.

„Hätte sich das Gespräch nicht verschieben lassen, wo es ihr so schlecht ging?"

„Nein!", erwiderte sie schroff. „Ich hatte extra die weite Reise gemacht und wollte eine Entscheidung. Ich konnte doch nicht wissen, dass sie so krank war!"

Auf meinem Weg durch das Vexierspiel venezianischer Gassen hatte ich mir eine Strategie überlegt, um herauszufinden, wie gut sie sich in dem Medikamentenschrank ihrer Schwester auskannte. „Die Etagendame von D1 hätte gerne gewusst, ob Sie die Arzneimittel Ihrer Schwester übernehmen wollen. Wenn nicht, gibt sie sie einer Apotheke zum Entsorgen."

Ihr Gesicht blieb ausdruckslos. „Ich weiß gar nicht, was in dem Schränkchen ist. Solange Helene lebte, war ich nie in ihrem Bad und als ich mich nach ihrem Tod um ihre Sachen kümmern musste, fehlte der Schlüssel." Entweder stimmte das oder sie hatte mit dieser Frage gerechnet und war eine gute Schauspielerin.

„Warum sind Sie nach dem Tod Ihrer Schwester in Münster in ein anderes Hotel gezogen?"

Jetzt hatte ich den Eindruck, dass ihr unbehaglich wurde. Offensichtlich wussten wir zu viel über sie. „Weil ich bei Sperl nicht zufrieden war“, gab sie eigensinnig zurück. „Es war mir dort zu kalt und zu einsam. Vor allem nach dem, was mit Helene passiert war. In der Innenstadt fühlte ich mich sicherer.“

Wir schwiegen eine Weile, und ich dachte darüber nach, dass, falls sie die Täterin war, Max und mir ziemlich delikate Verhöre bevorstanden. Ich rechnete sie zu jenen Verdächtigen, die man im Gespräch nicht zu fassen bekam. Während man noch glaubte, sie mit der nächsten Frage endgültig überführt zu haben, hatten sie sich einem längst entzogen, und man war weiter vom Ziel entfernt als je zuvor.

„Sind Sie die Alleinerbin?“

„Nein. Der Schmuck geht an Tiziana und ein größerer Geldbetrag an die Kultusgemeinde.“ Es klang gleichmütig, als ob sie diese Regelung ganz in Ordnung fände.

„Und als die Sache mit dem Bild geklärt war, sind Sie sofort abgereist? Am Morgen des 27. November? Bei dieser Aussage bleiben Sie?“

Sie schien zu ahnen, was ich dachte. „Ich musste zurück! Für Sonntag Nachmittag war der Ingenieur einer Baufirma bestellt. Die rechte Wand im Hauseingang muss dringend trockengelegt werden, sonst fallen mir alle drei Stockwerke auf den Kopf.“

„Eine venezianische Firma?“

„Nein, aus Vicenza. Luigi hat oft mit ihnen gearbeitet.“

„Wie heißt sie?“

Statt einer Antwort öffnete sie die Schublade ihres Schminktischchens und nahm eine Schachtel heraus, voll von Visitenkarten. Sie suchte kurz und gab mir dann eins der Papptäfelchen. Erst jetzt sah ich das Foto auf der glänzend polierten Platte des Tischchens. Es steckte in einem breiten, mit Rosenornamenten verzierten Silberrahmen und zeigte einen Mann um die Sechzig mit einem grauen Vollbart und stark gekraustem, sehr dichtem Haar. Aus weit auseinanderstehenden Augen blickte er dem Betrachter mit einem Anflug von Spott ins Gesicht. Die Nase war sehr schmal und nach unten gebogen, die dünnen Lippen schienen aufeinander gepresst, als wollten sie ein Lächeln unterdrücken.

„Das ist Luigi.“ Frau Fantin rückte liebevoll das runde Häkeldeckchen zurecht, auf dem der Rahmen stand.

„Dieses Boot“, begann ich wieder, während wir ins Wohnzimmer zurückgingen, aber sie unterbrach mich mit einem überraschenden Vorschlag: „Warum gehen Sie heute Abend nicht mit mir essen und bringen mich anschließend nach Hause? Sehen Sie sich das Boot an und sagen Sie mir, ob ich verrückt bin oder nicht. Ich weiß es selbst nicht. Ich weiß nur, dass mich diese Geschichte krank macht. Wo nun auch noch Tiziana betroffen ist …“

Sie folgte mir an eins der hohen Fenster. „Da unten“, sagte sie. „Es liegt immer an der gleichen Stelle. Morgens legt das Müllboot an und abends das Spionageboot.“ Sie lachte krampfhaft. Ich sah, dass der Regen aufgehört hatte.

„Seit wann haben Sie das Gefühl, beschattet zu werden?“

Als sie zögerte, versuchte ich ihr zu helfen. „Bis zu einem bestimmten Zeitpunkt haben Sie sich einigermaßen sicher gefühlt, in Ihrem Haus, auf der Straße, am Telefon.“ Sie nickte.

„Sie hatten die ganz normale, sehr verständliche Furcht vor Einbrechern, die jeder hat, der allein mit teuren Antiquitäten lebt, und die latente Angst vor Taschendieben und Überfällen, die wir alle kennen. Wann entstand die andere Angst? Die, die Sie nicht schlafen lässt und im Haus festhält? Kam sie von einem Tag auf den anderen oder schleichend?“

„Schleichend“, sagte sie. „Und wenn ich richtig überlege, begann es mit dem Tod meines Mannes.“

„Sie wollten mir ein Dokument Ihrer Schwester geben“, erinnerte ich. Es war eine Vorladung des Landgerichts Münster vom August 1982. Helene Abraham hatte als Zeugin in der Strafsache gegen einen gewissen Oswald Springer ausgesagt.

„Wo haben Sie das gefunden?“ Und warum war es uns bei der Wohnungsdurchsuchung nicht aufgefallen?

„Meine Schwester besaß sehr viele Fotos. Die Aufnahmen von der Familie habe ich gerne übernommen, aber in einem ganz besonders schönen Rahmen steckte das Bild einer Fremden. Vielleicht war es eine Freundin von Helene, jedenfalls ging sie mich nichts an. Da ich den Rahmen aber gern benutzen wollte, es ist derjenige mit Luigis Foto in meinem Schlafzimmer, machte ich ihn auf und dabei fand ich den Gerichtsbescheid. Er war hinter das Bild geklemmt.“

„Haben Sie das Foto noch?“

„Nein, ich kann nicht alles aufbewahren, was meiner Schwester wichtig erschien. Ich habe auch ihre Briefe weggeworfen."

„Wussten Sie von dem Prozess?"

Frau Fantin schüttelte den Kopf und begann in einer der Kommoden nach einem Aschenbecher zu suchen.

„Haben Sie eine Ahnung, weshalb dieser Mann angeklagt war?"

„Nicht die geringste."

„Gibt es nur diese Vorladung oder vielleicht auch Zeitungsberichte?"

„Nur dies", sagte sie. Vielleicht erkundigen Sie sich mal bei Gericht. Jemand könnte sie aus Rache ermordet haben."

„Nach sechzehn Jahren!", wandte ich ein. „Hat sie Ihnen nie davon erzählt?"

Sie dachte kurz nach und schüttelte dann den Kopf.

Ich steckte das Blatt ein.

Wir waren für halb acht am Fuß der Rialtobrücke auf der Seite von San Polo verabredet, und wenn ich bis dahin geglaubt hatte, es gäbe keine Touristen in Venedig, hier waren sie! Horden von überwiegend deutschsprechenden Menschen in Reisegruppengröße oder individuell unterwegs, fast immer die Rucksäcke vorm Bauch wegen der angeblichen Taschendiebe, aber die teure Kamera lässig über der Schulter. Auf der Plattform der Brücke schoben und drückten sie sich zusammen, um die legendäre Aussicht auf den Canal Grande im Widerschein der Lichter zu genießen. Ich schlängelte mich durch und erkannte beim Abstieg Frau Fantin.

Den Touristen begegnete man nur auf den Quais des Canal Grande, schon in den angrenzenden Gassen von San Polo war es leer und still. Unser Weg führte mal nach rechts, mal nach links, durch schummrige Straßen, über weite Plätze, auf denen Kirchen mit stumpf blickenden, längst erloschenen Fenstern thronten, dann wieder über steile Brücken, unter denen das Wasser der Lagune an den Häuserwänden schlürfte. Auch jetzt, mit einer Polizistin an ihrer Seite, wirkte Frau Fantin nervös und gehetzt. Sie redete kaum, nur einmal erwähnte sie wie beiläufig, dass wir uns bereits in Dorsoduro befänden und unser Ziel bald erreicht hätten. Das Restaurant lag am Campo Santa Margherita, einem großen, rechteckigen Platz. Es bestand aus einem großen, weiß gekälkten Raum unter dunklen Deckenbalken, der seine Gäste mit angenehmer Beleuchtung und einer farbenfrohen Thekendekoration aus Obst und Gemüse willkommen hieß.

Er war nur spärlich besetzt, und die wenigen Gäste erfüllten ihn mit einem gleichmäßigen, gedämpften Stimmengeplätscher.

Man brachte uns die Speisekarte, aber Frau Fantin warf nur einen flüchtigen Blick hinein, als hätte sie ihre Wahl schon längst getroffen.

„Mögen Sie Fisch?“, fragte sie. Und als ich zögerte, entschied sie: „Versuchen Sie die Sardinen süßsauer, dann haben Sie etwas typisch Venezianisches. Und hier“, ihr Kopf nickte in Richtung Küchentür, „verstehen sie etwas davon.“

Nach dieser Vorspeise aßen wir Fegato alla veneziana mit Polenta, und über unseren identischen Tellern kam vorübergehend so etwas wie Solidarität auf. Frau Fantin erkundigte sich fürsorglich, ob es mir auch schmecke und der Rotwein nicht zu kalt sei.

„Es ist ausgezeichnet“, lobte ich und fragte, den Blick auf den saftigen, mit Salbeiblättchen gewürzten Leberstreifen: „War Ihre Schwester Vegetarierin?“

Sie ließ die Gabel sinken. „Bei uns hat sie Fisch gegessen. Wenn sie sich in Haus Nettelbeck auf Gemüse beschränkt hat, war das vielleicht das einzige, das ihr dort geschmeckt hat.“ Es klang geringschätzig, als redete sie von altmodischer Kantinenkost oder zerkochtem Krankenhaus-Einerlei.

„Haben Sie nie im Heim gegessen?“

„Nein! Ich war immer nur abends da.“ Entweder hatte sie die Falle, die ich ihr stellte, bemerkt oder es stimmte.

Der Kellner strich auf seinem Kontrollgang an unserem Tisch vorbei und lehnte sich dann, die Hände auf dem Rücken verschränkt, wieder gemächlich gegen den Tresen.

Sobald er außer Hörweite war, fragte ich Frau Fantin nach dem Autounfall ihres Mannes. War der Wagen untersucht worden?

„Da gab es nichts zu untersuchen“, entgegnete sie unerwartet schroff. „Er ist zu schnell gefahren. Er fuhr immer zu schnell.“

„Wo ist es passiert?“

Sie legte ihr Besteck auf den noch halbvollen Teller zurück. „Kurz vor Asolo. Luigi hatte einen Termin in Masèr, in einer der Palladiovillen.“

„Villa Barbaro“, nickte ich. Ich hatte im Liegewagen nicht nur Patricia Highsmith gelesen, sondern auch den Reiseführer.

„Die Straße ist sehr kurvig, es lag viel nasses Laub, er ist ins Schleudern gekommen …“ Sie senkte den Blick auf die Tischdekoration aus künstlichen Margeriten, Mohn- und Kornblumen.

„Er war ein prominenter Mann!“, wandte ich ein. „Hätte es da nicht nahegelegen, auch an Sabotage zu denken? Wo hatte er seinen Wagen stehen, wenn er ihn nicht brauchte?“

„Im Parkhaus des Piazzale Roma, wie alle verrückten Venezianer, die glauben, sie müssen ein Auto haben.“

„Hat Ihre Stieftochter einen Wagen?“

„Natürlich!“

„Entschuldigen Sie die Frage, waren Sie am Unfallort?“

Sie schüttelte fast panisch den Kopf. „Nein! Ich wollte ihn nicht sehen. Ich hatte ihn immer gewarnt, ich wusste, dass es irgendwann einmal so enden würde. Er fuhr wie ein Verrückter.“

„Wer hat den Unfall zu Protokoll genommen?“

Plötzlich standen Tränen in ihren Augen. „Die Polizei in Asolo. Und es war kein anderes Auto in den Unfall verwickelt, er ist ganz allein gestorben, ohne dass ihm jemand beigestanden hätte.“

„Wann haben Sie es erfahren?“

„Abends. Gary, einer der Studenten, kam mit der Nachricht nach oben, dass ein Polizeiboot vor dem Haus angelegt habe …“

„Und wann kam Ihre Schwester?“

„Am übernächsten Abend. Ich war so froh! Wir haben geredet, alte Fotos angesehen. Und wissen Sie“, sie betupfte ihren Mund mit der Serviette, „dass ich dieses Aquarell von ihr haben wollte, das kam doch nur daher, dass ich soviel Pech im Leben gehabt habe. Sie war immer die Stabile, die Resolute, die für alle Probleme eine Lösung hatte. Und ich …“

„Hat sie Sie öfter in Venedig besucht?“

„Sie kam gerne“, nickte sie.

„Und Ihr Mann hatte nichts dagegen?“

„Was sollte er dagegen haben?“

„Dann verstanden Sie sich wohl gut.“

„Sehr gut sogar“, bekräftigte sie.

„Könnte es sein, dass Ihre Schwester verliebt in ihn war?“

„Vielleicht!“ Sie wich meinem Blick aus. „Aber sie war nicht sein Typ. Luigi mochte kleine, zierliche Frauen.“

„Als sie Ihnen zum Sechswochenseelenamt absagte, da haben Sie ihr das sehr verübelt.“

„Weil ich Angst hatte!“, entgegnete sie leise. „Mit ihr zusammen hätte ich diesen leeren Palazzo ja ertragen, aber so?“

„War denn Ihre Stieftochter nicht bereit, bei Ihnen zu wohnen, wenigstens für ein paar Wochen?“

„Wir …“, sie zögerte und wandte sich dann wieder ihrem Teller zu, „hatten uns in der letzten Zeit nicht sehr gut verstanden.“

Auf dem Heimweg fragte ich sie, ob sie Auto führe, und sie sagte, seit sie in Venedig lebe, brauche sie keins mehr. Und lange Autobahnstrecken seien ihr schon früher zu anstrengend gewesen. Vor allem in Italien.

„Wer besaß einen Schlüssel zu dem Wagen Ihres Mannes?“

„Niemand außer ihm.“

Wieder lotste sie mich über mehrere weitläufige Kirchplätze, an deren Ende sie dann jedes Mal zielsicher in ein der angrenzenden Gassen eintauchte, die dunkel waren und so eng, dass man die Häuserwände mit ausgestreckten Armen hätte berühren können. Es waren noch weniger Fußgänger unterwegs als beim Hinweg, und das Klatschen der Wellen, das aus allen Himmelsrichtungen zu kommen schien, war das einzige Geräusch außer unseren hallenden Schritten. In der Dunkelheit wirkte es spritzig und erfrischend, aber sobald ich an die trübe Lagune als Urheber dachte, hatte ich nur noch den fauligen Geruch in der Nase. Als hätte sie meine Gedanken erraten, bemerkte Frau Fantin, bei Ebbe röche die ganze Stadt wie eine Kloake.

Das hallenartige Gebäude der Pescheria mit seinen markanten Spitzbögen, unter denen täglich der Fischmarkt gehalten wurde, tauchte auf und dahinter der Canal Grande. Wir warteten eine ganze Weile auf ein Traghetto, und Frau Fantin machte mich auf die Ca' D'Oro aufmerksam, deren fein ziselierte Marmorgitter und maurische Fensteröffnungen sich bleich und zitternd im Wasser spiegelten. Dann erzählte sie von einem Palazzo unweit der Guggenheim-Sammlung, dessen Besitzer allesamt auf rätselhafte Weise ums Leben gekommen seien, der letzte, ein reicher Fabrikant, habe sich vor sieben Jahren erschossen. Auf dem restlichen Wegstück fiel sie dann wieder in ein tiefes Schweigen, sah sich im Gehen mehrfach um, und als uns über längere Zeit ein Mann folgte, verbarg sie ihre Panik nur mit Mühe. Endlich erreichten wir den Kanal, an dem ihr Haus lag. Die Lagune hatte sich inzwischen beruhigt, die Wasserfläche glänzte im Licht der Straßenlampen schwer und glatt wie Öl; und von einem Boot war weit und breit nichts zu sehen.

„Kommen Sie mit hinauf", bat sie, „nur einen Augenblick." Sie schloss das Portal auf. „Ich bin sicher, dass das Boot noch kommt. Es ist jeden Abend da."

Im Wohnzimmer schaltete sie gleich mehrere Lampen ein und zog die Vorhänge zu. Dann setzte sie sich zu mir und begann von Tiziana zu reden; von ihrer neuesten Arbeit für einen Palazzo an der Piazza Navona in Rom. Schwärmerisch breitete sie sämtliche Details vor mir aus, und mich beschlich das Gefühl, dass sie das alles nur erzählte, um mich bei sich festzuhalten. Wie ein Kind, das Angst vor seinem dunklen Schlafzimmer hatte und eine Gutenacht-Geschichte nach der anderen verlangte. Irgendwann unterbrach sie ihren Redestrom, um, wie sie ankündigte, eine Flasche Wein aus der Küche zu holen, und ich nutzte die Atempause, um mich zu verabschieden. Nur widerstrebend folgte sie mir zum Hausportal. Der Quai draußen lag öde und verlassen, ein leichter Nebel war aufgekommen und bildete im Umkreis der Straßenbeleuchtung einen milchigen Dunst.

„Merken Sie, wie ich beschattet werde?", flüsterte sie. „Sie haben uns kommen sehen und jetzt warten sie, bis ich wieder allein bin." Ich gab ihr die Telefonnummer meiner Pension, damit sie mich in der Nacht anrufen konnte, wenn ihr danach zumute war. Dann ging ich, ohne mich noch einmal umzudrehen, die wenigen Schritte zu den Fondamente Nuove und wartete auf ein Vaporetto zum Markusplatz. Mir taten die Füße weh.

Am nächsten Morgen rief ich die Polizeistation in Asolo an, in der Absicht, mir das Unfallprotokoll heraussuchen zu lassen.

„Parla inglese?", fragte ich den diensthabenden Kollegen.

„Molto poco." Das klang nicht mal bedauernd. Mir fiel ein, dass in der Nähe von Vicenza ein US-amerikanischer Luftwaffenposten stationiert war, über den sich längst nicht alle Italiener freuten.

„Tedesco?"

„Poco!“ Das war schon eine gewisse Verbesserung.

„Parlo poco italiano“, versicherte ich ihm. Mit einer Mischung aus allen drei Sprachen würde die Verständigung wohl klappen.

Die Hotelwirtin, die ich nach einer Agentur für Mietwagen fragte, verwies mich an den Piazzale Roma, wo es gleich drei Firmen gebe. Ich entschied mich für den kleinsten Fiat, den sie hatten, prüfte Druck und Profil der Reifen und legte die Streckenkarte für das Veneto griffbereit auf den Beifahrersitz. Schon bei einem ersten Blick auf meine Route war mir aufgefallen, dass Signor Fantin, wenn er zur Villa Barbaro gewollt und den Unfall kurz vor Asolo gehabt hatte, aus der falschen Richtung gekommen war. Aber ich maß der Sache keine Bedeutung bei. Wahrscheinlich hatte er an diesem Tag mehrere Termine gehabt, über deren Reihenfolge seine Frau nichts wusste.

Die Strecke war tatsächlich sehr kurvig und auch an diesem Tag nass und rutschig. Aber ich zog sie der überlasteten Hauptstraße vor, auf der ich auch nicht schneller vorangekommen wäre. Der Weg schlängelte sich über leichte Hügel und wurde rechts und links von Zypressenwäldern gesäumt. Ich passierte die Abzweigung nach Masèr und erreichte wenig später Asolo.

Ich fand die Polizeistation, nahm Notizblock und Kugelschreiber aus dem Handschuhfach und betrat die Wachstube. Hinter einem schlichten Holztisch, auf dem sich Akten stapelten, saß ein kleiner, drahtig wirkender Mann in Carabiniere-Uniform mit Leutnantsabzeichen. Er hatte schmale Schultern und ein schwarzes, wie pomadisiert wirkendes Schnauzbärtchen. Jedenfalls war es deutlich dunkler als das grau melierte Haar. Ich nannte ihm meinen Namen und legte meinen Ausweis auf den Tisch. Er betrachtete ihn interessiert. „Polizìa criminale tedesca?“

Ich berichtete ihm, nicht ohne Ausflüge in die Gebärdensprache, über den Mordfall Abraham, in dessen Ermittlungen ich ihn um Amtshilfe bat, und unterdessen sah er mich unverwandt aus mandelförmigen Augen an. Er unterbrach mich kein einziges Mal und als ich fertig war, sagte er: „Dieser Unfall … ist vor einem Jahr passiert. Wir haben die Akte, aber ich muss sie suchen lassen. Einen Moment, bitte!“ Er drückte eine Taste an seinem Telefon und gab durch die Gegensprechanlage einen knappen Befehl, in dem ich nur den Namen „Dottor Fantin“ identifizierte. Dann saßen wir uns schweigend gegenüber, in gleicher Weise mit dem Handikap eines begrenzten Wortschatzes belastet.

„Waren Sie bei der Protokollaufnahme des Unfalls dabei?“, fragte ich. Er verneinte und sagte irgend etwas von „Milano“, woraus ich schloss, dass dort seine damalige Dienststelle gewesen war.

„War Dottor Fantin in Venedig ein bekannter Mann?“

„Non lo so“, gab er zurück. Man merkte ihm an, dass er sich bemühte, höflich zu sein, sich gleichzeitig aber aus irgendeinem Grund unbehaglich fühlte.

„Können Sie sich erinnern, ob in den Zeitungen darüber berichtet wurde?“

„Molto poco“, sagte er. Und dann wechselte er das Thema und fragte, ob ich zum ersten Mal im Veneto sei. Als ich das bejahte, empfahl er mir, die Palladiovillen zu besuchen, nur seien sie leider nicht jeden Tag offen, man müsse sich daher gründlich informieren oder sich mit der Fassade zufrieden geben. Wir lächelten beide.

Endlich wurde von einem anderen Carabiniere ein dünner, schwarzer Ordner hereingereicht. Der Leutnant legte ihn vor sich hin und faltete seine stark behaarten Hände darauf.

„Was wir hier haben“, begann er, „sind nur die allerersten Erhebungen, Fotos, Spurenaufnahme, Identifizierung. Alle späteren Untersuchungen wurden von der Questura in Mestre durchgeführt. Verstehen Sie?“ Ich nickte.

„Was also wollen Sie wissen?“

Ich berichtete von dem Überfall auf Tiziana, dass nichts gestohlen worden sei und Signora Fantin sich seitdem beobachtet und bedroht fühle. Lag unter diesen Umständen nicht nahe, dass der Unfall geplant gewesen sein könnte? Als er darauf nichts erwiderte, fragte ich: „Wissen Sie, ob das Wrack überprüft wurde?“

„Es wurde überprüft“, erwiderte er knapp.

„Und?“

„Wir haben nichts gefunden.“ Damit klappte er den Ordner auf und legte mir mehrere Fotos hin. Fantin war frontal gegen einen Baum geprallt. Der Stamm hatte sich in die Kühlerhaube gedrückt und sie zu einem großen V verbogen. Man sah die geborstene Windschutzscheibe und, auf der nächsten Fotografie, den Innenraum, der bis zum Anfang der Rückbank völlig zertrümmert war. Begleitpersonen auf den Rücksitzen hätten eine Überlebenschance gehabt, für den Fahrer war der Wagen zur tödlichen Falle geworden.

„War er angeschnallt?“

Der Leutnant gab mit einer resignierten Handbewegung zu verstehen, dass dem Toten sein Gehorsam gegenüber der Anschnallpflicht auch nichts genützt hätte.

Ich griff nach dem dritten Foto, das die rechte Wagenseite zeigte. Man sah die verbeulte Beifahrertür, davor zerwühltes Laub und ... Ich versuchte, den Gegenstand zu erkennen ... es war eine Handtasche mit einem langen Riemen, der sich merkwürdig verdreht, wie eine Schlange, durch die Blätter wand.

„War er allein im Auto?“

Der Carabiniere räusperte sich. „Nein.“

„Eine Frau?“

Er nickte.

„Haben Sie sie identifiziert?

„Sie hatte keine Papiere bei sich, und ihr Gesicht war nicht mehr zu erkennen ...“ Er hatte es auf einmal eilig, die Fotos wieder einzusammeln und zurück in die Hülle zu schieben.

„Konnte Frau Fantin Ihnen denn nicht helfen?“

„Sie dass es eine Kollegin ihres Mannes war.“

„Meinte sie eine bestimmte Kollegin?“

„Nein, sie meinte das ganz allgemein.“

„Mir gegenüber hat sie behauptet, es habe keine weiteren Opfer gegeben.“

Darauf reagierte er nicht, sondern fuhr fort: „Wir sind alle Vermisstenmeldungen durchgegangen, aber entweder stimmte die Haarfarbe nicht oder die Kleidung, das Alter oder die Größe ... Wir dachten schon an eine ausländische Autostopperin. Aber dann meldete sich ihr Ehemann, der auf einer längeren Dienstreise gewesen war. Ja ...“ Er brach ab und sah mich bedeutungsvoll an.

„Er wusste nicht, dass seine Frau ums Leben gekommen war?“

„Sie lebten getrennt“, gab er zurück. „und da sie allein wohnte, hatte er sie nicht vermisst.“

„Hat man sie exhumiert?“

„Ihr Mann bestand darauf“, nickte er.

„Danach“, fuhr der Leutnant fort, „wurden die Ermittlungen abgeschlossen. Mit dem Resultat, dass der Unfall auf menschliches Versagen zurückzuführen war. Darauf deutete alles hin, die Schleuderspuren auf der Straße, der Zustand der Fahrbahn und des Wagens, so weit man ihn noch beurteilen konnte. Ist Ihnen damit geholfen?“

„Haben die Medien über die Beifahrerin berichtet?“

„Nein“, sagte er. „Ihr Mann war Politiker. Als sich herausstellte, um wen es sich handelte, gab es eine absolute Nachrichtensperre. Die Leiche wurde nachts ausgegraben, und als nur einen Tag später auf Torcello ein spektakulärer Doppelmord entdeckt wurde, hatten die Medien eine neue Sensation.“

Ich bedankte mich, und er begleitete mich zur Tür.

Ich fuhr weiter nach Vicenza und suchte die Baufirma auf, die Frau Fantin mir genannt hatte. Der Ingenieur, an den man mich verwies, bestätigte, er selbst habe am Sonntag, dem 29. November, abends gegen halb sechs einen Termin in ihrem Haus gehabt, zu einem Kostenvoranschlag. Er hatte persönlich mit ihr gesprochen.

„An einem Sonntag?“

Er hob in gespielter Verzweiflung die Schultern. „Was wollen Sie machen? Die Sache ist dringend, und der Dottore war immer ein guter Kunde. Da tut man, was man kann.“

„Und Sie sind sicher, dass Sie mit Signora Fantin gesprochen haben?“

„Ich kenne sie seit Jahren!“

„Wann beginnen Sie mit den Arbeiten?“

„Domani!“, gab er lakonisch zurück. „Opure dopodomani! Morgen! Vielleicht auch erst übermorgen!“

Auf der Heimfahrt dachte ich darüber nach, ob ich Frau Fantin endgültig aus der Liste der Verdächtigen streichen konnte. Dass sie eine volle Woche in Münster verbracht hatte, um wegen eines alten Bildes zu streiten, während ihr der Palazzo buchstäblich auf den Kopf fiel, schien nicht sehr einleuchtend. Aber der Bauingenieur hatte ihr Alibi bestätigt; in nur zwei Stunden von Münster nach Venedig zu reisen, das war nicht zu schaffen, nicht mal mit dem Flugzeug.

Als ich den Wegweiser nach Masèr wiederentdeckte, beschloss ich, mir den Luxus eines Abstechers zur Villa Barbaro zu gönnen. Doch leider war sie heute geschlossen, so dass ich mich mit der Fassade begnügen musste.

In Venedig gab ich den Wagen zurück und wartete auf ein Vaporetto der Linie 52, die zum Städtischen Krankenhaus fuhr. Mit etwas Glück und noch mehr Hartnäckigkeit fragte ich mich durch zum Zimmer der Signorina Fantin und hoffte, dass sie nicht gerade Besuch von ihrer Mutter hätte. Doch sie saß allein in einem Morgenrock am Fenster. Sie nickte mir matt entgegen, wahrscheinlich vermutete sie, mein Besuch gelte dem Überfall. Ich erkannte sie von dem Foto auf Frau Abrahams Nachttisch wieder, sie hatte die breite Augenpartie ihres Vaters, aber bei Mund und Nase hatte sich offenbar die leibliche Mutter durchgesetzt. Alles in allem war sie eine recht attraktive junge Frau mit langem, stark gekraustem Haar in Rotblond.

Sie wollte als erstes wissen, ob ich schon mit ihrer Stiefmutter gesprochen hätte. „Sie macht sich ja verrückt mit ihrer Angst." Ihr Deutsch war flüssig, hatte aber den typisch italienischen Akzent, der jedem auslautenden T oder S noch die Andeutung eines E folgen lässt.

„Sie macht sich Sorgen, weil Sie überfallen wurden!", wandte ich ein.

Sie zuckte die Schultern. „Das waren normale Einbrecher."

„Sie haben nichts mitgenommen."

Sie wandte wieder den Kopf zum Fenster. „Weil sie keine Gelegenheit dazu hatten. Wenn ich etwas später gekommen wäre …"

„Haben Sie dieses Boot jemals gesehen?"

Sie antwortete mit einer abwehrenden Handbewegung. „Es interessiert mich auch nicht. Es wird einer der Fischhändler vom Rialtomarkt sein. Tagsüber haben sie ihren festen Standort, aber nachts sind die Ankerplätze rar, also kommen sie her. Frühmorgens tuckern sie zum Einkaufen nach Chioggia und wecken die ganze Nachbarschaft auf. Unser sestiere gilt als ruhig, es gibt kaum Durchgangsverkehr, nur die paar Lieferanten, die regelmäßig kommen, und das Müllboot. Aber vielleicht ist es auch ein Obdachloser, der sich ein altes Boot zum Wohnen umgebaut hat. Es gibt sehr viel Armut in dieser Stadt, auch wenn die Touristen davon nichts zu sehen kriegen." Ihr Blick wirkte plötzlich feindselig, und mir kam der Gedanke, wie wohl ein kritischer Mensch mit diesen Widersprüchen zurechtkam, dieser morbiden und gleichzeitig so geschäftstüchtigen Stadt, wo unglaubliche Kunstschätze neben atemberaubendem Kitsch, Luxus und Glamour neben bitterem Elend existierten. Doch Tiziana redete weiter. „Nicht viele alte Menschen hier, in Venedig, können sich ein so teures ‚asilo' leisten, wie Helene es hatte. Auch Cecilia wird sich irgendwann so etwas leisten, von ihrem eigenen Geld und von dem Geld meines Vaters." Sie machte eine Pause, vielleicht weil sie darauf wartete, dass ich ihre Stiefmutter oder deren Schwester verteidigen würde. Als ich schwieg, fuhr sie mit dem gleichen gereizten Unterton fort: „Warum hat sie sich das Boot nie angesehen? Sie hätte den Fisch doch riechen müssen!"

„Wie war das Verhältnis zwischen Ihnen und Ihrer Tante?"

„Sie war nicht meine Tante, sondern die Schwester meiner Stiefmutter."

„Sie mochten sie nicht?"

Sie überlegte kurz. „Ich mochte ihr religiöses Getue nicht. Wenn sie zu uns kam, mussten alle Rücksicht auf sie nehmen. Dieses durfte sie nicht essen und jenes nicht. Und wenn sie freitags zur Synagoge ging, hielt sie es für selbstverständlich, dass wir mit dem Abendessen auf sie warteten."

„War das denn nicht selbstverständlich? Bei einem Gast?"

Statt einer Antwort, fuhr sie fort: „Und sie redete wie eine tibetanische Gebetsmühle."

„Wie hat Ihr Vater darauf reagiert?"

„Er nahm sie auf den Arm", entgegnete sie spöttisch. „Papà war nie fromm, Kirchen interessierten ihn nur dann, wenn sie baufällig waren." Sie lachte wie über einen Scherz.

„Hielt er sie für eine Heuchlerin?"

„Eher für eine verkrachte Missionarin."

„Mochte sie denn Ihren Vater?"

Sie warf mir einen erstaunten Blick zu. „Sie hielt ihn für gottlos, unsolide und liederlich."

„Hat sie ihm das gesagt?"

„Sie warf ihm vor, er tränke zuviel und ginge zu wenig in die Messe! Von zuviel Fleisch bekäme man Gicht und von zu wenig Bewegung eine Herzverfettung.“

„Und wie war Ihre Meinung?“

„Was Kirchen angeht“, antwortete sie, „denke ich wie mein Vater. Am liebsten sind sie mir ganz still und leer, ohne das Getue und Gesinge, den Weihrauch und die Kerzen. Ich kann mir stundenlang ein altes Fresko ansehen oder ein Fenster und dabei bin ich richtig andächtig, aber sobald ein Pfaffe zur Tür hereinkommt, ergreife ich die Flucht.“

„Ich meine, was Ihre Tante angeht?“

Jetzt hatte sie wieder ihr spöttische Lächeln. „Ich erinnere mich noch immer an ihren ersten Besuch, ich war fünf oder sechs. Sie stellte ihre Reisetasche ab, zog den Reißverschluss auf, und ich dachte natürlich, sie hätte mir etwas mitgebracht, aber sie nahm nur ihre Hausschuhe heraus und ein dickes Gebetbuch. Von da an war sie bei mir unten durch.“

Wir schwiegen eine Weile. „Wie Sie sehen, mochte ich Helene nicht“, sagte sie dann fast triumphierend. „Haben Sie dazu gar keine Fragen?“

„Wenn Sie das so offen zugeben, werden Sie wohl ein einwandfreies Alibi haben.“

„Ich war das ganze Wochenende draußen, in San Servolo. In unserem Restauratorenzentrum.“

„Am Wochenende?“

„Ich bin fast jedes Wochenende draußen. Und für Sonntag, den 29. November, habe ich Zeugen.“

„Ihren Freund?“

„Nicht nur ihn. Er hat mich gegen fünf Uhr abgeholt. Er besitzt ein eigenes Boot.“

„Ein Kollege?“

„Er ist Rechtsanwalt“, korrigierte sie, „aus einer alteingesessenen Juristenfamilie.“ Sie nannte auch das Bankhaus, für das er arbeitete.

„Wie verstanden sich Ihre Stiefmutter und ihre Schwester? War nicht eine zeitlang die Rede davon, dass sie zusammenziehen wollten?“

„Das habe ich Cecilia ausgeredet“, entgegnete sie hart. „Ich wollte diese alte Betschwester nicht ständig um mich haben.“

„Ich dachte, Sie hätten Ihre eigene Wohnung.“

„Sie mischte sich in alles ein. Als sie zu Papàs Beerdigung kam, sagte sie mir sofort, das Beste sei, ich ginge wieder an meine Arbeit. Gerade so, als ob gar nichts passiert sei, und als ob ich nicht selbst entscheiden könne, wie ich mit meiner Trauer zurechtkam! Ich hatte meinen Vater verloren, nicht sie.“

„Sicher hat sie es gut gemeint. Und welche Vorschriften konnte sie als Jüdin Ihnen schon machen? Sie sind Katholikin, nehme ich an.“

„Es ging nicht nur um Religion“, gab sie heftig zurück. „Sie war einfach wahnsinnig piefig und altmodisch. Und dass sie Cecilia nach Deutschland holen wollte, lag nicht etwa an den bösen Faschisten, die es ja bei uns in Italien noch immer gibt! Nein, an den noch viel böseren Kommunisten, den Seelenverderbern! Dabei haben die unter Hitler genauso gelitten wie die Juden, mit denen sie sich so solidarisch fühlte.“

„Ihre Schwester jedenfalls ...“, begann ich, aber sie unterbrach mich, indem sie sich plötzlich an beide Schläfen fasste, als hätte sie Kopfschmerzen. „Sie hat sie jeden Tag zum Friedhof getrieben, nach San Michele, bei Wind und Wetter! Papà hat es nicht wieder lebendig gemacht, aber Cecilia hätte sich eine Lungenentzündung holen können.“

Wie so oft, wenn ich Zeugen befragte, kam mir der Gedanke, dass menschliches Verhalten, vor allem bei Ernstfällen oder Krisensituationen, völlig unterschiedlich interpretiert wurde. Was der eine als Hilfsbereitschaft oder Anteilnahme verstanden wissen wollte, wirkte auf den anderen wie Bevormundung und Aufdringlichkeit. Tizianas Schilderung jedenfalls nahm der Verstorbenen mit einem Schlag jene Aureole, die ihr nicht nur Frau Fantins, sondern auch Herrn Rieders Worte verliehen hatten. Und Frau Fantin geriet mehr und mehr in die Rolle einer Marionette, die sich hilflos in den eigenen Fäden verheddert hatte. Nicht einmal die Entscheidung, nicht mit der Schwester zusammen zu ziehen, war ihre eigene, sondern das Diktat ihrer Stieftochter. Wie ernst waren ihre Verfolgungsängste zu nehmen?

„Seit wann fühlt sich Ihre Stiefmutter bedroht und beschattet? War das schon vor dem Unfall Ihres Vaters?“

„Was hat sie Ihnen über den Unfall gesagt?"

„Nicht viel, nur dass Ihr Vater allein gewesen ist, als er starb."

Darauf erwiderte sie nichts.

„Stimmt es, dass er allein war?"

„Nein. Er hatte an dem Tag eine Verabredung in Vicenza. Ich wusste schon länger von dieser Beziehung und hatte ihm versprochen, nichts zu verraten."

„Ihre Stiefmutter weiß also bis heute nichts davon?"

Sie schüttelte den Kopf. „Wenige Tage vor dem Unfall hat mein Vater mir erzählt, dass diese Frau Schluss mit ihm machen wollte." Sie wandte den Blick wieder nach draußen, in den dunklen Innenhof. Im obersten Stockwerk des gegenüberliegenden Gebäudeteils leuchtete eine lange Fensterreihe in einem kalten Neon-Blau auf.

„Ich nehme an", sagte sie nach einer Weile, „dass die beiden sich gestritten haben und er dabei die Kontrolle über den Wagen verlor. Das nasse Laub allein kann es nicht gewesen sein, er war ein sehr guter Autofahrer."

„Kannten Sie die Frau?"

„Nur von einem Foto. Ich hatte es im Atelier gefunden, daher wusste ich von der Sache."

„Und seit wann hatte Ihr Vater diese Beziehung?"

„Das weiß ich nicht. Sicher seit ein paar Jahren."

„Nachdem ihr Ehemann sie als vermisst gemeldet hatte, verhängte die Polizei eine Nachrichtensperre. Demnach handelte es sich um Prominenz."

Sie nickte. „Das war der Grund, weshalb sie sich immer in Vicenza trafen und Cecilia nie davon erfahren hat. Alles wurde sehr diskret abgewickelt."

„Und Sie haben wirklich keine Ahnung, wer Sie am vergangenen Sonntag überfallen hat?"

Jetzt sah sie mir voll ins Gesicht. „Meine Stiefmutter sollte dieses Studentengesindel endlich vor die Tür setzen. Wie die das Haus verschandeln! Und wen sie alles mitbringen! Solange sie die Werkstatt nicht räumen lässt, wird sie keine Ruhe bekommen."

Vor dem Abendessen ging ich, an der Kirche Maria dei Miracoli vorbei, wo Fantins sich kennen gelernt hatten. In der Nähe fand ich eine kleine Trattoria, die verschiedene Gemüsegerichte auf der Speisekarte hatte. Auch hier war der Gastraum nur spärlich besetzt, was an der für Einheimische sehr frühen Essenszeit liegen mochte. Die trübe Beleuchtung und die warme Heizungsluft versetzten mich, während ich an meinem Wein nippte und auf den Auberginenauflauf mit Ricotta wartete, in eine schläfrige Stimmung, von der ich mich nur mit Mühe dadurch befreite, dass ich ein Protokoll über mein Gespräch mit Tiziana Fantin machte. Konfrontiert mit dem Schicksal des Palazzos Fantin, den sie wahrscheinlich einmal erben würde, hatte sie sich gegen Cecilia entschieden, indem sie ihr davon abriet, die Schwester zu sich zu holen. Und welche Rolle spielte ihr Freund, dieser Rechtsanwalt? Ich leerte mein Glas und machte mich noch einmal auf den Weg zu Frau Fantins Haus.

In den engen Häuserschluchten hatte man nicht viel vom Himmel gesehen, erst draußen, an den Fondamente Nuove, spannte er sich sternklar. Und jetzt spürte man auch den Wind. Schneidend kalt blies er über die offene Lagune herein und trieb die Gischt über die Begrenzungsmauern. Vor mir, eingerahmt von den regelmäßig blinkenden Kanalmarkierungen, lag die Friedhofsinsel San Michele wie ein großes, dunkles Floß im Wasser, weiter draußen rotierte ein Leuchtturmscheinwerfer, wahrscheinlich auf Murano. Ich klappte den Mantelkragen hoch und überquerte den Campo dei Gesuiti. Das schaukelnde Licht der an den Hauswänden angebrachten Straßenlaternen warf lange Schatten über den Platz. Als ich nach rechts bog, sah ich sofort die hellen Fenster in Frau Fantins Wohnzimmer, gespeist aus allen Quellen, über die sie verfügte. Wahrscheinlich spähte sie hinter den nur locker vorgezogenen Portieren nach ihren Verfolgern. Jetzt sah ich auch das Boot, einen flachen Kahn mit einer niedrigen Holzkajüte, an deren Eingang eine trübe Petroleumlampe brannte. Auf der schmalen Bank an der kanalseitigen Wand türmten sich leere Obstkisten, die dem Quai zugewandte war mit einem ausgefransten Stuhlkissen ausgepolstert. In der Kajüte lag ein Haufen alter Decken und Lumpen …

„Signora?“ Ich hatte ihn nicht kommen gehört, jetzt stand er hinter mir, kleiner als ich und schmächtig, mit einem runzligen Gesicht, dessen ganze untere Hälfte von Bartstoppeln überwuchert war. Seine dunklen Augen glänzten im Licht der Straßenlaterne wachsam wie bei einer Maus. Er trug eine Wollmütze, die mich an Herrn Moor erinnerte, und zu einer abgetragenen Flauschjacke eine schäbige Hose, die sich im Wind blähte und dünne sichelförmige Beine erkennen ließ. Seine Hand hielt ein Päckchen Zigaretten.

„La casa della Signora Fantin?“, fragte ich, als hätte ich mich verlaufen. Anscheinend hörte er nicht gut, ich musste meine Frage wiederholen, aber dann sah er so arglos und mit soviel beflissener Hilfsbereitschaft an den Häuserfassaden empor, dass ich unwillkürlich dachte: So einer eignet sich nicht als Spion. Ich bezweifelte auch Tizianas Vermutung, der Mann sei ein Fischhändler. Aus dem einfachen Grunde, weil er nach allem Möglichen roch, nur nicht nach Fisch.

Er zuckte die Schultern, zeigte auf den Kahn und krächzte: „La mia casa!“ Dabei spuckte er einen zäh wirkenden Schleim ins Wasser, stieg, ohne sich noch länger um mich zu kümmern, über den Bootsrand und verschwand, nachdem er mit einem raschen Handgriff die Petroleumlampe vom Haken genommen hatte, in seiner dunklen Kajüte. Und während ich mich noch darüber wunderte, dass das geringe Gewicht seines Körpers soviel Wellenbewegung verursachen konnte, sah ich über den Rio di Ca' Dolce eine Polizeibarkasse herandonnern. Sie nahm die Kurve in überschäumendem Schwung und löste eine Heckwelle aus, die den flach geduckten Kahn in einen schlingernden Tanz versetzte. Der Bug schlug ein paar Mal mit hartem Krachen gegen die Quaimauer, worauf sein Besitzer noch einmal in der Öffnung erschien und dem Boot etwas nachschrie, was ich nicht verstand. Eigentlich galt auf den Kanälen eine Geschwindigkeitsbeschränkung, nach der sich im Normalfall auch die Polizei zu richten hatte. Im gleichen Augenblick wurden die Vorhänge im ersten Stock des Palazzo Fantin beiseitegeschoben und für wenige Sekunden erschien der Kopf der Signora hinter der Scheibe. Wenig später verschwand die gesamte Fensterfront im Dunkeln, dafür flammte nun im Schlafzimmer, am äußeren Ende der Fassade, eine bescheidene Lampe auf. Ich wartete, doch als sich weder in der Wohnung, noch im Boot etwas rührte, kehrte ich durch das windzerzauste Venedig zurück in meine Pension, zu einem abschließenden Reisebericht.

Zehntes Kapitel

Hilly stand im Türrahmen unseres Büros und unterhielt sich mit Lückmann. Es war Mittwoch Nachmittag, kurz vor fünf. Der Zug aus München war einigermaßen pünktlich in Münster angekommen, und ich war gleich weiter ins Präsidium gefahren.

„Ist was passiert?“, fragte ich.

„Nein“, sagte Max, „wenn man mal davon absieht, dass ich mich hier langsam fühle wie der Hamster im Laufrad.“

Ich sah beunruhigt von ihm zu Hilly und wieder zurück.

„Keine Neuigkeiten in unseren beiden Fällen?“

„Nichts! Aber wenn einer hier die ganze Arbeit allein machen muss …!“

„Ich war nur zweieinhalb Tage weg!“

Hilly ging einen Schritt zur Seite, um mir den Weg frei zu machen. Sie verströmte einen Jasminduft, den ich an ihr noch nicht kannte. „War's wenigstens schön?“

„Schön kalt“, sagte ich, „und schön regnerisch!“

„Na denn!“ Sie ging zur Tür. „Einen angenehmen Feierabend!“

„Setz dich mal mit Sabine in Verbindung“, rief Max ihr nach. „Sie hat viel Erfahrung mit sensibler Haut.“

Ich stellte die Tragetüte mit der teuren Venini-Vase für Marion und einer halbwegs erschwinglichen Karnevalsmaske für Kerstin vorsichtig in die Zimmerecke und setzte mich. „Ist der Chef noch da?“

„Er ist heute Mittag nach Hause gegangen“, brummte er.

„Ist er krank?“

„Das nicht gerade. Sein neues After Shave ist ihm nicht bekommen, und deshalb war er den ganzen Tag mies. Aber das wirst du schon wieder glatt bügeln, wenn du ihm morgen deinen Reisebericht vorlegst.“ Er warf mir einen erwartungsvollen Blick zu. „Wie geht es unseren Zehn Kleinen Negerlein? Können wir eins von der Liste streichen?“

„Frau Fantin“, nickte ich. „Dabei habe ich anfangs sogar geglaubt, sie hätte nicht nur ihre Schwester auf dem Gewissen, sondern auch Mann und Stieftochter.“

„Ich höre!“, sagte Max mit der typischen quäkenden Stimme des „Pinguins“. Ich musste lachen.

„Ein Motiv hätte sich leicht finden lassen; Eifersucht auf die Schwester, die ihr den Mann abspenstig machen wollte, und die Absicht, das Familienerbe für sich allein zu haben. Du hast sie ja nie gesehen, wie sie das Mobiliar in Nettelbeck taxierte. Und dann ihre Aufregung, als sie erfuhr, dass wir keinen Schmuck gefunden hatten! Der Grund, weshalb sie sich in der Woche vor dem Mord in Münster aufgehalten hat, war dann auch prompt ein Erbstück; ein Bild, das sie ihrer Schwester abgetrickst hat.“

„Hatte sie nicht genug Bilder von ihrem Mann geerbt?“, wunderte sich Max.

„Hast du jemals einen Menschen sagen gehört: Ich habe genug? Im Gegenteil, je mehr man besitzt, desto habgieriger wird man. Ihre Eile, an das Testament heranzukommen, die Ungeduld, bis sie endlich in die Wohnung konnte, die Panik, in die sie geriet, als sie von Reportern fotografiert wurde … Jede Einzelheit machte sie nur noch verdächtiger. Dann kam die Nachricht, sie hätte unter den Papieren ihrer Schwester etwas entdeckt, das uns weiterhelfen könnte, und als nächstes ihre Klage, sie würde beschattet. Beides habe ich als Ablenkungsmanöver interpretiert. Indem sie uns Beweismaterial überließ und sich selbst als Opfer hinstellte, machte sie sich unverdächtig.“

„Ich verstehe“, sagte Max.

„Das ist noch nicht alles. Im Autowrack ihres Mannes wurde eine zweite Person entdeckt, eine Frau, deren Gesicht so schlimm zugerichtet war, das man sie nicht identifizieren konnte. Erst als ihr Mann sie als vermisst meldete, stellte sich heraus, dass Fantin ein Verhältnis mit einer prominenten Venezianerin hatte.“

„Alter schützt vor Torheit nicht!“, warf er trocken ein. „Wusste seine Frau davon?“

„Eben nicht! Wenn sie es gewusst hätte, hätte das meinen Verdacht erhärtet, dass der Unfall manipuliert war. Aber sie klagte, dass ihr Mann allein habe sterben müssen. Sagt man das, wenn man weiß, dass seine Geliebt neben ihm saß? Und auch die Stieftochter hat bestätigt, dass ihre Mutter von dem Seitensprung keine Ahnung hatte. Von diesem Punkt an habe ich sie ausgeklammert, zumindest was Fantins Tod betraf. Auch wenn der Fall Abraham damit natürlich noch lange nicht vom Tisch war …" Und dann erzählte ich Max von meinem Gespräch mit dem Bauingenieur in Vicenza, der Frau Fantin am Sonntag Nachmittag zu einem Lokaltermin in ihrem Palazzo getroffen hatte.

Er trank den letzten Schluck Kaffee aus seinem Becher; ein Zeichen dafür, dass er sich seelisch und organisatorisch auf den Feierabend vorbereitete.

„War das Bild denn so wertvoll?" Sein skeptischer Blick verriet, dass er eher an irgendeinen „Kaufhausschinken" dachte.

„Ein Aquarell aus dem frühen neunzehnten Jahrhundert. Der Paulus-Dom von Westen. Sie hatte es ihrer Schwester überlassen, aber das Gartenapartment schien ihr nicht sicher genug. Deshalb wollte sie es haben."

„Ist die Sache glaubwürdig?"

„Sie hat mir das Bild gezeigt. Es hängt in ihrem Schlafzimmer. Demnach hat sie es an dem Samstag vor dem Mord mit nach Venedig genommen."

„Und das Dokument?", fragte er. Ich kramte in meinem Koffer und förderte den Brief mit der Gerichtsvorladung zutage. „Sagt dir der Name Oswald Springer etwas?"

Er schüttelte den Kopf, während er einen Blick darauf warf. „Ein Prozess vom August 1982? Da war ich ein blondgelockter Jüngling von sechzehn, ging in die Tanzstunde oder zum Fußballspielen und schlug mich im Paulinum mit Lateinarbeiten herum. Interessiert man sich in diesem Alter für Prozesse im Landgericht? Auch wenn man vom Schulhof fast in den Gerichtssaal gucken konnte?"

„Aber jetzt könntest du dich dafür interessieren", wandte ich ein. „Würdest du dich um die Akte kümmern? Sie müsste im Gerichtsarchiv liegen."

Er sah auf die Uhr. „Wenn ich die Brüder um diese Zeit noch erreiche? Sonst mache ich es morgen früh." Er notierte sich den Namen des Angeklagten und den Termin.

An der Tür hielt ich ihn noch einmal zurück. „Gibt es wirklich keine Neuigkeiten aus Nettelbeck?"

Er zeigte auf meinen Ablagekorb: „Ich habe alle Anrufe notiert, aber Sensationen waren nicht dabei. Und ins Heim fahren konnte ich nicht, weil ich keine Zeit hatte. Aber wenn ich mich nicht irre, liegt auch noch ein Liebesbrief für dich von Dr. Robbing dazwischen." Damit war er verschwunden.

Ich sah die Ablage durch. Das erste Schreiben kam von der Präsidiumsverwaltung. Man hatte mein Tagegeld für Venedig irrtümlich zu gering eingestuft und versprach, den Restbetrag von sechsunddreißig Mark fünfundsiebzig auf mein Konto zu überweisen. Ich nahm es ebenso gerührt zur Kenntnis wie die zweite Nachricht, die von Frau Brede stammte und besagte, dass man mir zwei Freikarten für die Aufführung von „Neun Personen zum Dinner" am 3. Januar um 15.00 Uhr reserviert habe. Demnach war die Probe am vergangenen Freitag erfolgreich verlaufen und der Streit um die Kostüme beigelegt. Die Mitteilung des Gerichtsarztes war erwartungsgemäß eine Ergänzung zum Obduktionsbericht Helene Abraham. Die Verätzungen, die die Tote in Speiseröhre und Magen aufgewiesen hatte, waren mit großer Wahrscheinlichkeit von Butocarboxim ausgelöst worden, ganz gleich, ob es nun aus ihrem Badezimmer stammte oder aus dem Giftschrank ihres Mörders. Ich fütterte den Computer mit meinem Reisebericht und machte mich zum Heimgehen fertig. Über der Etage des Morddezernats lag die lethargische Ruhe der letzten Woche vor Weihnachten. Und doch schienen die Feiertage in unerreichbarer Ferne; unvorstellbar der Gedanke an Kerzenglanz und Plätzchenduft, raschelndes Geschenkpapier und Weihnachtsmusik.

Kerstin hatte sich eine weitere Nacht bei Marion erbettelt, so dass ich einen einsamen Abend vor mir hatte, und ich spürte auf einmal, wie sehr ich mich auf die Ankunft von Franz freute. Er würde sich alle Mühe geben, mir den Fall Abraham für eine Weile aus dem Kopf zu treiben, und der Erfolg war ihm dabei sicher.

Die Akte Springer kam gleich am Donnerstag Morgen mit dem Botendienst, im selben Augenblick, in dem Lückmann, noch bevor er seinen Mantel am Kleiderständer unterbrachte, einen eindrucksvollen Packen fotokopierter Zeitungsartikel aus der Aktentasche zog.

Die Zeitungsberichte vermittelten den Eindruck, als wäre Münster von dem Springer-Prozess wochenlang in Atem gehalten worden. Fast täglich war über ihn berichtet worden. Umso erstaunlicher schien die Tatsache, dass er nach nur sechzehn Jahren wieder in Vergessenheit geraten war. Sogar Hilly erinnerte sich nur vage an die Geschichte, aber ich erklärte mir diese Kurzlebigkeit mit dem tragischen Faktum, dass der Angeklagte wenige Wochen nach seiner Verurteilung in der Zelle Selbstmord begangen hatte. Damit war für die Öffentlichkeit die Tat gesühnt, auch wenn er sie bis zum Schluss bestritten hatte. Aber welche Tat? Und von welchem Angeklagten? Ungeduldig las ich weiter …

Oswald Maria Springer, 1930 in Münster geboren, hatte sich in den späten siebziger Jahren als Architekt dadurch einen Namen gemacht, dass er mehrere westfälische Wasserburgen mit Stilbewusstsein und Fingerspitzengefühl instand gesetzt hatte. Er folgte damit einem wahren Boom an Renovierungsaktivitäten, der mit Heimatgefühl, aber auch mit einem neuen Bewusstsein für historische Bausubstanz verbunden war. Anstatt Altes abzureißen und in Kartonmanier Neues hochzuziehen, begann man Backsteingemäuer zu begutachten, verwitterte Dachziegel wiederzuverwenden, angeschlagene Fliesen oder altersgeschwärzte Balken. Was immer dieser Mann verbrochen hatte, allein wegen seiner Restauratorenarbeit war er mir sympathisch. Nicht umsonst hatten Franz und ich uns in Altötting mit der Wiederherstellung eines verfallenen Bauernhofs herumgeplagt. Dabei hatte ich, zumindest was die ersten Zeitungsartikel anging, den Eindruck, dass ich mit meiner spontanen Zuneigung nicht allein war. Der Text über seinen Lebenslauf war wohlwollend-neutral und das Foto ansprechend. Es zeigte in zwei Varianten einen leicht untersetzten Mann mit blonden, schon etwas schütteren Haaren und einem unauffälligen Gesicht, in dem höchstens die „Hamsterbacken" und auffallend große Ohrmuscheln hervorstachen.

Als nächstes stellte sich heraus, dass Springer zweiundzwanzig Jahre lang mit der Tochter eines bekannten Münsterschen Rechtsanwalts verheiratet gewesen war. Ich betrachtete ihr Foto und versuchte mich zu erinnern, ob es zu der Sammlung auf Frau Abrahams Nachttisch gehört hatte. Vielleicht in dem Silberrahmen mit dem Rosendekor? Aber ich erinnerte mich nicht mehr. Wie es jedenfalls schien, war über dieser offenbar kinderlosen Ehe nicht nur Springers Karriere gescheitert, sondern sein Leben insgesamt. Er hatte sich in seiner Gefängniszelle vergiftet.

Am 15. März 1982, einem Dienstag, hatte Springer morgens um sieben Uhr seine Frau tot in ihrem Bett gefunden, die beiden schliefen getrennt. Auf dem Nachttisch entdeckte er die leere Schachtel ihrer Schlaftabletten, eine ausgeleerte Whiskyflasche und einen Abschiedsbrief. Darin teilte sie ihm mit, sie könne ihre Depressionen nicht länger ertragen. Elisabeth Springer-Franke war 52 Jahre alt gewesen und seit etwas mehr als einem Jahr in therapeutischer Behandlung. Der Hausarzt, den Springer sofort verständigte, hatte den Totenschein mit dem Vermerk ausgestellt, dass es sich um einen nichtnatürlichen Tod handele. Und wie es Vorschrift ist, war Kriminalinspektor Ludger Helferich, Lückmanns Vorgänger, ins Haus gerufen worden. Doch der Fall schien klar. Die Schrift auf dem Abschiedsbrief wurde als die der Toten identifiziert, sie hatte schon öfter zur Flasche gegriffen, und auch die Schlaftabletten waren ihr verschrieben worden.

Sechs Tage nach ihrem Tod hätte die Beerdigung stattfinden sollen, zweifellos unter großer Anteilnahme von Familienangehörigen und Freunden, die wahrscheinlich den mangelnden Lebenswillen einer so gut versorgten und zärtlich geliebten Frau kritisiert hätten. Aber der Termin wurde verschoben, weil es plötzlich Verdächtigungen gab, die die Selbstmordtheorie von Grund auf erschütterten. Den Anlass lieferte eine enge Freundin der Verstorbenen, die sich bei dem damaligen Hauptkommissar Harald Dertrup mit der Behauptung meldete, Elisabeth sei kontinuierlich mit kleinsten Giftdosen traktiert worden, um sie in den Wahnsinn zu treiben. Und wenn sie den Freitod gewählt habe, dann nur als letzte verzweifelte Flucht. Viel plausibler sei allerdings die Theorie, dass Springer in der Nacht zum 15. März zu einer, wie die Freundin es nannte, „Radikalkur" gegriffen habe, um seine Frau endgültig zu töten. Nur die Tatsache, dass es keine zwingenden Beweise gab, hatten die Informantin davon abgehalten, schon früher zur Polizei zu gehen. In der Presse waren nur ihre Initialen genannt worden. Ich klappte die Prozessakte auf und fand meine Ahnung bestätigt; Frau Springers Freundin war Helene Abraham, Apothekerin, wohnhaft in der Schützenstraße.

Man vernahm den Ehemann, durchleuchtete seinen Bekanntenkreis und rollte die Anamnese von Frau Springers psychischer Erkrankung auf. Nach Aussage ihres Arztes hatte sie schon seit Monaten alle möglichen unklaren Beschwerden gehabt, die sich in den drei Wochen bis zu ihrem Tod zu Wahnvorstellungen gesteigert hatten. Tagsüber hatte sie untätig herumgesessen oder geschlafen und war nachts durchs Haus gegeistert, um mit laut aufgedrehtem Radioapparat oder Fernseher den „Spuk“ zu vertreiben, der sie unablässig verfolgte, während in Wirklichkeit Mann und Nachbarn aus dem Schlaf gerüttelt wurden. Unerträglich sei dieser Zustand gewesen, das bestätigten die Anwohner nicht nur den Reportern, sondern auch der Polizei. Aber eine Einweisung in eine Anstalt war – und jetzt hatte ich den Bericht des behandelnden Therapeuten vor mir – an Springers hartnäckigem Einspruch gescheitert; aus Liebe, wie er beteuerte und aus Angst, sie endgültig zu verlieren. „Ich habe meine Frau geliebt!“ lautete die fettgedruckte Schlagzeile der Zeitungsmeldung vom 21. März, aus der auch hervorging, dass er mit dem Auftreten der ersten, noch wenig gravierenden Symptome eine Haushälterin eingestellt hatte, damit Elisabeth tagsüber nicht allein war und sich, befreit von sämtlichen häuslichen Pflichten, ausschließlich so therapeutisch wirksamen Beschäftigungen wie Handarbeiten, Lesen und Musikhören widmen konnte. Wie schwer die Frau dennoch zu ertragen war, wurde aus der Tatsache klar, dass die Haushälterinnen sich die Klinke in die Hand gegeben hatten, fünf Bewerbungen in acht Monaten! Keine von ihnen hatte die Probezeit durchgehalten, dabei handelte es sich, den Personalien nach, durchwegs um ältere, bodenständige Frauen. Eine Ausnahme machte nur die allerletzte, die zur Zeit der Tragödie im Haus gewesen war, die jüngste in diesem Kreis, etwa gleichaltrig mit der Hausherrin, eine gewisse Dora Voss aus Münster, die sich allerdings als die am wenigsten mitteilungsfreudige zeigte. Ich überflog die Gesprächsprotokolle der fünf. Ihre Antworten fielen ziemlich gleich aus, wenn man vom unterschiedlichen Wortreichtum absah. Dabei stellte ich fest, dass die Frauen in der Reihenfolge ihrer Einstellung immer einsilbiger wurden, bis hin zu der mehr als wortkargen Frau Voss. Die Arbeitsbedingungen im Haus Springer wurden allerdings stets als angenehm beschrieben: Dienst von neun bis achtzehn Uhr mit einstündiger Mittagspause, leichte Hausarbeit bei guter Bezahlung. Und dennoch folgte der Rückzug fast immer auf dem Fuß. Nur Frau Voss hatte sich, eigenen Aussagen zufolge, dem gefühlsmäßigen Wechselbad, in dem die Kranke ständig zu schwimmen schien, gewachsen gefühlt. Ja, sie hatte, wie sie in einem überraschenden Anfall von Gesprächigkeit zugab, eine Art Zuneigung zu dem „armen

Geschöpf" gefasst und nicht im Traum daran gedacht, ihre Probezeit vorzeitig abzubrechen.

Die polizeilichen Ermittlungen gestalteten sich zäh. Frau Abrahams Behauptungen wurden von Springer als „üble Verleumdung einer Suffragette" abgetan, die seine Frau zur Lesbe habe machen wollen, und sie ließen sich auch nur schwer vereinbaren mit den Beteuerungen der Verwandtschaft und des Freundeskreises, die eine bis zu der Erkrankung der Frau harmonische Ehe schilderten, wenngleich es auf Erkundigungen nach intimeren Einzelheiten ebenso spärliche Informationen gab wie auf die Frage, wann denn nun eigentlich Frau Springers Symptome begonnen hätten. Das Ehepaar hatte sehr zurückgezogen gelebt, vor allem, nachdem der Mann sich mit seinem eigenen Hausbau finanziell übernommen und die Therapie und das Personal für seine Frau weitere materielle Belastungen mit sich gebracht hatten. Doch ob nun die unklaren Verhältnisse im Haus den nötigen Verdacht geweckt oder Frau Abrahams Hartnäckigkeit die Nerven ausreichend strapaziert hatte, die Leiche wurde obduziert und drei Tage später bestätigte sich der Vorwurf der Freundin. Frau Springer war mit E 605 vergiftet worden; eine chronische bis subchronische Intoxikation. Erst jetzt stellte sich heraus, dass sie ein paar Wochen zuvor eine größere Geldsumme geerbt hatte, und die Weigerung des Ehemannes, sie in eine Anstalt zu geben, erschien plötzlich in einem anderen Licht; als hätte er befürchtet, die Vergiftung würde aufgedeckt, bevor er sie zu Ende gebracht hatte. Nun nahm sich ein Graphologe auch den Abschiedsbrief vor, verglich ihn mit Briefen, die die Verstorbene an Frau Abraham geschickt hatte, und entdeckte, dass die Schrift des ersteren hervorragend imitiert war – allerdings von einem Rechtshänder, während die Tote Linkshänderin gewesen war. Noch am selben Nachmittag nahm Dertrup den Ehemann auf einer Baustelle fest.

Ich legte die Zeitungskopien beiseite, schlug wieder die Prozessakte auf und las die Vernehmungsprotokolle. Springer hatte, wie gesagt, die Tat bis zum Schluss bestritten, er hatte nicht die geringste Ahnung, woher das Gift stammte, zumal es im ganzen Haus keine Topfpflanzen gab, weil er von Kindheit an unter chronischer Bronchitis litt. Sein Garten bestand aus Rasen und robustem Gebüsch. Wozu also Insektizide? Dagegen habe er, so beteuerte er dem Untersuchungsrichter, sich wegen dieser unlösbaren familiären Schwierigkeiten manchmal so krank gefühlt, als sei ihm selbst Gift verabreicht worden. Seine Frau sei unterdessen immer unzugänglicher und launischer geworden, und mit ihrem Alkoholismus habe es sich auch nur sehr schwer leben lassen. „Also hatten Sie ein Motiv?", hatte der Staatsanwalt den Ehemann am ersten Prozesstag gefragt, und Springer: „Nein! Ich habe sie geliebt! Hätte ich sonst monatelang einen Psychotherapeuten ins Haus geholt? Ich habe immer gehofft, sie wird wieder gesund!"

„Und als sich ihr Zustand nicht besserte", widersprach ihm der Staatsanwalt, „da haben Sie sie aus dem Weg geräumt!" Und Springer, „aufspringend", wie es im Protokoll hieß: „Nein, so war das nicht! Sie selbst hat ihre Krankheit nicht mehr ausgehalten!" Auch Frau Abraham hatte, auf die Krankheitsgeschichte angesprochen, erzählt, sie habe die Freundin nie anders gekannt als depressiv und launenhaft. Erst ihr alarmierender Anruf am Spätnachmittag des 14. März in ihrer Apotheke an der Aegidiistraße habe sie aufmerksam gemacht. Von „heftigen Weinkrämpfen" war die Rede, von „Brechreiz und Kreislaufstörungen", die sie im Nachhinein auf die regelmäßigen Giftdosen zurückgeführt habe. Sie sei sofort zu ihr gefahren, aber der Ehemann habe sie mit dem Argument abzuwimmeln versucht, das seien Allüren, wie sie häufig vorkämen. Nur mit Mühe war es ihr gelungen, die Kranke wenigstens kurz zu besuchen.

Daraufhin der Verteidiger: „Wenn Frau Springer in einem so schlechten Zustand war, ist doch wahrscheinlich auch die Handschrift in ihrem Abschiedsbrief verändert gewesen." – „Sobald ich bei ihr war, wurde sie ruhig." – „Wer hat Ihnen die Tür aufgemacht?" Und Frau Abraham: „Die Haushälterin, sie wollte gerade gehen." „Warum haben Sie nicht dafür gesorgt, dass ein Arzt geholt wurde?" Und Frau Abraham wieder: „Ich habe Herrn Springer dringend dazu geraten. Aber er sagte, in diesem Zustand hätten Dr. Fellner und er sie schon so oft erlebt, dass der Doktor sich unter Garantie weigern würde, ins Haus zu kommen." – „Ist Dr. Fellner der Psychotherapeut?" – „Nein, der Hausarzt." – „Kannten Sie Frau Abraham?", hatte der Staatsanwalt dann Springer gefragt. Und er: „Nur vom Telefon. Gesehen hatte ich sie bis dahin noch nie."

Frau Abrahams Aussage, dass während ihres Besuchs keine Whiskyflasche am Bett der Kranken gestanden habe, konterte der Verteidiger mit der Behauptung, Frau Springer habe nur nachts getrunken, wenn sie von ihren Alpträume geplagt wurde. „Wie ging es ihr denn, als Sie sich von ihr verabschiedeten?“, hatte er sich dann an Frau Abraham gewandt. Und sie: „Den Umständen entsprechend gut. Ich hatte ihr ein Beruhigungsmittel gegeben.“ – „Obwohl Sie den Verdacht hatten, dass sie vergiftet wurde? Wie konnten Sie das verantworten?“ Und Frau Abraham, offenbar sehr ruhig: „Es war ein homöopathisches Mittel, selbst wenn es ihr nicht half, konnte es ihr auch nicht schaden.“ Das Gift, so lautete ihre Vermutung, sei über mehrere Tage oder sogar Wochen in ganz kleinen Dosen verabreicht worden, ins Essen gemischt oder unter den Whisky. Möglicherweise hatte sich die Sache, mit längeren Unterbrechungen, auch über ein paar Monate hingezogen, um ihren Gesundheitszustand zu schwächen, ohne dass die Symptome zu augenfällig wurden, ein schleichendes Delirium.

Eine Hausdurchsuchung hatte nichts ergeben, keine Sprühdosen oder -flaschen, statt dessen allerdings eine bedenkliche Ansammlung von Flaschen der Marke Laphroaig. Als ich den Namen las, erinnerte ich mich an die Behauptung von Lenz, schottischer Whisky sei die einzige Flüssigkeit, aus der sich selbst eine starke Giftprise nicht herausschmecken lasse. Die leere Flasche am Bett der Toten hatte keine verdächtigen Spuren getragen, in dem Laden, der sie ins Haus geliefert hatte, bestätigte man als Auftraggeberin Frau Springer, und da die Verschlusskappen des noch verbliebenen Vorrats unangetastet waren, hatte man auf weitere Untersuchungen verzichtet.

Dieser vierte Prozesstag war mit der Frage an Springer zu Ende gegangen, was er nach Frau Abrahams Besuch noch getan habe. Und er sagte aus, er habe, da sich seine Frau ja wieder beruhigt hätte, seine Zeitung zu Ende gelesen, sei in der Küche eine Weile mit dem Abendbrot beschäftigt gewesen und früh schlafen gegangen. „Abendbrot nur für Sie?“, hatte der Staatsanwalt gefragt. Aber Springer hatte dazu wie selbstverständlich genickt. Jawohl, nur für ihn, ein Käsebrot, ein Schinkenschnittchen und eine Flasche Bier. Und die Nacht sei ruhig gewesen. „Auffallend ruhig?“, hatte der Staatsanwalt wieder „zynisch“ gefragt, und der Angeklagte hatte die Schultern gezuckt.

Ich schob den Ordner in die Tasche, zum Durchackern zu Hause. Die Zahl der Untersuchungsprotokolle und Gutachten bot Lesestoff bis weit nach Mitternacht. Natürlich hätte ich sofort nachblättern können, wie man den Ehemann schließlich überführt hatte, aber in Anbetracht der überraschenden Duplizität der Fälle Springer und Abraham wollte ich den Ermittlungen Schritt für Schritt folgen, um keine wichtigen Teilergebnisse zu verpassen. Ein Zusammenhang zwischen dem Tod der beiden Frauen schien immer wahrscheinlicher. Die Methode, das Opfer mit geringen, aber kontinuierlichen Giftdosen in alkoholischen Getränken zu töten, war natürlich nicht neu, aber da sie von beiden Tätern angewendet worden war, konnte ich voraussetzen, dass Frau Abrahams Mörder von ihrer Rolle im Springer-Prozess wusste und beschlossen hatte, sie auf ähnliche Weise aus dem Weg zu schaffen wie die unglückliche Freundin. Hatte sie einen solchen Racheakt geahnt? Ihrer Schwester hatte sie offenbar nichts gesagt. Ich überlegte. Konnte sie darüber mit einem Heimbewohner gesprochen haben? Aber verbreitete sich jemand, der erst ein paar Wochen in einer neuer Umgebung lebte, über so heikle und vertrauliche Dinge? Noch dazu ein älterer Mensch, der als besonnen und zurückhaltend galt? Ich ging noch einmal ihren Bekanntenkreis durch und die Rollenliste des Theaterstücks. Doch die „Neun Personen zum Dinner“ mochten ein anregendes Puzzle für Mordvarianten bilden, als verlässliche Quelle erschienen sie mir seit meiner Venedigfahrt nicht mehr.

Also weit und breit kein Anhaltspunkt, dafür eine vage Vorstellung von dem mühsamen und unbefriedigenden Versuch, die in den Prozess verwickelten Personen zu befragen. Wer von ihnen würde sich nach sechzehn Jahren noch genau erinnern, wer überhaupt noch am Leben sein? Und würde man die Richterin Anneliese Kühntropp ausfindig machen, die Springer zu zwanzig Jahren Haft verurteilt hatte?

Es war halb zwei, als ich die Akte endlich zuklappte, aber meine Gedanken kamen noch lange nicht zur Ruhe. Die Ehe der Springers war nicht, wie ich angenommen hatte, kinderlos gewesen.

Sie hatten eine Tochter gehabt, die im Alter von fünf Jahren durch die Unachtsamkeit eines Au-Pair-Mädchens ums Leben gekommen war, das Kind hatte sich beim Schaukeln mit dem Seil stranguliert. Das war im Jahr 1968 gewesen. Seit diesem Schicksalsschlag hatte

Frau Springer immer wieder unter Phobien und Depressionen gelitten. Aus Angst, sie könnte wieder schwanger werden und auch das nächste Kind verlieren, hatte sie sich ihrem Mann verweigert, was wiederum die Aussagen über eine „harmonische Ehe“ in Frage stellte. Sie hatte ihren Haushalt vernachlässigt, aber lange Zeit eine Putzfrau abgelehnt, wohl aus einer tiefen Abneigung gegen fremde Hilfskräfte. All diese Jahre hindurch hatte sie als selbstmordgefährdet gegolten und Medikamente bekommen, aber dann, so entnahm ich dem Bericht des behandelnden Therapeuten, war eine überraschende Besserung eingetreten, als sie sich mit einer Nachbarin anfreundete. Ihr Name war nicht genannt, aber allem Anschein nach handelte es sich um Helene Abraham. Demnach hatten auch Springers in der Schützenstraße gewohnt. Im Sommer 1981 war es Springer dann endlich gelungen, eine Haushälterin für seine Frau zu finden. Und zumindest Frau Voss schien ihm in beinahe hündischer Zuneigung ergeben gewesen zu sein. Nicht dem „armen Geschöpf“, sondern ihm hatte sie sich in Wirklichkeit verpflichtet gefühlt, hatte ihn, ihr hartnäckiges Schweigen brechend, in den letzten Prozesstagen mit Zähnen und Klauen verteidigt und die Ermordete, ihren Jähzorn, ihre Abgestumpftheit mit noch giftigeren Worten geschildert als alle ihre Vorgängerinnen zusammen. Bewirkt hatte sie mit dieser Philippika nichts, und am Ende meiner Lektüre stellte ich fest, dass das Bild des Angeklagten im Laufe der etwa zweihundertfünfzig Prozess-Seiten eine bestürzende Demontage durchgemacht hatte, nicht nur bei Gutachtern und Zeugen, sondern auch in der öffentlichen Meinung, die die Stadt beherrschte.

Im Laufe des Samstagvormittags fand ich heraus, dass Anneliese Kühntropp vor einem halben Jahr in Pension gegangen war und in Kinderhaus wohnte. Sie erklärte sich spontan zu einem Gespräch bereit.

„Natürlich erinnere ich mich an den Prozess“, sagte sie und versuchte dabei, den Schnauzer, der mit zur Wohnungstür gekommen war, von meinen Hosenbeinen fernzuhalten. Womöglich roch der Hund die Spuren, die Red Butlers intensive Begrüßungsfreude an diesem Morgen hinterlassen hatte, nachdem er von Kerstin mehr schlecht als recht versorgt worden war.

Frau Kühntropp war von großer, sportlicher Statur und hatte kinnlanges, schneeweißes Haar, unter dem ihr Gesicht überraschend jugendlich wirkte; hellbraune, lebhafte Augen, ein nicht übertrieben wirkendes Make-up, modischer, aber dezenter Silberschmuck auf schwarzer Kleidung. Sie wies mich ins Wohnzimmer und beförderte gleichzeitig den Hund mit einem energischen Griff am Halsband in die Küche.

Frau Kühntropp hatte eine unverkennbare Vorliebe für alles Asiatische, niedrige Tische und Sitzmöbel, ein Schaukelstuhl aus Rattan in einem Rattanständer, Bambusrollos an den Fenstern und an den Wänden Fotos von buddhistischen Tempeln und Pagoden. Eine ganze Kollektion schwarzer Lackdöschen und blau-weißer Suppenschälchen mit den typischen, immer etwas zu groß wirkenden Porzellanlöffeln reihte sich auf einer mit viel Schnitzerei verzierten Ebenholz-Kommode. Sie war meinem Blick durchs Zimmer gefolgt.

„Ein halbes Jahr nach Prozessende wurde mein Mann nach Tokyo versetzt", sagte sie. „Wir blieben dort bis zu seinem Tod, dann allerdings wollte ich doch lieber wieder nach Münster zurück. Obwohl ich sehr gerne in Japan gelebt habe. Was kann ich für Sie tun?"

„Die Frau, die damals den entscheidenden Hinweis zu Herrn Springers Festnahme gegeben hat, wurde selbst ermordet", sagte ich. „Die Freundin der Toten, sie hieß Helene Abraham."

„Sie wurde ermordet?", fiel sie mir erregt ins Wort. „Wann denn?"

Ich sagte es ihr und sie nickte: „Da war ich für ein paar Tage verreist. Deshalb habe ich es nicht mitbekommen. Wie ist es passiert?"

„Eine Intoxikation über längere Zeit, mit einem Insektizid, das möglicherweise mit einem alkoholischen Getränk vermischt war."

„Lassen Sie mich nachdenken, die Sache liegt so lange zurück." In unser Schweigen mischte sich das Fiepen und Scharren des Hundes, und ich beschloss, falls ein Rundgang durch das Wohnviertel nötig würde, den beiden hartnäckig auf den Fersen zu bleiben. Die Richterin machte nämlich nicht den Eindruck, als würde ihr Gedächtnis sie völlig im Stich lassen.

„Haben Sie sich die Akte besorgt?"

„Natürlich", nickte ich, „aber einiges ist mir nicht ganz klar."

„Und zwar?" Sie stand auf. Die Winselei in der Küche vertrug keinen Aufschub mehr, und ich folgte ihr wie in einer stummen Vereinbarung. Sie öffnete die Küchentür, und der Hund schoss in den Flur wie ein Mini-Stier in seine Arena, mit dem Unterschied, dass ihn nicht die Kampflust trieb, sondern ein sehr elementares Bedürfnis.

Während sich der Hund zielstrebig auf den Weg zu seinem Lieblingsbaum machte, begannen Frau Kühntropps graue Zellen zu arbeiten. Wie sie schließlich erzählte, hatte sie der Fall schon interessiert, bevor er sie als Richterin betraf. „Von dem Augenblick an, als gemeinsame Bekannte mir von Frau Springers Tod berichteten."

„Sie kannten sie?"

„Nur ihn", entgegnete sie. „Und wer kannte Springer nicht? Man traf sich im Zwei-Löwen-Club, damals wohnten sie ja noch genau gegenüber, auf der anderen Seite des Kanonengrabens, und mein Mann und er … Aber", sie sah wieder dem Hund zu, der mit der unerschütterlichen Ruhe eines älteren Herrn sein „großes Geschäft" verrichtete, „sie waren nicht befreundet, womit sich auch der Vorwurf der Befangenheit erledigt, mit dem ich nach dem Urteilsspruch bombardiert wurde."

„Er bekam zwanzig Jahre?"

„Eben", nickte sie. „Der Staatsanwalt hatte dreißig gefordert, der Verteidiger auf Freispruch plädiert."

„Stimmt es, dass er die Tat nie gestanden hat?"

„Das stimmt. Er hat uns die Sache nicht leicht gemacht. Die Indizien haben ihn überführt. Aber seine Frau …" Sie legte den Hund an die Leine, „wenn man wie ich den Mann früh verloren hat, tut man sich schwer mit einer Person, wie sie es war. Musste sie ihn so behandeln? Es war doch auch seine Tochter!"

„Was für ein Typ war sie?", fragte ich, und daraufhin erzählte sie, dass sie und ihr Mann die Springers vor vielen Jahren im Foyer des Stadttheaters gesehen hätten; eines der wenigen Male, wo Frau Springer sich in der Öffentlichkeit hätte blicken lassen.

„Also, ich kann mit diesen blutleeren, ätherischen Geschöpfen nicht viel anfangen. Man glaubt immer, man könne durch sie hindurchsehen. Er dagegen sprudelte förmlich über vor Aktivität und Optimismus. Es hat mir leid getan um ihn. Wer weiß, wer oder was ihn dazu gebracht hat, sie umzubringen!"

„Gab es andere Frauen?"

„Das kann ich Ihnen nicht sagen", sagte sie kühl.

„Wussten die Haushälterinnen denn nichts?"

„Ach, die! Na ja, die letzte, die bei ihm arbeitete, ich wette, die wusste mehr. Aber sie wollte nicht reden."

„Eine Geliebte wäre ein Motiv gewesen, nicht wahr?" Darauf antwortete sie nicht.

„Merkwürdig", fuhr ich fort, „ich hätte wetten mögen, dass diese Frau Voss selbst mit Springer ein Verhältnis hatte."

„Sie meinen, weil sie ihn so vehement verteidigte? Ja, diese Frau hat uns Rätsel aufgegeben. Zuerst sagte sie aus, sie hätte für die Ermordete Sympathie und Mitgefühl empfunden, aber dann war Frau Springer auf einmal selbst schuld an der ganzen Tragödie. Außerdem hat sie Herrn Springer in der Strafanstalt besucht."

„Stammte von ihr das Gift, mit dem er sich umgebracht hat?"

„Das vermutet man. Sie ist auch die einzige gewesen, die an jedem Verhandlungstag zur Stelle war, und immer saß sie so nah wie möglich bei ihm."

„Und sie selbst war nicht verdächtig? Schließlich war sie den ganzen Tag allein mit Frau Springer."

„Frau Abraham hat nur ihren Mann belastet. Frau Springer hatte ihr einiges anvertraut." Jetzt nahm sie den Hund auf den Arm, seine nassen Pfoten hinterließen dunkle Tapser auf ihrem hellen Wollmantel, während er mich aus melancholischen Augen betrachtete. Kein Zweifel, dieser Hausgenosse hatte eindeutige Vorstellungen, wie der Tagesablauf seines Frauchens zu funktionieren hatte.

Ich verabschiedete mich, und während ich ins Präsidium zurückfuhr, dachte ich wieder über die Indizien nach, die Springer zwanzig Jahre beschert hatten. In seinem Haus hatte man kein belastendes Material gefunden, erst später, als er sich wahrscheinlich schon in Sicherheit wiegte, waren die Kollegen von der Spurensicherung noch einmal in seinem Büro am Horstmarer Landweg aufgetaucht und hatten beim Umdrehen sämtlicher Schubladen ein E-605-haltiges Insektizid sowie Informationsmaterial über die Wirkung von Kontaktgiften auf den menschlichen Organismus gefunden; eine Schriftenreihe der Universität Münster, die es nicht im Buchhandel, sondern nur in Spezialbibliotheken gab. Bei einem Allergiker, der weder im Haus noch im Büro Pflanzen duldete, war das ein ziemlich überraschender Fund. Unwillkürlich überlegte ich, ob in der Bücherei von Haus Nettelbeck einschlägiges Material zu finden war? Vielleicht mit einem Ex-Libris oder einem Lesezeichen, das uns Auskunft über seinen Benutzer gab? Das einzige, was mir spontan einfiel, war das Orchideen-Buch auf dem Messingtisch des Professors. Da er gar keine Orchideen besaß, hatte ich angenommen, dass es sich um das unpersönliche, aber repräsentative Weihnachtsgeschenk wohlhabender Freunde handelte oder um das Verlegenheitspräsent zu einem runden Geburtstag. Jetzt fiel mir auch ein, dass es am Tag nach Frau Luhe-Wildenaus Tod nicht mehr dort gelegen hatte. Der Professor hatte es zurückgestellt und gleichzeitig das Bücherchaos auf Fußboden und Schreibtisch vergrößert.

Springer war über die Wirkung von E-605 also eingehend informiert gewesen. Aber die Frage, ob Frau Voss eine Mitwisserin oder gar Mittäterin gewesen war, war damit natürlich nicht beantwortet. Und erst recht nicht die viel aktuellere Frage, ob sie mit Frau Abraham in jüngster Zeit Kontakt gehabt hatte. Unter einem anderen Namen und in Haus Nettelbeck, zum Beispiel?

Am Montag morgen nahmen wir uns alle Zeitungsfotos vor, die den Springer-Prozess illustrierten, und Lückmann sprach bereits von „Murphy's Law“, weil natürlich in keinem der Untertitel der Name Dora Voss vorkam. Mit Schüllers Hilfe vergrößerten wir das eine oder andere Gesicht aus den Zuschauerreihen, die der Anklagebank am nächsten waren. Aber das Druckraster machte es uns nicht leicht. Sechzehn Jahre Altersunterschied und die vielen fremden Gesichter in Haus Nettelbeck waren eine schwere Hypothek. Und über die Donnerstags-Besucherin hatten wir zu wenig Aussagen; eine markante Stimme hatte sie gehabt, das war alles. Ich legte die vergrößerten Kopien auf meinem Schreibtisch aus wie eine Riesenpatience – nicht ein einziges bekanntes Gesicht? Oh doch! Die leicht aufgestülpte Nase eines allerdings männlichen Tribünenbesuchers erinnerte mich an Frau Epsteins Aussage, sie bezöge die Ideen für ihre Kriminalgeschichten aus dem Gerichtssaal.

Eine halbe Stunde später saß ich in ihrer Wohnung. Das Mittagessen war gerade vorbei, und ihr Zimmer verströmte einen wolkenartigen Geruch nach Blumenkohl und Himbeerpudding. Sie trank, den kleinen Finger zierlich weggespreizt, ihren Verdauungs-Espresso und verbreitete die Behaglichkeit eines älteren Menschen, der sich gut betreut fühlt und sein Mittagsschläfchen herbeisehnt. Der Speiseplan für die bevorstehenden Feiertage lag, säuberlich angekreuzt, neben ihr auf dem Tisch. Sie erzählte, dass sie auch das vergangene Wochenende wieder ihrer Cousine beigestanden habe, die sich so gar nicht ans Alleinsein gewöhnen könne, und seufzte dabei. „Als wenn unserer Generation das Alleinsein nicht in den Terminkalender notiert würde! Aber an beiden Feiertagen ist sie natürlich hier bei mir, das ist gar keine Frage!“

„Was machen die Theaterproben?“

Ihre Antwort wirkte überraschend kühl. „Warum fragen Sie nicht Frau Brede? Ich kann mich nicht um alles kümmern.“

Das klang nach Missstimmigkeiten. Ich wurde hellhörig und beschloss, zur Sache zu kommen. Der Fall Springer? Oh ja, sie erinnerte sich, sehr genau sogar. „Obwohl …, warten Sie, als der Prozess begann, war ich gar nicht in Münster. Anfang August 1982? Da hatte meine Cousine mich nach Mallorca eingeladen.“

Die mit dem großen Haus?

Genau die! Vermögend, wie es schien, und unabhängig. Der Mann hatte das Geld verdient, und sie hatte es ausgegeben. Beneidenswert! Ihr Blick sah an mir vorbei in irgendwelche Untiefen jenseits meines Kopfes, dann sammelte sie sich wieder. „Aber ich habe die Sache natürlich in den Zeitungen verfolgt, kriminalistisch interessiert wie ich nun einmal bin. Und dass sich der Mann dann in der Zelle umgebracht hat, mit dem Gift seiner Hausgehilfin …“

„Kannten Sie die Frau zufällig?“

„Die Hausgehilfin? Nein, woher sollte ich? Stimmt es etwa nicht, dass er seine Frau umgebracht hat?“

„Natürlich stimmt es“, gab ich zurück.

„Dann verstehe ich Ihre Frage nicht.“ Sie rutschte in ihrem Korbsessel herum.

„Frau Abraham war die Kronzeugin.“

„Wie gesagt, ich war nicht in Münster. Aber, wenn ich mich recht erinnere, waren Frau Abraham und Frau Springer befreundet.“

„Richtig“, nickte ich. „Und Sie als Kriminalautorin …“

„Ach, da übertreiben Sie …“, ihre kleine, mollige Hand erhob sich abwehrend. „Das sind doch nur einfache Sketche.“

Ich stand auf. Entweder war der Zeitpunkt für eine Befragung noch zu früh, oder sie wusste wirklich nichts, wobei ich instinktiv auf die erste Variante spekulierte. Diese Frau ging mit wacheren Augen durch Haus Nettelbeck als andere Bewohner. Aber die Vorlagen für ihre „Negerlein“ ausfindig zu machen, würde mich noch einige Mühe kosten, Und erst recht Frau Abrahams Mörder! Und den von Frau Luhe-Wildenau? Mir wurde plötzlich warm, was nicht allein an der völlig überheizten Wohnung lag. In nur zwei Tagen war bereits Heiligabend. „Dann bleiben Sie über Weihnachten also hier?“

Ihr Lächeln wirkte triumphierend. „Zusammen mit meiner Cousine. Ich habe es fertiggebracht, sie für Haus Nettelbeck zu begeistern. Sie zieht demnächst hier ein.“

„In das Gartenapartment?“

„Nein, sie hatte immer schon Angst vor Einbrechern, aber Frau Bredes Wohnung wird frei. Stellen Sie sich vor!“

„Und Frau Brede?“

„Zieht in das Gartenapartment.“ So einfach war das Ganze und ich freute mich aufrichtig für Frau Vennhusen.

Elftes Kapitel

Heiligabend – dieser magische Tag im Herzen aller Kinder war gekommen, und meine zwölfjährige Tochter gebärdete sich plötzlich wieder wie der Quälgeist früherer Zeiten, dem die Stunden bis zur Bescherung lang wurden. Also schickte ich sie und Franz kurzerhand in den Zoo, während ich letzte Einkäufe erledigte und den Pullover abholte, den ich in einem Geschäft an der Ecke zur Aegidiistraße hinterlegt hatte, als Geschenk für Franz. Marion hatte mir für ihr Aquarell einen Freundschafts-Sonderpreis gemacht, und so war ich ein weiteres Mal auf die Suche nach einem Geschenk gegangen. Aber ich war mir der Konfektionsgröße nicht mehr sicher und hatte erst einen Blick in seinen Koffer werfen müssen. Es wurde höchste Zeit, dass wir wieder zusammenzogen.

War es die besondere Dekoration oder was sonst hatte meinen Blick auf das Palmencafé gelenkt? Ach ja, der Spekulatius, der Franz im letzten Jahr so gut geschmeckt hatte … In diesem Augenblick erschien Frau Brede in der Cafétür, in Begleitung eines älteren Herrn, dem sie ihre ganze Aufmerksamkeit – oder war das Wort Zuneigung angebracht? – widmete. Zu meiner Überraschung erkannte ich Luhe-Wildenau. Er ließ ihr mit einer leichten Verbeugung den Vortritt, was sie wiederum mit gnädigem Kopfnicken akzeptierte. Dann hängte sie sich bei ihm ein und spazierte in Richtung Prinzipalmarkt davon. Wie hatte Herr Rieder gesagt? „Wenn sich im Heimbereich Paare regelmäßig treffen, dann gibt es Gerede, und das wollten wir nicht …“ Dabei war Rieder seit fünfzehn Jahren Witwer, Luhe-Wildenau erst seit siebzehn Tagen, er hatte allen Grund, das Gerede zu fürchten, solange der Tod seiner Frau nicht aufgeklärt war. Ich sah, wie sie vor einem Uhrenladen stehen blieben, sie zeigte auf etwas, und er neigte sich in übertrieben wirkender Aufmerksamkeit zu ihr hinab. Aber vielleicht war die Sache ja ganz harmlos, und sie feierten nur ihr zukünftiges Leben Tür an Tür? Auch wenn Luhe-Wildenau nicht unbedingt den Eindruck geweckt hatte, als sei er interessiert an weiblicher Nachbarschaft. Ich klebte ein Post-it an unsere Wohnungstür. „Bin noch mal kurz im Altersheim. Macht bitte schon die Ravioli warm!“

In Haus Nettelbeck roch es nach Bratkartoffeln. Ich setzte mich in eine etwas verschwiegenere Koje des Foyers und wartete ab. Die beiden kamen getrennt, zuerst Frau Brede, die rasch über den Gang huschte wie eine Maus, die die Katze gewittert hat, und volle zehn Minuten später der Professor, locker und gemächlich, in dem vollen Bewusstsein, dass er ein Haus betrat, in dem man ihn kannte und honorierte. Ich sah auf die Uhr: halb eins. Frau Brede hatte allen Grund sich zu beeilen, während Luhe-Wildenau seine Etagendame längst an seine Unpünktlichkeit gewöhnt hatte. Mit Sicherheit hatte sie ihm, unter Seufzen und Klagen, wieder einmal das Essen warmgestellt.

Als ich an der Rezeption vorbeikam, sah Frau Schneidwind von einer Liste auf, in die sie, völlig willkürlich, wie mir schien, Kreuzchen setzte. „Kann ich etwas für Sie tun?"

„Ich habe gehört, dass das Gartenapartment wieder vermietet ist. Eine neue Rosenzüchterin?"

„Ach, die Rosen!" Sie ließ den Stift sinken. „Die wird in Zukunft wohl unser Herr Moor adoptieren müssen. Frau Brede ist Orchideenspezialistin, waren Sie noch nie in ihrer Wohnung?"

Also hatten die beiden vielleicht über ihrem Interesse für Pflanzenexoten zueinander gefunden? „Ihre Bewohner sind sehr vielseitig", sagte ich mit ehrlicher Bewunderung.

„Vor allem Frau Brede", nickte sie. „Was die alles so macht: Blumenzucht, Theaterregie, und die Bibliothek betreut sie auch noch." Ja, natürlich, die Bibliothek! Für Sekunden schwankte ich zwischen der Versuchung, gleich auf der Stelle nachzusehen, ob es dort einschlägige Literatur über Insektizide gab, und dem bohrenden Hungergefühl, das der durchs Haus schwebende herzhafte Küchengeruch nicht gerade gebremst hatte. Aber die Zeit drängte, die nächsten Tage würde jedermann gern für seine Familie freihalten, davon nahm ich mich selbst nicht aus.

Ich stöberte eine Weile zwischen abgegriffenen Bestsellern aus den siebziger und achtziger Jahren, Reiseführern aus den Fünfzigern und allen möglichen Sachbüchern und fand in einer Reihe von Ratgebern für Garten-, Zimmer- oder Balkonpflanzen eine Broschüre des Pflanzenschutzamtes der Landwirtschaftskammer Rheinland mit einem Verzeichnis aller im Handel erhältlichen Giftmittel, einer Erklärung ihrer Wirkungsweise und den empfohlenen Verhaltensmaßnahmen. Ich blätterte in der Hoffnung auf Randnotizen oder andere Hinweise, die den Benützer verrieten, leider vergeblich. Trotzdem bat ich Frau Schneidewind, mir das Heftchen über die Feiertage auszuleihen. Sie antwortete, dafür sei Frau Brede zuständig, aber dann machte sie doch einen entsprechenden Vermerk und klebte das Zettelchen an eine der Schrankwände, die als Pinbrett diente.

Auf den Stufen vor dem Haupteingang kam mir Herr Rieder entgegen. Er sah erschöpft aus. „Sind Sie nicht beim Mittagessen?“, fragte ich.

Sein Blick wirkte verloren. „Ich bringe keinen Bissen hinunter, schon seit Tagen nicht. Gestern habe ich meinen Hund zum Kleintierfriedhof gebracht.“

„Das tut mir leid!“

„Jetzt habe ich niemanden mehr! Erst die Helene, jetzt die Juppi. Und wissen Sie“, er kam einen Schritt näher, „das Schlimme ist, dass ich es in meiner Wohnung nicht mehr aushalte. Der Platz, wo sie gelegen hat, ist so leer, dauernd muss ich draußen herumlaufen, und wenn ich draußen bin, dann fehlt mir wieder die Helene. Die Blautanne, Sie verstehen ...“ Er warf mir einen ziemlich verwirrten Blick zu, und einen Moment lang überlegte ich, ob es nicht besser wäre, die Rezeption zu benachrichtigen, aber dann kam mir eine andere Idee. Was der Mann brauchte, war ein Gespräch.

„Gehen Sie ein Stück mit mir“, schlug ich vor. „Das Wetter ist schön, ich habe zwar nur eine Tüte Spekulatius in der Tasche, aber wenn Ihnen das als Proviant reicht, dann machen wir eine Runde, und Sie reden sich Ihren Kummer von der Seele.“ Er nickte.

„Warum suchen Sie sich keinen neuen Wandergefährten?“, fragte ich, während wir langsam an den Fenstern des Hallenbads vorbeigingen. „Es gibt doch hier so viele einsame Menschen.“ Dabei glitt mein Blick unwillkürlich über die winterlich leeren Balkons. Nur wenige trugen etwas Weihnachtsschmuck, einen Meisenring oder winterharte Stauden, die Mehrheit der Brüstungen war völlig kahl.

Er brauchte Zeit für seine Antwort. „Es ist nicht so, dass man nicht angesprochen würde. Und in den ersten Tagen nach Helenes Tod bin ich ja auch regelmäßig in die Cafeteria gegangen, aber diese Harmonie mit ihr und mit meinem Hund werde ich wohl nie wieder finden.“

Er steuerte auf eine Bank zu, und ich setzte mich neben ihn.

„Wer hat Sie denn angesprochen?“

„Kennen Sie Frau Brede?“ Er bediente sich aus der Spekulatiustüte zwischen uns.

„Ja“, nickte ich. „Sie führt Regie bei dem Theaterstück.“

Zu meiner Überraschung kicherte er plötzlich, und ich begann mir schon wieder Sorgen über seine geistige Verfassung zu machen.

„Sie wollte mich für eine Rolle haben. Ich hätte so einen Charakterkopf! Aber ich habe nie in meinem Leben Theater gespielt. Einen Text auswendig zu lernen, das würde ich gar nicht mehr schaffen. Und dann das Lampenfieber …“

„Für welche Rolle wollte sie Sie haben?“

„Kennen Sie das Stück?“

„Natürlich. Und ich komme auch zur Aufführung.“

„Tun Sie das! Es wäre schön, viel Publikum von draußen zu haben. Das macht unser Haus so lebendig.“

„Welche Rolle?“, erinnerte ich ihn.

„Ich sollte den Fotografen spielen, den mit der Leine hinter dem Vorhang. Ob Hunde- oder Wäscheleine, das weiß ich nicht mehr. Ich habe sofort abgelehnt, das ist nicht mein Stil. Außerdem habe ich kein Talent.“

„Frau Brede mag Sie wohl sehr gern.“

„Schon möglich!“, knurrte er, „aber ich mag sie nicht. Sie ist mir zu aufdringlich, und dann dieses Parfum … Aber das bleibt natürlich unter uns.“

„Natürlich!“, beschwichtigte ich ihn. „War sie auch schon … aufdringlich, bevor Frau Abraham starb?“

Er nickte. „Als wir auf den Bus nach Freckenhorst warteten, draußen am Haupteingang, Sie wissen schon, das war die Fahrt, auf der ich Helene kennen lernte, da hat sie sich so … produziert. Ich weiß nicht, was mich an ihr gestört hat, jedenfalls wirkte Helene richtig fein und vornehm neben ihr. Ja, und jetzt ist sie tot.“ Er bohrte mit seinem Spazierstock Löcher in den Sand.

„Als Sie am Tag vor ihrem Tod mit Frau Abraham in der Bibliothek saßen, waren Sie da wirklich ganz allein?“

Er warf mir einen Blick zu, als unterstellte ich ihm eine nicht ganz jugendfreie Szene. „Das sagte ich doch schon.“

„Und Frau Brede?“

„Ach ja, stimmt! Die ist ein paar Mal rein- und rausgegangen, aber die ist ja fast immer da! Manche Bibliotheksbenutzer lesen lieber draußen im Foyer, weil da mehr los ist. Und dann lassen sie ihr Buch oder die Zeitung einfach liegen. Aber Frau Brede räumt alles sofort wieder weg. Sie ist sehr gewissenhaft."

„Und Sie erinnern sich, dass sie während Ihres Gesprächs in der Bücherei war?"

„Ja, aber immer nur ganz kurz, das sagte ich ja gerade. Warum wollen Sie das wissen?"

Statt einer Antwort fragte ich zurück: „Kam die Idee, durch Norditalien zu reisen, von Ihnen oder von Frau Abraham?"

„Sie machte den Vorschlag."

„Erinnern Sie sich noch, wann das war?"

Er zögerte. „Auch auf einem Ausflug, warten Sie mal, das war die Tour nach Schloss Nordkirchen, am 10. Oktober. Warm war's noch und sonnig. Ja, und da fing sie von Norditalien an, sie war ja gerade aus Venedig zurück. Und sie meinte, im Frühling müsse es dort noch viel schöner sein … Warum fragen Sie? Das ist doch aus und vorbei!"

Darauf gab ich ihm keine Antwort, obwohl es aufschlussreich gewesen wäre zu wissen, ob es enge Kontakte zwischen den beiden Frauen gegeben hatte. Hatte Frau Abraham vielleicht ihren Reiseplan spontan während einer Italienisch-Runde gefasst und sich bei Frau Brede Tipps geholt? Oder hatten die beiden Extrastunden eingelegt, zum Auffrischen alltäglicher Redewendungen oder zu kleinen Wortschatzübungen? Aber ich fragte Herrn Rieder nicht, weil ich spürte, dass er jedes Interesse an dieser Fahrt und an allem, was sie hätte fördern oder verhindern können, verloren hatte. Statt dessen stellte ich mir die beiden Frauen vor, die eine mit Prospekten oder Reiseführern, die andere möglicherweise mit Fotos, bestimmt aber mit Erinnerungen und Erfahrungen aus jahrzehntelanger Reisebegleitung. Rimini und Bibione hatte sie regelmäßig bereist, kannte Land und Leute, Mentalität und Sitten. Hatten sie sich dabei die Kehlen mit einem Pikkolo geschmeidig gehalten? „Ich freue mich schon aufs nächste Mal", war der Abschiedsspruch der Donnerstags-Besucherin gewesen. Auf eine Fortsetzung dieser Art von Unterhaltung konnte man sich schon freuen, das war gar keine Frage.

Herr Rieder hatte eine Weile geschwiegen, jetzt sagte er leise: „Lange Zeit dachte ich, meine Kinder wären neidisch auf diese Reise." Es klang, als schämte er sich, sie dermaßen verdächtigt zu haben.

„Und wie kamen Sie darauf?"

„Seit Helenes Tod besuchen sie mich wieder regelmäßig."

„Besuchen sie Sie auch an den Feiertagen?"

„Morgen. Wir machen einen Ausflug, und ich darf mir wünschen, wohin. Ist das nicht schön?"

„Ich freue mich für Sie!" Damit stand ich auf, und er folgte mir. „Heute Nachmittag", sagte er, als wir den Heimeingang erreicht hatten, „ist eine Kaffeestunde für alle, die Heiligabend allein sind. Da gehe ich dann auch hin."

Ich sah ihm nach, wie er das Foyer durchquerte, ein bisschen wackelig, so als fehlten ihm an der rechten Hand „die Helene" und an der linken „die Juppi".

Ich war schon auf halbem Weg zum Besucherparkplatz, als Frau Schneidewind meinen Namen rief. „Wenn Sie kurz in die Pflegestation kommen könnten? Frau Krause möchte Sie sprechen."

Sie saß in der Teeküche. „Als man mir sagte, Sie wären im Haus, bin ich extra hergekommen. Mir ist wieder eingefallen, was mir an dem Abend so merkwürdig erschien. Auf dem Flur roch es stark nach Parfum."

„Können Sie es näher beschreiben?"

Sie zuckte die Achseln. „Ich benutze so was nicht. Und mein Freund auch nicht. Aber ich würde sagen, es war eher ein Herrenduft, eine Mischung aus Würzig und Herb, wie frisches Holz. Oder", sie überlegte, „vielleicht auch Tannengrün?"

„Glauben Sie, das Sie es wiedererkennen?"

„Vielleicht?"

Mit Sabines Hilfe würde man die Marke sicher finden und damit möglicherweise auch den Käufer. Ein Mann also, oder eine Frau, die eher männliche Noten bevorzugte.

Sie sah mich unsicher an. „Glauben Sie, dass Sie das weiterbringt?"

„Wenn es diesen Duft noch nie auf der Pflegestation gab?"

„Da bin ich mir sicher", nickte sie. Wir wünschten einander erholsame Feiertage.

Davon war zu Hause noch nicht viel zu spüren, vielmehr roch es nach „dicker Luft“ – und nach angebrannten Ravioli.

„Wieso hast du keine Mikrowelle?“, platzte Franz heraus und pfefferte mit demonstrativem Unbehagen ein Papier in den Abfall, auf dem ich gerade noch das gelb-rote Emblem einer populären amerikanischen Spezialitätenkette erkannte.

„Weil ich diese enge Küche nicht mit überflüssigem Elektrokram voll stellen wollte“, gab ich zurück. „Aber falls du noch kein Weihnachtsgeschenk für mich hast, wäre das natürlich ein brandheißer Tipp!“ Damit riss ich das Fenster auf und nahm mir den verkrusteten Kochtopf vor. Vater und Tochter verkrümelten sich ins Wohnzimmer, aber als es dann draußen dunkel wurde und man im Radio Barockmusik spielte, war der Ärger verflogen. Kerstin begann, emsig mit Papier zu rascheln, Franz und ich putzten unser Bäumchen auf. Dabei stellte ich mir vor, wie festlich die deckenhohe Tanne aussähe, die im nächsten Jahr unser Haus schmücken würde, und malte mir den Blick in den verwilderten, winterlichen Garten aus, in Rauhreif oder sogar Schnee, auch wenn einem das typisch münstersche Schmuddelklima zumindest in diesem Jahr einen Strich durch die Rechnung machte.

Das Wetter an den Feiertagen und am Samstag danach blieb wenigstens trocken und lud zum Wandern durch den Boniburgwald ein, nachdem man sich an der Innenstadt gründlich leid gesehen hatte, das behauptete jedenfalls Kerstin. Außerdem brauchte Rollo Auslauf. Da er für unsere enge Wohnung eine Nummer zu groß war, hatten wir beschlossen, ihn bis zum Umzug beim Züchter zu lassen, aber er und Kerstin waren schon jetzt so unzertrennlich, dass ein täglicher Besuch unumgänglich schien. Sobald er seine neue Besitzerin erblickte, warf er sich in voller Länge gegen die Zwingertür und fiel in ein ohrenbetäubendes Gebell. Kaum aus dem Auto befreit, zog und zerrte er an der Leine, als wüsste er ganz genau, dass das schmale hohe Haus an der engen, zur Werse hinabführenden Stichstraße seine neue Bleibe war. Dabei interessierte ihn nicht das Innere, wo bereits feste Plätze für ihn reserviert waren – der gekachelte Halbkreis vor dem Herdfeuer etwa oder der Treppenabsatz auf dem Weg ins Obergeschoss –, sondern der Garten, der für ein so lebhaftes und kräftiges Tier beinahe schon wieder zu klein schien. Und während die beiden draußen das Apportieren übten, luden Franz und ich Bücherkisten aus dem Kombi, schraubten Regale zusammen und hängten die ersten Gardinen auf. Als dann am Sonntag Nachmittag Kerstin ihren Vater überredete, sie ins Kino einzuladen, beschloss ich, die Gelegenheit zu nutzen und in Ruhe weiter auszupacken, Ich hatte gerade die erste Kiste ins Haus gehievt, als das Handy läutete. Marion!

„Tante Trudchen fragt dauernd nach dir. Sie hätte dir gerne schöne Feiertage gewünscht. Wo steckst du überhaupt?“ Das klang vorwurfsvoll! Ich versprach, für ein Stündchen nach Nettelbeck zu kommen, und da der Kombi bis unter das Dach vollgepackt war, zog ich das alte Fahrrad aus dem Glashaus und fuhr los.

Die Dunkelheit fiel bereits über den Wald, und schon von weitem blinzelten die kugelförmigen Leuchten der Parkanlage zwischen den dicht stehenden Baumstämmen. Mein Weg führte an den Längsseiten der Häuser D und A vorbei, und dabei sah ich, dass sämtliche dem Park zugewandte Erdgeschosswohnungen von D erleuchtet waren. Demnach waren die Hauenstein-Schwestern von ihrer Reise zurück, Herr Reck und Frau von Bach waren zu Hause, aber auch Frau Abrahams Fenster leuchteten hell. War die Wohnung bereits bezogen, oder wer sonst machte sich dort zu schaffen? Ich legte das Fahrrad ins Gras und stieg geräuschlos über den Gartenzaun. Drinnen redete jemand. Im Normalfall wäre das, was ich tat, natürlich unter das Strafregister der ungebührlichen Neugier und des Einbruchs in die Privatsphäre gefallen, aber wir hatten zwei Morde aufzuklären … und warum hatten sie die Vorhänge nicht zugezogen? Sie saßen eng beieinander auf einem schmalen Sofa, dem einzigen Möbelstück im Zimmer, und waren sehr miteinander beschäftigt. Und mir kam die bestürzende Erkenntnis, dass diese Zuneigung älter sein musste als siebzehn Tage …

Ich wurde das Bild erst wieder los, als ich Tante Trudchen gegenübersaß. Marion hatte ihr die Straßenschuhe und den Schmuck aus dem Schrank geholt und füllte mit feierlicher Geste die Gläser eines klebrigen und ziemlich verstaubten Likörservices.

Frau Krauses Beschreibung traf am ehesten ein Eau de Toilette, das „Libertinage“ hieß, was so viel wie „Ausschweifung“ bedeutet. Es war, so hatte Max von Sabine erfahren, schon länger im Handel, wurde allerdings eher selten gekauft und nur von älteren Herren. Er grinste vielsagend. „Du weißt schon, die mit den langen, weißen Schals und den metallicfarbenen Sportcoupés, die hinter den ganz jungen Mädchen herglupschen."

Der Käufertyp war mir in Haus Nettelbeck bisher nicht begegnet, auch nicht an diesem Montag Morgen, während ich auf Frau Haag wartete. Weihnachten war vorbei und der Alltag in Gestalt eines Fensterputzerteams zurückgekehrt, das die großen Glasflächen zum Atrium reinigte. Ein schwer beladener Paketbote wartete an der Rezeption, um die Nachzügler unter den Geschenken loszuwerden und im „Lädchen" waren alle Weihnachtsartikel bereits zum halben Preis zu haben. Bald würde man die grünen Plastiktannen von ihrem Schmuck befreien und auf irgendein Lager stellen. Und was würde folgen? Luftschlangen und Konfetti bis Aschermittwoch oder besser gleich die Osterdekoration? Für ältere Leute war ein Jahr nicht lang, die Monate kamen und gingen.

Endlich erschien Frau Haag, und ich fragte sie, ob im Haus eine gewisse Dora Voss wohne, möglicherweise inzwischen unter einem anderen Namen. „Nein." Ihre Miene wirkte geistesabwesend. Merkte ich denn nicht, dass ich mitten in einen hektischen Vormittag platzte? Trotzdem ließ ich nicht locker: „Könnte eine der verheirateten Heimbewohnerinnen als Mädchen so geheißen haben oder in einer früheren Ehe?"

„Da müssten wir alle diesbezüglichen Akten durchsehen, mindestens achtzig Stück. Aber wenn Sie meinen, dass Sie das weiterbringt, werde ich mir noch heute Abend die Mühe machen und Sie dann benachrichtigen."

Eine Spur Überdruss klang in ihrer Stimme mit, was ich gut verstehen konnte. Man hatte Gottfried Leisch in Kanada ausfindig gemacht, wo er seit einem Vierteljahr lebte. Ihn als Täter zu entlarven, wäre eine bequeme und recht plausible Lösung gewesen, jetzt musste Frau Haag zu Recht befürchten, dass die Polizei weiter ins Haus kam, dem guten Ruf ihres Stifts schadete und die Belegungsquote herunterdrückte. Sie nahm meinen Dank für ihre Hilfsbereitschaft mit einem knappen Kopfnicken entgegen und notierte sich meine private Telefonnummer, für den Fall, dass sie noch am selben Abend fündig würde.

Von der Rezeption ging ich weiter zur Bibliothek, stellte die Broschüre der Landwirtschaftskammer Rheinland zurück und sah mich noch ein Weilchen um. Das Gespräch mit Herrn Rieder über die geplante Italienreise hatte mich auf die Idee gebracht, dass in Frau Abrahams Sprachbüchern vielleicht Prospekte steckten, Übungs- oder Informationsmaterialien, die die Identität der Donnerstags-Besucherin preisgeben konnten. Die Wohnung der Toten war seit letztem Montag geräumt, das wusste ich von Frau Frentzel. Aber erst an diesem Morgen, also eine volle Woche später, hatte ich Frau Fantin in Venedig erreicht, um sie nach dem Verbleib der Bücher zu fragen. Sie habe, so sagte sie, die gesamte Literatur in Haus Nettelbeck gelassen.

„Haben Sie die Bücher durchgesehen?"

„Warum sollte ich? Ich sagte ja, sie interessierten mich nicht."

„Vielleicht steckten private Dinge drin, Briefe oder Notizen."

„Mir ist nichts aufgefallen."

„Ihre Schwester plante eine Reise durch Norditalien. Wussten Sie davon?"

„Natürlich", hatte sie erwidert, „aber Venedig stand nicht auf dem Programm. Übrigens wollte sie mit irgendeinem Heimbewohner verreisen. Einem Mann!"

„Wer hat die Bücher übernommen?"

„Die Dame, die für die Bibliothek zuständig ist. Sie hat sich sehr gefreut." Damit hatte sie den Hörer aufgelegt.

Ich suchte die Regale ab. Es gab einen alten Larousse, eine Cassell-Ausgabe in etwas besserem Zustand, mehrere Langenscheidts ebenfalls für Französisch und Englisch, aber Italienisches war nirgendwo zu finden, dafür entdeckte ich tatsächlich den größten Teil von Frau Abrahams Literaturvorrat wieder, die religiösen Bücher, das koschere Kochbuch und die Klassiker. Nur die Bände über Gartengestaltung und Rosenzucht fehlten ebenfalls.

Die einzige Person, die mir dazu Auskunft geben konnte, kreuzte meinen Weg kurz vor dem Hauptportal. „Frau Abrahams Italienisch-Bücher?" Frau Brede machte einen ratlosen Eindruck.

„Erinnern Sie sich, ob unter den Büchern, die Ihnen die Schwester ausgehändigt hat, eine Grammatik war, ein Wörterbuch Deutsch-Italienisch und umgekehrt? Und ein Lehrbuch mit Übungsheft?"

Sie zögerte. „Ich erinnere mich, dass Frau Fantin mir sagte, dies sei der gesamte Büchervorrat ihrer Schwester. Ja …" Sie rieb sich gedankenvoll das Kinn. „Ich habe alles gewissenhaft in die Regale eingeräumt, aber es gibt viel Vergesslichkeit in diesem Haus. Manches wird entnommen und nie wieder zurückgebracht."

Das schien einleuchtend genug, um die Suche endgültig aufzugeben. „Was machen die Theaterproben?"

Sie blickte sich vorsichtig um. „Kommen Sie mit!" Ich folgte ihr in den Saal, in dem gerade die Aerobicstunde zu Ende gegangen war.

„Herr Glaser ist aus dem Krankenhaus entlassen worden", sagte Frau Brede, sobald wir allein waren. „Und stellen Sie sich vor, er will wieder mitspielen."

„Kann er denn auftreten?" Das war im wahrsten Sinne des Wortes gemeint.

Sie seufzte. „Er trägt einen Gehgips."

„Und welche Rolle möchte er?"

„Es ist keine mehr frei!" Das klang so störrisch, als wäre ich es, die eine Rolle beanspruchte.

Das war natürlich ein Dilemma, das sogar mich als Außenstehende nicht unbeteiligt ließ. Mit Herrn Glaser hatte sie nicht mehr gerechnet, hatte sich sicher vor seiner Besserwisserei gefühlt, und nun erhob er neue Machtansprüche.

„Ich habe ihn vor die Wahl gestellt", fuhr sie fast drohend fort. „Er kann mir assistieren, aber das wird ihm zu wenig sein. Er kann von mir aus auch die Beleuchtung übernehmen, oder er bekommt die ‚Stimme'."

Die Beleuchtung? Das konnte ja wohl nicht viel mehr sein als die Bedienung von Dimmer und Stehlampe.

„Meinen Sie die Tonbandstimme?"

„Richtig", nickte sie.

„Sollte das nicht eine Frau machen? Sie, zum Beispiel?"

„Ach, das ist doch egal. Dann ist es eben Lavinia Spencers Butler, der die Anschuldigungen vorbringt. Oder ihr Chauffeur. Finden Sie nicht auch, dass das ginge? Außerdem hat er das bessere Timbre."

„Und wenn ihm auch das zu wenig ist?"

„Es ist eine wichtige Rolle. Aber wir werden sie ihm geben müssen, sonst macht er Ärger …" Sie sah mich bedeutungsvoll an.

Ich erinnerte mich, dass Herr Glaser auf A 5 wohnte, ein Stockwerk höher als Frau Epstein.

„Ich fürchte, ich kann nicht viel für Sie tun“, sagte er, nachdem er mir, auf Gips und Krücke gestützt, einen Platz zugewiesen hatte. Seine Wohnung ging zum Park hinaus und bot einen schönen Blick über das Boniburgwäldchen mit der zwiebelförmigen Turmspitze der Dyckburg-Kirche. Er lebte in einem heiteren Sammelsurium aus erlesenen Erbstücken und pflegeleichtem Campinggeschirr, altdeutscher Eiche und Mitnahmeartikeln aus der „Möbelkiste“. Er rückte die schwere Bleikristallvase, die uns den Blickkontakt erschwerte, zur Seite. Das voluminöse Bouquet – rote Amaryllis, weiße Lilien, lachsfarbene Gerbera mit viel Tannengrün – war wahrscheinlich ein Willkommensgruß von der Hausverwaltung.

„Ich habe Frau Abraham nicht gekannt, nicht persönlich, wenn Sie deswegen gekommen sind.“

„Ich hätte eher ein paar Fragen zu dem Theaterstück von Frau Epstein.“ Erst jetzt fiel mir die Wandfläche zu meiner Linken auf, die mit Fotos buchstäblich zutapeziert war. Ein paar gerahmte Aufnahmen waren auf der Kommode darunter versammelt. Sie alle zeigten den Schauspieler Otmar Glaser auf der Bühne oder in seiner Garderobe. Ein großer Teil war signiert. Und die Kostüme sahen ganz und gar nicht nach Boulevardkomödie aus, sondern nach Klassikern.

„Wo haben Sie gespielt?“

„Ach, überall! Anfangs natürlich in der Provinz, der undankbaren, aber bald auch an renommierten Bühnen und auf vielen Tourneen.“ Er strich sich gedankenvoll über sein volles, weißes Haar und sah mich fast kokett an. Vom jugendlichen Liebhaber hatte er sich hochentwickelt, über die strenge Vaterfigur zum komischen Alten.

„Wie der Argan, zum Beispiel.“

„Ja, der Argan wäre ein schöner Abschluss meiner Laufbahn gewesen. Wussten Sie, dass es auch Molières letzte Rolle war? Er brach auf der Bühne zusammen, wenige Stunden später war er tot.“

„Wie war das mit Ihrem Sturz auf der Treppe?“

Es war Pech, ganz einfach Pech! so wenigstens hatte es Frau Brede definiert. Glaser sah die Sache anders: „Dass ich eine Stufe übersehen haben soll, das kann ich bis heute noch nicht begreifen.“

„Sie hatten Ihre Brille vergessen“, erinnerte ich.

„Ach, Unsinn!“, winkte er ab, „die habe ich schon so oft vergessen. Nein, irgend etwas war anders an diesem Morgen …“

„Hatten Sie sich vielleicht über jemanden geärgert?“ Für einen Sturz genügte oft eine kleine Geistesabwesenheit. Nur für ein paar Sekunden richtete man die Augen innerlich auf etwas, das wurmte oder nervte, und in dem so entstandenen „blinden Fleck“ verschwanden Hindernisse wie die Schiffe im Bermuda-Dreieck.

„Genau das war's“, entgegnete er heftig und zeigte mit dem Finger auf mich, „Frau Brede hatte mich mal wieder auf die Palme gebracht.“ Jetzt drohte mir sein Finger. „Kaffeefahrten hat sie veranstaltet, aber deshalb versteht man noch lange nichts von Regie!“

Frau Brede also! Soweit ich mich erinnerte, bevorzugte sie bei Parfums eine klebrig-süßliche Note. Herr Glaser schien übrigens überhaupt nichts zu bevorzugen. Er roch neutral, mit der Kopfnote „Kernseife“.

„Die Hauptsache“, gab ich zurück, „ist doch, dass Sie jetzt wieder bei der Aufführung mitmachen können.“

Aber diese Bemerkung kam offenbar dem Stich in ein Wespennest gleich. „Was immer Frau Brede Ihnen erzählt hat, Tatsache ist, dass dieses neue Theaterstück absolut nichts taugt. Den Molière, ja, den hätte ich gern gespielt, aber diesen sentimentalen Quatsch …“

„Dann hat man Sie zu einer Rolle überreden müssen?“

„Überreden?“ Er gab ein Lachen von sich, wie es wohl nur Schauspieler beherrschen, fein nuanciert zwischen Hohn und echter Amüsiertheit. „Mich braucht niemand zu überreden“, belehrte er mich, „ich weiß selbst, was gut für mich ist und was mir schadet. Angefleht hat sie mich, ich dürfe mich meiner Verantwortung am Gelingen der gemeinsamen Sache nicht entziehen, das ‚Zugpferd‘ der Theatergruppe hat sie mich genannt, den ‚Kassenmagneten‘. Frau Epstein hätte sogar noch eine Rolle für mich dazugeschrieben, extra auf den Leib geschneidert, wenn ich nur gewollt hätte.“

„Und nun sprechen Sie die Tonbandstimme“, unterbrach ich seinen Wortschwall, der ins Selbstgefällige abzuschweifen drohte. Außerdem drängte die Zeit.

Er machte eine verächtliche Handbewegung. „Ja, ich habe mich dazu breitschlagen lassen, schließlich ist es eine tragende Szene, vielleicht sogar die wichtigste überhaupt.“

„Wissen Sie, ob es eine Probeaufnahme von Frau Brede gibt?“ Wie anders hätte sie zu dem Ergebnis kommen sollen, dass ihre Stimme für die Rolle weniger geeignet war als die von Herrn Glaser?

„Natürlich gibt es die, auch wenn sie nicht sonderlich gut ist. Nicht jeder ist zum Theaterspielen geboren, wenn Sie verstehen, was ich meine.“

Eigentlich hätte ich nach diesem Gespräch schleunigst an meinen Schreibtisch zurückkehren müssen, statt dessen setzte ich mich ins Auto und überlegte. Herrn Glasers Aussage zufolge konnte man den Spieß also auch umdrehen und für die Umbesetzung der Tonbandstimme einen ganz anderen Grund suchen. Entweder machte Glaser sich wichtig, oder Frau Brede hatte ihm tatsächlich ihren Text aufgedrängt. Warum sollte sich ein Mann, der gerade mit Gehgips und Krücke aus dem Krankenhaus kam, gleich wieder auf die Arbeit stürzen, noch dazu an einem Stück, das ihm nicht gefiel? Wie hatte er es genannt? „Sentimentalen Quatsch!“ War diese Umbesetzung vielleicht auch der Grund für die Missstimmigkeiten zwischen Frau Epstein und Frau Brede? Und wer verlas eigentlich bei Agatha Christie die Anklagen? Ich nahm den Roman aus dem Handschuhfach und schlug die entsprechende Stelle auf. Die „Stimme“ wurde nicht eindeutig definiert, als „übernatürlich und schneidend“ hatte die Christie sie beschrieben, aber nicht geschlechtsspezifisch. Warum nur hatte Frau Brede Herrn Glaser dazu überreden wollen, ihren Part zu sprechen? Ein Mensch, der zeitlebens von Bühnenbrettern geträumt hatte, verzichtete nicht so eilig, wenn es darum ging, vor dem Publikum zu glänzen. Und die „Stimme“ war eine Glanzrolle. Sie erforderte sonores und gleichzeitig gut artikuliertes Sprechen, keinen Charakterkopf, sondern eine „Charakterstimme“, die im Publikum jene Mucksmäuschen-Stille herbeizauberte, die sich jeder Schauspieler wünschte. Warum gab sie die Rolle freiwillig zurück? Hatte es mit der Donnerstags-Besucherin zu tun? Wollte sie verhindern, dass sich ihre Stimme, exponiert und prononciert wie sie auf der Bühne klingen würde, dem Publikum allzu sehr ins Bewusstsein drängte? Und dass ein Nachbar von Frau Abraham mit der Nachricht zu mir käme, er hätte die Stimme der Besucherin wiedererkannt? Ich legte das Buch zurück und ging noch einmal ins Heim.

In Frau Bredes Wohnung sah es nach Umzug aus. Dennoch nahm sie sich die Zeit, mir ihre Orchideensammlung zu zeigen; Phalaenopsis in Weiß, Rosa und Pink, ein üppiges, fleischfarbenes Cymbidium, mehrere Cattleyas in Lachs und Rot, aber auch den einheimischen Frauenschuh, und alles in praller Blüte. Selbstverständlich waren diese anspruchsvollen Wesen an dem Wohnungswechsel von C4 nach D1 nicht ganz unbeteiligt. „Frau Abrahams Apartment", so belehrte sie mich, „hat ein Ostfenster, ich dagegen habe nur eins nach Westen, und da wird es im Hochsommer zu warm für die armen Geschöpfe."

Ich wandte mich wieder Frau Bredes Zimmer zu, dieses kistenweise Durcheinander kannte ich nur zu gut. Genauso wie wir hatte auch Frau Brede den Umzug zum Anlass genommen, sich von liebgewordenen, aber überflüssigen Dingen zu trennen, Kleidung für die Caritas auszusortieren oder Literatur für die Bibliothek, über deren Lücken Frau Brede ja bestens im Bilde war. Mein Rundblick blieb auf ihrem beeindruckenden Vorrat an italienischem Lesestoff hängen, aber Frau Abrahams Sprachbücher konnte ich auch hier nicht entdecken. Auf der Anrichte daneben stapelten sich Tonbandkassetten.

Ich tat so, als entzifferte ich ein paar Buchtitel.

„Frau Abraham wird in Ihrer Italienisch-Runde sicher fehlen. Sie hatte gute Sprachkenntnisse, nicht wahr."

Darauf antwortete sie nicht.

„Donnerstags findet die Runde immer statt, oder?"

„Nein, am Mittwoch", korrigierte sie. „Früher haben wir uns donnerstags getroffen, aber dann paßte allen Beteiligten der Mittwoch besser, und ich habe donnerstags meinen freien Tag." Sie lächelte mit dem etwas schiefen Lächeln eines Menschen, der aus dem einen oder anderen Grund meint, sich rechtfertigen zu müssen.

„Ich weiß, das klingt merkwürdig im Mund einer alten Frau," fuhr sie fort, „aber ich habe hier im Haus so viele Verpflichtungen, dass ich mir einen Nachmittag für private Dinge reservieren muss, um in Ruhe ein paar Briefe zu schreiben, Abrechnungen zu machen oder zu telefonieren."

„Gehören Besuche im Haus auch dazu?"

„Wieso Besuche? Ich bin doch schon die ganze Woche mit Hausbewohnern zusammen! Bei der Bücherausleihe, beim Theaterspielen, beim Italienisch-Kurs! Ich gebe mein Ganzes für ein aktives, vielseitiges Heimleben, aber am Donnerstag halte ich meine Tür geschlossen! … Suchen Sie eigentlich etwas?“

Ich hatte nur oberflächlich zugehört, um rechtzeitig an das Ende der langen Kassettenreihe zu kommen und die „Tonbandstimme“ zu entdecken. Zwischen den letzten Exemplaren hatte sie sich versteckt, vielleicht weil sie das einzige Sprachdokument war. Das übrige Programm umfasste so ziemlich alle Register der leichten Muse.

„Die Rolle, die Sie Herrn Glaser abgetreten haben“, sagte ich und erlöste meine Nackenwirbel aus ihrer ungesunden Schräglage, „diese ‚Stimme‘, gibt es die schon auf Band?“

„Das sind nur ein paar dilettantische Proben“, wehrte sie ab. „Die Margret und ich, wir fanden, dass meine Stimme nicht kräftig und prägnant genug ist. Dieser Part muss ‚einschlagen‘ wie Blitz und Donner! Und warum ein solches Manko nicht eingestehen, man ist ja nicht eitel, nicht wahr?“ Wieder lächelte sie ein bisschen verkrampft.

„Aber das Band gibt es?“

Sie wand sich noch immer in ihren Selbstzweifeln. „Es ist nicht gut geworden, glauben Sie mir!“

Also griff ich in meine Trickkiste. „Mein Bekannter, der mit den lokalen Medien zu tun hat, interessiert sich tatsächlich für Ihre Aufführung, allerdings hat er, wie alle Journalisten, nicht viel Zeit. Wenn Sie mir ein Dokument mitgäben, dieses Band, zum Beispiel …“

„Ausgeschlossen!“, sträubte sie sich.

„Sie wollen in die Presse kommen!“, gab ich zu bedenken. „Was ist schon dabei, wenn Sie mir eine Sprechprobe überlassen?“

„Aber bei der Aufführung spricht Herr Glaser … Jedenfalls will er es sich überlegen!“

„Es geht doch nur um eine Probe! Wenn Sie Ihren Text gut sprechen, und davon bin ich überzeugt, dann kann ich meinen Freund dazu überreden, sich Ihre Aufführung anzusehen. Verstehen Sie doch, er kennt genug Laienbühnen! Er ist auf der Suche nach wahren Talenten!“

„Also gut! Aber morgen hätte ich sie gern zurück.“

Zwölftes Kapitel

Eine halbe Stunde später saßen Max und ich im Präsidium vor dem Rekorder. Frau Bredes Selbstzweifel waren mehr als gerechtfertigt, sie trug die monströsen Anschuldigungen gegen die mörderische Tischrunde behäbig wie eine Märchentante vor, allerdings auch mit einer Routine, die mich nur schlecht davon überzeugte, dass sie ihre Rolle abgegeben hatte, weil sie sich nicht für begabt genug hielt. Das klang nach ganz anderen Skrupeln.

„Was hast du jetzt vor?“, fragte Max.

„Ich setze eine fixe Idee in die Tat um, die mich schon die ganze Zeit verfolgt hat. Nachdem die Hauenstein-Schwestern von ihrer Reise zurück sind, habe ich jetzt wahrscheinlich vier Zeugen auf der Etage D1, die die Stimme von Frau Abrahams Besucherin gehört haben.“

„Wer sind die Hauensteins?“

„Rita und Lotte. Zwei wohlhabende Schwestern, die zehn von zwölf Monaten in Kurorten verbringen. Das behauptet zumindest Frau Frentzel.“

„Die beiden Lehrerinnen vom Aussichtsturm?“, fragte er mokant.

„Das wohl nicht gerade! Trotzdem melde ich mich für heute Nachmittag bei ihnen an und spiele ihnen das Band vor. Und ich gehe auch noch einmal zu Frau Horn. Blinde Menschen haben ein besonders gut ausgeprägtes Gehör.“

Er nickte. „Und wenn sich die ominöse Stimme als die von Frau Brede herausstellt, haben wir wenigstens die Donnerstagsbesucherin gefunden.“

Wir ließen Frau Bredes Text auch noch von Hilly und der Kollegin in der Telefonzentrale auf Band sprechen, so dass wir drei verschiedene Stimmen hatten, dann fuhr ich wieder zum Altenheim.

An der Rezeption war gerade Schichtwechsel, und so begleitete mich Frau Klostermann zu der Wohnung von Frau Horn. Die alte Frau saß in einem Ohrensessel am Fenster und schien einem Kindercomic im Fernsehen zu lauschen.

„Soll ich das Gerät abstellen?“ Frau Klostermanns Stimme klang besorgt. Aber Frau Horn wandte uns ihr kleines, herzförmiges Gesicht mit den übergroßen, gelbgetönten Brillengläsern zu und sagte. „Ach, lassen Sie nur, es ist so still, wenn der Fernseher nicht läuft."

Also spielte ich ihr das Band vor dem lärmenden Hintergrund der Fantasyserie vor. Sie lauschte auch jetzt mit schief gehaltenem Kopf und sagte, als Hillys Stimme verstummt war: „Die klingt ein bisschen wie die Loni", womit sie ihre Nichte meinte. Mit der Telefonistin konnte sie erwartungsgemäß gar nichts anfangen, aber bei Frau Brede nickte sie schon nach wenigen Sätzen. Oh ja, diese Stimme kannte sie! Hier auf ihrem Korridor hatte sie sie gehört und zwar, wie sie nach einigem Nachdenken entschied, donnerstags. „Da wird um halb fünf diese Kochserie mit Prominenten gesendet und ich bin immer schon ganz ungeduldig."

Seit wann sie die Stimme gehört hatte? Sie runzelte die Stirn. „Noch nicht sehr lange. Anfang Oktober war mal die Anke da, das ist die Tochter meiner Nichte. Sie hatte Herbstferien, und sie kam auch an einem Donnerstag, aber da gab es diese Stimme noch nicht."

Der Fernsehlärm folgte uns über den Flur, und ich fragte mich, wie Frau von Bach wohl mit einer solchen Geräuschkulisse umging.

Ich läutete an der Tür der Schwestern. Es blieb eine ganze Weile still, dann raschelte es hinter dem Schlüsselloch. „Wir machen nicht auf!", kicherte eine Stimme. „Du bist der böse Wolf! Und in Versailles gibt es keine Standuhren."

„Hier ist die Kriminalpolizei! Würden Sie bitte öffnen?"

Im gleichen Augenblick standen sie vor mir, zwei Schwestern, die kaum unterschiedlicher aussehen konnten! Die eine groß, schlank, mit einem strengen, grauen Knoten, ihre Nachbarin eine kleine, fette Person mit einer … ja, ich hatte richtig gesehen, die Frau trug eine gepuderte Perücke wie in Historienfilmen. Die größere schob sie sanft zur Seite. „Geh ins Zimmer, Rita!"

Die Schwester antwortete mit einem Knurren, als wäre sie selbst der böse Wolf, fügte sich aber.

„Kommen Sie herein", sagte Lotte Hauenstein, „ich weiß schon, was passiert ist."

Rita hatte sich ans Fenster zurückgezogen, wo sie, die Arme hinter dem Rücken verschränkt, auf uns wartete. Ich setzte mich so, dass ich sie im Auge behielt, während Lotte den einzigen Platz wählte, der sie von diesem Anblick befreite. „Was möchten Sie wissen?“

Ich hatte an dem Anblick der beiden noch ein Weilchen zu knabbern. Frau Frentzels zwanglose Art, über die beiden Schwestern zu reden, hate eher an Kneippssche Güsse oder an Massagen denken lassen als an Psychopharmaka. Und wenn nur Rita die Tonbandstimme identifizierte, während ihre Schwester unschlüssig blieb? Ich spürte ihren erwartungsvollen Blick, während Rita so tat, als existierte ich gar nicht. Sie nahm eine Handvoll Zwiebäcke von einem Holzteller auf der Fensterbank und nagte bröselnd daran herum.

„Sie waren längere Zeit unterwegs“, begann ich.

Ritas Antwort war ein meckerndes Lachen. „Unterwegs ist gut!“ Lotte seufzte. „Wir waren tatsächlich verreist. Wir fahren in regelmäßigen Abständen nach Bad Meinberg. Sie“, ihr Kopf nickte in Richtung Schwester, „wird dort mit Antioxidantien behandelt. Das hält den Verfall wenigstens vorübergehend auf.“

„Und warum dann die Heimlichkeiten?“

Sie seufzte wieder. „Sie wissen offenbar nicht, wer meine Schwester ist? Oder sollte ich besser sagen, wer sie mal war? Jeder, der in den siebziger Jahren ins Stadttheater ging, kannte sie doch. Bis zu dem Zeitpunkt, als sie ihre Rollentexte durcheinander brachte.“

„Und für wen hält sie sich jetzt?“

„Für Marie-Antoinette. Allerdings ist meistens sie es, die die Urteile für die Guillotine unterschreibt. Glauben Sie mir, was ich hier erlebe, ist die Hölle, auch ohne französische Revolution.“

Zu diesem Vorwurf kam von Rita kein Einwand, statt dessen drehte sie die leere Schale auf den Kopf und ließ die Brösel auf den Teppichboden regnen. Sie zertrat ein paar größere Krümel mit der Spitze ihres überraschend zierlichen Schühchens und klatschte gebieterisch in die Hände, als wäre Reinigungspersonal in der Nähe. Als ich meinen Kassettenrekorder aus der Tasche zog, wurde sie neugierig. Ich spielte den beiden mein Tonband vor und beobachtete dabei vor allem Ritas Gesicht. Sie verkniff ein paar Mal den Mund, aber erst bei Frau Bredes Stimme öffnete sie ihn zum Reden: „Ha! Diese laute Person!“

„Sie kennen sie?“

„Nur die Stimme“, Lotte stand auf und kippte neue Zwiebäcke in die Schale.

„Haben Sie nie auf dem Flur nachgesehen, wer diese Person war?“

„Wir haben sie nur einmal gehört, vor unserer Abreise, aber meine Schwester folgte mir zur Tür und das konnte ich nicht zulassen. Ich halte sie so versteckt wie möglich. Und als ich dann aufmachte, war Frau Abraham schon wieder allein.“

„Sie hätten sie fragen können.“

„Dafür wohnte sie noch nicht lange genug bei uns. Wie hätte ich wohl reagiert, wenn sie mich nach meiner Schwester gefragt hätte?“

„Benutzen Sie die Bibliothek?“

„Ich komme kaum vor die Wohnungstür“, entgegnete sie bitter. „Ich kann sie nicht lange allein lassen.“

„Wann sind Sie abgereist?“

„Wir fahren immer am 16. Oktober“, nuschelte Rita mit vollem Mund, „weil das der Tag meiner Hinrichtung ist. Wussten Sie, dass ich nicht mal 38 Jahre alt geworden bin? Das ist eine Unverschämtheit.“

„An welchem Wochentag haben Sie die Stimme gehört?“

Es war eindeutig ein Donnerstag gewesen. Dieselbe Auskunft erhielt ich auch bei Frau Karlus, eindeutig die Stimme und eindeutig der Tag, immer donnerstags nachmittags, aber erst gegen halb fünf und ganz genau seit dem 15. Oktober, auch das war eine Information von Frau Karlus.

Sobald ich wieder im Büro war, nahmen Lückmann und ich uns sämtliche Hamburger Reiseunternehmen vor und erkundigten uns, ob sie Fahrten an die Adria anboten oder früher einmal im Programm gehabt hatten. Als wir alle abgegrast hatten, bot Max sich an, die vier oder fünf, die in die engere Wahl kamen, zu besuchen und nach Frau Voss auszufragen. Sabine hatte zwischen Weihnachten und Neujahr Inventur in ihrer Parfümerie und ohnehin keine Zeit für ihn.

Am Dienstag Nachmittag war Max zurück. Gut gelaunt, was darauf schließen ließ, dass Sabine doch mitgefahren war, aber auch darauf, dass er nicht ohne ein Ergebnis kam. Er setzte sich und zog eine dünne Mappe aus seinem Aktenkoffer.

„Sagt dir der Name Haller etwas?“

„Der Mädchenname von Frau Voss“, nickte ich, „Dora Margarete Katharina Haller.“

„Richtig!“ Er griff zu seinem Lieblingsbleistift, den er immer dann spitzte, wenn es knifflige Fragen gab.

„Eins der Unternehmen, die über längere Zeit Spritztouren an die Adria angeboten haben, nennt sich Störtebekertours. Das war ab den späten Fünfzigern, danach ist man auf den Wörthersee umgestiegen, weil Rimini und Bibione zu überlaufen waren und auch zu weit weg. Die Leute wurden anspruchsvoller und wollten nicht mehr anderthalb Tage im Bus sitzen.“

„Den Namen Brede kannten sie nicht? Meines Wissens hat sie nie anders geheißen. Zumindest gibt es in Nettelbeck keine Bewohnerin, die Voss hieß …“ Ich brach ab, weil mir klar wurde, dass ich Frau Haag nach dem Namen Haller hätte fragen müssen. Aber Lückmann redete schon weiter. „Etwa fünfzehn Jahre lang beschäftigte Störtebekertours Dora Haller als Reisebegleiterin, bis sie 1976 kündigte. Aber im Büro hatte man noch ihre Personalakte. Und jetzt kommt der große Hammer, die Akte hat natürlich auch ein Foto, und wenn wir Glück haben, kommen wir noch heute ein ganzes Stück weiter.“

Er zog ein Blatt aus der Mappe; die Kopie der Personalakte. Nach unserer Berechnung war Frau Voss, geborene Haller bei ihrer Einstellung Ende zwanzig gewesen. Sie hatte ein rundes Gesicht, dunkel geschminkte Augen und blondes, hoch auftoupiertes Haar, wie es dem damaligen Zeitgeschmack entsprach. Wir brachten ihr Bild und die Zeitungsfotos aus der Berichterstattung über den Springerprozess zu Schüller, der mit verträumtem Blick am Computer saß und Back Gammon spielte. Die Feiertage hatten uns alle ziemlich träge gemacht. Aber er rappelte sich schnell auf, schaltete den Scanner ein und Doras Gesicht machte eine Menge Veränderungen durch. Die blonde, baiserartige Haartracht wich einer im schwarz-weißen Zeitungsraster ebenfalls sehr hell wirkenden, aber bedeutend sportlicheren Kurzhaarfrisur à la Mia Farrow, dann einem dunklen Afrolook und schließlich einem Pagenkopf – den Frisuren jener Frauen, die im Gerichtssaal nahe bei Springer gesessen hatten. Sie bekam eine randlose Brille verpasst, dann eine mit Hornfassung, einen Hut, und schließlich hatten wir Frau Voss identifiziert. Es war eine eher unscheinbare Gestalt, die vom Angeklagten halb verdeckt, unseren Augen bisher entgangen war. Es war übrigens das Foto von der Urteilsverkündung.

„Und?“ Schüller sah von mir zu Lückmann und wieder zurück zu mir. „Damit haben wir den Beweis, dass Fräulein Haller und Frau Voss identisch sind. Aber hatten wir den nicht auch schon vorher?“

Jetzt ging es um die Identität von Frau Voss und Frau Brede. Wieder wechselten die Köpfe, die Frisuren, das Zubehör.

„Das könnte sie sein“, unterbrach ich Schüller, als er gerade Fräulein Hallers Kopf mit Hilfe von Falten und Runzeln einem weiteren Alterungsprozess unterworfen und mit einem kantigen Kurzhaarschnitt versehen hatte. Arglos lächelte Frau Brede uns aus ihren leicht schräggestellten Augen an. Hatte der Wohnungswechsel von C4 nach D1, in die Nachbarschaft von Luhe-Wildenau, vielleicht noch andere Gründe, außer den Lichtansprüchen ihrer Orchideen und der Einbrecherphobie von Frau Epsteins Cousine? Sie und die Epstein waren sich ohnehin nicht mehr grün, und wer wusste, wie lange die Missstimmigkeiten schon dauerten? Für die Adventsfeier waren übrigens beide nicht angemeldet gewesen, die Epstein hatte ihre Cousine getröstet, die Brede, nach eigener Aussage, bei einbrechender Dunkelheit einen Spaziergang im Park gemacht.

„Wir brauchen einen Durchsuchungsbefehl“, sagte ich zu Lückmann. „Gleich morgen, bevor sie ihre Wohnung weiter räumen kann. Noch steht alles in C4, bis auf das Sofa, auf dem sie in D1 mit Luhe-Wildenau gelegen hat …“

„Es sieht fast so aus, als hätten wir sie eingekreist“, nickte er, „aber ob das für einen Durchsuchungsbefehl ausreicht? Und den Mörder von Frau Luhe-Wildenau haben wir damit auch noch nicht. Da kann die Brede ’zigmal mit ihm auf dem Sofa gelegen haben!“ Er pfefferte die abgebrochene Miene seines Lieblingsbleistifts in den Papierkorb.

„Du denkst in beiden Fällen an die Brede?“, fragte er nach einigem Nachdenken. Ich erinnerte ihn an die enge „Tuchfühlung“ zwischen ihr und dem Professor und an die Annäherungsversuche, die sie vorher bei Herrn Rieder unternommen hatte. Aber dann hatte Rieder sich mit Frau Abraham zur gemeinsamen Italienreise verabredet, und Frau Brede hatte mit Sicherheit davon Wind bekommen. Am 10. Oktober hatte Frau Abraham zum ersten Mal davon gesprochen, ab dem 15. hatte man die Stimme der Besucherin auf D1 gehört, einen Tag nach der Italienisch-Runde, die immer mittwochs nachmittags gehalten wurde. Und jetzt packte Frau Brede in aller Eile ihre Sachen, um in das Gartenapartment zu ziehen.

Lückmanns Gesicht blieb skeptisch. „Und das Parfum, das die Nachtschwester gerochen hat?"

„Auch das ist ein Grund, noch einmal im Heim nachzufragen. Frau Epstein hatte sich so was aufgesprüht, als ich das erste Mal mit ihr redete. Vielleicht hat es die Brede an jenem Abend benutzt, um den Verdacht auf ihre Freundin zu lenken?"

Er schüttelte tadelnd den Kopf. „Auf solche Ideen können wirklich nur Frauen kommen!"

Ich lächelte boshaft. „Es ist ein Herrenduft, vergiss das nicht! Außerdem halte ich den Einfall für einen ausgesprochenen Bumerang, weil Frau Epstein die Person, die es sich ausgeliehen hat, kennen müsste. Sie selbst hat übrigens für den Zeitpunkt, als Frau Luhe-Wildenau starb, angegeben, sie sei bei ihrer Cousine gewesen."

Max nickte. „Dann war das Ganze ein Komplott zwischen Luhe-Wildenau und Frau Brede.

Natürlich bekamen wir keinen Durchsuchungsbefehl, statt dessen fuhr ich ins Heim und ließ mir von Frau Haag alle Unterlagen geben, die sie über Frau Brede besaß. Als erstes stellte ich fest, dass die Eckdaten der beiden Frauen übereinstimmten: Dora Voss und Dorothea Brede waren am selben Tag in Münster als Dora Margarete Katharina Haller geboren. Beide gaben als Beruf Haushälterin an. Die eine hatte sich irgendwann scheiden lassen, die andere war seit 1994 verwitwet. Ein unvoreingenommener Leser hätte sie für Zwillingsschwestern gehalten, aber es handelte sich eindeutig um dieselbe Person, die dann am 1. März 1995 in Haus Nettelbeck eingezogen war, mit sechsundsechzig Jahren und mit nicht mehr Angaben zur Person als unbedingt nötig. Wusste Frau Haag von dem Fall Springer? Ich fragte sie, als sie zurück ins Büro kam.

Nein, sie wusste nichts davon, konnte auch nichts wissen, da sie im Sommer 1982 noch gar nicht in Münster gewohnt hatte, sondern in Saarbrücken. Und weitere Kreise als bis ins nördliche Ruhrgebiet hatte der Prozess offenbar nicht gezogen.

Ich gab ihr den Ordner zurück und fuhr hinauf zu Frau Epstein. Sie hatte gerade Besuch von ihrer Cousine. Ich registrierte eine hünenhafte Gestalt, mit goldfarbenen Panzerarmbändern bewehrte Unterarme, die sich aus den Ärmeln eines dicht geblümten Mousselinkleides drängten, ein bulldoggenartiges Gesicht, aus dem mich ein mehr als energischer Blick traf. Und ich fragte mich unwillkürlich, wer eigentlich mehr Grund zur Angst hatte, die Einbrecher oder die Cousine?

Frau Epstein, die neben ihr immerhin auch noch mollig, aber sehr klein wirkte, sah mich erwartungsvoll an: „Ja, bitte?"

„Es hat einige Verwirrung um Ihr Eau de Toilette gegeben. Würden Sie mir den Flakon bitte mal zeigen?"

Begreiflicherweise reagierte sie erstaunt, ging aber dann wortlos ins Bad und kam mit einem schmalen, grünen Glaszerstäuber zurück. Auf dem goldfarbenen Etikett kreuzten sich zwei Eichenblätter, darunter stand in schwarzen, runenähnlichen Schriftzügen „Libertinage".

„Haben Sie das in letzter Zeit mal jemandem gezeigt oder vielleicht sogar zum Testen gegeben?"

„Ich selbst habe es mir geben lassen", korrigierte sie, „und zwar von der Senta." Damit zeigte sie auf die Cousine, die ihre Worte mit Kopfnicken bestätigte. Das Parfum hatte ihrem verstorbenen Mann gehört und „der Margret" so gut gefallen, dass sie es ihr geschenkt hatte.

„Und eine andere Person?"

Frau Epstein dachte nach. „Oh ja, jetzt fällt mir ein, dass die Dorothea es auch immer so gut fand. Erst neulich hat sie mich gefragt, ob sie sich etwas abfüllen könne. In einen von diesen kleinen Taschenzerstäubern."

„Wann neulich?"

Das sei, offen gesagt, schon länger her, korrigierte sie sich daraufhin, irgendwann Ende November.

Dorothea Brede war nicht zu Hause. Kurz nach dem Mittagessen hatte die Etagendame sie noch vor dem Lift gesehen, seitdem pendelte sie wohl zwischen Haus C und Haus D, von der aufgegebenen Wohnung in die neu zu beziehende, immer in Eile und mit Sachen bepackt. Ich bat Frau Loose, mich für den Spätnachmittag bei ihr anzumelden.

In unserer Wohnung am Prinzipalmarkt türmten sich unterdessen ebenfalls die Umzugskisten. Herr Lieblau, Makler und Hausbesitzer in einer Person, hatte uns den Schlüssel zur Nachbarwohnung überlassen, in der früher seine Tante gelebt hatte, und auch dort stapelten sich Säcke und Kartons. Dabei stand sogar noch ein Großteil unserer Möbel in einem Lager am Stadtrand. Franz hatte sich das Durcheinander angesehen und den Kopf geschüttelt. „Typisch Frauen! Von nichts könnt ihr euch trennen!“ Aber alles, was ich daraufhin aussortiert hatte, wurde prompt von Kerstin wieder zurückgeschleppt, worauf sich hitzige Debatten darüber entfachten, welche Dinge eigentlich Robinson Crusoe und Freitag zum strikten Überleben gebraucht hatten. Oder etwa Paul Gauguin? Der hatte auf seinen Marquesas-Inseln ja auch eher behelfsmäßig gelebt.

Nach Streitgesprächen wie diesen kamen mir meine regelmäßigen Ausflüge nach Nettelbeck direkt erholsam vor. Boten sie doch immer wieder neu die Gelegenheit, sich ein Beispiel an alten Menschen zu nehmen, die auf bedeutend kleinerem Raum mit viel mehr Requisiten aus ihrem langen Leben zurechtkommen mussten. Allein die Familienalben …

Die Ankündigung meines Besuchs lag noch in der Nische neben Frau Bredes Tür, als ich am Mittwoch Abend pünktlich um sechs bei ihr schellte. Auf dem Türblatt klebte ein Zettel: „Bin im Schwimmbad!“ Da sie nicht öffnete, fuhr ich mit dem Lift in den Keller. Wieder gluckerten Abwasserrohre über meinem Kopf, und der Gang roch auch jetzt warm, feucht und stark nach Chlor. Ich erreichte die Schwingtür zum Vorraum und während ich noch überlegte, wie ich ohne Schlüssel ins Schwimmbad hineinkam, weil unter der Dusche oder im Becken niemand mein Klopfen hören würde, sah ich, dass die Tür zum Damentrakt nur angelehnt war. Sie schien mich also zu erwarten.

Drinnen herrschte das schummrige Halbdunkel, das ich noch von jenem Abend kannte, als wir Frau Abraham gefunden hatten. Hastig tastete ich nach dem Schalter, aber auch jetzt streikte das Licht, und mir fuhr der Gedanke durch den Kopf, wie leichtsinnig es gewesen war, das Bad zu betreten. Im gleichen Augenblick drehte sich in der Außentür ein Schlüssel, ich saß in der Falle und hatte nicht einmal meine Dienstpistole bei mir. Aber wer dachte an eine Waffe, wenn er zu einer Vernehmung ins Altersheim fuhr?

In dem matten Licht der Parkbeleuchtung sah ich offenstehende Spinde und leere Holzbänke. Und von Frau Brede keine Spur. Ich streifte die Schuhe ab und ging geräuschlos in den Duschtrakt. Die

Parklampe, die ihn erleuchtete, war defekt und warf nur ein nervöses Flackern in das Halbdunkel. Ich rief Frau Bredes Namen und als niemand antwortete, beschlich mich ein unbehagliches Gefühl, eine Mischung aus Verärgerung und der Sorge, es könnte ihr etwas zugestoßen sein. Es war so still!

Leise schlich ich weiter, und während meine rechte Hand nach dem Funksprechgerät in meiner Hosentasche tastete, spürte ich, wie nicht sehr weit von mir ebenfalls jemand angespannt lauschte. Irgendwo in diesem schwül-feuchten Zwielicht lauerte mein Gegner, vielleicht im Herrentrakt, vielleicht auch im Schutz eines Duschvorhangs oder hinter einer der halboffenen WC-Türen. Wieder kam ein leichtes Geräusch von der Außentür, ich fuhr herum, konnte aber nichts erkennen, im nächsten Augenblick hörte ich unmittelbar hinter mir einen Schritt, jemand packte meine Handgelenke und drehte sie, bis der Schmerz wie Feuer brannte. Es gelang mir noch, die Notruftaste zu drücken, dann fiel das Sprechgerät zu Boden.

„Guten Abend, Frau Kommissarin!", sagte eine männliche Stimme, die mir sehr bekannt vorkam. Und noch ehe ich mich umdrehen konnte, presste sich ein feuchtes Handtuch vor Mund und Nase, mein Kopf wurde an den Haaren nach hinten gerissen und ein beißender Geruch nahm mir den Atem. Wie aus weiter Ferne hörte ich mich japsen und keuchen, mir wurde übel und schwindelig, aber der feste Griff, der jetzt das Handtuch in meinem Nacken verknotete, ließ nicht locker … Einer der Duschvorhänge schien sich zu bewegen, die Plastikbahn wölbte und hob sich wie in einem plötzlichen Windzug und wurde weggezogen. War das Wirklichkeit oder bereits Halluzination? Ich konnte es nicht mehr unterscheiden, alles, was ich wusste, war, dass ich es mit einem großen, kräftigen Gegner zu tun hatte. Vielleicht sogar mit zweien? Wo steckte Frau Brede? Ich machte einen letzten Versuch, mit einem gezielten Fußtritt die Umklammerung zu lösen. Die Antwort war ein nur mühsam unterdrückter Schmerzenslaut, der Griff lockerte sich, und das Handtuch fiel zu Boden.

Auf den Stufen zwischen Duschtrakt und Schwimmhalle saß Luhe-Wildenau vornüber gebeugt und keuchte. Das zuckende Laternenlicht warf spiegelnde Flecken auf seinen blanken Schädel. Und die Brede? Ich spähte in das Halbdunkel. Wie unklug von ihr, eine Nachricht an ihrer Tür zu hinterlassen, wo sie zu finden war. Man würde sofort wissen, dass sie es gewesen war, wenn ich … Aber war da überhaupt ein Zettel gewesen … Wie dumm von ihr … Ich versuchte, meine träger werdenden Gedanken zu ordnen … In einer dieser vielen in unscharfem Grau verschwimmenden Nischen musste sie sein, ein weiteres kontaminiertes Handtuch zur festen Rolle gedreht, griffbereit zum Erdrosseln, Ersticken, Vergiften. Endlich hörte ich ihre Stimme: „Sie wollten doch immer wissen, wie es passiert ist. Heute Abend zeigen wir es Ihnen. Aber Sie werden es nicht nur sehen, Sie werden es auch fühlen, obwohl es keine Spuren geben wird, ganz wie bei der Abraham. Genau wie bei ihr machen wir es! Sie war nämlich auch ein bisschen zu neugierig!“ Ihre Stimme klang hohl und verzerrt.

„Frau Brede?“ Auch meine Stimme wirkte fremd. „Warum noch mehr Verbrechen? Hören Sie auf! Sie haben doch genug Unheil angerichtet!“

Ihr Lachen hallte schmerzhaft in meinen Ohren. „Aber dafür möchte ich nicht bestraft werden! Nicht von einer dummen, arroganten Polizistin, die in alles ihre Nase steckt. Glauben Sie etwa, Hermann und ich, wir hätten Sie nicht gesehen, an dem Abend, draußen am Fenster? Was ging Sie das an?“

Ich merkte, wie mich die Müdigkeit überfiel, und hatte nur noch einen Wunsch, raus aus diesem feuchten, nach Chlor stinkenden Kellerloch. Panik ergriff mich bei der Vorstellung, dass ich das gar nicht mehr schaffen würde. „Sie haben Frau Abraham umgebracht und Frau Luhe-Wildenau!“, hörte ich mich sagen. Dabei versuchte ich, den Professor im Auge zu behalten, der alle Anstalten machte, sich wieder hochzurappeln. Wie ein angeschossenes Reptil wand er sich auf den Stufen. Der vergleichsweise schonende Fußtritt vor sein Schienbein würde ihn nicht lange außer Gefecht setzen.

„Und wie wollen Sie das beweisen?“ Frau Brede kam näher, so nahe, dass ich ihr aufdringliches Parfum roch. Ihr Gesicht konnte ich nicht erkennen, es war nur ein verschwommenes Oval in dem grauen Sud des Duschraums, aber ich spürte die Wut, in der sie förmlich kochte. Oh ja, ich war ihr schon dicht auf den Fersen gewesen, hatte das Netz über ihr zugezogen, für eine Verhaftung fehlte nicht mehr viel, vorausgesetzt, ich kam aus diesem Schwimmbad heraus. Aber ich saß hier fest, während sich ein Stockwerk höher, an der Rezeption, Frau Klostermann zum Heimgehen fertig machte, sich auf weiteren Stockwerken die Heimbewohner bei Abendessen und Fernsehprogramm entspannten und die Pflegestation auf den Nachtdienst umschaltete. Nicht nur dort hatte man Wichtigeres zu tun als das Schwimmbad auf Badegäste zu kontrollieren. Wenn ich Pech hatte, verbrachten wir drei die ganze Nacht hier, und nicht einmal Max würde wissen, wo ich steckte.

Ich beschloss, es mit gutem Zureden zu versuchen. Besänftigende Argumente hatten schon manchen Gesetzesbrecher zum Einlenken gebracht. Ich musste Zeit gewinnen, bis mich andere Hausbewohner aus meinem Dilemma befreiten. Dieses verdammte Bad war bis zehn Uhr abends geöffnet, warum kam denn niemand?

„Haben Sie keine Angst, dass jemand zum Schwimmen kommen könnte?“

Ihre Antwort war ein meckerndes Lachen, das mich an Rita Hauenstein erinnerte, das Lachen einer Verrückten.

„Mittwochs nachmittags bleibt das Bad geschlossen, wussten Sie das nicht? Es war sehr dumm von Ihnen herzukommen.“

Das unscharfe Oval ihres Gesichts verschwamm, wie aufgesogen von dem Zwielicht, das uns umgab, und ihre Stimme schien wieder weiter entfernt, vermutlich hatte sie sich in ihre Nische zurückgezogen. Und der Professor? Er hatte sich halb aufgerichtet und kam auf mich zu, aber dann schwankte er plötzlich und fiel mit einem rasselnden, gebellähnlichen Geräusch zurück auf die Stufen. Er kippte vornüber und rang nach Luft.

Im Nu war Frau Brede über ihm, schüttelte ihn und schrie dabei seinen Namen, als hätten sie jetzt endgültig alle guten Geister verlassen.

Als mein Funkgerät zu Boden fiel, hatte Luhe-Wildenau es mit einem wütenden Fußtritt in die Ecke geschleudert, jetzt tastete ich Fußleisten und Ecken ab, und als ich es endlich gefunden hatte, drückte ich noch einmal die Notruftaste. Nur Minuten später klopfte und polterte es an der Außentür, Frau Brede stürzte an mir vorbei, draußen stand Lückmann mit einem uniformierten Kollegen.

„Wie hast du uns gefunden?“, fragte ich, als wir später in der Ambulanz des Franziskushospitals darauf warteten, was mit dem Professor weiter geschehen würde.

„Dein Anruf!“, sagte er. „Die Zentrale hatte mich benachrichtigt. Und als du keine Antwort gabst, habe ich prompt auf Haus Nettelbeck getippt. Die Rezeption war schon geschlossen, und da ich keine Ahnung hatte, wo du stecktest, haben wir mit dem Schwimmbad angefangen.“

„Wer hat euch reingelassen?“, fragte ich, in Erinnerung an Frau Fantins abendliche Heimbesuche.

„Einer von den Zivis. Er rauchte zufällig eine Zigarette im Foyer, und als er Schröders Uniform sah, ist er gleich zur Tür gehechtet.“

Er besah sich meine Hautpartien um Mund und Nase mit fachmännischer Intensität. Als Freund einer Kosmetikerin hielt er das offenbar für angebracht, ich fand es übertrieben. „Du siehst ganz schön mitgenommen aus!“, sagte er teilnahmsvoll.

Ich betastete die Partien. „Die Brede hatte mir gedroht, mich auf die gleiche Art umzubringen wie Frau Abraham. Aber wenn ich mich recht erinnere, gab es bei der Leiche keine äußerlichen Hautschäden. Demnach hatte sie eine ganz andere Methode.“

„Das wird sie uns alles morgen erzählen“, sagte er grimmig. „Erst mal solltest du deine Rückkehr ins Leben mit Mann und Kind feiern. Und wenn ich mich nicht völlig täusche, ist das deine Sippschaft, die uns da entgegenkommt.“ Er hatte recht, vor uns, im milchigen Licht des Krankenhauskorridors, tauchten Franz und Kerstin auf.

Dreizehntes Kapitel

Im bleigrauen Himmel des Sylvestermorgens explodierten die ersten Raketen. Pfeifend schossen sie über den Giebeln des Prinzipalmarkts in die Luft und fielen in einem weit gefächerten Farbregen herab. Knallfrösche krachten über das Straßenpflaster. Die ganze Nacht habe das schon angedauert, stöhnte Franz dicht neben mir, kein Auge habe er zugekriegt! Naturgemäß vermisste er die winterliche Ruhe, die früh morgens über seiner Dorfheimat lag. Diese flockige Stille, die von den weitläufigen, frostüberkrusteten Ackerflächen aufstieg und allenfalls vom heiseren Krächzen russischer Saatkrähen durchschnitten wurde, den einzigen Touristen, die in dieser trüben Jahreszeit kamen. Ich dagegen hatte traumlos geschlafen, wie versenkt auf ein Schiffswrack am Meeresboden. Die Schwester in der Ambulanz hatte mir eine Valium gegeben, die Hautreizungen mit einer Tinktur behandelt, und die wohlige Nähe von Franz hatte den Rest besorgt. Es sah ganz so aus, als hätte die Attacke im Schwimmbad keine bleibenden Schäden verursacht und so ging es mir zumindest besser als dem Professor und der Brede. Er lag, mit Kanülen und Schläuchen versorgt, auf der Intensivstation und sie im Untersuchungsgefängnis am Stadtgraben.

Wir genossen noch eine Weile diese frühe Morgenstunde in dem eigentlich viel zu engen Bett, und als das Gezisch und Geknall da draußen immer weiter zunahm, vereinbarten wir kurzerhand, den Abend still in unserem neuen Zuhause zu verbringen. Und nicht nur ihn. Das Kaminholz im Glashaus reichte für drei Tage, und in den Schlafzimmern lagen Matratzen und Wolldecken. Wir würden einen Picknickkorb mitnehmen und eine Thermoskanne voll Punsch und mit Bleigießen und Kartenspielen den Jahreswechsel abwarten. Und dann, um zwölf, würden wir in unseren Garten gehen, uns den Widerschein der Feuerwerke von Münster und Handorf ansehen und uns alles Gute für dieses in vieler Hinsicht bedeutsame Neue Jahr wünschen.

Mit dieser freundlichen Perspektive rappelte ich mich endlich auf. Um neun erwartete der „Pinguin“ Lückmann und mich zu einem ersten Bericht und um halb elf würde man Frau Brede zum Verhör bringen. Ein Geständnis hatte sie im Grunde ja schon im Schwimmbad abgelegt, aber ich musste damit rechnen, dass sie es widerrief. Außerdem würde sie uns die „Methode“ erklären müssen, nach der sie Frau Abraham ermordet hatte, das heißt den genauen Tathergang. Und die Rolle des Professors war auch noch nicht geklärt. War er Mittäter oder nur Mitwisser? War er an beiden Fällen mitschuldig oder nur am Tod seiner Frau? Würde er Frau Brede entlasten, so wie es vor sechzehn Jahren Springer getan hatte?

Im Badezimmer-Spiegel sah mein Gesicht furchterregend aus. Die Hautpartien um Nase und Mund waren rot und brandig und seitdem ich auf den Beinen war, litt ich wieder unter Juckreiz und Kopfschmerzen. Dr. Gross betrachtete mich mitleidig und gab mir Urlaub ab der Mittagspause, obwohl unser Dienst erst um drei Uhr endete. Er mochte dabei an seine eigenen Hautprobleme gedacht haben, die offenbar behoben waren. Jedenfalls paffte er gut gelaunt seine Zigarre und zeigte sich hoch erfreut über den Ausgang unserer Recherchen. Seine Haut wirkte dabei so beneidenswert glatt und rosig wie der vielzitierte Kinderpopo.

„Wir hätten schneller auf die Brede kommen können, wenn ich mich nicht von dem Plot dieses albernen Theaterstücks hätte ablenken lassen“, sagte ich wütend zu Lückmann, als wir wieder in unserem Büro waren. „Diese beiden Schwestern, zum Beispiel, haben mich auf die falsche Fährte gelockt, zu Frau Fantin.“

„Ohne diese Fährte wärst du nie auf Frau Abrahams Zeugenvorladung gekommen“, wandte er ein, „und von da zur Auflösung war es dann nur noch ein Schritt.“

„Auch wieder wahr!“

Pünktlich um halb elf wurde Frau Brede hereingebracht. Sie trug noch immer die Kleidung vom vergangenen Abend. Und unwillkürlich kam mir der Gedanke, dass sie diese für einen Schwimmbadbesuch ziemlich abenteuerliche Aufmachung in der Absicht gewählt hatte, sich noch in der Nacht mit Luhe-Wildenau aus dem Staub zu machen.

„Eine alte Frau wie einen Verbrecher zu behandeln!“, fauchte sie, nachdem die uniformierte Kollegin ihr die Handschellen abgenommen hatte. Sie schüttelte ihre Gelenke, als hätten sie an Bleikugeln gehangen, und beschwerte sich, sie habe eine schlaflose Nacht auf einem Bett so hart wie eine Parkbank verbracht und sich nicht mal anständig herrichten können für diesen Termin.

„Mit neunundsechzig ist man keine alte Frau“, sagte ich kühl, „das sollten Sie aus der Werbung wissen.“

Sie schnaufte. „Eine Frechheit ist das!“

Lückmann spannte einen Bogen in die Schreibmaschine. „Wie möchten Sie gern angesprochen werden? Mit Voss oder Brede?“

Sie fuhr zu ihm herum. „Wie meinen Sie das?“

„Ihr Geburtsname ist Haller?“

„Ich verstehe überhaupt nichts mehr …“

Er schob ihr die Fotos vom Springerprozess und aus ihrer Personalakte bei Störtebekertours hin. „Sie verstehen sehr gut.“

„Seit wann kannten Sie Helene Abraham?“, fragte ich.

Sie fegte die Fotos mit einer verächtlichen Bewegung zur Tischkante, wo Max sie gerade noch auffangen konnte. „Seitdem sie sich für meine Italienisch-Gruppe angemeldet hatte.“

„Könnte es nicht auch schon früher gewesen sein?“

„Sie sprechen in Rätseln“, protestierte sie. „Ich weiß nicht, was Sie meinen.“

„Wir sprechen von der Vergangenheit“, korrigierte ich. „Stimmt es, dass Sie sich Anfang 1982 von Oswald Maria Springer als Haushälterin einstellen ließen?“

Ihr dünnlippiger Mund wurde schmal wie die Klinge eines Pfadfindermessers. „Ich habe diesen Namen noch nie gehört.“

Lag es an der schmerzhaften Spannung in meinen Mundwinkeln, die mir das Sprechen schwer machte, oder an dem lästigen Sylvesterspektakel, das jetzt offenbar schon den Friesenring heimsuchte? Direkt vor dem Präsidium explodierte mit markerschütterndem Krachen ein Knallkörper, und ich fuhr zusammen. Meine Nerven hatten unter dem vergangenen Abend stärker gelitten, als ich mir eingestehen wollte. Aber auch Frau Brede zeigte sich endlich mürbe. Sie begann zu reden, und zwar so schnell, dass Max beim Schreiben kaum Schritt halten konnte.

Es waren Frau Springers Depressionen gewesen, die sie und den Ehemann einander nähergebracht hatten. „Das arme Geschöpf“ hatte reichlich Anlass gegeben für Gedankenaustausch, immer abends nach

Dienstschluss, während die Kranke oben, im Bett, „an der Flasche hing".

„Es war seine Idee", sagte sie kalt. „Er hatte den Whisky auf ihrem Nachttisch mit Insektengift versetzt. Für den Fall, dass Freunde zu Besuch kamen und dumme Fragen stellten, stand immer eine einwandfreie Flasche griffbereit."

„Sie haben also gewusst, dass Springer seine Frau kontinuierlich vergiftete und sind nicht zur Polizei gegangen?"

Sie antwortete mit einem verächtlichen Blick. „Ich habe ihn geliebt. Aber Gefühle dieser Art kann sich hier bei Ihnen ja wohl niemand vorstellen."

„Was hat denn eigentlich Ihr Mann dazu gesagt?"

„Wir waren so gut wie geschieden. Deshalb hatte ich ja wieder eine Stelle angenommen. Ich musste Geld verdienen, weil dieser Lump mir keine Unterstützung mehr zahlte."

„Wann hat Springer angefangen, seine Frau zu vergiften?"

„Anfang März. Eines Abends, als ich gerade gehen wollte, gestand er mir, dass er mich liebe und Elisabeths Krankheit nicht länger ertragen könne. Und er versprach mir, alles zu tun, um mich nicht in die Sache hineinziehen, er war ein Gentleman, bis zum Schluss. Ich habe mit Elisabeths Tod nichts zu tun."

„Was heißt, bis zum Schluss?"

„Ich verstehe nicht recht." Sie nestelte nervös an den Bügeln ihrer Handtasche.

„Springer hat sich in seiner Zelle vergiftet", sagte Lückmann, „halten Sie ihn deshalb für einen Gentleman?"

„Davon weiß ich nichts." Jetzt knipste sie die Tasche auf, und betupfte ihre Nase mit einem kleinen, spitzenbesetzten Tuch.

„Haben Sie ihm das Gift beschafft?"

„Nein!", fauchte sie. „Und wieso wird hier eigentlich die alte Springer-Geschichte wieder aufgerollt? Die ist doch längst vom Tisch."

„Nicht, was Ihre Bekanntschaft mit Frau Abraham angeht!"

„Also gut, ich kannte sie. Ist das strafbar?"

„Frau Abrahams Aussage hat Springer ins Gefängnis gebracht, Ihren Liebhaber! Wäre das nicht ein Motiv gewesen?"

„Das ist absurd!"

„Jeder Mord ist absurd!“, widersprach ich. „Hat Frau Abraham Sie wiedererkannt, als sie in Nettelbeck einzog?“

Sie schüttelte resolut den Kopf. Ihr selbst war die einstige Kronzeugin natürlich sofort „ins Gesicht gesprungen“. Die Abraham dagegen, eitel wie sie gewesen sei und ausschließlich auf ihre Wirkung als berühmte Rosenexpertin fixiert, habe kein Auge für sie gehabt.

„Kein Wunder, bei den Veränderungen, die Sie durchgemacht haben. Wollten Sie verhindern, dass man sich an Dora Voss erinnert?“

Darauf gab sie keine Antwort.

„Warum haben Sie sie umgebracht?“

„Hermann kannte sie von früher her. Er und ich hatten die berechtigte Sorge, dass sie sich rächen würde – übrigens wegen einer Lappalie.“

„Hat sie ihn auf diese … Lappalie angesprochen?“

„Das musste sie gar nicht. Warum sonst hätte sie die Wohnung direkt neben ihm nehmen sollen? So überstürzt und viel früher als beabsichtigt.“

„Wegen ihrer Rosen, zum Beispiel.“

Ihr Lachen ähnelte einem Krächzen. „Haben Sie sich die Rosen mal angesehen? Die waren es doch nicht mehr wert. Ich kenne mich bei Blumen aus. Das Ganze war doch nur ein Vorwand, sich neben Hermann einzunisten und ihm lästig zu werden.“

„Und wie wurde sie ihm lästig?“

Sie zuckte die Schultern.

„Durch ihre bloße Gegenwart also“, sagte ich. „Und Sie sind ihr ins Schwimmbad nachgeschlichen und haben sie umgebracht. Aber ihre Methode war eine andere als bei mir.“

Sie schluckte. „Wie kommen Sie darauf?“

„Das fragen Sie mich noch?“ Wieder waren es die verätzten Hautpartien, die mich auf die Palme brachten. Wochen würde es dauern, bis die Ekzeme zurückgingen, und bis dahin würde ich im Dienst sitzen wie eine verbrutzelte Bratwurst, wie die Ravioli, die Franz vor genau einer Woche in den Müll geschmissen hatte.

„In Frau Abrahams Gesicht gab es keine Verätzungen.“

Sie straffte den Oberkörper, und ihre Augen funkelten. „Ich habe ihr eine Spritze verpasst, als sie gerade unter der Dusche war. Sie stand mit dem Gesicht zur Wand und seifte sich ein. Sie hat mich gar nicht gesehen."

„Und dann?"

„Sie sah an sich herunter, als hätte sie ein Insekt gestochen, dann spülte sie in aller Ruhe die Seife ab, und ganz plötzlich kippte sie um. Ich schleifte sie zum Beckenrand und schob sie ins Wasser."

„Hatten Sie Komplizen?"

Sie schüttelte den Kopf.

„Herr Luhe-Wildenau war nicht dabei?"

„Nein."

„Haben Sie sie in den Wochen vorher regelmäßig besucht, donnerstags nachmittags, zum Beispiel?"

Es wurde Mittag, bis sie alles gestanden hatte und wir ihre Lügen von der Wahrheit trennen konnten. Sie wechselte nämlich noch ein paar Mal die Kulissen. In ihrer ersten Version war es Frau Abraham gewesen, die sie um Ratschläge für die Italienreise gebeten hatte, der zweiten zufolge hatte sie ihrerseits den Vorschlag gemacht, sich privat zu treffen. Frau Brede hatte die Pikkolos spendiert, Frau Abraham das Gift beigesteuert, ohne es zu ahnen, natürlich. Aber warum war sie auch so unvorsichtig gewesen, ihren Badezimmerschrank unverschlossen zu lassen, wo die Landwirtschaftskammer Rheinland doch ausdrücklich empfahl ... Frau Brede redete sich in Fahrt und gleichzeitig um Kopf und Kragen.

Gegen halb eins kam sie dann mit der Version, nicht Springer hätte ihr den Mordplan gestanden, sondern sie sei ihm auf die Schliche gekommen. Sie hatte die Giftflasche im Keller entdeckt und sich darüber gewundert; weil es doch im ganzen Haus keine Pflanzen gab. Sie hatte Springer so lange mit Fragen bedrängt, bis er endlich zugab, dass er seine kranke Ehefrau loswerden wolle, dieses lästige, ewig jammernde Bündel, das ihn ans Haus fesselte, die Nachbarn und die Freunde vergraulte, von den Behandlungskosten ganz zu schweigen. Und später hatte dann Luhe-Wildenau zufällig einen ganz ähnlichen Einfall gehabt. Sie selbst hatte lediglich Böses geahnt und auf den rechten Zeitpunkt gewartet, um ihren „armen Geschöpfen" zur Hilfe zu kommen.

„Indem Sie Frau Luhe-Wildenau mit einem Kissen erstickten?"

„Sie können mir nichts nachweisen."

„Die Nachtschwester hat ein Parfum gerochen, ausgerechnet jenes, das Sie sich bei Frau Epstein ausgeliehen hatten. Wir haben die Flasche sichergestellt und die Schwester hat den Geruch wiedererkannt. Der Verdacht sollte auf Frau Epstein fallen. Aber was für ein Motiv hätte sie gehabt? Außerdem war sie an jenem Abend bei ihrer Cousine.“

Plötzlich schlug sie die Hände vors Gesicht und schluchzte. Es war das erste Weinen, das ich bei ihr sah, seitdem man Luhe-Wildenau vor ihren Augen weggetragen hatte.

„Sie wussten, dass Frau Abraham am Sonntag um halb vier ins Schwimmbad ging?“

„Das wusste ich nicht“, widersprach sie trotzig.

„Doch, Sie wussten es! Am Samstag erzählte Herr Rieder ihr, dass seine Kinder sonntags nachmittags zu Besuch kämen, und daraufhin beschloss sie, schwimmen zu gehen. Die beiden haben in der Bibliothek darüber geredet, und Sie sind ein paar Mal raus- und reingegangen. Er hat sich genau erinnert. Und es war ja auch eine gute Gelegenheit, nicht wahr? An diesem Sonntag Nachmittag waren die meisten Hausbewohner bei der Adventsfeier oder hatten Besuch.“

Um ein Uhr gab sie dann endlich zu, dass sie es gewesen war, die die Ehemänner zum Mord angestiftet hatte – hier Springer, dort Luhe-Wildenau. Nachdem Springer dafür ins Gefängnis gekommen war, hatte das schlechte Gewissen sie nicht mehr in Ruhe gelassen, und so war der Mord an der Frau des Professors allein ihr Werk. Eine Wiedergutmachung an Springer gewissermaßen. Dann hatte sie Luhe-Wildenau für den gemeinsamen Überfall auf mich geködert, und darüber war er mit einem Herzanfall zusammengeklappt. Beiden Männern, so brach es jetzt mit theatralischer Selbstzerknirschung aus ihr hervor, habe sie nur Unheil gebracht, wo sie doch tatsächlich immer nur Liebe im Sinn gehabt habe! War es Zufall, dass ich plötzlich wieder Frau Fantins von schlechtem Gewissen gebeutelte Stimme im Ohr hatte? „Dass ich das Aquarell von der Helene haben wollte, das kam doch nur daher, dass ich soviel Pech im Leben hatte.“ Weil sich ihr eigener Lebensweg nicht so gestaltet hatte, wie sie es sich erträumten, betrogen diese Leute Schwestern, Freundinnen, Nachbarinnen oder räumten sie aus dem Weg.

Da ich den ganzen Vormittag mit Frau Bredes Verhör beschäftigt war, hatten Franz und Kerstin die Vorbereitung des Sylvesterabends übernommen. Sie machten ein großes Geheimnis daraus, aber die Zutaten, die im Kühlschrank versammelt waren, verrieten eine sympathische Mischung aus Kindergeburtstag, Fastfood und jenen Junggesellenkunststücken, die sich Franz offenbar in unserer alten Bauernküche in Altötting angeeignet hatte. Ich fand einen Nudelsalat, ein Holzbrett mit frischen Feigen und Weintrauben und einem Käsesortiment, als würde ein ganzer Reisebus mit uns feiern, ich entdeckte fertige Roastbeef- und Gurkensandwiches, die eines englischen Highteas würdig gewesen wären, und eine Wurstplatte, wie man sie halt in Oberbayern noch immer gern hatte … Und der Schokoladenpudding in der hintersten Ecke war wohl auch für die Feiertage vorgesehen. Kerstin hatte ihn großzügig mit Smarties bestreut, die ihren kunterbunten Zuckerüberzug bereits freigebig an die Puddingoberfläche weitergegeben hatten.

Mit Einbruch der Dämmerung fuhren wir hinaus, Kerstin und ich trugen das Essen in die Küche, während Franz den Kachelofen mit Nachschub versorgte. Im Wohnzimmer fehlten noch immer die Gardinen und Teppiche, von der Decke baumelte nur eine fahle Glühbirne. Es war empfindlich kalt, und unsere Stimmen hallten in dem kahlen Raum wie im Schwimmbad von Haus Nettelbeck. Während ich mich eher unsanft an den Vorabend erinnert fühlte, kamen sich Franz und Kerstin wie Schiffbrüchige auf einer einsamen Insel vor. Doch als dann der Tapeziertisch gedeckt und die kahle Holzplanke, die die Anstreicher freundlicherweise hatten stehen lassen, mit Kissen auspolstert war, als die Kerzen brannten und die hell auflodernden Flammen behagliche Wärme zu verbreiten begann, lockerte sich auch die Stimmung. Später packten wir das Scrabble-Spiel aus, das Kerstin sich zu Weihnachten gewünscht hatte, spielten danach Bauernskat und Mogeln und irgendwann, lange vor zwölf, fielen uns die Augen zu. Wie die Murmeltiere schliefen wir auf unseren lose dahingestreuten Mumienschlafsäcken ins Neue Jahr hinüber.

Beim Feiertagsspaziergang machten wir einen Abstecher nach Haus Nettelbeck. Als Frau Haag mich sah, winkte sie mich in ihr Büro und schloss mit hartem Griff die Tür. Begreiflicherweise war sie bestürzt. Für diesen ersten Januar, so klagte sie, habe das Kuratorium einen

„Tag der offenen Tür“ geplant, alles sei bestens vorbereitet gewesen, Honoratioren der Stadt hätten sich angemeldet, Interessenten aus dem Wirtschafts- und Kulturbereich. Aber unter den gegebenen Umständen habe man natürlich alles absagen müssen. Es klang, als gelte der Vorwurf mir, aber ich war solche Proteste gewohnt und beschränkte mich aufs Zuhören.

„Weiß man inzwischen, was passiert ist?“

„Frau Brede hat eine Aussage gemacht, aber der Professor darf vorläufig nicht sprechen.“

„Natürlich!“ Sie seufzte. „Frau Brede also.“

„Überrascht Sie das?“

„Jeder Täter, der aus unserem Haus stammt, überrascht mich. Ich war fest davon überzeugt, dass es jemand von draußen war, ein Familienangehöriger von Frau Abraham oder eben … Herr Leisch.“

„Die einzige Angehörige, die Frau Abraham noch besaß, war ihre Schwester.“

„Oh nein!“, widersprach sie. „Frau Fantin war bei uns als Kontaktperson gemeldet, aber so weit ich weiß, gibt es noch Cousinen und Nichten …“

„… die aber nie hier aufgetaucht sind“, ergänzte ich.

Sie schüttelte den Kopf. „Ist es im Schwimmbad passiert?“

„Wir sind mit unseren Verhören noch nicht fertig. Wie und wo es passiert ist, werden Sie später erfahren.“

„Wissen Sie“, sagte sie nach einer Weile, „als Heimleiterin muss man seine sechs Sinne beisammen haben, vielleicht auch noch den siebten. Dabei denkt man sich so manches. Frau Luhe-Wildenau war ja zum Schluss wirklich schon sehr schlecht zurecht und ihr Mann völlig auf sich allein gestellt. Kann man es ihm verdenken, dass er Gesellschaft suchte? Schließlich konnte er nicht ahnen, wozu diese Frau fähig ist.“

„Seine Frau wurde ermordet!“, erinnerte ich.

Obwohl ihr das zur Genüge bekannt sein musste, zwinkerte sie nervös hinter ihrer metallgeränderten Brille und fasste dann nach dem buntemaillierten Medaillon, das auf ihrem üppigen Busen baumelte. Ihre Hand umklammerte das kurze goldfarbene Kettchen, an dem es befestigt war, drehte es und ließ es wieder los.

„Von wem?“

„Die Schuldfrage ist noch nicht völlig klar“, sagte ich. Schließlich fehlte uns noch immer Luhe-Wildenaus Aussage.

Nicht noch einen Täter aus unserem Haus! schien ihr Blick zu flehen. Der entlassene Pfleger wäre ihre erste Wahl gewesen, und auch mit einem Besucher hätte sie sich ohne weiteres abgefunden. Aber zwei Mörder aus den eigenen Reihen?

„In Luhe-Wildenaus Wohnung ist Frau Brede offenbar nicht oft gewesen“, sagte ich, und sie antwortete, die beiden seien häufig zusammen in der Bibliothek gesehen worden, was natürlich niemanden verwundert habe. „Der Professor war auf der Suche nach Unterlagen für seine Vorträge, und sie hatte dort ja ohnehin ihr Betätigungsfeld.“ Sie schwieg, und ich wartete geduldig, bis sie weiterredete. „Bei zweihundert Heimbewohnern kann man natürlich nicht jeden einzelnen in all seinen Eigenheiten kennen. Und wie Sie begreifen werden, waren wir, das heißt die Hausleitung, sehr dankbar, dass sich Frau Brede so viele Pflichten aufbürdete. Deshalb verstehe ich diese furchtbare Tat auch nicht. Es kann sich nur um eine Kurzschlussreaktion gehandelt haben. Es machte ihr immer soviel Spaß, für ihre Mitbewohner im Einsatz zu sein!“

Das konnte man auch anders sehen. Die Betreuung einer Bibliothek war mit einem gewissen Zeitaufwand verbunden, aber auch mit einem nicht zu überschätzenden Informationsreichtum. Man wurde, während man still und unauffällig Bücher einsortierte, Tageszeitungen austauschte oder den Katalog auf den neuesten Stand brachte, über die eine oder andere Gewohnheit in Kenntnis gesetzt, über harmlose Verabredungen oder pikante Rendezvous. Und niemand nahm einen so recht zur Kenntnis, weil man zum Inventar der Bücherei gehörte wie die fahrbare Leiter oder die Holzkiste mit den Ausleihkärtchen.

„Hatte sie viele Freunde im Haus?“

Sie zögerte. „Ich habe sie öfter in der Gesellschaft anderer Heimbewohner gesehen, das kam automatisch durch ihre zahlreichen Aufgaben, aber für Veranstaltungen wie Kränzchen oder Handarbeitsrunden hatte sie wohl keine Zeit. Allerdings kümmerte sie sich gern um die alleinstehenden Herren. Das war ihr, sagen wir mal, ein besonderes Anliegen. Vielleicht lag es an ihrem früheren Beruf. Und das ist doch auch die Aufgabe unseres Hauses, nicht wahr: einsame, unglückliche Menschen zusammenzuführen."

„Es geht mich ja nichts an", sagte ich, „aber Ihr Stift gehört allem Anschein nach zu den Häusern der gehobenen Kategorie. Kann sich eine ehemalige Haushälterin diese Art von Altersversorgung leisten?"

„Sie hatte eine größere Erbschaft gemacht. Von einem Menschen, um den sie sich aufopfernd gekümmert hatte. Mehr kann ich Ihnen dazu nicht sagen." Ich vermutete, dass Springer ihr sein Vermögen hinterlassen hatte, beziehungsweise das, was nach der Behandlung seiner Frau und den Prozesskosten übrig geblieben war, aber das Geld konnte auch von ihrem zweiten Ehemann stammen.

„Sie war Witwe, als sie bei Ihnen einzog?"

Frau Haag nickte. „Ihr Mann war kurz vorher gestorben, er war bedeutend älter als sie." Sie machte eine Pause. „Und sehr vermögend", schloss sie dann.

„Sie hatte also in erster Linie Kontakt mit den Herren hier im Haus", wiederholte ich und dachte unwillkürlich an Herrn Rieder, und wie vehement er sich gegen Frau Bredes Annäherungsversuche gesträubt hatte. Als er sich dann mit Frau Abraham anfreundete, war sie eifersüchtig geworden. Sie hatte aus mehr als nur einem Motiv gehandelt.

Frau Haag überging meine Bemerkung. „Kann sie auf Grund ihres Alters mit einer Strafminderung rechnen?"

„Auf mich hat sie keinen gebrechlichen Eindruck gemacht", sagte ich grimmig und dachte wieder an unsere Begegnung im Schwimmbad, „sie ist im vollen Besitz ihrer geistigen und körperlichen Kräfte und so, wie es aussieht, wurde sie weder angestiftet noch gezwungen. Sie hat aus eigenem Antrieb gehandelt."

Sie seufzte. „Sie wirkte immer sehr resolut, aber dass sie zu solchen Dingen fähig wäre …" Sie begleitete mich zum Ausgang.

Am Samstag Morgen fuhren Lückmann und ich noch einmal nach Haus Nettelbeck, ein letztes Mal, wie wir hofften, zumindest dienstlich. Die Freikarten für die Theateraufführung steckten am Pinbrett im Büro. Ich hatte sie Max überlassen, aber er war sich noch nicht schlüssig, ob er Sabine mitnehmen würde oder Holger. Mit seinem Cousin wäre ich natürlich einverstandener gewesen, weil ich damit mein Versprechen hielt, jemanden in die Aufführung zu schicken, der mit Zeitungen zu tun hatte. Aber wir hatten noch ein paar Fragen. Wir würden herausfinden, dass Frau Brede Zigaretten rauchte, und dass das Streichholzheftchen im Schwimmbad von ihr stammte. Verena Krause würde sich erinnern, dass Frau Brede ihr die Insulinspritze, mit der Helene Abraham vergiftet wurde, unter dem Vorwand abgeschwatzt hatte, der Guanodünger für ihre Orchideen sei am besten mit einer so feinen Kanüle dosierbar. „Merkwürdig", würde sie sagen, „aber der kurze, harte Schritt, den Frau Stich auf dem Korridor gehört hat, hätte mich eigentlich an die Brede erinnern müssen. Als sie wegen der Spritze bei mir auftauchte, trug sie ebenfalls Wanderschuhen. Aber das Parfum war ein ganz anderes."

Das staffeleiartige Gestell im Foyer, das auf unmittelbar bevorstehende Ereignisse oder kurzfristige Terminänderungen aufmerksam machte, trug einen fettgedruckten Zettel: „Aus persönlichen Gründen hat unsere Theaterregisseurin Dorothea Brede die Regiearbeit an der geplanten Aufführung am 3. Januar kurzfristig zurücklegen müssen. Wir hoffen, die Vorstellung zu einem späteren Zeitpunkt nachholen zu können."

Ich sah, wie Frau Epstein mit ihrer Cousine aus dem „Lädchen" kam, und sprach sie an. „Neun Personen zum Dinner", sagte ich, „und jetzt ist das Dinner abgesagt."

Sie gab ihrer Cousine einen Wink. „Fahr schon mal nach oben, Senta, ich komme nach."

„Ja", nickte sie dann, „wir haben die Aufführung verschoben. Und das ist gut so. Alles andere wäre geschmacklos."

Dieser Ansicht war ich schon seit längerem, aber das sagte ich ihr natürlich nicht. „Tut Ihnen das nicht leid? Nach all der Arbeit?"

Sie sah sich um. „Warum setzen wir uns nicht?" Das Blumensofa vor dem Fenster zum Atrium wurde gerade frei.

„Als Herr Glaser seinen Unfall hatte", begann sie, „war ich sofort der Meinung, dass man alle Theateraktivitäten stoppen müsse, aus Solidarität mit ihm. Aber davon wollte Dorothea nichts wissen. Geradezu besessen war sie von ihrer Regiearbeit. Und dann kam sie auch noch mit der Idee, ich solle selbst ein Stück schreiben."

„Woher stammten die Ideen zu Ihrem Stück?"

Sie lächelte bescheiden. „Interessiert Sie das wirklich? Nun, ich schreibe immerhin seit fast zwanzig Jahren, allerdings Kriminalgeschichten. Es ist eine Serie mit Kommissar Florian Winter und seiner Assistentin Vanessa. Sechs Folgen hatte ich schon abgeschlossen, und alle spielen in Münster. In ‚Tod im Atelier‘ geht es um den Fotografen, Sie wissen ja, den mit der Wäscheleine, in ‚Tod beim Kaffeekränzchen‘ um die Apothekerin und ihre vergifteten Pralinen, in ‚Tod im Blumentopf‘ um die Orchideenzüchterin, ‚Tod mit der Post‘ handelt von dem Lyriker und ‚Tod in der Besuchszeit‘ von dem verbrecherischen Ehemann.“

„Und die beiden Schwestern?“, erinnerte ich.

„Richtig, die hätte ich fast vergessen, ‚Tod am Aussichtsturm‘.“ Auf diesen Titel wäre ich inzwischen auch selbst gekommen.

„Was mir fehlte“, fuhr Frau Epstein fort, „war ein Verlag, der die Manuskripte genommen hätte. Aber den zu finden, das ist schwer!“ Sie seufzte.

„Ihre Krimiserie umfasst also sechs Fälle? Aber ‚Neun Personen zum Dinner‘ handelt von acht Verbrechen. Woher hatten Sie die Übrigen.“

„Also, das war so!“ Wieder blickte sie sich um, ob wir ungebetene Zuhörer hätten. Aber der einzige in unserer Nähe war Lückmann, der sich durch das Zeitschriftenangebot des „Lädchens“ blätterte. „Als ich den sechsten Fall fast fertig hatte, überlegte ich mir natürlich schon den nächsten und kam auf die Idee mit dem Kindermädchen, das den Unfalltod seines Schützlings zu verantworten hat …“ Ich rechnete schon damit, dass sie jetzt den tragischen Tod von Springers Tochter anschneiden würde, aber sie fuhr fort: „Um mir stilistisch ein bisschen frischen Wind um die Nase wehen zu lassen, habe ich mir immer mal wieder Bücher von Agatha Christie aus der Bibliothek geholt. Diesmal war es ‚Zehn Kleine Negerlein‘. Und siehe da! Ich entdeckte zu meiner freudigen Überraschung, dass wir geistesverwandte Schwestern sind.“ Sie lachte kokett. „Das hat mir natürlich sehr geschmeichelt. Ich hatte genau dieselbe Idee wie Agatha Christie, die Idee war schon früher einmal gedruckt worden, wer hinderte mich also daran, sie für mich zu nutzen? Als nun Dorothea, ich meine Frau Brede, mich bat, ein Ersatzstück zu schreiben, habe ich mir meine Manuskripte vorgenommen. Es musste schnell gehen, also wandelte ich das Konzept des Serienkrimis ab zu einem Drama, das natürlich nicht auf irgendeinem Affenfelsen spielt wie bei der Christie, sondern in einem eleganten Restaurant. Das macht die Sache stilvoll, außerdem haben wir nicht viel Geld für Kulissen, Kostüme und so weiter … Der Spielschar gefiel es, wir waren uns sicher, dass es ein großer Erfolg würde, aber dann …“ sie verstummte.

„… passierten zwei Morde, zwar nicht mit vergifteten Pralinen, sondern mit Sekt, und die Apothekerin war auch nicht die Täterin, sondern das Opfer. Hatten Sie trotzdem nie eine Ahnung, wer dahinter stecken könnte?“

„Und Frau Luhe-Wildenau?“, fragte sie ausweichend.

„Wurde mit einem Kissen erstickt. Dabei zog der Täter die Infusionsschläuche heraus. Und wenn das auch nicht die Todesursache war, ist es doch eine Methode aus Ihrem Stück.“

Ihr Blick flackerte plötzlich. „Heißt das, dass Sie mich zur Mitwisserin machen wollen?“

„Das hängt von Ihrer Antwort ab.“

Sie sah zu ihren Händen hinunter, die verschränkt auf dem grauen Flanellrock lagen. „Ich habe nichts geahnt, und wir waren auch nicht so gut befreundet, wie Sie wahrscheinlich glauben. Außerhalb der Spielschar hatten wir kaum Kontakt miteinander. Und in der Gruppe … na, ja, Frau Brede hat sie gegründet, wir verdanken ihr sehr viel, aber sie war auch ganz schön problematisch. Zum Schauspielern fehlte ihr das Talent, das wusste sie selbst, und für die Regie … aber darüber reden Sie vielleicht besser mit Herrn Glaser …“ Sie zögerte kurz. „Um ehrlich zu sein, sie war mir nicht sehr sympathisch, aber einen Mord hätte ich ihr nicht zugetraut.“

Max wartete vor der Staffelei. „War das da eben die Autorin?“

Ich nickte. „Sie fände es geschmacklos, wenn ihr Stück aufgeführt würde. Und da hat sie recht.“

Während wir zum Besucherparkplatz gingen, sagte er:

„Merkwürdig, dass nicht schon viel früher jemand Frau Bredes Stimme als die der Donnerstags-Besucherin erkannt hat. Wo sie im Haus so viele Ehrenämter übernommen hatte.“

„Sie hatte sich die richtige Etage ausgesucht. Der Professor hätte sie niemals verraten, dafür stand er viel zu sehr unter ihrem Pantoffel,

Frau von Bach war seit drei Jahren nicht mehr im Foyer, folglich auch nicht in der Bibliothek, Frau Horn ist fast blind und daher ebenfalls an ihr Zimmer gefesselt, Herr Reck hat seine eigene Bücherei und die Hauensteins waren zur Kur weg. Die einzigen, die sie hätten identifizieren können, waren Frau Karlus und Herr Schwitters, und die sind viel außer Haus. Wenn sie von jemandem etwas zu befürchten gehabt hätte, dann von Frau Epstein. Aber die hatte offenbar keine Ahnung von ihren Besuchen."

Ich hatte den Eindruck, dass er mir schon längst nicht mehr zuhörte. Erst als er den Wagen aufschloss, sagte er wie beiläufig:

„Trotzdem schade um die Aufführung! Ich hätte sie mir angeguckt. Wer erlebt das schon? Einen Krimi im Altersheim?"

Leblos hängt der Körper des Münsteraner Prominenten Rudolf Rehberg über dem Steuer seines Mercedes. Tod durch Zyankali. Feinde, Neider und Kritiker hatte er genug, der vielseitige, aber auch kompromißlose Schulleiter, Musiker, Kunstsammler und Gründer der Partei der Unzufriedenen.

Sieglinde Züricher, Hauptkommissarin und soeben von der Münchener zur Münsteraner Polizei übergewechselt, steht vor einem verwirrenden Fall: Handelt es sich bei dem Mord an Rehberg um einen „Racheakt", oder ist er Folge eines familiären Dramas, dem auch sein Sohn Christian zum Opfer gefallen ist ...?

Sieglinde Zürichers erster Fall bietet spannendes Lesevergnügen nicht nur für Münsteraner!

■ Ursula Meyer

Endstation Aasee

Ein Münsterkrimi mit Sieglinde Züricher

1998, 292 Seiten, br., 24,80 DM
ISBN 3-89325-650-4

Waxmann Verlag

MÜNSTER · NEW YORK · MÜNCHEN · BERLIN

■ Ursula Meyer

Münster–Weimar und zurück

Sieglinde Zürichers zweiter Fall

1999, 216 Seiten, br., 24,80 DM
ISBN 3-89325-720-9

Bei einem Schulausflug zur Burg Hülshoff verschwindet auf rätselhafte Weise ein Mädchen und wird kurz darauf tot im Wald aufgefunden.

Sieglinde Züricher von der Münsteraner Polizei versucht, Katharinas Mörder zu finden und stößt auf viele offene Fragen:

Wer ist der mysteriöse Waldarbeiter? Steckt mehr als jugendlicher Übermut hinter den schwarzen Messen? Hat ein Modefotograf Katharina in Rauschgiftgeschäfte verwickelt? Und welche Rolle spielt der Junge im Rollstuhl?

Die Spuren werden immer verwickelter. Und das gerade dann, wenn Sieglinde sich einmal um ihr Privatleben kümmern müsste ...

■ Jürgen Kehrer

Mord im Dom

Eine Kriminalgeschichte aus der Zeit Karls des Großen

1999, 168 Seiten, br., 19,80 DM
ISBN 3-89325-700-4

Im Jahre 799 n. Chr. begegnen sich Papst Leo III. und der König der Franken, Karl der Große, in Paderborn. Der Eine ist vor seinen Feinden in Rom geflohen, der Andere denkt daran, sein Lebenswerk mit dem Kaisertitel zu krönen. Doch dann wird der Aufenthalt an den Quellen der Pader von rätselhaften Mordfällen überschattet. Als ersten trifft es Bischof Odoaker während einer Messe im Dom …
Jürgen Kehrer, Verfasser zahlreicher Kriminalromane, hat mit *Mord im Dom* einen spannenden Mittelalter-Krimi geschrieben, der die historischen Ereignisse und Personen lebendig werden lässt.

■ Jürgen Kehrer

Tod im Friedenssaal

Eine Kriminalgeschichte aus der Zeit des Westfälischen Friedens

1997, 160 Seiten, br., 19,80 DM
ISBN 3-89325-538-9

Wer ist der Tote, dessen Leichnam von einem Pfeil durchbohrt genau auf der Grenze zwischen städtischem Areal und Domplatz gefunden wird und die Frage der zuständigen Gerichtsbarkeit auslöst? Freigraf Bernd Ketteler, Untersuchungsrichter und oberster Polizist Münsters, und sein Freund Pater Martin Tewes stehen vor einem schwer wiegenden Problem. Zumal der Fall, nachdem sich der Ermordete als Anhänger der spanischen Gesandtschaft erweist, die laufenden Friedensverhandlungen zu bedrohen scheint. Als wenig später die Leiche der Hure Catharina gefunden und ein Giftanschlag auf das Gildenmitglied Wilhelm Eickhaus verübt wird, gerät Ketteler unter Einsatz seines eigenen Lebens immer stärker unter Druck, die Fäden des Verbrechens zu entwirren …